G000144603

COLLECTION FOLIO

Pierre Magnan

L'aube
insolite

Denoël

ESSAI D'AUTOBIOGRAPHIE

Auteur français né à Manosque le 19 septembre 1922. Études succinctes au collège de sa ville natale jusqu'à douze ans. De treize à vingt ans, typographe dans une imprimerie locale, chantiers de jeunesse (équivalent d'alors du service militaire) puis réfractaire au Service du travail obligatoire, réfugié dans un maquis de l'Isère.

Publie son premier roman, *L'aube insolite*, en 1946 avec un certain succès d'estime, critique favorable notamment de Robert Kemp, Robert Kanters, mais le public n'adhère pas. Trois autres romans suivront avec un égal insuccès.

L'auteur, pour vivre, entre alors dans une société de transports frigorifiques où il demeure vingt-sept ans, continuant toutefois à écrire des romans que personne ne publie.

En 1976, il est licencié pour raisons économiques et profite de ses loisirs forcés pour écrire un roman policier, *Le sang des Atrides*, qui obtient le prix du Quai des Orfèvres en 1978. C'est, à cinquante-six ans, le départ d'une nouvelle carrière où il obtient le prix RTL-Grand Public pour *La maison assassinée*, le prix de la nouvelle Rotary-Club pour *Les secrets de Laviolette* et quelques autres.

Pierre Magnan vit avec son épouse en Haute-Provence dans un pigeonnier sur trois niveaux très étroits mais donnant sur une vue imprenable. L'exiguïté de sa maison l'oblige à une sélection stricte de ses livres, de ses meubles, de ses amis. Il aime les vins de Bordeaux (rouges), les promenades solitaires ou en groupe, les animaux, les conversations avec ses amis des Basses-Alpes, la contemplation de son cadre de vie.

Il est apolitique, asocial, atrabilaire, agnostique et, si l'on ose l'écrire, aphilosophique.

P. M.

À mon amie
Thyde Monnier

PRÉFACE

Était-ce en 1937 ou 38 ? Je n'ai pu saisir aucun repère. Certain soir mon père revint de son tour de ville. Tous les jours ainsi, à la même heure, il allait vérifier si Manosque ne changeait pas de visage. Il s'arrêtait chez l'Amadou Diagne, un Africain couleur d'ébène qui avait épousé la fille de l'Héloïse Chaix, laquelle, en revanche, était d'une blancheur sépulcrale ; là, il faisait provision de journaux divers et rentrait en sifflotant par les ruelles obscures.

Mon père ne montait jamais notre escalier qu'en courant. Ce soir-là, ouvrant la porte de la cuisine, il me parut moins calme qu'à l'ordinaire. Il nous lança :

— Il y a une aurore boréale !

— Voï ! dit ma mère. Tu vois des choses faramineuses partout !

Elle lisait dans son lit *Le petit écho de la mode,* ma sœur *Lisette* et moi *Harry Dickson.* Nous savions tous trois ce que c'était qu'une aurore boréale. Nous en avions vu en images dans *Science et voyages.* Les magazines de mon père faisaient le tour de la famille.

— Tu devrais t'habiller et venir voir, dit mon père. Tu n'en verras pas une autre de ton vivant !

Il s'adressait à moi spécialement. Arracher ma mère ou ma sœur à leur douillette lecture d'intérieur ne lui venait pas à l'idée tandis que moi, les aventures d'Harry Dickson lui semblaient dérisoires par rapport à ce qu'il avait à m'offrir.

Mon père ne me commandait jamais. Ses ordres étaient toujours assortis du mode conditionnel. L'événement ne me paraissait pas mériter me distraire de mes brumeuses rues de Londres et de leurs cabs cahin-caha parmi lesquels je me glissais avec délices mais j'avais l'habitude d'obéir aux conditionnels de mon père.

— Dépêchons-nous ! dit-il en quittant la maison. Ça ne va pas durer longtemps !

Il courait presque devant moi en descendant la rue Chacundier, en tournant le coin de l'épicerie Gardon, en traversant le pont du Riou des Rates, en attaquant la raide montée des Manents. Je le voyais rouge comme le sol des rues et des chemins, comme les murailles d'ordinaire grises, comme les croisées étincelantes où se reflétait la plaine.

Il ne s'arrêta hors d'haleine qu'au-dessus du canal d'arrosage qui cerne notre ville. Il me happa par les épaules pour me tourner vers le nord.

— Regarde ! dit-il.

On eût cru qu'il m'ouvrait les écrins des trésors de Golconde en me désignant le ciel. Là où aucun crépuscule ni du matin ni du soir n'avait jamais fleuri, une ample mantille castillane épanouissait ses franges d'or rouge d'un bout à l'autre de l'horizon nord, déployée en volutes singulières comme si le ciel frileux se drapait d'un tissu immatériel quoique d'une chaleur de soie.

Le firmament était sanglant d'un point cardinal à l'autre, les étoiles ne se voyaient plus. De la chapelle de Toutes-Aures (où le panache de cyprès apparaissait plus noir que jamais) au quartier des Chauvinets ; du Pain de Sucre à Pimayon ; du col de la Mort-d'Imbert à Montaigu, l'arc des collines subissait cet avènement. Le liséré harmonieux des sommets était soudain saisi de pulsations inquiétantes comme si, derrière les arbres, le soleil imminent menaçait de percer — enfin — aux lisières improbables de cet horizon.

C'était une révélation incroyable, aussi paralysante que l'apparition d'un dieu. Des choses petites quoique rassurantes : le bastidon du Jean Laine, celui du Didon, entre les oliviers rouges, la tour cariée du château ; tout cela qui rutilait joyeusement sous le manteau royal de l'aurore avait perdu le caractère familier qui en faisait notre univers.

J'avais lu et oublié quel était le mécanisme météorologique qui provoquait ces aurores. Celles de nos magazines drapaient toujours de leurs rideaux pour théâtre des glaciers et des icebergs ; que l'une d'entre elles fût venue se perdre (au sud du 45e parallèle de latitude nord) sur nos collines à oliviers avait quelque chose de faramineux comme disait ma mère.

Je me laissai choir sur le talus du canal, émerveillé, abasourdi. Mon père, lui, était resté debout. Tout ce qui venait de la nature il l'accueillait toujours avec le plus grand calme. S'il ne croyait pas au créateur, il entretenait en revanche avec la création une complicité soumise et sans commentaire.

Moi, par quelque endroit de mon âme, je ne pouvais m'empêcher de saisir comme un signe cet avertissement. C'est à cet instant précis que le mot *insolite* s'associa au phénomène dans ma mémoire. Ce n'était ni étrange ni bizarre ni extraordinaire, c'était insolite tout simplement.

Cependant au moment où la clarté atteignait à tel paroxysme que je me préparais à plisser les paupières sous le commandement aveuglant du soleil, soudain elle s'affaissa, commença à se dissoudre sur le fond du ciel où le noir l'effaça, comme si elle avouait son impuissance contre un ordre établi qui interdisait à notre étoile de se lever au nord.

— Et voilà, c'est fini ! dit mon père.

La Grande Ourse était paresseusement allongée sur la dentelle de nos collines et jamais la nuit ne s'était désunie.

L'aube insolite, ces mots restèrent en moi inutiles, inemployables, ne pouvant fomenter aucune péripétie, aucun drame, ni servir de support à aucune histoire. Je n'ose écrire qu'il fallait absolument que l'imagination de la nature se substituât à la mienne et c'est pourtant bien ce qui se produisit : par le truchement des constantes humaines, elle inventa la guerre et me précipita dedans. Sans la guerre, sans les éléments dramatiques qu'elle me procura, je n'aurais jamais écrit *L'aube insolite*.

14

Et pourtant, cette nuit de juin 1943, sortant de la morgue où je dors toutes les nuits parce qu'on m'y a mis en quarantaine, ce jour de juin donc je ne donne pas cher de ma peau et je vous jure que je ne songe pas à écrire.

Je suis à Nyons (Drôme), muté à un groupement disciplinaire des chantiers dits de jeunesse mais l'édifice commence à craquer. Entre Nyons et Mérindol, école des chefs d'où je viens et où j'ai été cassé du grade de chef d'équipe et remis *Jeune de France toujours*, quelqu'un au passage a fait disparaître mon dossier. Je suis plus qu'un insoumis, un ennemi de la Révolution nationale, une forte tête, je suis l'horreur personnifiée, celui dont on ignore, puisque mes papiers n'ont pas suivi, s'il a subi ou non les trois vaccinations obligatoires. Je risque de contaminer tout le camp et ça, ça fait oublier mon pedigree. Les chefs ne m'interpellent qu'à six pas. Les jeunes me chassent. Je mange seul dehors sur mes genoux. Quelqu'un dont je n'ai même pas enregistré le visage m'a serré l'épaule au passage et sans s'arrêter il m'a dit :

— T'en fais pas ! S'ils arrivent tes papiers, je les fous au feu ! Ils les verront jamais !

Pour coucher, on m'a désigné la morgue, toute neuve, en parpaings mal jointoyés où il y a trois alvéoles inoccupés. L'un le sera quarante-huit heures par un malchanceux mort du tétanos, mais je n'ai pas le loisir, pendant les deux nuits où je partagerai son silence, de m'appesantir sur cette promiscuité. Si je ne dors pas c'est que des bruits courent, alarmants : la Milice doit venir cerner le camp et nous convoyer vers l'Allemagne. Sur la

15

périphérie des collines qui dominent Nyons, il y a six mille jeunes comme moi menacés par le Bougnat (Laval) d'aller finir en Allemagne, au Service du travail obligatoire (S.T.O.).

Je ne veux pas aller en Allemagne. Il faut déserter. Quand on a vingt ans et qu'on est sous un uniforme, c'est plus facile à dire qu'à faire. Je n'aurai plus de carte d'alimentation, plus d'identité, plus rien. Néanmoins je me décide.

Sans Thyde Monnier je n'y serais jamais arrivé. Elle est venue jusqu'à Nyons pour veiller sur moi, m'a apporté des vêtements civils. Elle a fait expédier une bicyclette depuis Saint-Étienne, celle-ci est là, contre le mur de la morgue où nul ne se risque. Un beau soir nous décidons l'aventure. Je fais un tas bien carré de mon prétendu uniforme : blouson, pantalon vert forestier, leggings et chaussures comprises, je ne veux pas voler l'administration.

J'enfourche le vélo. Je suis invalide. Thyde m'a procuré une canne que je fixe au cadre et j'ai garni l'une de mes chaussures avec des noyaux de cerises dont c'est l'abondante saison. Je boite bas. Ma scoliose native quoique peu visible suffit à accentuer mon allure souffreteuse. J'ai les omoplates saillantes, un costume bon marché, les cheveux longs.

Je m'élance. La nuit est limpide sous le clair de lune. De Nyons à Montélimar il y a cinquante-cinq kilomètres. Il règne un silence surnaturel, un silence de destin qui retient son souffle. Soudain, à l'angle d'un carrefour, une paire de gendarmes. Je n'ai ni lanterne ni signalisation ni plaque ni papiers. J'ai le temps d'imaginer le désastre. Mais non ! La nuit est assez claire pour que je distingue leur visage, pour que je puisse constater qu'au moment où je passe, ils détournent la tête tous les deux, d'un commun accord. Ainsi en ce temps-là, sur les routes de France, des milliers d'êtres ont échappé à leur destin parce que au carrefour de deux routes une paire de gendarmes en silence a détourné la tête.

Nous avons rendez-vous en gare de Montélimar. Et si Thyde n'y était pas ? Elle y est. Solitaire sur un banc. Sous l'horloge bleu de méthylène nous sommes blafards comme des spectres. Nous ne nous embrassons même pas. L'attente interminable commence. Un train est prévu, Marseille-Chambéry, autour de minuit trente. Il est vingt-trois heures quarante-cinq. Nous sommes vertigineusement seuls d'un bout à l'autre du quai, des quais, visibles comme le nez au milieu de la figure, en perdition, en plein désarroi. Le moindre sbire qui passerait, devinant les raisons de notre angoisse, n'hésiterait pas à nous cueillir. Mais il n'y aura pas de sbires. Le destin continue à retenir son souffle.

Celui qui n'a pas vu une gare de nuit entre 1941 et 1945 ne sait pas ce que le mot désespoir signifie. La moindre traverse de voie vibre encore de quelque déchirement, toute la gamme des tragédies possibles s'inscrit entre les rails et ne s'interrompt plus. On y perçoit encore les sanglots et les larmes que des séparations définitives ont provoqués chez ceux qui partaient et chez ceux qui restaient.

Voici le train. Il entre en gare en catimini, en

chuintant mezza voce. Il est vide. Des bruits sinistres courent depuis trois jours qui empêchent de voyager : la Gestapo, aidée de la Milice, cerne la gare de Grenoble et rafle tous ceux qui ont entre dix-huit et cinquante ans pour le S.T.O.

À cette époque on fut malade de peur sans répit parce qu'il cohabitait avec la même véracité apparente ce qui était vrai et ce qui était faux. Il était impossible de deviner où et quand la main des tortionnaires se refermerait sur vous. *Il fallait* avoir peur tout le temps.

Pour quelque raison inconnue, ce train, où nous venons de nous affaler dans l'obscurité sur des banquettes de bois, traversera la gare de Valence sans marquer l'arrêt. Nous ne parlons pas. Nous faisons semblant de dormir.

À Grenoble les quais vides défilent devant nous lentement. Le train stoppe sans douceur. Sous le bleu de méthylène qui est la couleur dominante du désastre, il n'y a rigoureusement personne : ni Français, ni Allemands, ni voyageurs, ni gardes, ni employés. Il est une heure du matin. Interminablement le train stationne, puis il recule, puis il repart en avant sur une autre voie et enfin il démarre. Il ne reste plus qu'à guetter le nom des stations : Brignoul, Tencin, Goncelin et voici notre terminus, Pontcharra-sur-Bréda. Pendant des années, ce nom n'a représenté pour moi qu'un fournisseur de papier quand je travaillais à l'imprimerie. Aujourd'hui il est au commencement de ma vie d'insoumis.

Il y a un hôtel minable face à la gare, un hôtel pour cauchemar : volets dégondés, quelques vitres

18

remplacées par du papier huilé, peintures écaillées, un vrai hôtel de guerre. Mais une loupiote timide veille au coin de l'entrée. Il abritera notre première nuit dont je ne m'aperçois pas, tant elle sue l'angoisse, que c'est ma première nuit d'homme libre. Je suis à l'intérieur d'une immense nasse où il s'agit de rester anonyme pour ne pas se laisser prendre.

Le lendemain, par un tortillard que commande une locomotive carrée comme je n'en ai jamais vu, nous montons jusqu'à Allevard-les-Bains. L'an dernier Thyde a fait une cure dans cette ville d'eaux et je l'accompagnais. Nous y avons lié connaissance avec un instituteur, Gilbert Dallet, qui enseigne à trois kilomètres de là, à Saint-Pierre-d'Allevard. C'est là que nous allons.

C'est curieux les trous de la mémoire. Je ne sais comment nous avons atterri dans la cour de l'école où c'était la récréation mais je me vois fort bien devant Gilbert Dallet avec la pauvre Thyde toute contrite, toute désemparée, qui ne sait comment expliquer notre présence ici ni surtout ce que nous venons y chercher. Mais Dallet ne la laisse pas longtemps patauger. Il a compris aux premières paroles. Il s'écrie :

— Il se planque ? Mais vous n'avez pas besoin d'expliquer ! Ici tout le monde se planque ! Le procureur, les gendarmes, le percepteur, tout le monde se planque, tout le monde est au maquis !

Il nous fait entrer, nous présente à sa femme qui s'appelle Gilberte, nous réconforte, nous fait manger et boire. Après quoi il nous conduit à l'hôtel Biboud, le seul du pays et où tout est en bois à l'intérieur, un beau bois de noyer : les tables, les parquets, les lambris, les plafonds, l'escalier, tout est taillé dans ce bois splendide qui est la marque du pays et celle du Dauphiné tout entier.

Au beau milieu du café, il y a un poêle rond muni d'un tuyau qui monte jusqu'au plafond. Ce poêle est froid, nous sommes en juin, mais autour de lui s'éparpillent une demi-douzaine de chaises dont quelques-unes sont mal paillées. Des chaises qui semblent attendre l'hiver et où d'invisibles interlocuteurs sont déjà là, sagaces et commentant les malheurs du temps autour de quoi se tissent les travaux et les jours. C'est ici, ce jour-là, alors que j'aurais dû avoir vraiment autre chose à penser, que m'est venue la première phrase de *L'aube insolite* : « *Ils étaient tous autour du poêle quand il entra.* »

Le père Biboud est un gaillard ébauché dans un tronc d'arbre à coups de serpe. Il ne dit rien. Sa femme est ronde avec de gros yeux et, toujours indécise, ne parle pas beaucoup non plus. Ils ont une fille, Rosette, blonde, bien en chair, seize ans, aux yeux bleus et qui est chargée de communiquer avec autrui pour toute la famille. Devant ces trois personnages sculptés dans la pierre, je me souviens m'être dit : « Il ne peut rien t'arriver dans un pays où les êtres sont aussi solides. »

Mais la nuit c'est la panique. Il fait une série d'orages épouvantables, en salves, en bouquets, en déferlements interminables. Nous sommes logés sous les combles. Ma pauvre Thyde a une peur viscérale de l'orage, une peur héréditaire, à peine normale. À chaque coup de tonnerre, et il y en aura plus de cent, je perçois tressauter son pauvre corps martyrisé et je l'entends gémir. Elle pourrait vivre tranquille dans quelque palace de la Côte d'Azur ou en Suisse où elle a un éditeur et de l'argent, non, elle est là avec moi, à souffrir. Elle m'aime. Elle ne veut pas me lâcher. Elle supporte.

Il y aura d'autres orages, d'autres nuits tragiques. Nous nous installons dans le village sur la pointe des pieds, sans faire de vagues, humbles, moi boitillant. Une particularité de notre couple nous sert bien en l'occurrence. Tout le monde feint de croire que cette quinquagénaire est ma mère.

Après huit jours à l'étroit dans cette minuscule chambre d'hôtel nous émigrons en face, chez le boulanger Bâtard et chez sa placide épouse. Ils ont deux fillettes, patientes et taciturnes comme eux. Nous commençons à peine à revenir de notre surprise : personne ne nous demande rien, ni pour le pain, ni pour le lait, ni pour la viande. Pour ceux qui sont nés après cette époque il faut expliquer qu'alors on n'obtenait rien nulle part qu'avec des tickets parcimonieusement distribués et qui n'empêchaient pas toujours de mourir de faim.

Ici il y a tout ce qu'on veut : à l'épicerie Martin, chez le boucher (j'ai hélas oublié son nom mais pas son visage placide qui visite à l'instant ma mémoire, rose et constellé d'éphélides). Il y a une boutique *Au bon lait* que dirige d'une main de fer Mme Perrier, une brave femme au verbe haut. Elle élève une oie qui pèse douze kilos, qu'elle ne sacrifierait pas pour un empire et qui tout de suite m'a pris en grippe sans doute à cause de ma canne car je ne me suis séparé ni d'elle ni de mes noyaux de cerises, j'ai l'air de boiter pour l'éternité.

On nous tolère, on nous adopte. Deux enfants du pays, les frères Janet, Adrien et Arsène, nous reçoivent dans leur intimité. Ils ont lu les livres de Thyde Monnier. Ils se cultivent.

On s'aperçoit très vite qu'on se trouve au centre d'une organisation que permet le tissu conjonctif du pays. Le village est armé pour soutenir un siège, armé d'âmes d'airain que rien ne peut surprendre ni entamer mais aussi d'une nature qui peut nourrir une population triple de celle des autochtones. Tous les flancs de montagne : Bramefarine, Montouvrard, Montgoutoux, le Feyjoux sont tapissés de châtaigniers qui croulent sous le poids des fruits. Les routes sont ombragées de noyers énormes. Les soirs de grand vent les noix tombent en déluge sur la chaussée. Les prés sont peuplés de vaches, de veaux, de brebis, de cochons, d'oies.

À l'automne, les habitants ont allumé de grands feux, ils ont dressé sur des trépieds de grands chaudrons et des lessiveuses, lesquels débordent de toute espèce de fruits : pommes, poires, prunes, raisins. Ils font bouillir tout ça jour et nuit, ils se relaient pour entretenir les feux. À la fin, les chaudrons, les lessiveuses qu'on avait remplis à ras bord ne contiennent plus qu'un tiers de leur volume mais c'est devenu de la confiture sans sucre qui se conservera tout l'hiver.

Chez le boulanger Bâtard, les paysans apportent tous les trois jours sur des brouettes les pains de douze livres qu'ils ont pétris eux-mêmes. Ils s'installent sur les banquettes autour du four, ils devisent paisiblement, ils se tutoient tous.

J'ai oublié de parler de l'usine, elle se dresse à trois cents mètres de l'agglomération. Elle emploie les deux tiers de la population paysanne de la vallée grâce au système des trois-huit qui laisse loisir aux exploitants de cultiver leur bien. Elle fabrique des roulements à billes et des aciers spéciaux.

Saint-Pierre-d'Allevard est une longue rue boursouflée d'une place où se tient d'un côté la mairie, de l'autre la maison patricienne d'un certain général Dentz qui fut gouverneur au Levant. On en parle avec une considération méfiante. Il passe pour un fidèle du Maréchal et ici *personne* n'est pour le Maréchal, ni pour la Révolution nationale, ni pour la collaboration. L'Isère se souvient de Vizille, des états généraux, nul ne pourra extirper la République de l'âme de ces montagnards.

Tous les soirs à huit heures, les habitants calfeutrés chez eux collent l'oreille contre le poste de radio, courbés en avant ils essayent de capter la bonne parole que couvre le brouillage de l'occupant, comme si les nazis voulaient biffer à mesure les mots irréparables, la sentence sans appel qui vitupère contre eux. D'abord les Belges avec leur *Brabançonne*. « Bonsoir et courage ! On les aura ! » Puis la voix d'André Gillois ou celle de Maurice Schumann, rarement celle de De Gaulle.

Nous avons tous cependant parfaitement conscience qu'avant que l'espoir ne se réalise nous serons probablement tous au fond d'une tombe provisoire, la face sous six pieds de terre. Le pire est au bout du chemin. Il y a des soirs où Londres vacille, où la parole qui nous parvient est mal assurée, où le brouillage est particulièrement victorieux. Des soirs où les messages personnels sont rares, évasifs, inaudibles : «Je répète : la main de ma sœur sur l'épaule d'un zouave. Trois fois ! »

Les Janet chez qui nous les écoutons sont tous deux d'authentiques résistants et ils guettent parmi l'amoncellement des annonces cocasses celles qui seront destinées à leur groupe, à leur maquis. Hélas rien ne vient. Contre la France, contre la Résistance, une méfiance à peine déguisée anime les Alliés. Nous sentons qu'ils nous méprisent d'avoir été vaincus. Nous sentons qu'ils sont inamicaux et ce à travers même les objurgations de la France libre. Cette suspicion atteint ceux qui sont autour de moi, courageux, déterminés, prêts au sacrifice, ceux à qui, malgré l'exemple, je n'ai aucune envie de ressembler[1].

Heureusement pour nous réconforter il y a les nuits. Au début, quand nous sommes arrivés, les nuits n'étaient troublées que par le maigre vrombissement de quelques avions qui traversaient le ciel, mais octobre, novembre, décembre sont venus. Maintenant, toutes les nuits, toute la nuit, le formidable roulement se poursuit de dix heures du soir à cinq heures du matin, à l'aller puis au retour,

1. L'explication de cette attitude, j'ai eu envie de la développer mais cela dépasserait trop et sortirait du cadre que doit être une préface. On la trouvera éparse tout au long de mon œuvre.

sans une respiration. C'est la noria de la mort. Ce sont les bombardiers alliés qui depuis l'Afrique du Nord vont pilonner Milan, Turin, Friedrichshafen, Vienne. Nous écoutons ça depuis nos chambres douillettes avec ravissement. Ils passent. Le matin sur la place, on se congratule :

— Vous avez entendu ? Qu'est-ce qu'ils prennent !

La pauvre Thyde a le cœur serré. Elle me saisit la main dans la nuit. La prière est dans ses doigts tremblants. En dépit de la crainte qu'elle éprouve pour moi, la vision des victimes écrabouillées la torture. Elle est bien la seule. Tout le monde exulte, tout le monde est épanoui, tout le monde trouve dans la manifestation de cette puissance brutale la force d'assumer sa propre faiblesse.

C'est dans cette atmosphère qu'un jour Gilbert Dallet, l'instituteur qui est aussi résistant mais dans un autre groupe que les Janet, m'apporte une douzaine de cahiers Le Calligraphe. C'est un cadeau immense par ces temps de pénurie.

— Tiens, Pierre ! me dit-il. Voici de quoi écrire ton premier ouvrage !

Ce sont des cahiers de trente-quatre pages quadrillées, au dos desquels figure la table de multiplication. Ils sont de couleurs différentes : bleus, verts ou roses. J'en admire le tas sur la table où je dactylographie les manuscrits de Thyde. Elle remplit tous les matins huit à dix pages de sa large écriture que je tape l'après-midi. Elle me pousse à commencer d'écrire, elle m'en parle chaque jour. Un sentiment de ridicule m'en empêche. L'idée de deux écrivains produisant leur œuvre à six mètres l'un de l'autre m'est insupportable. J'entends d'ici le rire des censeurs. Je n'entends qu'eux.

Mais : « *Ils étaient tous autour du poêle quand il entra.* » Pendant les nuits où passent les avions et où il est impossible de dormir, des bribes de phrases, des silhouettes de personnages, des paysages qui n'ont rien d'idyllique sont venus me visiter et me solliciter. Par-dessus eux flotte cette aurore miraculeuse que mon père, naguère, m'invita à regarder.

Je sais pertinemment que je n'ai pas en main l'outil nécessaire pour faire partager à autrui cette histoire terrible que je sens naître parce que la guerre est venue m'en fournir l'ossature. L'expérience de *Périple d'un cachalot* il y a quatre ans ne me sert de rien. Je ne me sens pas plus expérimenté qu'alors. Nous étions, à cette époque, encore dans le contexte de la paix. Seuls l'amour et l'amitié troublaient ma quiétude. Aujourd'hui, je patauge dans l'horreur, la crasse humaine, la vérité hallucinante de la guerre. Comment assumer cette désespérance ? Comment la transcender ? Je n'ai pas de formation, pas d'expérience, pas de vocabulaire. Je malaxe mes phrases dix fois dans ma tête pour les alléger et au contraire elles s'alourdissent ; des adjectifs inopportuns s'accrochent à leur bateau pour les couler ; je suis harassé d'avance par cette bataille incessante qu'il va falloir mener contre ces épithètes faciles, contre les outrances du verbe qui sont naturellement ce que je préfère de moi et à quoi il va falloir tordre le cou.

Seulement tous les jours, en allant déjeuner chez Biboud, je me trouve en tête à tête avec ce poêle rond et ces fantômes sur les chaises en désordre, lesquels attendent patiemment que je les touche du doigt pour vivre leur destin.

Je ne dis rien à personne, même pas à Thyde qui tousse à fendre l'âme dans cette chambre humide uniquement chauffée par le conduit du four qui passe dans le mur, mais un beau matin j'ouvre un cahier bleu. À l'abri de mon coude comme un enfant qui a peur qu'on copie sur lui, je m'y mets. Une phrase, deux phrases, une page, deux pages. Les jours s'en vont, les mois se déroulent, l'hiver étincelle. Nous avons froid.

J'écris sans espérance, sans enthousiasme, sans but. D'abord, ce livre, je suis persuadé de ne pas le finir. Un beau jour la Gestapo, les S.S. vont monter jusqu'ici pour nous exterminer. Nous sommes pourtant servis par la géographie : un défilé d'un côté, une gorge profonde de l'autre, pas d'autre entrée. Les maquisards embusqués un peu partout à travers les déserts des rochers et qui veillent, mais jusqu'à quand ? Nous ne savons pas que notre meilleure sauvegarde c'est l'usine. Les aciers qu'elle produit sont les meilleurs du monde et les Allemands en ont besoin.

En janvier nous quittons la chambre des Bâtard pour un véritable appartement de deux pièces avec cuisinière à bois et eau courante. La table de la cuisine est grande, pourvue d'une toile cirée à motifs de cerises. Je ne sais pas que dans ma mémoire, dans mon imagination bien d'autres batailles que *L'aube insolite* se préparent, s'emmagasinent. J'écris tranquillement, le dos contre le fourneau. Une guerre s'installe dans ma dramaturgie qui n'a pas grand-chose à voir avec celle que nous subissons. Elle est transcendée, lointaine. Mille ans semble-t-il se sont écoulés entre celle où j'existe et celle que je recrée.

Maintenant c'est de jour comme de nuit que défilent les bombardiers. Leur jugement dernier est interminable, omniprésent, omnipotent. À quatre mille mètres d'altitude, il arrive que nous apercevions une aile qui scintille, une hélice qui capte un rayon de soleil. Tout le monde est sur la place, tout le monde a le nez en l'air. Mme Perrier applaudit à tout rompre.

Il y a des cadavres de collaborateurs dans les caniveaux des routes et des cols ; des miliciens, des civils, qu'on enterre en catimini. La panique est partout. Toutes les nuits quelqu'un hors d'haleine tambourine à nos portes : « Sauvez-vous ! *Ils* montent ! » On s'éparpille dans les granges du Crêt du Poulet ou de Bramefarine, réconfortés par force gnôle. C'est une fausse alerte. Il n'y en aura jamais de vraies. Mais la peur se venge, on est ivres de nuits blanches. Le travail vacille à l'usine. On rencontre de plus en plus de maquisards qui rentrent d'expédition avec leurs armes.

Nous vivons aussi parmi quelques familles de juifs avec lesquels nous nous lions et qui eux ont peur pour de bon, tout le temps et avec raison. J'entends dire en 1997 qu'ils ne savaient pas, que personne ne savait. C'est faux. Ils en parlaient entre eux. Une espèce d'osmose funèbre s'était tissée entre ceux qui avaient été raflés à Grenoble, à La Rochette, au Cheylard et même à trois kilomètres d'ici, à Allevard-les-Bains, et ceux qui ont échappé, lesquels sont certains qu'ils ne reverront pas vivants ceux qui se sont laissé prendre.

Notre ami Volodia Bauberman, juif russe et peintre de génie, et son amie Doussia ont peur tous les jours, à toutes les heures. Et nous comprenons qu'il est aussi vain d'essayer de les rassurer que s'ils se savaient atteints d'un cancer. Leur cancer c'est d'être juifs. Les Marcus, les Lévi, les Fresco, tous en réchapperont. Saint Pierre d'Allevard veille sur eux. Ceux qui, en dépit des objurgations de leurs coreligionnaires, n'auront pas confiance et iront tenter leur chance ailleurs seront tous raflés, aucun ne reviendra.

Dans ce contexte de panique, un événement terrible se produit : deux maquisards qui avaient forcé la porte d'un cabanon pour voler du vin sont surpris par le propriétaire qu'ils assassinent. On les arrête, on les interroge. Le parquet (qui est au maquis) instrumente. Le tribunal se réunit. Ils sont condamnés à mort tous les deux. La population est avertie. Ils seront exécutés sur la place publique le lendemain à cinq heures du matin. Tout le monde devra assister à l'exécution. Il s'est écoulé exactement quatre jours entre le crime et la sentence.

Je m'éveille à cinq heures moins dix. La robuste Mme Perrier frappe à tous les volets : chez les Fresco, chez les Marcus, chez les Martin, chez les Bâtard, chez les Biboud, chez les Nicolas.

— Levez-vous ! On les zigouille à cinq heures !

Thyde gémit dans le creux de l'oreiller.

— Mon Dieu, quelle horreur !

Elle est dispensée du spectacle par Mme Perrier

mais pas moi. Je me terre le plus loin possible au milieu de la foule pour en voir le moins que je peux. Je sais que les quelque deux cents qui sont là auront tôt fait d'oublier, y compris les quatre maquisards armés de mitraillettes qui vont se substituer à la guillotine, y compris le capitaine en uniforme qui va commander « feu ! » d'une voix formidable. Je sais en revanche que moi je n'oublierai jamais. J'entends des voix suppliantes qui murmurent à peine. Ce sont les sœurs des condamnés qui s'essayent par de pauvres mots à la consolation, mais ce qu'il y a de plus durable dans ma mémoire, c'est le bruit de ces pantins vidés de sensations que l'on traîne à bras-le-corps sur le gravier et qui freinent de toute leur inertie épouvantée. Les poteaux ont été plantés dans la nuit solidement. Le capitaine fait ligoter les condamnés de manière convenable, de manière qu'ils meurent presque debout et qu'on les tue proprement, de face. Il s'écoule trente secondes entre la salve et le coup de grâce. Et pendant ce temps dans le ciel, ce tapis d'avions qui est notre leitmotiv se déroule souverain. C'est sous son vacarme que les condamnés sont morts.

Je n'oublierai pas ? Voire… Je reviens tout flageolant, tout sec, de la gorge comme des yeux pendant que la foule s'écoule joyeusement. Je sais que je ne dois pas raconter. Thyde s'est bouché les oreilles avec du coton mais on n'échappe pas au bruit d'une exécution capitale. Elle a entendu.

Je m'assieds. Je tire le cahier commencé, je l'ouvre à la page numérotée d'avance. J'écris sans trembler. Ces condamnés n'appartiennent pas à mon univers, cette guerre n'est pas la mienne. La mienne, elle est entre les pages du livre commencé.

Mais croyez-vous que Saint-Pierre, en dépit de tout ce que je viens d'écrire, fût un village maudit ? Non. La gaieté règne, parfois l'insouciance.

« *Nous avons eu naissances, morts et mariages. Nous avons eu scandales variés. Mais nous avons continué à vivre, vivant ou vivant à demi.* » (Eliot.)

On murmure que Mme N. qui est mal mariée a affaire avec le fils R. Que G. retrouve le fils M. le soir au fond des bois. Nous souffrons d'une union scandaleuse : les fiancés couchaient ensemble depuis des mois. Alors, on répand un lit de paille depuis la maison de l'un jusqu'à celle de l'autre, distante de cinq cents mètres. Sur les tôles ondulées d'un proche hangar on organise un charivari monstre. Jusqu'à cinq heures du matin les pierres roulent en un vacarme incessant qui couvre le vrombissement des avions.

J'avance. J'ai six cahiers multicolores sous le coude que je contemple avec une certaine indulgence. Un matin, comme je vais chez Biboud chercher *Le petit Dauphinois*, un torchon pétainiste d'une seule page, je rencontre le fils Marcus, le sourire large :

— Vous savez ? *Ils* ont débarqué !

Cette formidable annonce faite au pied d'un peuplier et dont une horloge de village sonne à huit heures les funérailles inconnues, cette annonce ne me tire qu'un maugréement. Ça fait dix fois qu'on nous le dit, dix fois qu'on dément. Je regarde le ciel. Il est noir, pluvieux, sans merci. Je fonce chez les Janet. Ils sont toutes portes ouvertes. Le poste de radio dont on ne prend plus la peine de baisser le ton vomit comme le bruit d'un essaim d'abeilles un déversement continu de messages personnels. Et soudain c'est la voix ! Pendant quatre ans de Gaulle ne fut pour nous qu'une voix. Personne ne l'avait jamais vu et sa voix était beaucoup plus impressionnante de n'appartenir à aucun corps.

« Aujourd'hui c'est la bataille de France et c'est la bataille de la France [...] Tout vaut mieux que de se laisser mettre hors de combat sans combattre ! »

Nous nous embrassons en silence avec les Janet, pour la première fois, les larmes aux yeux. Je reviens à l'appartement. Je crie la nouvelle dès l'entrée. Mais, la première surexcitation passée, Thyde se remet au lit et continue ses dix pages quotidiennes. C'est le soir seulement qu'elle notera le fait dans son *Journal*.

Que me restait-il à faire sinon à m'installer moi aussi à ma table et à continuer ?

Le reste du printemps et le début de l'été se passèrent dans l'angoisse, dans le malheur. Par osmose et depuis si loin, la mort était notre compagne, elle s'imposait à notre conscience interdisant tout enthousiasme. On avait les fesses serrées. La Gestapo, les S.S., la Milice, on ne parvenait pas à croire que ce hideux appareil à broyer les vies commençait à craquer ; les coups que le maquis, que les escadres d'avions, que les Russes portaient à ces fous sans camisole de force nous paraissaient, vus d'ici, dérisoires et sans effet.

Les Fresco avaient installé contre le mur de

leur salle à manger une carte de la Normandie avec l'énorme appendice du Cotentin qui à elle seule eût suffi à les expédier aux camps de la mort si déjà ils n'eussent été juifs.

Nous étions suspendus à ces épingles à tête rouge, à ce fil à peine visible qui traversaient les morts, les chars incendiés, l'odeur de défécation qui traîne souveraine sur tous les champs de bataille. Nous n'avions plus qu'un seul mot en mémoire qui occultait tout ce que les civilisations nous avaient enseigné ; un mot aussi mémorable pour l'humanité que l'avait été, deux millénaires en deçà, le défilé des Thermopyles.

Ce mot c'était AVRANCHES. Ce pays de Normandie que je n'ai jamais vu de ma vie, je m'éveillai à deux heures du matin en soupirant son nom. J'entendais la bataille, je dénombrais les morts. Les bombardiers qui passaient n'avaient plus d'importance. Notre vie se jouait ailleurs : à Avranches. Philon D. Fresco se promenait de long en large, devant sa carte, en se rongeant les poings. Il lui échappait quelque énormité :

— Mais qu'est-ce qu'ils foutent ?

Si la trouée se referme, si le front se reconstitue, que devient notre liberté ? Mais de combien de morts à l'instant est-elle payée par d'autres dont la liberté personnelle n'était même pas menacée ? Des gars de l'Illinois, du Massachusetts, de l'Ohio ? Qu'ont-ils à gagner dans cette querelle sinon de nous délivrer ? Jamais autant qu'en ces jours la formule : «Armons-nous et partez!» n'est venue à mon esprit pour me présenter un fidèle portrait de moi-même.

La trouée a deux kilomètres, puis six, puis douze. L'embouchure de la Sée est franchie. Un beau jour dans le communiqué allemand que publie *Le petit Dauphinois*, on voit apparaître le nom de Saint-Hilaire-du-Harcouët, alors les cloches sonnent dans nos têtes. M. Fresco déplace deux épingles et tire sur un fil. Il hurle : «Ils sont passés!» C'est le grand déferlement du fleuve à travers la France, à travers l'Histoire, à travers nos consciences.

C'est alors que la guerre que je raconte m'apparaît risible, incongrue, ridicule. J'ai envie de jeter au feu mes cahiers bien remplis. Je pleure littéralement sur la suprématie de la réalité par rapport à l'invention. Comment sublimer la guerre d'aujourd'hui comme le fit Thucydide avec celle du Péloponnèse?

Pour m'écraser, un beau matin, la guerre fait irruption dans ma vie. Mais ce n'est pas la guerre des batailles sordides, c'est celle de la victoire. Elle apparaît, elle surgit, irréelle, entre la maison Guillermin et l'épicerie Martin. Je me souviens : je suis en train d'échanger quelques banalités au bord du trottoir avec M. Philon D. Fresco, moi en short, lui en gentleman prêt à partir pour la City : redingote, pantalon rayé noir et blanc, guêtres beurre frais, melon noir sur la tête et canne à pommeau d'argent en main. Je n'exagère pas. Il était ainsi le cher Philon, un peu ridicule, infiniment bon, infiniment respectable. Il est lié pour toujours à cette vision. Soudain, je tends le doigt vers la route. Je crie :

— Là, là!

Pour désigner la chaussée à laquelle M. Fresco

tourne le dos. La vision que je désigne c'est un tank camouflé comme un chasseur de la jungle, vert et jaune, ses chenilles sont aussi neuves qu'une paire de chaussures à peine étrennées. À sa suite défile une armée innombrable et briquée à mort. Elle n'a encore rencontré devant elle que des routes poussiéreuses et des ornières. Elle n'a pas tiré un coup de fusil. Ses canons sentent l'huile de l'usine. Eux non plus n'ont pas tiré une bordée.

C'est une Amazone d'armée. Elle se répand au pas d'escargot, engorgée en elle-même, pléthorique. Elle coulera pendant dix semaines au même rythme. C'est à peine si entre ses tronçons nous pouvons passer à la hâte pour traverser la route jusque chez Martin, jusque chez Biboud. On lui clame de s'arrêter, de venir boire un coup. On crie, on hurle : «Vive les Américains!»

C'est le 25 août 1944. Le lendemain, le premier acte de notre indépendance c'est d'aller chez Biboud chercher le journal. Au lieu du sinistre *Petit Dauphinois* nous trouvons une feuille aussi chétive mais qui s'appelle *Le Dauphiné libéré*. Longtemps j'ai gardé par-devers moi la collection de ce quotidien pour les dix semaines que nous allions encore vivre à Saint-Pierre-d'Allevard, puis je l'ai perdue au courant de la vie.

Je me souviens encore de ce regard désolé que nous avons échangé avec Thyde au matin de cette libération, lequel pouvait se comprendre sans paroles. Nous exprimions notre désespoir que, par rapport à cette histoire grandiose que d'autres allaient avoir à raconter, les nôtres fussent désormais obsolètes.

Et pourtant on s'y est remis. Je n'avais plus guère que trente pages à écrire. Elles l'ont été dans la sérénité de la résignation, dans la tristesse, alors qu'autour de moi tout le monde exultait. Pour la première fois de ma vie j'ai été écrasé par la perception très nette de n'être pas en phase avec le siècle, d'avoir été largué par l'Histoire au bord du chemin. Des choses flamboyantes s'écrivaient qui me reléguaient au rayon des œuvres avortées et cette sensation depuis ne m'a jamais quitté.

L'aube insolite parut en librairie en janvier 1946. J'ignore, sauf quelques bribes de conversations téléphoniques rapidement interrompues que je pus surprendre, quels furent les termes de la négociation entre Thyde Monnier et René Julliard concernant la publication de mon livre mais je sais qu'elles existèrent et que l'éditeur ne se rendit pas sans combat. L'écrivain, qui notait tout dans son *Journal* que je dactylographiais au fur et à mesure, a passé sous silence, sans doute pour que je n'en aie pas connaissance, cette circonstance de sa vie. Chacun de ses titres tirait à plus de cent mille exemplaires mais ce n'était pas là l'essentiel. Une véritable amitié liait l'auteur et l'éditeur. C'est René Julliard, en lui adressant régulièrement des subsides, qui avait permis à Thyde de me garder auprès d'elle pendant cette guerre.

J'ai encore bien en mémoire mon sentiment d'infériorité réelle, ce jour de printemps 1945, faisant antichambre chez René Julliard qui devait me recevoir après quelques autres. C'était rue de Naples ou rue de Monceau, je ne sais plus exactement, loin en tout cas de cette rue de l'Université qui fut longtemps le but tant désiré de l'éditeur.

Il y avait là, déambulant avec sûreté, Maurice Druon, Jean-Jacques Gauthier, Jean-Louis Curtis et, encore vêtu de son uniforme de correspondant de guerre, Claude Roy. La promiscuité avec ces jeunes hommes ne me disait rien qui vaille. Je jurais avec eux de telle façon criarde qu'il était impossible que je fisse partie du même monde.

Est-ce ce jour-là ou bien beaucoup plus tard que René Julliard me dit :

— Pierre, vous écrirez de bons livres quand vous aurez soixante ans.

Croira-t-on que cette sentence me découragea ou me cabra ou provoqua chez moi quelque sursaut d'orgueil ? Non. J'avais pris depuis longtemps l'habitude de me considérer du point de vue de Sirius et nul ne pouvait penser autant de mal de moi que moi-même. J'étais bien persuadé, notamment, que si mon manuscrit s'était présenté nu et cru, sans le poids de Thyde Monnier, jamais il n'aurait franchi l'obstacle d'un comité de lecture quelconque.

Février 1946. Thyde Monnier est en Suisse. Je suis à Manosque, en famille, mais logeant seul dans un appartement que Thyde a loué dans l'immeuble Vinatier. C'est l'hiver. Je respire à pleins poumons pour la première fois depuis longtemps l'air de la liberté. Je refais connaissance avec mon pays, avec ses gens, avec ses filles.

Un matin, le facteur pressé me colle sur les bras un colis volumineux. Je le défais sur la table de la cuisine. Je l'ouvre. Il contient vingt volumes de mon ouvrage.

Dans ce siècle où il faut, soi-disant, avoir bonne opinion de soi pour la faire partager à autrui, ce que je vais écrire ne va pas être cru : ce tas de livres portant mon nom et mon titre ne me fait ni chaud ni froid. J'ai bien présent à l'esprit que cette parution doit beaucoup plus à l'entregent de Thyde Monnier qu'à mon mérite personnel. Je me garde comme de la peste de me mirer en mes phrases comme un Narcisse — encore aujourd'hui je ne me suis jamais relu. J'ai l'impression d'avoir dérobé la joie que je devrais éprouver et dès lors elle tombe en cendres.

C'est dans cet état d'esprit, dans cet état d'âme qu'un jeudi j'achète *Les nouvelles littéraires* au kiosque du boulevard de la Plaine. Je l'ouvre en marchant comme je fais d'ordinaire pour tous les journaux qui m'intéressent. Je feuillette plutôt. En vérité, je cherche si l'on ne parle pas de Giono ou de Thyde ; l'un et l'autre pour l'instant sont passés sous silence.

Je ne me souviens plus comment je suis allé au feuilleton que depuis vingt ans Robert Kemp consacre aux nouveautés à la page deux des *Nouvelles*, mais je sais que j'ai dû m'asseoir sur un banc de la Promenade pour lire et relire les quinze dernières lignes de son feuilleton et qu'aujourd'hui encore, me le remémorant, je suis toujours prêt à m'asseoir.

« Je ne commenterai pas longuement, écrivait-il, mais je recommande avec élan *L'aube insolite* de M. Pierre Magnan qui me paraît dans le domaine

38

du récit poétique, une manière de chef-d'œuvre. […] Des descriptions remarquables, une anxiété qui croît de page en page. C'est d'un accent superbe et madame Thyde Monnier peut être fière qu'on le lui ait dédié. »

Les loups se dévorant entre eux sitôt leur mort venue, qui se souvient de Robert Kemp ? C'était alors le plus craint et le plus écouté de la gent littéraire française. Il avait le compliment élégant quoique mesuré et la désapprobation assassine. Qu'il ait consenti parmi cinquante volumes reçus cette semaine-là à se pencher ne fût-ce qu'en quinze lignes sur mon cas valait un prix littéraire.

Durant les semaines qui suivirent, je reçus une centaine de coupures de presse plus ou moins persifleuses, indulgentes ou franchement hostiles. Il va sans dire que je n'ai retenu que les meilleures. Frédéric Lefebvre toujours péremptoire écrivit : « Les deux meilleurs livres parus cette année sont *Travaux* de Navel et *L'aube insolite* de Magnan. »

Robert Kanters, qui aiguisait sa plume pour devenir l'aristarque le plus redouté des auteurs au tendre épiderme, daigna s'occuper de moi dans la *Gazette des lettres* : « Avec *L'aube insolite* enfin M. Pierre Magnan a failli réussir l'histoire que le titre de M. Jean-Louis Bory annonçait, celle d'un village à l'heure allemande. Il sera peut-être le Pierre Benoit de sa génération. »

On vendit dix mille exemplaires de *L'aube insolite*.

J'étais abasourdi, incrédule et méfiant. Je n'éprouvais ni exaltation ni bouffée de vanité ni espérance. En moi, une voix terrible grondait cet avertissement d'enfer : « Si jamais tu réussis, il va te falloir écrire un livre par an pendant cinquante ans. » J'étais paralysé d'effroi.

Heureusement le destin allait s'arranger pour que la chose ne se produisît point.

Ils étaient tous autour du poêle quand il entra.
Il y avait le maire Germain Pourrier, Jules Autran
le boulanger, le cantonnier Charles Mille, Luc
Abit le marchand de moutons. Et dans le coin,
caché par le tuyau, Isaïe Ramonce le forestier.

Le vent d'automne, qu'il fit entrer avec lui,
dérangea la fumée de leurs pipes. Eux, devant cet
homme encombré de deux valises, avec son chapeau mou et son imperméable clair, le prirent
pour un monsieur. Mais, s'avançant au milieu de
la pièce et rencontrant la mère Raffin qui venait
en toute hâte sur ses pieds plats, il toucha son
chapeau.

— Je vous demande pardon, dit-il, est-ce qu'il
serait possible de voir le maire ?

Pourrier se leva.

— C'est moi.

Il enleva sa pipe de la bouche.

— Je parie que vous êtes le nouvel instituteur ?

— Juste, dit l'homme.

— Mes compliments, vous êtes en avance, on
vous attendait pas avant au moins le 30.

41

Ils s'étaient tous tournés vers lui. Les quatre vieux, qui jouaient aux cartes au fond de la salle, avaient interrompu leur partie.

Ce devait être le premier soir qu'ils se mettaient autour du poêle. Jusqu'à hier, ils avaient dû se tenir sur la terrasse, à se balancer sur leurs chaises sous l'orme épais que le vent, ce soir, secouait avec fureur. Bien que la fonte fût froide, ce n'était pas sans raison qu'ils s'étaient installés là, car la fumée des pipes commençait à être la bienvenue. L'homme sentit qu'elle avait pris déjà l'odeur particulière de la mousse roussie. Il se présenta.

— Je m'appelle Justin Barles.

— Asseyez-vous, dit le maire, madame Raffin va vous faire souper et puis nous verrons.

— J'ai pas bien, objecta-t-elle.

— Oh, dit Barles avec un sourire amer, je ne suis pas difficile.

— Elle trouvera quand même encore une paire d'œufs et un bout de fromage.

— Ça peut toujours se faire, consentit Mme Raffin.

— Asseyez-vous alors, offrit Pourrier.

— Volontiers… volontiers. Le courrier m'a quitté à l'embranchement.

— On savait pas. Si vous aviez averti, Ramonce serait allé vous prendre avec son mulet.

— Sûrement, dit Ramonce.

— Oh, ça ne fait rien, c'était plutôt pour mes valises.

Il s'assit et se rendit compte alors que tous, les quatre autour du poêle, Pourrier qui le couvait de l'œil, debout dans son gilet à chaîne de montre, la vieille mère Raffin qui venait de lui servir un verre de vin, tous enfin, sauf les vieux, avaient des mains d'arc-en-ciel. Pourrier encore, ce n'était pas très net, seulement à la commissure des ongles, un peu de violet avec du rose aux paumes. Mais les autres qui s'étaient remis à parler en gesticulant, leurs mains étaient aux couleurs d'un arc-en-ciel sans violence, qui passait devant la lumière par toutes les combinaisons du bleu, depuis le mauve pâle jusqu'au grenat, limite du rouge.

Barles en oubliait de manger. Pourrier suivit la direction de ses yeux.

— Ce n'est rien, dit-il, c'est les embrunes.

Ça n'expliquait pas grand-chose.

— Oui, ici, depuis la guerre, nous avons pris l'habitude de faire du vin d'embrunes. Et justement c'est le jour.

— En passant, j'ai vu un lavoir, entouré de femmes...

— Oui, dit Pourrier, vous auriez pu voir la presse aussi, mais vous n'avez pas fait attention.

— J'ai senti une odeur sauvage.

— C'est cette odeur-là.

— Et c'est bon ?

— Buvez seulement et vous me direz.

Barles avala le contenu de son verre.

— Hé, ce n'est pas mauvais. En tous les cas, c'est fort.

— Oh oui, dit Ramonce, je sais pas, cette année... Mais l'an dernier, il a fallu en ramener quelques-uns chez eux !

— Toi, dit Luc Abit, commence à faire croire à l'instituteur que nous sommes tous des soûlards !

Barles, rassasié, regardait les hommes. La terre les avait marqués. Ils avaient le masque impitoyable que donne la montagne dure. Et ici, Barles l'avait senti dès qu'il avait posé le pied sur la route, ce soir, à l'embranchement de Cluze : « Si vous allez là-haut, lui avait dit le courrier, je vous souhaite du plaisir. » Alors, il avait mis le pied sur la route et il avait perçu ce frémissement sauvage qu'ont parfois les chevaux rétifs, quand on essaie de les monter. D'ailleurs, ce n'était pas une route. Il aurait voulu avancer en silence pour ne pas irriter les échos, mais chacun de ses pas faisait rouler les pierres et les envoyait dans le ravin où elles cascadaient interminablement. Il avait marché longtemps, dans le vent d'abord, dans la nuit ensuite. Sans rien voir, lui semblait-il, au bout du temps, que les restes d'un feu dont le vent rallumait les braises. À mesure qu'il s'était rapproché, la nuit plus claire avait dessiné devant lui les contours d'un village. C'était Cluze. « Vous marcherez, avait dit le chauffeur, jusqu'à ce que vous ne voyiez plus ni un arbre ni une herbe, jusqu'à ce que vous voyiez l'air en face de vous, encadré par deux montagnes. Ce sera là. » C'était là. Arrêté à la lisière du bois dont il venait de sortir, ébloui par la largeur de l'horizon, Barles avait regardé, à droite, la montagne étincelante de vent, de neige et de froid.

— La dent de Cervières, avait-il dit à haute voix.

C'était elle. Elle déchirait de sa pointe la trame du ciel.

— Alors, demanda Ramonce, vous êtes venu à pied depuis l'embranchement ?

— Oui. Et je commençais à me sentir les bras lourds, je vous assure.

Lui ayant ménagé une place au milieu d'eux, ils posèrent les cinq petits verres transparents sur la plaque de fonte. De temps à autre, ils les faisaient miroiter dans la lumière.

— Bien sûr, elle ne vaut pas celle de marc, mais enfin…

— Elle n'est peut-être pas si forte, dit Barles, mais elle a plus de goût.

— En fait de goût, dit Ramonce en riant, la première année où nous l'avons distillée avec l'alambic des essences monté du Rocher-d'Aigle, elle avait celui de la lavande, il fallait se disputer avec les femmes qui voulaient à toute force en parfumer le linge…

Ils firent le silence. On entendait dans les trous du vent les cris et les rires de ceux qui préparaient le vin d'embrunes sur la place. La mère Raffin entra.

— Je viens de voir, annonça-t-elle. Il en arrive toujours de la montagne avec de pleins seaux. La récolte est bonne.

— Tant mieux, dit Mille le cantonnier, c'est qu'il en faut de ces saloperies ! Elles ont guère de jus.

— Toi, tout le monde sait que pour te lever la soif…

— Vous avez eu une bonne idée, dit Barles, c'est que maintenant…

— Oui, le vin qui vient d'en bas est rare.

Ce mot « en bas » les fit taire. Ils perçurent tout d'un coup au-dessus de quel abîme ils voguaient tous, et que, sous ces quelque treize cents mètres qui les séparaient des plaines immédiates, sous ces amoncellements de nuages et de forêts, des choses se passaient qui touchaient de près à leurs cœurs d'hommes.

— Cette guerre..., dit Ramonce en tapant sa pipe contre le rebord de sa chaise.

— Elle finira bien un jour.

Barles changea un peu de place afin de les voir tous.

— Et ici en somme, de quoi vit-on ?

— De la montagne.

— J'ai la scierie, expliqua Pourrier, elle nourrit bien quelques familles.

— Moi, continua Ramonce, je fais les arbres pour les papeteries. Ça gagne assez. Et puis il y a le transport, ce n'est pas moi qui m'en occupe, moi je n'ai que le débardage ici. Après, c'est Sarel le câbleur qui fait la mise à port.

— Tout le monde, reprit Pourrier, a au moins un pré et une vache. La terre n'est pas très solide, mais enfin...

Il pensait à son pré des Longes dont une partie avait encore glissé au printemps dernier.

— On marche à l'heure ancienne, dit Luc Abit.

— Ce n'est peut-être pas une mauvaise idée, remarqua Barles.

Luc Abit continua, gêné :

— Moi, ce n'est pas pareil, je faisais le marchand de moutons. Maintenant je me suis retiré. Je traite encore quelque vente de temps à autre, mais c'est plutôt pour me distraire. J'avais passé au gendre ; malheureusement, il est prisonnier.

46

Il les regarda tous.

— Comme c'était mon pays, je suis revenu.

— Oui, lui, il est revenu, dit Pourrier.

— Je comprends, soupira Barles en hochant la tête. En somme, c'est toujours la même histoire.

— Hé oui, reprit le maire. Ici vous n'aurez pas beaucoup d'élèves : une quinzaine. Isaïe, tu enverras ton Paul cette année, il se fait grand ?

— Oui, je crois que je l'enverrai.

— Alors, quatorze de l'an dernier, moins Peyre qui a passé le certificat et plus ton Paul, quatorze. Et vous, dit-il après un silence, en posant sa main sur la cuisse de l'instituteur, d'où venez-vous ?

— De Marseille.

Ils sifflèrent tous les cinq.

— Ça doit être terrible ? questionna Autran.

— Vous ne pouvez pas vous imaginer. J'avais vingt-cinq élèves. Je suis persuadé que si on pouvait mettre sur une balance les vingt-cinq que j'avais et les quinze que je vais avoir, elle pencherait encore du côté des quinze. C'est vous dire.

— La terre sombre, dit Autran.

— Oui, dit Mille.

— Mais en somme ici, de la guerre, vous pouvez bien un peu vous en foutre ?

— Oh oui, ici sûrement.

Luc Abit se plaignait.

— Mon gendre est prisonnier.

— Il faut vivre, malgré tout, dit Barles, parce que vous savez, d'après ce que j'ai déjà vu, c'est plus facile qu'en bas et plus agréable.

Ils prêtèrent l'oreille à la galopade effrénée du

vent. Un homme entra et se débarrassa de son sac de montagne.

— Temps de salaud! gronda-t-il.

Une bouffée d'odeur d'embrunes pénétra en même temps que lui. Il vint leur serrer la main à tous, autour du poêle.

— Et alors, ça va-t'y?

Il vit Barles et s'arrêta net.

— Le nouvel instituteur, expliqua Pourrier.

Et se tournant vers Barles, il ajouta :

— Ange Castel, notre guide.

L'homme se mit à rire amèrement.

— Guide si on veut. Heureusement qu'y a aussi deux vaches et la grange, parce que les amateurs pour la Dent se font plutôt rares !

— Ils comprennent, dit Ramonce. Huit morts en douze ans.

Barles regarda le guide. C'était un albinos. Il avait les yeux mauves et les sourcils roux. Il épongeait son front en sueur bien qu'il ne fît pas chaud et avait l'air à peine posé, prêt à s'envoler, tant il était mobile.

— Alors, quoi de neuf?

— Toujours pareil, dit Pourrier. Il faudra que tu passes à la mairie pour le renouvellement de ta licence. J'ai reçu tes papiers.

Les quatre vieux au fond du café avaient plié le tapis de cartes et ils s'en allaient avec des bruits de cannes et de crachats.

Ramonce se leva.

— Ah, moi, demain à cinq heures...

— Oui, dit Autran à son tour, je vais aussi aller préparer.

Pourrier se tourna vers Barles.

— Pour ce soir, vous coucherez là. Mme Raffin
a une chambre. Demain je vous mènerai à l'école.
Vous pourrez continuer à manger ici.

— Bon, dit Barles.

Tous lui serrèrent la main en lui souhaitant
bonne nuit. La mère Raffin lavait ses verres.

— C'est au premier, expliqua-t-elle, juste en
face de l'escalier. Le lit est fait. Je vous accompagne pas.

— Ce n'est pas la peine. Bonsoir, et je vous
remercie bien de tout.

Il monta, heurtant ses valises dans l'étroit couloir.
Là-haut, il s'assit pesamment sur son lit et bâilla.

— Eh bien, voilà, dit-il.

Il s'accouda à la fenêtre grande ouverte, devant
la montagne que le vent attisait. Elle était semblable à un fer sur une enclume, à cause du bra-
sillement d'étoiles qui l'entourait. Le vent secouait
l'orme avec fureur et lui arrachait des poignées de
feuilles encore vivantes qu'il entassait méthodiquement au pied de la murette séparant la terrasse
du jardin et où, pensa Barles, les vieux devaient
s'asseoir pour prendre le soleil. Devant le lavoir, il
vit le pressoir déserté, et pendant les trous du vent,
il entendit s'égoutter le dernier moût. D'après ce
qu'il distinguait, le village devait plutôt être derrière lui, car la fenêtre s'ouvrait sur un vide occupé
seulement de deux maisons très espacées. L'une,
contre le lavoir, au bord du ravin dont la pente
montait du côté de Cervières; l'autre, bien plus
haut, sur une place dont un coin de mur lui bou-
chait presque toute la vue.

«Je parie que c'est l'école», pensa Barles. Il regarda vers le nord où la terre avait la forme d'un éventail ouvert. On la voyait continuer jusqu'à la lisière des bois, pressée entre la dent de Cervières et les pentes douces du Grand-Saint-André, peuplée de prés, de granges et de veinules d'eau aux musiques diverses. Et, de ce côté-ci, les derniers arbres qu'on pouvait voir étaient étroitement mêlés au ciel. Barles savait que tout se terminait par un à-pic de cinq cents mètres en surplomb sur une large vallée qui se rétrécissait jusqu'au chaos de montagnes barrant la route d'Italie.

L'école, si c'était elle, commandait l'éventail. Jusqu'à la première place du village, ce n'était encore que vallonnements sans formes exactes ; à partir de là-haut seulement, la terre commençait à se déployer, à faire la roue.

Ce soir, les forêts écumeuses tentaient de submerger de vagues d'arbres la tête chauve du Grand-Saint-André. La dent de Cervières jetait au ciel des crachements d'étoiles. Barles se tourna vers le sud pour regarder du côté des plaines. Mais il n'y avait rien, hormis la source du vent. La civilisation était loin. Il se souvenait que depuis le Rocher-d'Aigle, dernier village traversé, il y avait eu de nombreux virages en queue de cochon où, chaque fois, le chauffeur semblait se démolir le bras. À partir de l'embranchement, il avait marché qui sait combien ? Deux heures seulement pour cette dizaine de kilomètres, malgré la côte, la valise et ce phonographe qu'il avait voulu emporter à toute force. Maintenant il était à Cluze : «Une terre impitoyable, pensait-il, plus sensuelle que sentimentale, d'où l'on ne doit pas percevoir les bruits de la vie. La mort doit paraître simple, ici. »

À ce moment, entendant le pas d'un cheval, il se pencha. La bête débouchait derrière le bouquet d'alisiers. Bien que la place fût assez claire, le vent brouillait les images devant ses yeux. Pourtant, au bruit, il comprit que c'était un bon pas de cheval bien tranquille. Il distingua l'éclair d'une chemise blanche.

— Fan de Dieu ! dit-il.

Il avait compris. C'était une femme habillée en homme, des bottes serrant sa culotte de velours dont il voyait luire les côtes. Et, la suivant des yeux, il voyait surtout l'éclat de la chemise, emplie par la lourdeur des seins. Il en oubliait sa fatigue et aurait pleuré d'émerveillement, tant s'accordait bien avec cette terre la première femme rencontrée depuis des jours. Elle attacha sa monture à la boucle du mur à côté du lavoir et il la détailla mieux encore quand, ouvrant la porte d'une remise éclairée, elle y fit entrer le cheval. Puis il ne vit plus rien que le visage hermétique de la maison. « Je demanderai…, pensa-t-il. Ce soir il est trop tard, il faudra s'endormir sur sa curiosité, mais demain, demain sans faute, je demanderai. » Enthousiasmé par cette forme saine entrevue, par cette robustesse pressentie, il regarda avec sympathie la dent de Cervières. Elle aurait dû pourtant éveiller sa méfiance, tant elle avait l'air de vouloir à toute force une proie, mais Barles ne savait pas, n'étant pas habitué à la montagne. Il ignorait qu'elle était capable de patience. Il s'approcha de la table, ouvrit son phonographe et plaça un disque. Une force neuve s'infiltra dans la rumeur du vent. Barles s'allongea sur le lit, enclin de plus en plus à se laisser vivre. Une joie lui venait ce soir, qui l'inclinait à l'amabilité et à la douceur pour tout. Il aurait voulu être fiancé avec une fille blonde et claire. Jamais autant que dans cette solitude, il ne s'était senti entouré par des présences tranquilles. Il avait à tel point oublié la férocité sociale, dont la perception veillait presque sans répit en lui, qu'il s'endormit heureux de vivre.

Alors, deux hommes montèrent le talus de la route qui relie le Rocher-d'Aigle à Cluze et s'engagèrent péniblement dans la forêt où des coupes abandonnées mettent d'innombrables obstacles. Ils progressaient en silence, le canon d'une arme luisait sur leur épaule et une sorte de boîte battait les flancs de l'un d'eux. Énervés par le bruit du vent, ils butaient dans chaque tronc abattu. Le plus petit s'arrêta.

— Fatigué ? s'inquiéta l'autre.

Il fallait presque crier pour s'entendre.

— C'est ce vent, dit l'homme à la boîte.

— Pourtant, on devra en mettre encore un coup.

— Je le sais bien.

Ce n'était en effet que la lisière de la forêt. Avant d'entrer dans le gaulis, il faudrait traverser l'étendue livide de Cluze.

— Là, insista le grand, il y a encore du danger.

Le vent passait au-dessus de la forêt. Une armée d'anges battait l'air de ses ailes. Continuant leur lente ascension, les deux hommes débouchèrent enfin du couvert et la tempête les assourdit de sa malédiction. Désignant dans le ciel la montagne en robe de mariée :

— La dent de Cervières, dit le grand.

Ils étaient dans le vallon du village détruit. Passant à côté de l'église qui, bien que délabrée, était encore en service, ils se trouvèrent un peu à l'abri du tumulte, dans le seul pli de l'éventail que la terre n'avait pas eu le temps de déployer avant le refroidissement total. Le sol était raidi, plissé en deux comme la cuisse d'un poulet mort. Le vent froissait le ciel très loin au-dessus. Ici, c'était le silence.

— Si tu veux te reposer, dit le grand, on peut.

Ils s'assirent sur la pierre froide d'un mur bas, sous l'auvent d'une chapelle minuscule où l'on entreposait les cercueils avant les enterrements. Une croix inégale dominait le cimetière. Alentour, stagnait sous la tempête, reste de rêves anciens, la vieille odeur éternelle des morts. Ils allumèrent une cigarette.

— Tu pourras tenir le coup ? dit le grand.

— J'essaierai. De toute manière je ne t'embarrasserai pas.

— Ce n'est pas cela, dit-il en haussant les épaules, repose-toi cinq minutes. Je vais visiter le cimetière. J'ai toujours eu une grande attirance pour les cimetières.

L'homme à la boîte se dressa comme si on l'avait piqué.

— Je vais avec toi.

— Tu as peur tout seul ?

— J'aurai besoin de mes nerfs, je ne veux pas les mettre stupidement à l'épreuve.

— Bien dit. Alors allons.

Ils passèrent la porte en ruine. C'était un tout petit cimetière désaffecté, empli de tombes de poupées. Allumant leur lanterne électrique, ils virent des inscriptions : « Auguste Carloton, 20 ans, Jean Maurin, 18 ans, Germain Pourrier, 17 ans, Charles Ramonce, 20 ans. »

— On mourait jeune, ici, dit l'homme à la boîte.

Son compagnon tâtait les tombes, faisait sonner les dalles sous son talon.

— Oui, et on mourait pauvre.

Ils repassèrent la porte. L'homme à la boîte pressa nerveusement le bras de son compagnon.

— Une maison !

— Bien oui…, quoi ? dit l'autre suivant son regard. C'est le nouveau Cluze. Ils l'ont bâti en haut du val, cette fois.

Il ajouta :

— Oui, de toute façon, ce cimetière n'est pas possible. Il n'y a pas un seul caveau assez grand. Pas un trou où tenir debout ou allongé. Rien à faire.

— Alors continuons.

Quand ils s'enfoncèrent dans le bois des Longes, vaste comme un thorax entre les deux montagnes qui le serraient aux côtes, des chiens aboyèrent dans de lointaines fermes, puis se turent. Entrant alors dans le silence, ils marchèrent longtemps ainsi. Ce devait être le milieu de la nuit quand ils virent, à travers les troncs, une lumière dont ils avaient perdu l'habitude. C'était le ciel. À chaque pas qu'ils faisaient, des rangées d'arbres semblaient

54

se précipiter dans le vide. Ils se trouvèrent au bord de la falaise, devant la vallée emplie de brumes.

— Et voilà, dit le grand, on n'ira pas plus loin.

— On verra à s'organiser, dit celui qui portait la boîte.

— Oui. Pour l'instant, voici : deux fusils, dix kilos de provisions, ça d'un côté…

— Et un violon, dit l'homme à la boîte en frappant dessus.

— Belle jambe ! dit l'autre en haussant les épaules. Donc, il y a tout ça d'un côté de la balance…

— Dix kilos de provisions, de quoi tenir huit jours.

— Et sur l'autre plateau, peut-être la mort.

— Sûrement, dit l'homme à la boîte.

Il se débarrassa de son violon et d'un autre paquet attaché après. Le grand jeta son arme et l'énorme sac de montagne qui pesait à ses épaules. Ils se couchèrent à même le sol, face au souffle de forge montant de la vallée.

— Tu crois en Dieu ? grogna le grand.

— Non, dit l'autre.

Ils s'endormirent.

Barles ne savait pas exactement ce qui l'avait réveillé, mais il l'était bien. Quelle idée aussi de se coucher habillé ! Il entendit aboyer, de plus en plus loin, des chiens qui se répondaient d'une ferme à l'autre, et s'accouda à la fenêtre, pris d'une sorte d'inquiétude qu'il ne sentait pas la veille. Machinalement, il regarda la maison d'en face, à côté du lavoir. Une fenêtre était ouverte, la femme qui l'avait ébloui y était penchée comme lui. «Elle ne peut pas dormir non plus, pensa-t-il, je la rassurerais bien si elle est inquiète.» Il passa sa langue sur ses lèvres. Mais qui sait pourquoi il ne put se maintenir en cette agréable pensée : il venait d'y avoir au-dehors un brusque silence, car le vent s'était arrêté comme stupide d'étonnement, comme médusé dans sa délicatesse. Il reprit presque aussitôt d'ailleurs. La forme avait disparu de la fenêtre. «Oui, pensa Barles, nom de Dieu, je la rassurerais bien.» Mais c'était sans conviction. Il regarda au ciel les images d'étoiles et dit à haute voix :

— Ce doit être vers la mi-nuit.

La traîne du vent était constellée de feuilles mortes.

Succédant à celui qui déferlait depuis trois jours sur le pays de Cluze, un tout petit vent acide cassait les feuilles au ras des tiges et travaillait avec précision à détruire les lambeaux d'été qui demeuraient encore dans l'air.

Hier, le maire avait installé Barles dans son école. C'était bien ce bâtiment isolé au bord de la falaise, face à l'unique rue montante dont les maisons s'adossent au flanc du Grand-Saint-André. D'abord compactes, puis de plus en plus disséminées, elles gravissent ainsi la montagne. Puis la rue se continue en plein bois par un sentier forestier dont on chercherait vainement le but. La rue commence par deux bâtisses solides. À gauche, la poste-épicerie de Mlle Cassagne, à droite la boulangerie Autran qui termine Cluze vers le nord. Après elle, se dresse un énorme sapin, puis des jardins, des prés sur les pentes et au milieu des prés, seule encore, flanquée de deux noyers et d'un champ en labour, la maison de Ramonce. C'est tout. Non : la forêt. La forêt couronne Cluze de trois côtés. Seul celui du nord-ouest, où la dent de

Cervières met sa silhouette sévère de vieille fille, n'est pas occupé par elle. Là, c'est la désolation totale : le pli de l'éventail, avec son village détruit tout au fond et son cimetière mort et tout de suite la montagne, sèche, aride, champs de pierre où rien ne pousse que des anémones sans pétales. Dans un creux pourtant, plus haut, un peu de vert dans tout ce gris : la masse des mélèzes. Mais chaque fois que Ramonce montait jusqu'à sa lisière supérieure (à cet endroit d'où, pour voir le sommet de Cervières, il faut tellement tordre le cou que le soir il fait encore mal !), il voyait qu'elle ne vivrait pas longtemps, car, pesant contre elle de toute la force de ses blocs, la montagne l'écrasait. Elle se défendait : on était comme en pleine nuit sous son couvert tant les arbres avaient poussé dru. Pourtant, quand il revenait de là-haut, Ramonce s'arrêtait de manger la soupe pour dire à sa femme : « On a bien fait de partir. Un de ces jours… » Il pensait au vieux village où tous ses parents étaient enterrés, et où il possédait encore les quatre murs d'une maison bordée d'un champ semé de lentilles.

De ce côté-ci, la terre de Cluze n'était plus une terre à hommes. De temps à autre, on entendait glapir un aiglon au-dessus des mélèzes. Et la nuit, mais seulement quand elle était transparente et sonore comme un cristal, on percevait le craquement des arbres ou le pas agile d'un chamois dans les éboulis périlleux. Ce n'était plus une terre où les hommes s'aventuraient de gaieté de cœur, c'était une terre à surprises.

Donc, ce matin-là, Barles se leva de bonne heure bien malgré lui. Il avait laissé ouverte la fenêtre de sa nouvelle chambre, selon son habitude, et la naissance de ce vent aigre l'avait éveillé. Alors, tout de suite, il sentit une bonne odeur de fumée et entendit craquer un feu. Il vit Autran, au fond de son magasin, se découper comme un dieu de cuivre sur la gueule rouge du four et descendit.

Il s'assit sur le banc à gauche (à droite il y avait tout l'assortiment de pelles plates et la patte-mouille) et regarda sagement, les bras croisés, faire le pain. Autran avait amené à la porte toute la charbonille rutilante et il semblait que le four bavait.

— Si vous désirez un peu de café, monsieur l'instituteur ? dit-il. Ne vous gênez pas. Voyez, il est là.

Il montra la cafetière sur la tablette où il appuyait ses pelles.

— Non merci, vous êtes bien aimable.

Barles ne voulait pas beaucoup parler, ce qui l'aurait obligé à poser toutes ces questions qu'il avait dans la tête depuis le premier soir. Autran se débarrassa de la charbonille et dit :

— Quand je fais ça, j'ai beau avoir l'habitude, j'ai la figure vernie comme une terre cuite.

Il alla sur la porte, respira à gauche et à droite, puis revint.

— Vous allez les voir tous tout à l'heure, dit-il, avec ce vent d'aiguilles, ils vont venir prendre leurs quartiers d'hiver.

Il alla jusqu'à son fournil et rapporta une claie sur laquelle chaque pain s'étalait entre deux rives de sac. Il en versa un sur une pelle après s'être frotté les mains d'un peu de farine sèche prise dans une assiette de fer à côté de lui et dont il aspergeait chaque flûte en un geste de bénédiction. Maintenant, à mouvements agiles, il enfournait et l'on n'entendait que le glissement souple de la pelle sur les dalles brûlantes. Il ne faisait plus attention à l'instituteur.

Alors, Barles se décida à parler.

— L'autre soir, j'ai vu une femme à cheval...

Autran regardait soigneusement au fond de son four.

— Ah ? C'est la doctoresse, dit-il.

— La doctoresse ?

— Oui. Oh, elle soigne aussi les bêtes, heureusement. Parce que ici, il n'y a guère de malades que les bœufs qui se blessent et les vaches qui vêlent.

— Elle est seule ?

— Oui, il y a trois ans qu'elle est ici. Vous savez, elle nous a expliqué un peu, enfin, pas à moi bien sûr, mais à Pourrier, à Ramonce ; de docteurs il y en a plus que de postes disponibles, comme elle dit, alors des pays perdus comme ici...

Il avait fini sa claie et alla en chercher une autre, recommençant ses gestes de bénédiction.

— Ah ça, elle a un beau cheval. Nom de Dieu ! Une belle bête. Elle l'a amené avec elle quand elle est arrivée et il lui sert pour aller dans les fermes qui sont au tonnerre de Dieu... La commune l'a pris en charge et le nourrit parce que ici c'est indispensable.

Ce n'était pas précisément ce que Barles voulait savoir. Il dit avec hésitation :

— La femme, je ne sais pas si vous avez remarqué, mais elle n'est pas mal non plus...

— Je vois, monsieur l'instituteur, que vous n'avez pas les yeux dans votre poche.

— Hé, dit Barles modestement, on est forcé de le remarquer.

— Ne vous excusez pas. Mais c'est vrai qu'elle a fait rêver les jeunes. Entre elle et la femme de Ramonce...

Le four était plein cette fois, Autran referma la porte.

— Et voilà : vingt minutes de tranquillité. Qu'est-ce que j'ai fait de mon tabac ?

Il alla au tiroir-caisse de la banque, scruta le dehors. Barles le regardait. Il revint, une feuille à cigarette à la lèvre, une pincée de tabac au creux de la main.

— Mais, dit-il en hochant la tête, moi je sais pas, mais d'après ceux qui l'ont cherchée, elle est froide comme du marbre.

— Elle voit les hommes tels qu'ils sont : azote, phosphates, H deux O... Que voulez-vous : elle est blasée.

— Oui, c'est bien malheureux. Enfin maintenant, comme je vous l'ai dit, les jeunes se comptent sur les doigts : huit prisonniers...

Barles siffla.

— Huit, pour cent quatre-vingts habitants ? Ce n'est pas mal.

— Et encore ils sont revenus deux, hein ?

Prenant un bout de charbonille entre ses doigts insensibles, il alluma sa cigarette et désigna sur la banque le paquet de tabac.

— Si vous voulez en rouler une, ne vous gênez pas.

— Merci, je ne fume que la pipe, mais si vous permettez, ce sera avec plaisir.

À ce moment, Ramonce entra. Il était habillé de velours sombre, coiffé d'un feutre noir et la giletière d'argent barrait sa poitrine comme un morceau automnal d'écorce de bouleau.

— Vous êtes matinal, monsieur l'instituteur.

— Je vous avais ben prévenu? cria Autran de son fournil.

— Hé, dit Ramonce, viens un peu voir là, toi, vieille bête.

Tout de suite, avant que le boulanger eût répondu, ils envahirent tous le magasin empli par l'odeur du pain chaud. Tous : Luc Abit, Mille, Ange Castel, et un autre que Barles ne connaissait pas encore : Henri Champsaur, le maréchal.

Ils étaient tous pareillement habillés de velours sombre, sauf Ange Castel, dont le pantalon couleur de sous-bois se serrait aux chevilles. Ils étaient tous pareillement grands et robustes. C'étaient des hommes de trente-cinq à quarante ans, joyeux par nature, aux yeux brillants, parlant haut et fort, avec une caisse du tonnerre de Dieu : « Quand ils reçoivent un arbre sur les épaules, pensa Barles, ce doit être l'arbre qui pète. » Lui, à côté, il faisait figure de petit garçon avec ses vingt-huit ans d'homme des plaines. Ils avaient l'air de savoir très bien ce qu'ils venaient faire là, puisqu'ils s'assirent tous sur le banc au fond, dos à l'escalier qui montait à l'étage. Et quand Autran revint de son pétrin où il avait mis en route la deuxième fournée, il se croisa les bras avec admiration.

— Y faut que réellement l'automne soit bien venu pour que vous soyez tous là à me regarder travailler avec cet air tranquille.

— Je te crois, acquiesça Ramonce, rien qu'au vent de ce matin...

— On te dérange pas ? dit Ange Castel.

— C'est par décence pour nos femmes, expliqua Champsaur le maréchal, il est trop tôt pour aller au bistro, et rester dehors...

— Hé, dit Luc Abit, elle commence à se supporter, la chaleur de ton four.

— Pas possible ? dit Autran. Vous avez froid ? Regardez-moi si j'ai froid ?

Devant eux, avec des gestes coquets, il tourna sur lui-même, montrant son torse nu. Une moisson de poils courait au long de sa cage thoracique. Ses bras énormes, gonflés de muscles en bielle, forgés par le travail de pétrir, étaient maculés de farine, sèche aux coudes, encore humide sur les poignets et sur les doigts. Il commençait à sortir les pains du four.

— Froid ? dit Ramonce, pas tellement. C'est plutôt le plaisir de se dire qu'on a un endroit où se chauffer.

— Et puis, continua Champsaur, le plaisir de te regarder travailler en se disant qu'on a rien à foutre.

— Oui, dit Ramonce, mais le lundi, y te le rend, quand y va se mettre mains aux poches devant la forge où tu t'escrimes en suant...

Ils rirent tous. Maintenant, ils se réchauffaient l'intérieur avec la fumée de leurs pipes.

— Quelle heure, Isaïe? demanda Autran.

— Sept et demie.

— Ah, quand elles sentiront l'odeur, les femmes vont commencer à rappliquer. Ça m'étonne que ma fille…

Il ouvrit la porte de l'escalier et appela :

— Valérie !

— Je descends, père, dit une voix douce.

Il expliqua pour l'instituteur :

— C'est une idée de ma pauvre femme de l'avoir appelée comme ça. Elle voulait qu'elle ait un nom distingué.

— Hé, dit Luc Abit, c'est assez distingué, y faut reconnaître…

Elle murmura :

— Bonjour, messieurs.

Et passa devant eux, les yeux baissés. Ils avaient tous l'air timide comme s'ils avaient eu dix-huit ans.

— Bonjour, jeune fille, dirent-ils.

— Bonjour, papa.

— Bien dormi, fillette ?

Il l'embrassa, mains au dos, crainte de salir la blouse propre et repassée de frais qu'elle avait mise.

Barles la suivit des yeux jusqu'à la banque. Elle regardait dehors en arrangeant ses cheveux. Des cheveux couleur de pain, teint blanc laiteux, des mains fines qui tapotaient délicatement la chevelure. C'était une fille de vingt ans juste.

La première cliente fut la demoiselle Cassagne de la poste-épicerie.

— On voit que le vent arrive du nord, constata Autran qui faisait sa deuxième cigarette de la journée, vous avez senti l'odeur.

— Et Ange? demanda doucement Valérie. D'habitude c'est lui qui vient?

— Il est parti en montagne chercher des girolles.

— D'habitude, dit Ramonce, Pourrier est déjà là à cette heure.

De temps à autre, sur la place, passaient des charrettes à mulets ou à chevaux et des chars à bœufs. Deux étaient arrimés devant la boulangerie.

— Il doit bien penser pourtant que nous sommes ici, dit Luc Abit.

— D'autant plus que le vent l'aura averti.

— Alors, questionna Barles, le dimanche vous venez là?

— Hé oui, vous voyez, c'est un bon coin.

Ange Castel qui avait dû rester debout parce qu'à eux quatre : Barles, Ramonce, Champsaur, Luc Abit, ils avaient pris toute la place, constata :

— Mais maintenant il faudra dire à Pourrier de nous faire faire un banc plus long.

— Oui, parce que je crois que monsieur l'instituteur, malgré sa jeunesse, a vite compris la terre de pipe.

— Il a l'air de savoir ce qui est confortable.

— Oui, dit Barles, pour le confortable, il me semble qu'entre tous, vous vous y entendez.

Maintenant, la boulangerie était pleine de monde, des femmes avec des enfants, de grands et gros paysans, ce qui faisait beaucoup de bruit et de rires. «Et, pensa Barles, elle se débrouille bien là-dedans, malgré ses cheveux de pain et ses mains fines. »

— Ma fille me sauve, dit Autran, parce que moi, avec toutes ces histoires qu'il faut faire désormais, jamais je m'en serais sorti.

— Tu n'as pas besoin qu'elle se marie un de ces jours ! dit Ramonce, ou alors…

— Oh alors, je sais ce qu'il me reste à faire : vendre ou apprendre la boulange au gendre.

Les hommes se turent. Ne resta plus que le bruit de parole des femmes, coulant comme de l'eau sur ce froid naissant et le bruit des attelages au-dehors qui s'interposaient de temps à autre entre les hommes et la vision étincelante de Cervières.

— Un jour, dit Barles en se tournant vers Castel, il faudra que vous me conduisiez jusque là-haut.

— Tout de suite, si vous voulez.

— Ah non ! protesta Ramonce, minute, laisse-nous d'abord lui raconter tout ce qu'elle a sur la conscience, ta montagne. Après, s'il y tient absolument… Mais au moins nous aurons fait tout ce que nous aurons pu.

Castel haussa les épaules.

— Qu'est-ce que tu racontes ? Je l'ai faite plus de deux cents fois, y m'est rien arrivé jamais.

— Sûrement, tu es béni ! Si l'instituteur se sent béni lui aussi, qu'il y aille. Mais quant à nous…

— Oui, approuva Champsaur, quant à nous une fois suffit. Tu te rappelles, Isaïe ?

Ramonce hocha la tête gravement et soupira d'aise à la pensée qu'il en était revenu. Tous les trois là, sur ce banc, ils avaient l'air de goûter une joie suprême à se sentir les pieds à terre, le dos confortablement installé contre le montant de l'escalier et près de cette bonne chaleur souple du four où se tordaient les braises de la deuxième fournée. Il pouvait bien parler, l'Ange Castel, avec ces yeux brillants et ces gestes de la main, comme toujours prêts à s'agripper à des prises impossibles. Il pouvait en parler de sa montagne ! Eux, ils avaient compris.

— De ma vie ! dit Ramonce.

Champsaur prit la manche de Barles et, de sa main libre, se mit à expliquer par des dessins dans l'air tout ce qu'ils avaient souffert ce jour-là.

— Comme des mouches au plafond. À ne plus voir ni ciel ni terre. Vous concevez ça ? Vous croyez que c'est une position pour un père de famille ?

Ange Castel s'était levé et hochait la tête.

— Avec des hommes comme vous, pas étonnant qu'on ait perdu la guerre.

— Hé, on n'est pas des dieux quand même, allons ! dit Luc Abit.

— Non, dit Autran qui revenait, on n'a pas d'ailes.

Champsaur secouait de plus en plus la manche de Barles.

— Se sentir à la merci d'un éclat de pierre, quelquefois gros comme l'ongle, et compter là-dessus pour assurer sa vie...

Castel avait ouvert la bouche pour répondre, mais ils tournèrent tous trois la tête en même temps, portèrent la main à leur chapeau, Barles se leva, Ramonce resta tranquillement assis.

— Bonjour, madame Ramonce, dirent-ils.

Elle les regardait en riant franchement.

— Eh ben, les hommes, qu'est-ce que c'est qui vous attire ici, le boulanger ou sa fille ?

C'était une belle femme, brune de cheveux et de peau. Elle tenait un enfant par la main et sous son corsage de dentelle noire on voyait la courbe de ses seins. Ses bras nus étaient roses de la lutte entre son sang et le froid.

— Tiens, dit-elle, Isaïe, je t'ai apporté ton mouchoir que tu as oublié.

On voyait qu'elle était fière de son mari si bien endimanché. Ses yeux gris brillaient de se voir regardée par les hommes, avec cette admiration. Et aussi, ma foi, de constater que le sien était bien le plus beau de tous.

— Ah merci, dit Ramonce. J'y vais aller.

Il disait cela à tout hasard, pour le cas où elle lui aurait posé une question. Mais non, elle avait l'air plutôt contente de le voir là et pour ne pas le gêner, elle s'en alla vite dès qu'elle fut servie.

« Si elles sont toutes pareilles... » pensa Barles. Et depuis ce matin huit heures (il en était maintenant presque dix, Autran venait de sortir sa deuxième fournée), qu'il les regardait entrer toutes, il se rendait bien compte que les grandes et les robustes formaient la majorité. Il n'avait guère remarqué de maigres et petites que la demoiselle des Postes et la bonne de la doctoresse, qui était jeune. Valérie non plus n'était ni grande ni forte, mais elle était bien proportionnée. Elle devait arriver à peine à la hauteur de la poitrine de son père qui, lui, chaque fois qu'il ouvrait le four, était presque obligé de se plier en deux.

— Eh bien, dit-il, maintenant je vais pouvoir aller me raser, vous m'attendez ? J'en ai pour cinq minutes.

— Bon, on surveillera ta fille pendant ce temps.

— Hé, remarqua Ramonce, elle n'a pas l'air d'avoir besoin de quelqu'un.

Ils disaient vite ces choses un peu troubles, pendant qu'elle était occupée à servir et qu'ils étaient sûrs qu'elle ne les entendait pas. Pourtant, bien qu'elle affectât de ne pas prêter attention à eux, il semblait à Barles qu'elle avait l'oreille légèrement rose. Autran se releva de dessus l'évier où il se débarrassait de la première couche de farine en laissant couler sur ses bras l'eau du robinet.

— Tu perds au moins un pain chaque fois avec ce qui te reste sur la peau, dit Castel.

— Hé oui, que faire ? Ah, maintenant je vais me raser.

Marchant tête baissée, il se heurta à Pourrier.

— Oh ? Tu étais là, toi ?

— Oui. Salut à tous ! Salut Ange ! Salut Ramonce ! Comment ça va, Champsaur ? Bien dormi, monsieur l'instituteur ? lança Pourrier en serrant les mains.

— Alors, dit Luc Abit, qu'est-ce que tu nous apportes ?

— Du nouveau, et pas du beau.

Il est vrai qu'il avait un drôle d'air.

— Ah ? dirent-ils intéressés. Qu'est-ce qui se passe ? Assieds-toi.

— Asseyez-vous, monsieur le maire, dit Barles en se dressant.

Ils avaient bien proposé : « Assieds-toi », mais ils

tenaient toute la place sur le banc. Pourrier lui appuya la main sur l'épaule.

— Non, ne vous dérangez pas.

— Parle vite, dit Autran, y faut que je me rase, moi.

Pourrier soupira.

— Voilà, je viens de voir les gendarmes…

— Ah ? firent-ils.

Et leurs mines s'allongèrent, car ils savaient que les gendarmes du Rocher-d'Aigle ne se donnaient jamais sans raison la peine de monter jusqu'ici.

— Une perquisition pour le blé ? demanda Ramonce.

Pourrier le regarda gravement.

— Non, Isaïe, pas pour le blé, ni pour la viande, ni pour le lait. C'est plus important.

Il regarda du côté du magasin, mais les femmes étaient très occupées à parler de leurs histoires. Alors, il se pencha rapidement vers eux et dit :

— Deux hommes se sont évadés de la citadelle de Sorges, il y a trois nuits.

— Ils sont passés par ici ? questionna Luc Abit.

— À ce qu'il paraît. Le dernier qui les a vus, c'est en bas, sur la route du Rocher, vers dix heures.

— Attends, dit Ramonce, que je me rappelle… Cette nuit-là, mes chiens ont aboyé.

« C'était donc ça ? » pensa Barles. Il se souvint de l'inquiétude soudaine qui l'avait éveillé l'autre nuit.

— Alors, dit Pourrier, d'après ce que m'ont appris les gendarmes, ils tiennent la montagne avec deux fusils.

— Oui, grogna Luc Abit, pendant ce temps, nous, nos malheureux canons de chasse se rouillent à la mairie...

— Qu'est-ce que tu veux..., dit Pourrier en écartant les bras.

— Si je comprends bien, conclut Ramonce, il va falloir prendre le vent.

— Oui, les gendarmes m'ont averti qu'on allait essayer d'organiser une chasse à l'homme, mais ce sera long et difficile. D'abord, il faut l'avis des autorités occupantes. D'abord...

Il hésita.

— Ensuite, continua Ramonce tranquillement, il va falloir trouver des types assez sûrs pour que, si on leur met un fusil dans les mains, ils ne passent pas dans les rangs des traqués.

— Et, remarqua Champsaur ironiquement en frappant sa pipe contre son talon, ça ne va bientôt plus se trouver sous le pas d'un cheval...

— Enfin, deux types armés qui risquent d'avoir faim, c'est un danger pour le pays, vous ne direz pas le contraire ?

— Non, dit Champsaur.

— Non, dit Ramonce.

Il pensait à sa femme et à ses gosses, seuls dans la maison isolée, quand il partait pour des journées entières.

Barles regardait la porte du four. Depuis le mot de « chasse à l'homme », il balançait entre sa prudence naturelle et son besoin de justice. Allait-il continuer à regarder les choses de haut comme il se l'était promis ? Allait-il rester impassible, alors qu'on écrasait de nouveau tous les faibles, tous les pauvres de la terre? Un instinct né de son corps, plutôt que de son cerveau, lui dicta ces paroles :

— Mais, commença-t-il timidement et il s'enhardissait à mesure, si j'ai bien compris, à la citadelle de Sorges, ce sont uniquement des détenus politiques?

— Oui, dit Pourrier.

— Donc, la plupart du temps, des victimes. Donc, pas des assassins? Des types qui regardent à deux fois avant d'appuyer sur la gâchette. Ils ne tireront pas avant d'être sûrs qu'ils ont un ennemi en face d'eux.

— Sauf, objecta Champsaur en levant le doigt, sauf s'ils ont faim.

Barles fit un rapide calcul mental.

— Ce qui ne leur arrivera pas avant deux ou trois jours. Et d'ici là...

Il les laissa reposer un peu sur tout ce qu'il venait de dire, puis il continua :

— Voilà ce que je vais faire : je vais me mettre à leur recherche.

— Vous? dit Pourrier.

— Oui.

— Tout seul? demanda Ramonce.

— Oui. Et comme je ferai moins de bruit qu'un bataillon, je serai presque sûr de leur tomber dessus. J'ai encore deux jours avant la rentrée, j'ai du temps.

— Mais quelle arme? questionna Luc Abit.

— Ne pensez pas toujours aux armes, elles n'arrangent rien du tout.

— Ils en ont bien eux, dit Pourrier amèrement.

— C'est complètement inutile. Ce qu'il faut faire, c'est les empêcher de s'en servir.

Il ne savait pas quels hommes il avait en face lui, ni jusqu'où pouvait aller leur pitié ou leur raison, ni quel était leur degré d'égoïsme, mais il avait horreur du mensonge. Il savait qu'il allait les frapper en pleine figure dans leurs convictions et que, peut-être, ils ne lui pardonneraient jamais. Cependant il parla :

— Dans leur propre intérêt, dit-il.

— Dans leur propre intérêt ? répéta Ramonce.

Il regarda l'instituteur attentivement. Lui, Champsaur et Castel semblaient avoir parfaitement compris. Et Autran aussi, qui frottait sa barbe. Pourrier paraissait gêné et Luc Abit timide.

— Ce que je serais curieux de savoir, demanda Ramonce, c'est comment...

— Je leur parlerai, dit Barles avec calme.

Pourrier secoua la tête.

— Ils ne vous écouteront pas.

— Ils m'écouteront, termina Barles avec certitude. Puisque ce que je leur dirai ne leur fera que du bien.

Mais comme il avait plu pendant deux jours, les nuages bas couvrant les montagnes et une brume perfide s'immisçant entre les troncs des arbres, Barles n'avait pas fait de grandes recherches.

Il avait eu sa première classe et dormait mal. C'était dans la nuit du 2 au 3 octobre. Depuis ce soir, le ciel s'était éclairci. Le vent devait être faible, on n'entendait pas vrombir la forêt; le silence était seulement troublé très loin par la musique légère d'un ruisseau, par le ronronnement doux des larges rames de sapin et les feuilles des arbres s'égouttant. Le calme de l'automne parait les bassins des fontaines, le seuil des fermes, les ornières des chemins. Il n'y avait plus sur les montagnes l'odeur sauvage des framboisiers et, dans les prés encore chauds, les meules de foin auréolées de lune restaient seules sous la nuit.

Barles s'éveilla tout à fait. Il avait cru voir passer devant ses yeux un éclair rouge, mais il n'aurait pas pu le jurer. «Quelque étoile filante, pensa-t-il. Détestable habitude que de dormir fenêtres et volets grands ouverts. La nuit et la montagne sont dans votre chambre comme chez elles. » Il se leva pour aller fermer et, se penchant au-dehors, vit une infime tache pourpre sur le crâne pelé du Grand-Saint-André. Son esprit fit un rapide calcul : « Pas de maison. Alors ? » Se souvenant de l'étoile filante, il eut cette idée absurde : « Est-ce qu'elle serait tombée ? » Il allait tirer à lui les contrevents, lorsqu'il perçut, se mêlant au bruit du ruisseau lointain, une conversation à voix basse devant sa maison. Mais il eut beau faire les yeux de chat, il ne distingua qu'un groupe d'ombres sans en discerner les détails.

— Hé ? appela-t-il doucement.

Alors, il vit que c'était quatre hommes qui cherchaient de tous côtés d'où venait cette voix. Le premier qui trouva s'avança sous la fenêtre.

— Monsieur Barles ? On hésitait à vous réveiller, mais puisque vous l'êtes, descendez un peu.

— Je viens.

Passant un gros chandail, à tout hasard, il ouvrit sa porte et reconnut Autran, Mille, Castel et Ramonce qui le regardaient s'approcher.

— Alors monsieur Barles, demanda Mille, qu'est-ce que vous en pensez, vous, de ça ?

Il n'y avait pas besoin d'autre explication. Tous avaient les yeux tournés vers la crête du Saint-André où se dessinait cette tache anormale.

— Car, dit Ramonce, il faut prendre une décision, cette histoire m'empêche de dormir.

— Comme nous.

— Eh bien, pour que ça vous ait réveillés et que vous ayez couru l'un chez l'autre, je crois que j'en pense à peu près ce que vous en pensez vous-même. Et je vais aller voir.

— Je vais avec vous, dit Castel tout de suite.

— Nous aussi.

— Ah ? dit Barles.

Ils étaient équipés pour une longue marche.

— Oui, expliqua Ramonce, ce que vous avez dit l'autre jour nous a assez plu, c'était assez logique. Alors, si vous voulez bien…

Barles lui frappa sur l'épaule.

— Non, écoutez, vous êtes bien gentils tous les quatre, je suis touché, mais enfin, vous ne vous rendez pas assez compte. C'est une responsabilité. Pour la prendre, il faut savoir à quoi s'en tenir.

— Nous nous rendons parfaitement compte, dit Castel.

— C'est une responsabilité très lourde, insista Barles.

— Et vous n'avez pas besoin de tant expliquer…, dit Ramonce.

— Car, dit Autran, nous avons l'air d'avoir assez bien saisi.

— Mais ils sont armés.

— Sur ce point, concéda Ramonce, nous sommes complètement d'accord avec vous.

— Et puis la responsabilité, c'est après qu'elle commencera.

— Eh bien, dit Autran, nous avons les épaules assez solides pour ça ? Non ?

Barles allait encore parler, mais Ramonce l'arrêta.

— Non, n'expliquez plus. Rien qu'à vous entendre parler l'autre jour, nous avons compris, et même c'était assez dangereux. On voit bien que vous êtes jeune.

76

— Et nous sommes d'accord, dit Autran.

— D'ailleurs, ajouta Castel, il n'est pas question pour vous de monter seul au Saint-André. Si jamais la brume vous prend en route et que vous dériviez, vous risquez d'aller vous écraser sur les quelque cinq cents mètres de la barre d'Aramée ou de prendre le côté de l'Italie, semé d'embûches.

— Ce n'est pas le pire, dit Mille.

— Non, dit Ramonce, ce n'est pas le pire.

— Allez, dit Castel, après avoir regardé sa montre, ne faisons plus d'histoires, allons-y.

— Eh bien, allons-y.

Ils prirent la rue jusqu'à l'endroit où elle se sépare en trois tronçons qui deviennent chemins : celui des prés, qui dessert les fermes suspendues en guirlandes à chaque lisière en éperon des bois, comme si elles venaient juste de surgir du couvert des perchis ; en face, le sentier qui monte aux granges disséminées dans la montagne ; à gauche, le tracé forestier dans lequel ils s'engagèrent. Les chiens grognaient bien un peu, mais ils connaissaient le pas des hommes et seul celui de l'instituteur les intriguait. Pour couper court, Castel décida d'emprunter l'ancien coulant de descente des arbres, comblé de feuilles mortes et dont l'humidité crissait sous leurs chaussures. Ils passèrent ainsi sous la vieille tour de guet qui ne servait plus de nid qu'aux grands-ducs. Ils avaient l'air d'aller d'un tout autre côté que le Saint-André. Mais, doublé l'abreuvoir des Clapigneux, ils obliquèrent sur la gauche et commencèrent la montée abrupte. La montagne vint à leur rencontre. À un tournant du sentier, ils aperçurent le rougeoiement bizarre qui faiblissait.

Ils marchaient en silence, accompagnés par le chant tardif d'une mésange passagère. De temps à autre, Castel se curait la gorge et crachait, quelquefois c'était Ramonce ou Autran, Mille rarement, Barles jamais. Ils arrivèrent à la clairière du Roule.

— Quelle heure ? demanda Castel.

Ramonce craqua une allumette et regarda.

— Minuit.

— Encore deux heures, dit Autran.

— Oui, dit Castel. Pas fatigué, monsieur Barles ?

— Non. Mais à partir de maintenant appelez-moi Justin ; « monsieur » ici, c'est un peu ridicule.

Au point d'où ils repartirent, la forêt devenait un temple à colonnes serrées, sonore comme un orgue et coupée seulement de grands arbres écorchés vivants.

Ils passèrent près d'une source et se trouvèrent sur le plat. Une fraîcheur humide les envahit, pénétra sous leurs vêtements, se glissa sur leur échine. Le chemin s'élargit formant un pré souple, fait d'une herbe étrange qui devait mal nourrir les bêtes.

— Attention ici, dit Castel.

Barles se sentit repoussé avec force par le ciel. Il vit Autran et Ramonce le flanquer à droite et à gauche et lui tenir les bras. Un aimant d'une puissance terrible le tirait vers le sol et il avait besoin de toute sa volonté pour continuer. Pour lui, il n'existait plus d'atmosphère, plus de loi de pesanteur et tout sur la terre allait s'allonger en parallèle. Il

78

arrachait difficilement au sol chacun de ses pas. Hostile aux hommes, semblait-il, lourde de ses draperies de sapins et du velours sombre de son herbe d'automne, la forêt était immobile comme un piège.

— Regardez le ciel, conseilla Ramonce.

Barles leva sa tête de plomb. Il aperçut quelques étoiles, très haut, au-dessus des flèches des arbres, et se sentit mieux. Il conserva cette position pendant une vingtaine de pas, puis le sol se mit à remonter. De nouveau, il fallut forcer sur les jarrets, l'air devint moins humide, les cailloux roulèrent sous les pieds. Alors Barles sentit qu'il échappait à l'attraction et que l'équilibre se reconstituait entre la terre et l'espace pour le maintenir debout.

— Vous pouvez le lâcher, dit Castel.

— Par exemple, dit Barles, je me demande ce qui m'est arrivé.

Castel lui expliqua brièvement.

— C'est le gouffre des Anglasses, il paraît qu'il attire la première fois. On n'est pas passé bien loin.

— «Il paraît» est superflu. Si vous ne m'aviez pas retenu, je m'allongeais.

Ils grimpaient, s'accrochant aux troncs serrés, sur le sol abrupt, foulant à leurs pieds des embruniers dégarnis de fruits.

— Ça provient d'où? dit Barles.

Mais ils n'avaient pas l'air décidés à en parler beaucoup.

— On sait pas, dit Castel.

Le Saint-André défendait son sommet dénudé, par une couronne d'arbres serrés entre lesquels il fallait se glisser un à un. De fines toiles d'araignée, tendues parmi les rames, venaient se coller continuellement contre le visage en sueur des hommes qui progressaient lentement, prononçant de temps à autre le seul mot : «Attention», à cause des branches qui se détendaient derrière eux. Le dos de Ramonce constituait tout l'horizon de Barles. Il ne voyait pas Ange Castel en tête, il ne sentait derrière lui que la respiration hachée d'Autran et le roulement des pierres sous le pas de Mille. Levant les yeux, il aperçut le ciel verrouillé d'arbres, à la dimension d'un lac, par une infime trouée de feuilles, que la négligence de la forêt avait oublié de combler.

Ils arrivèrent à la lisière du bois au point mort de la nuit, alors que, le monde étant enfoncé profondément dans le sommeil, la vie ne semble plus tenir qu'à un fil, tant à cet instant précis l'âme de l'univers s'est éloignée dangereusement de son corps.

Barles s'empêtra dans des ronces emmêlées à de jeunes pousses de sapin et livra une dernière bataille aux fougères. Alors, il distingua entièrement Ramonce et Castel et il lui parut qu'à eux deux ils venaient d'écarter la forêt sous leurs gestes.

— On va y être, dit le guide.

Il s'arrêta et ils furent tous quatre à côté de lui. Ils avaient atteint le sommet du Saint-André où pas une plante ne pousse entre les cailloux ronds façonnés par le vent (sinon des rhododendrons, mais le rhododendron figé, que le vent lui-même n'ébranle pas, n'a rien d'une plante vivante).

Et ils étaient heureux en ce moment où tout était si près de la mort, de se sentir, eux, activement vivants, au cœur du silence, au cœur de l'immobile. Rien qu'en étendant le bras, ils pouvaient toucher l'étendue sans début ni fin, ils pouvaient percevoir ce qui n'a plus aucun rapport avec la mort et la vie.

— On serait venu que pour être ensemble..., dit Barles.

Il parlait pour lui-même, mais Ramonce répondit :

— On est venu pour chercher deux hommes.

Ils se turent. Leur respiration s'apaisait. Le silence était fait de grandes présences dont tous les cinq sentaient bien qu'ils faisaient partie. Un ange, aux ailes infinies battant avec lenteur, veillait sur la tranquillité de la terre. Et ils n'osaient plus bouger, tant ils avaient peur que le moindre de leurs gestes ne brisât l'infime lien qui retenait encore la vie aux masses énormes de l'éternité ; tant ils craignaient que cette tranquillité devînt totale, perpétuelle. Il ne devait y avoir, sur toute l'étendue du globe, aucun homme éveillé à cette heure, à part ceux qui mouraient et qui ne comptaient plus. Et eux cinq, ils étaient là, complètement lucides, prêts à commettre des actes essentiels, pleins de la certitude que, s'il y avait un mystère du mouvement, ils n'étaient pas loin d'en connaître le sens, car ils avaient touché le bulbe cervical de la nuit.

Il devait être trois heures du matin.

— Eh bien voilà, dit Barles, puisqu'en somme c'est de moi que tout est venu, je vous propose un compromis. Je sais que nous n'avons pas de temps à perdre, mais il me semble que ce ne sera pas du temps perdu, si nous fumons une pipe et que vous en profitiez pour réfléchir encore un peu. Parce qu'il me semble que vous ne vous rendez pas bien compte. Il est encore temps pour que j'y aille seul.

— Écoute, dit Ramonce, bourrer la pipe, tant que tu voudras! Mais c'est pas la peine de te fatiguer à nous expliquer. Tu nous as compris et nous t'avons compris. Nous sommes de ton bord; avec nous tu peux y aller en franchise. Je ne parle jamais beaucoup et c'est peut-être la plus longue chose de moi que tu entendras jamais. Mais écoute : il ne nous manquait que quelqu'un qui nous conduise. Sans toi, nous n'aurions pas fait ce que nous allons faire. Il nous manquait, je te dis, juste un peu d'initiative. Maintenant nous avons tout, et nous allons pouvoir agir.

— Vous, dit Barles, mais eux?

— Eux aussi, et ne t'attends pas à ce qu'ils discutent. Ils ne discuteront pas, nous avons assez discuté l'hiver dernier, ils feront ce qu'il faudra, c'est tout. Voilà ce que j'ai à te dire. Maintenant je vais me taire et donne-moi du feu.

— Alors soit, dit Barles. Admettons.

Il craqua une allumette et Autran sortit son amadou. Ils tirèrent quelques bouffées en silence, puis Castel dit :

— C'est tout ce qu'on peut s'accorder.

Faisant rouler sous leurs pas les pierres rondes, ils avançaient sans prendre de précautions. Il y eut encore un raidillon et ce fut le plat montant en pente douce vers le sommet. Là-bas, tout au fond, cette tache rouge qui les avait intrigués s'éteignait rapidement. Ils surent qu'elle provenait des restes d'un feu.

À cent mètres du foyer de lumière, ils perçurent (il leur sembla percevoir) une voix, mais comme ils n'avaient pas envie de se laisser intimider, ils ne parurent pas s'en rendre compte. Quand ils furent à vingt mètres, ils entendirent le déclic d'une arme et l'instinct les arrêta. Debout contre l'ultime sommet, se dressaient les silhouettes de deux êtres. Ils avaient dû déjà être mis en défiance et maintenant ils se préparaient à tuer pour sauver leur vie. Barles, voyant qu'ils fouillaient l'ombre, attendit que l'un parlât.

— Qui ? demanda la voix.

— Des hommes, dit Barles.

— Quel genre ?

— Des bons.

Puis il ajouta :

— Ni de l'État ni de la police. Si, au fond de vous-mêmes, vous vous sentez coupables de quoi que ce soit, tirez. Mais si vous vous sentez innocents, si vous vous sentez victimes, attendez une minute, on va se comprendre.

— C'est le moment, chuchota Autran, de montrer que, quand les balles sifflent, on sait se foutre à plat ventre !

— Si mes calculs sont justes..., dit Barles.

Il voulait dire : « Ce ne sera pas la peine. » Mais un bruit nouveau naissait que seul l'instituteur perçut, car pour les autres, il continuait le peuplement de la nuit.

— Mais, dit-il, c'est un violon...

Ils tendirent mieux l'oreille et surent qu'en effet c'était un violon.

— C'est quoi ? demanda Autran.

Il voulait dire : « Qu'est-ce que ça peut bien signifier ? »

— C'est la sonate en *ré*, n° 17, répondit Barles.

— Ah ? dit Autran.

— Chut, fit l'instituteur, vous pouvez vous asseoir comme au théâtre, ils ne tireront pas, mais laissez-les finir, après on essaiera de s'expliquer.

S'asseyant à l'arabe sur le sol dur et retenant dans leurs poumons l'air qu'ils faisaient glisser tout doucement dehors, ils écoutèrent en dodelinant de la tête. Il leur semblait que le village tout entier était transporté ici et que c'était un dimanche matin. Et comme ils avaient soif, ils imaginaient des sources et des fontaines, le violon leur suscitant à mesure tout ce dont ils avaient envie.

La dent de Cervières vomit hors de son flanc la lune qui flotta un moment comme une bulle de savon indécise et se mit à monter dans le ciel.

Alors, ils aperçurent deux hommes, un grand, l'autre petit. Le petit jouait du violon et le grand écoutait, appuyé sur son fusil. La lune avait éclipsé les dernières lueurs du feu. Deux couvertures formaient un tas sombre sur le sol presque blanc.

Ils ne comprirent pas tout de suite, mais ils virent Barles s'avancer. L'homme au violon baissa le bras et dans sa main droite un archet apparut. Alors ils se dressèrent derrière Barles qui disait :

— Merci.

Il tendit la main au violoniste qui sembla recevoir un trop gros cadeau. Il tenta de s'expliquer.

84

— Si vous êtes des hommes comme vous le dites, nous n'avions que ce seul moyen de nous sauver.

— Nous en sommes. Et vous allez tout de suite le voir.

Les autres s'approchèrent, dirent bonsoir et les inconnus répondirent. Ils avaient l'air perdu et peureux de ceux qui sont traqués. Le plus grand portait une barbe que le boulanger, en connaisseur, évalua à huit jours environ. L'autre était blond et paraissait très jeune. Il enferma soigneusement son violon dans sa boîte, s'excusa, montrant les armes.

— Nous vous demandons pardon.

Alors Barles lui prit doucement son fusil des mains et tenta le même geste vers le grand. Mais il vit son regard soupçonneux, au-dessus de son nez busqué.

— Non, conseilla-t-il, croyez-moi, c'est plus dangereux qu'utile pour vous, surtout maintenant.

— Nous sommes…, commença le grand avec un drôle d'accent.

— Ce que vous êtes, nous le savons, dit Barles.

Autran et Ramonce étaient en train de demander à l'homme au violon ce qu'il avait joué tout à l'heure et l'autre le leur expliquait timidement.

Ramonce lui frappait sur l'épaule.

— Nous sommes des amis, dit-il.

Le grand au nez busqué regardait Barles. À la fin, il dit :

— Nous ne sommes pas des tueurs.

— Je sais, répondit Barles, ne vous inquiétez pas. Donnez-moi seulement toute cette armurerie, nous l'enterrerons. Si on vous capturait, il vaudrait mieux qu'on vous trouve les mains vides, mais on ne vous capturera pas.

— Merci, dit l'homme.

Castel s'approcha d'eux.

— Ce n'est plus le moment de discuter, dans trois heures il fera jour. Qu'est-ce qu'on décide ?

— C'est simple, conclut Barles, il n'y a qu'à redescendre, ils resteront chez moi, dans la chambre de réserve, après on avisera.

— Et pour manger ? demanda Mille.

— Je leur porterai du pain, dit Autran.

— Et pour le reste, termina Ramonce, on se démerdera, ils ne crèveront pas de faim.

— Alors en route, décida Castel. On va passer par le bois des Longes et rentrer dans Cluze du côté de Ramonce, pour pas éveiller les chiens. C'est que les gens qui vont traire sont déjà debout à six heures.

— Il faudra se méfier de la lune, dit Mille.

— Oui, dit Barles, on passera au flanc de la pente du vieux village. Comme ça on arrivera chez moi sans être remarqués.

S'enfonçant dans le bois par les sentiers de mousse, au milieu des troncs abattus et des arbres oscillants, ils arrivèrent à la source Sapinière vers les cinq heures, et ils burent la première eau de l'aube qu'ils trouvèrent délicieusement glacée. En bas, sous l'enchaînement des granges, quelques fenêtres étaient déjà éclairées. Alors, ils suivirent la lisière jusqu'au pli du vallon et marchèrent au pendant des prés. La maison d'école se dressa au bord de la falaise. Ils entrèrent les uns après les autres. Personne ne les avait vus.

— Bon, dit Barles, quand ils furent dedans. Maintenant vous allez tous retourner chez vous. Vous, dit-il aux deux hors-la-loi, vous allez vous coucher tranquillement, vous devez être fatigués.

— On ne vous a même pas confié notre nom.

Mais ils tombaient de sommeil en vérité. Et Barles voyait bien qu'ils étaient jeunes : le grand, qui paraissait le plus vieux, devait à peine avoir vingt-quatre ans.

— Vers huit heures, dit Autran, j'apporterai du pain.

— Oui, confirma Barles, et ce soir, soyez tous là.

— Et on verra ensemble ce qu'il convient de faire, appuya Ramonce. La responsabilité, soyez tranquille, on la prend tous.

— Merci bien, dit Barles, vous êtes braves.

— On se serrera les coudes, ajouta Mille.

— Je m'excuse, dit Barles, de vous avoir fait passer une si mauvaise nuit.

Il les avait accompagnés jusqu'à la porte et ils s'en allèrent furtivement.

Barles remonta chez lui. Dans la pièce de réserve, les deux hommes dormaient déjà. Alors il entra dans sa chambre et s'accouda à la fenêtre selon son habitude. Il regretta de n'avoir pas, comme le premier soir, le spectacle de la femme penchée à sa croisée. D'ailleurs, la quiétude de ce soir-là s'était effacée. Restait la montagne. Elle était redevenue solitaire. Le vent de l'aube se levait. Du côté de l'est, un barrage de nuées empêcherait, dans un moment, le soleil de passer. Il devait être vers les six heures. Autran, sans désemparer, allumait le four. On voyait s'éclairer la maison de Ramonce. À côté d'elle, tapie derrière un bouquet de trembles grelottants, Barles distingua la forme noire d'un sapin. La lune étendait souplement les contours de la dent de Cervières sur les forêts du Grand-Saint-André. Barles soupira.

— Le plus dur reste à faire, dit-il.

Barles avait fait sa classe comme à l'ordinaire ; mais, de temps à autre, sa tête tombait irrésistiblement sur son pupitre, comme si elle se cassait, et la discipline s'en était ressentie. Le temps avait changé vers midi. De la dent de Cervières, on ne voyait plus que la base, et de lourdes brumes traînaient leurs ventres pesants sur les forêts du Saint-André. Il pleuvait.

Ce soir, ils étaient tous venus comme ils l'avaient promis. Maintenant, installés dans la cuisine autour de la table, Mille et Castel dos au feu, ils regardaient avec curiosité les deux êtres qu'ils avaient sauvés et qui, rasés de frais et reposés, n'avaient plus cet air aux abois, pénible à voir. Ramonce, accoudé à la fenêtre aux volets clos, écoutant derrière la pluie les bruits du dehors, annonça :

— Voilà Jules. J'ai reconnu son pas. Je descends lui ouvrir.

Il revint avec lui deux minutes après.

— Nom de Dieu, dit Autran, vous semblez être en conférence.

— Entre et assieds-toi, dit Ramonce.

Ils étaient un peu intimidés par l'importance qu'ils se donnaient tout à coup. Ramonce, pour soutenir la veillée, avait apporté une bouteille d'eau-de-vie d'airelle. Barles, qui essuyait quelques petits verres découverts dans une vieille armoire, remarqua :

— L'ancien instituteur était prévoyant.

— Moi, dit Autran, je m'excuse d'être le dernier, mais j'ai préparé le levain pour demain, crainte d'être en retard.

Il posa sur la table un papier journal qui contenait du tabac frisé menu avec une odeur somptueuse.

— Dernière préparation, dit-il, goûtez-y seulement.

— Ça tombe bien, dit Mille.

Enfin, tous assis autour de la table, porte et fenêtres fermées, ils écoutèrent un moment en silence, mais la nuit n'avait pas de mystère. Il n'y avait sur la forêt que les pas de la pluie, en marche patiente vers un but lointain.

— On va pouvoir s'expliquer, dit Ramonce.

— Voilà, commença Barles, nous nous excusons de ce procédé, mais pour vous aider efficacement, il nous faut savoir votre vie.

Le grand avait regagné son calme et roulait une cigarette avec minutie. Il parla d'abord.

— C'est légitime. Voilà : moi, je m'appelle Frank Voeter. Je suis juif allemand.

Ayant donné un coup de langue à sa cigarette, il reprit :

— Il y a quatre ans, j'étais journaliste à Paris et j'y terminais mes études de droit. Je suis en camp

90

de concentration depuis octobre 1940. Il y a dix jours, j'ai appris qu'on occupait Sorges et qu'on allait déporter les juifs. Alors je me suis évadé.

— Vous avez bien fait, dit Ramonce.

Cela encouragea le plus jeune qui fumait maladroitement.

— Moi, commença-t-il, j'étais premier violon solo aux concerts Wolfgang depuis l'âge de quinze ans…

— C'est pas pour cette raison qu'ils vous ont mis en tôle ? coupa Barles.

— Non, ils n'en sont pas encore à l'injustice flagrante et sans fondement. Ça viendra quand ils seront presque foutus. Non, on m'a arrêté parce que je distribuais des tracts du Parti et des journaux clandestins.

Il les regarda tous avec défi. Mais ils étaient habitués à la montagne et à ses surprises. Les hommes ne pouvaient pas être plus imprévus qu'elle.

— Parce que je suis communiste, expliqua-t-il.

Barles le scruta longuement. Serait-il possible de lui sauver la vie contre lui-même ? Il avait le visage des héros qu'un sort injuste voue au sacrifice pour l'émancipation des hommes.

— C'est tout, dit-il, crachant un morceau de tabac resté collé à ses lèvres. Ah, excusez-moi, j'ai oublié : je m'appelle Michel Bernard.

— Quel âge avez-vous ? demanda Ramonce.

— Vingt-deux ans.

— Eh bien voilà, conclut Barles ; maintenant, mettons bien les choses au point : ce qu'ils ont révélé, ce n'est pas nouveau, on en verra de plus en plus. Vous savez ce que c'est : ils sont au rang des assassins et nous aussi, si nous les aidons. Il est encore temps. Je peux faire seul, je ne tiendrai pas rigueur à ceux qui vont se retirer.

À ce moment, Ramonce, ayant déjà rempli tous les verres, appuya la main sur son épaule et le servit à son tour.

— On perd du temps, dit Castel, flairant son marc.

— Oui, reprit le boulanger, on voit que l'instituteur a l'habitude des discours.

— Oh, ne vous fâchez pas! Vous pensez bien qu'à tous ce sera plus facile qu'à moi seul. Et je suis bien content que vous m'aidiez. Seulement j'ai des scrupules.

— N'en ayez plus. Nous avons assez parlé de cette histoire. Maintenant voyons un peu, questionna Ramonce en se tournant vers les évadés : qu'est-ce que vous voulez faire?

Ils furent longs à répondre. Dans la quiétude de cette maison et de ces hommes, l'un se sentait moins juif et l'autre moins héroïque. Ces états leur paraissaient secondaires. Ils limitaient leurs gestes essentiels à fumer; les élans de leur pensée à bien goûter la chaleur de l'eau-de-vie, du poêle ronflant à odeur de résine, et à écouter, sous la pluie, le doux ronron de la forêt. Comme c'était joyeux d'être assis sur une chaise et d'avoir autour de soi quatre bons murs solides, eux-mêmes enclavés en ce pays de Cluze si bien séparé du monde. Ils sentaient avec bonheur qu'enfin il n'allait plus falloir toujours imaginer, puisque ces hommes solides aux regards bienveillants allaient le faire pour eux.

— Quels sont vos projets? redemanda Ramonce.

— Eh bien mais, suggéra Barles, attendre la fin de la guerre, non ?

— Oui, répondit le juif.

— Bien sûr, s'étonna Autran, que veux-tu qu'ils fassent d'autre ?

Michel Bernard, les yeux perdus, gardait le silence et c'est lui maintenant que Ramonce interrogeait.

— Peut-être, dit-il, attendre le moment propice pour redescendre, c'était mon idée première. Il y a bien des choses qui vont bientôt réclamer ma présence.

Ramonce trouva cela assez à son goût.

— Il est vrai, dit Castel, que la guerre ne durera sûrement plus beaucoup.

— Six mois, un an peut-être…

Michel Bernard eut un sourire confiant.

— Pas un an, assura-t-il, nous porterons la Révolution avant.

— Ici, dit Barles, vous êtes commodément installés pour l'attendre.

Frank Voeter posa sa main sur le poignet de Barles.

— À Paris, j'avais une maison comme celle-ci avec une pièce chaude pour les amis.

Autran s'était tourné vers Mille.

— D'après le poste, ça ne durera plus bien longtemps. Tout ça part en couille de tous les côtés. Personne n'obéit plus, la police est débordée, on met le feu aux meules de blé…

— Bon, continua Barles, maintenant ce qu'il faut faire, c'est les sauver, eux. Et la première chose pour les sauver, c'est le secret.

— On le gardera.

— Oui. Bon. Mais ce matin personne ne s'est inquiété chez vous ?

Autran parla lentement en frottant sa barbe.

— Moi, ma fille était levée. Je lui ai dit que je venais de poser des collets.

— Vous, Ramonce ?

— Ma femme dormait. D'ailleurs j'ai l'habitude d'être debout à n'importe quelle heure, quand il me faut donner aux bêtes, atteler et faire dix kilomètres en montagne, ça ne va pas seul. Castel, tu n'as vu personne ?

— Non, je ne crois pas.

— Moi non plus, dit Mille. Je fais chambre à part avec ma femme.

— Bon, pour l'instant c'est parfait, dit Barles.

— J'y pense, reprit Ramonce. Il me semble que pour qu'un secret soit bien gardé, il faut, au contraire de ce qu'on dit, que beaucoup de gens le connaissent. Ainsi on n'a plus tellement envie d'en parler.

— C'est pas mal raisonné, dit Mille.

Ramonce réfléchissait.

— Voyons, qu'est-ce que vous croyez ? Nous pourrions peut-être en faire part à Champsaur ?

— Oui, dirent-ils. Champsaur, c'est raisonnable, il comprendra.

— Mais, objecta Ramonce, ni à Pourrier parce que c'est le maire, ni à Luc Abit parce qu'il est trop riche pour comprendre.

— Et pas de femmes, recommanda Mille en levant le doigt, surtout pas de femmes !

— Ah non, approuva Barles, surtout pas.

— Les femmes, dit Castel, c'est bon pour la cuisine, mais pour les secrets…

— En tout, nous serons huit à savoir de quoi il retourne, conclut Ramonce. Ce sera largement suffisant. Je ne sais pas ce que l'avenir nous réserve, mais il me semble que compter sur un an de leur présence, c'est raisonnable, qu'est-ce que vous en pensez ?

— Oui, dirent-ils.

Ils se tournèrent vers les hors-la-loi. Le grand regardait dans le vide et quant à l'autre, il s'était endormi, ses cheveux blonds en saule pleureur autour de sa tête.

— Pardonnez, dit Frank Voeter, il est jeune.

« Oui, pensa Barles, et c'est un héros. Il ne commencera vraiment à vivre que lorsque commencera aussi son utilité héroïque. » Il soupira, car pas un d'entre eux ne décelait le véritable problème, et il était seul à savoir qu'il faudrait se battre envers et contre tout, pour conserver la vie des deux êtres dont il venait de se charger.

— Ils n'ont pas de scrupules, dit Ramonce, envoyer des gosses comme ça en camp de concentration. Regardez les mains qu'il a…

— Il faut voir ce que sont ces camps…, dit Frank Voeter.

— Oui, approuva Barles, ils finiront par nous interdire toute pitié.

Frank Voeter les regardait tous.

— Je crois rêver. Des hommes comme vous, je ne pensais plus en trouver.

— Pourtant, dit Barles, il y en aura désormais de plus en plus.

Autran s'était levé.

— Je vous demande pardon, mais si demain vous voulez manger…

— Tu peux t'en aller, dit Ramonce, je crois que nous avons tout envisagé. Continue seulement à apporter du pain.

— Naturellement.

Il partit.

— Eh bien, reprit Ramonce s'adressant à Frank, je crois que le plus sage sera de rester ici plusieurs jours, le temps de laisser l'affaire se tasser.

— Nous n'avons pas d'argent, fit remarquer Frank, comment pourrons-nous nous acquitter?

— Oh, n'y pensez pas, dit Barles.

— Et puis, proposa Ramonce, si vous avez des scrupules, quand tout sera un peu oublié, je pourrai vous employer à la coupe, j'aurai du travail pour vous. Mais pour l'instant restez ici tranquillement.

— Tranquillement?

— Oui, dit Mille, ne vous en faites pas. Est-ce que nous avons l'air de nous en faire, nous?

— Pourtant, appuya Barles, nous sommes désormais dans le même sac.

Michel Bernard, qui s'éveillait, regardait tout autour de lui avec étonnement.

— Vous vous croyiez dans votre berceau? dit Barles riant.

— Excusez-moi.

— Allez! conclut Ramonce. Allez vous coucher. Et n'ayez pas de crainte, nous avons tout arrangé pour que ça tienne. Vous êtes jeunes, il y a des choses que vous croyez impossibles et que

96

nous savons faisables. Aussi couchez-vous et dormez bien, parce que la nuit dernière a été courte. Bonsoir.

Ils se serrèrent la main.

— Je partirai le dernier, dit Ramonce. Castel, Mille, vous pouvez partir.

Ils dirent bonsoir et s'en allèrent.

Quand ils furent sur la place, Mille demanda :

— Tu crois qu'on s'apercevra de rien ?

— Je ne sais pas, dit Castel, de toute manière, j'aurai quelque chose à proposer.

— Et quoi ?

— Tu verras, tu verras…

Ils s'engouffrèrent dans la rue noire.

— Silence ! dit Mille à voix basse.

L'arrière-boutique de Mlle Cassagne était éclairée.

— Qu'est-ce qu'elle fait à cette heure ? s'inquiéta Mille.

— Oh c'est pas elle, c'est mon filleul, l'Ange Cassagne.

Mille s'arrêta le premier, sa maison était à gauche. Par habitude, il fit halte juste devant la porte.

— Temps de salaud ! dit-il à voix basse. Ah, bonsoir.

Leurs mains se cherchèrent à tâtons. Castel s'éloigna. Mille enleva ses chaussures devant la porte, entra sur ses chaussettes humides et monta à l'étage où sa femme, en entendant craquer l'escalier de bois, retourna précipitamment dans sa chambre. Elle venait de voir le lit vide. «Où y peut bien être encore à gueniller ?» pensa-t-elle.

La pendule marquait onze heures moins dix. D'habitude, si tard qu'il revînt, c'était toujours vers dix heures, même les dimanches. Il s'approcha de la porte séparant les deux pièces et retint sa respiration. Elle fit semblant de souffler un peu. Il se coucha tranquille.

Castel était arrivé. Il poussa le portillon du jardin et, tout de suite, Cric se mit à aboyer. Castel jura : « Ce putain de chien, qu'est-ce qui lui prend ? » C'était bien fait pour lui. Ce matin il avait mis des souliers neufs qui grinçaient un peu et la bête n'avait pas reconnu son pas ; de plus, il y avait cette pluie qui lavait toutes les odeurs. « Couché ! » dit-il à voix basse. Les aboiements cessèrent. Il entra doucement, mais sa mère avait le sommeil léger.

— Ange ? cria-t-elle. C'est toi ?

— Oui, mère, n'ayez pas peur.

Il éclaira sa chambre au rez-de-chaussée, à gauche de la cuisine. Les murs étaient tapissés de cordes, de piolets. Il y avait même, servant de portemanteau, une tête de chamois empaillée. Ouvrant une armoire, il fureta un moment, apporta sous la lumière trois photos sombres et une feuille transparente couverte de traits rouges et bleus qui devait être un plan. Poussant un long soupir, il renvoya sa casquette en arrière, regarda les photos, les cordes, alla les toucher, les lisser pensivement. Elles luisaient, serpentines dans l'ombre dorée.

Ramonce avait fait le moins de bruit possible. Il s'était assis en bas, à la cuisine, pour manger un morceau et là, de temps à autre, s'arrêtait de mâcher, croyant entendre remuer. Mais non. Maria devait dormir. Il n'y avait que le raclement du mulet à l'écurie qui agaçait ses dents au râtelier. Le son de la pluie. Il se décida à monter, ouvrit lentement la porte de la chambre, passa devant le lit de son dernier qui avait deux ans, se déshabilla à gestes mesurés, prenant bien garde de ne rien heurter, et bascula sur le matelas en retenant sa respiration. Maria, qui s'amusait beaucoup de ses ruses, attendit encore un peu qu'il fût bien calme, puis, de sa voix la moins endormie, elle demanda :

— Il est quelle heure ?

— Tu es réveillée ?

— À peine. C'est le bruit de la pluie. Quelle heure il est ?

— Dix heures moins le quart. Dormons, va !

Elle venait d'entendre sonner onze coups à la pendule du coin de l'escalier, mais elle était bien tranquille, sachant qu'il ne venait pas de courir. Et comme elle avait les pieds froids, elle se roula contre lui et s'endormit.

Quant à Autran, passant devant la chambre de sa fille, il cria :

— Rirette…

Il voulait lui dire : « Si demain tu es réveillée, vers cinq heures, n'oublie pas de m'appeler. » À cause de cette nuit dernière, il ne se sentait pas très sûr de lui. Mais elle ne répondit pas. « Oh, pensa-t-il, elle dort, tant pis. Si c'est un peu plus tard, ils verront bien… »

Rirette, en bas, derrière le comptoir, guettait en

retenant son souffle. Enfin, quand elle entendit son père fermer la porte, elle fit jouer le bec-de-cane qu'il avait posé sur le plateau de la balance et referma avec des gestes de chatte. Elle avait eu la précaution de monter sur une chaise et d'attacher ensemble les tubes du carillon servant d'avertisseur. Il lui fallut endurer sur son imperméable la chute de la gouttière qu'Autran devait toujours faire réparer. C'était incroyable comme la nuit pouvait être noire. Heureusement, elle savait le chemin par cœur. Elle traversa la place en biais et par l'étranglement entre deux maisons, la mairie et la forge de Champsaur, elle gagna l'esplanade du café Raffin. Jusqu'ici, elle s'était fiée aux odeurs : les abords de la forge étaient toujours emplis par celles de la corne brûlée. À partir du coin de la place, elle hésita. Il lui semblait être au bord d'un fleuve de nuit et elle avait peur. Heureusement, une légère bise se leva et elle entendit grincer la cheminée de zinc de la doctoresse. Alors elle avança sans crainte. L'odeur d'embrunes qui n'avait pas quitté le lavoir la guida, puis le bruit de la fontaine. Elle posa le pied sur un sol sec, et la pluie cessa sur son imperméable. « Pourvu qu'il n'ait pas perdu patience… »

— Ange…, appela-t-elle doucement.

Et tout de suite, elle sentit deux bras autour de sa taille et un visage contre le sien.

— Enfin ! ma Rirette chérie, tu m'as fait bien attendre ?

— Mon père vient juste de rentrer.

— Qu'est-ce qu'il combine, ton père, en ce moment ?

100

— Il m'intrigue. La nuit dernière déjà, il ne s'est pas couché, et ce soir c'est minuit. Tu es là depuis longtemps?

— Depuis neuf heures.

— Mon pauvre chéri.

Elle sentait ses mains chaudes serrer les siennes.

— Qu'est-ce que tu as là?

— Du pain, je ne peux pas te le donner devant tout le monde, tu comprends?

— Oh, du pain? Tu es une sainte.

— Je t'aime.

Il la prit dans ses bras et elle se faisait aussi souple qu'elle pouvait. En l'embrassant avec douceur, il cherchait à pénétrer sous sa robe.

— Chérie, tu sens le mouillé.

— Laisse-moi, tu es trop hardi. Laisse, tu vas me faire perdre le sens...

— Je t'aime.

Elle se dégagea de lui.

— Je suis juste venue pour te rassurer. Tu comprends, il est déjà minuit, je peux pas rester.

— Je t'accompagne, qui veux-tu qui nous voie?

— Oh, bien sûr.

Ils marchaient étroitement serrés, ne se sentant qu'à peine, à cause des vêtements froids de pluie. Il l'enlaçait à la hauteur des hanches et elle ne semblait pas s'en apercevoir.

— Tu ne voudras jamais? murmura-t-il.

— Tu es fou? dit-elle. Et elle rit.

Il hésitait à côté d'elle. Ils étaient arrivés à la boulangerie, et déjà elle avait ouvert la porte avec précaution. Il la serra violemment contre lui, la sentit tressaillir et voulut en profiter, mais elle glissa entre ses bras. Il entendit « bonsoir » et se trouva seul.

— Rirette…, dit-il contre le volet de bois.

Mais c'était inutile, elle avait déjà refermé. Alors, Ange Cassagne se dirigea vers l'épicerie de sa tante. (Ce n'était pas loin. Il n'avait qu'à traverser la rue.) Pourtant, quand il fut au milieu, il s'arrêta. Un homme descendait, tenant un fanal à la main. Un homme ou une femme, il n'y avait rien de certain, sinon la lueur du fanal. « À cette heure, pensa-t-il, qui ça peut être ? » Se garant contre le mur de la poste, il attendit que l'ombre passât à côté de lui. C'était bien un homme. Le fanal balançant éclairait la base de son pantalon et dessinait le départ d'un rouleau de corde. Mais qui ? C'est ce qu'il ne pouvait dire. Son corps et son esprit étaient trop pleins de Valérie Autran pour s'en préoccuper. Il vit que la lanterne se dirigeait vers la falaise du Vieux-Cluze, mais n'en tira pas de conclusion. Il rentra chez lui et se coucha.

La terre de Cluze fut seule sous le ciel bas. La lumière misérable du fanal se balança un moment dans les ruines du village détruit, furetant dans tous les coins, quelquefois tremblante, quelquefois fixe, puis disparut. La terre alors reprit librement sa vie. Tout n'existait que par le son : le bruit du ruisseau d'Aramée, qu'on entendait courir depuis la chute de sa source ; la fontaine au lavoir de la place, qui racontait aux bassins impassibles des histoires de jour. Dans le jardin de Mille clapotait l'eau du puits contre le seau de zinc. La pluie avait cessé ; cependant, tous les bruits de la nuit venaient de l'eau. Le ciel se relevait lentement, laissant des lambeaux de brumes à tous les arbres. La forêt pleurait goutte à goutte. Il n'y avait plus d'oiseaux dans les branches. Les bêtes de l'herbe dormaient. De la terre aux hommes, la marge s'accentuait de plus en plus, à mesure que le ciel de nuages s'élevait, n'adhérait plus au sol. La base de la dent de Cervières, menaçante, allait s'ébranler et poser le pied sur la terre de Cluze. L'espace s'était élevé à la hauteur de la forêt de mélèzes et l'on sentait que, désormais, il allait dépouiller la montagne de ses couches de brouillards jusqu'à ce qu'elle apparût impudiquement nue. Déjà, elle était blanche depuis les trois quarts de ses flancs. Un aigle s'ébroua, étendit ses ailes couvertes de givre, se percha au bord de son aire, écouta attentivement vers les quatre points de la rose des vents puis, le silence absolu lui faisant perdre patience, alla faire un tour sur la forêt de mélèzes, piaillant son cri désagréable; cela ne l'allégea pas et il revint dans son creux avec inquiétude. La montagne avait reconquis sa forme de vierge acariâtre. Sa tête petite et orgueilleuse pénétrait dans le moelleux des nuages. De temps à autre, la neige de ses pentes se craquelait avec un bruit sec d'os entrechoqués. Enfin, une fois encore, elle rejeta la lune hors de son flanc. Et la terre se mit à briller. Les toitures tremblèrent sous le miroitement des gouttes. C'était une vieille lune qui avait déjà perdu la moitié de sa chair. Affolée par les nuages qui se resserraient autour d'elle, elle allait à la dérive devant le ciel.

« Comment faire ? » se demandait Ramonce. Bien qu'il pensât devoir toujours se méfier d'un personnage officiel, si mince fût-il, puisque conseiller municipal lui-même, il n'allait plus aux réunions depuis trois ans, il était toujours un peu honteux quand Pourrier lui disait :

— Je suis en peine pour cette histoire.

Il se contentait cependant de lui frapper sur l'épaule.

— Ne t'inquiète pas. Ça se tassera avec le temps.

Luc Abit non plus, ce n'était pas sage de le mettre dans le secret. Pour sa mentalité de vieil homme, le règlement restait le règlement, impossible de le faire sortir de là. Et puis il avait son gendre prisonnier, ce qui le rendait jaloux envers tous ceux qui réussissaient à se sortir d'affaire.

« Donc, pensa Ramonce, de ce côté-là, plutôt se méfier. »

Repoussant son bol de déjeuner, il alla souffler sur le feu de verne, ouvrit le placard, l'inspecta et y prit trois œufs qu'il enfouit dans ses vastes poches.

« En revenant, pensa-t-il, je passerai par chez Barles. »

Il sortit dans le couloir et appela :

— Maria !

— Quoi ? dit une voix endormie.

— Sept heures. Fais lever les petits. Ton café chauffe. Le veux-tu ?

— Non, je descends seulement.

Dehors, dans la cour à l'angle du mur, les deux Espagnols secs et durs qu'il employait à la coupe déjeunaient d'un bol d'orge en discutant déjà avec animation. Pour Ramonce, depuis cinq ans qu'ils étaient là, parler avec eux était toujours un problème, car ils ne comprenaient que trois mots de français : salut, vin et arbre. Ramonce, qui ne connaissait pas davantage l'espagnol, se débrouillait avec trois mots laborieusement appris : hombre, mañana et mujer, mais généralement il usait avec eux d'une sorte de patois qu'ils saisissaient assez bien, étant tous deux catalans. Par exemple, ce matin :

— La mañana, mountarez à la coupo sensso iou, leur dit-il, y en arai après. La mujer vous dounora la biasso.

— Si, dirent-ils.

Puis comme il s'en allait, ils firent un geste amical.

— Salut !

Ils le regardèrent passer la porte, en mangeant leur quignon de pain. Sur le mur de la grange où ils couchaient, ils avaient écrit au charbon de bois : « L'anarchia e la mas alte expreción del sentimento human. »

Traversant la place dans le jour malade qui se levait, Ramonce vit que la somptueuse vêture automnale des trembles n'avait pu résister à la fraîcheur de la nuit et qu'elle luisait sur le sol en tapis mordoré, démasquant le sapin tapi derrière elle comme un animal à l'affût. Seule, sur l'arbre le plus haut, une feuille grelottante scintillait encore dans la brise matinale. L'hiver n'était pas loin. Déjà, au flanc de Cervières, la neige atteignait les mélèzes. Elle allait descendre ainsi insensiblement jusqu'à ce que la terre de Cluze en fût couverte.

« Tant mieux, pensa Ramonce, parce que alors les gendarmes monteront ici de moins en moins souvent. »

Devant la forge de Champsaur, il y avait déjà deux paires de bœufs et l'apprenti du maréchal était en train d'en ferrer un.

— Est-ce qu'il est là, ton patron ? demanda Ramonce.

— Appelez voir, il est au fond, il cercle une roue.

Ramonce s'avança. La porte de la cour était ouverte.

— Oh, Champsaur, parais un peu voir !

— Pas le temps ! Approche-toi, viens.

Il entra. Le forgeron était, avec son frère, occupé au travail le plus délicat de leur métier : le cerclement d'une roue. Une couronne de fer était posée sur un feu qui la dilatait. Dans la cour, pleine de trois traîneaux neufs, de moyeux étincelant de rayons, de roues inachevées, les deux hommes ressemblaient à des diables avec leurs tabliers de cuir, leurs yeux cernés par la fumée et les ruisseaux de sueur coulant au long de leurs joues.

— Salut Henri, salut Abel.

— Salut, dirent-ils.

Il vit que le moment n'était pas bien choisi et qu'il valait mieux attendre.

— Faites seulement, je vous regarde cinq minutes.

— Allez, dit Champsaur, le dernier, pas?

Ils s'approchèrent du cercle sous lequel le feu finissait de brûler.

— Allez oh!

— Allez oh!

— Attention! doucement, doucement!

Ils le portèrent avec deux longs crochets, détournant les yeux à cause de l'insupportable chaleur, et l'emboîtèrent autour de la roue reposant sur les tréteaux.

— Là, vite l'eau! dit Henri.

Abel prit un des arrosoirs ruisselants et fit le tour du cercle qu'il aspergeait à mesure. Le pourtour se resserrait sur le bois bouillant avec un bruit de friture. Henri Champsaur s'essuya le front de son bras nu et les poils se couchèrent, semblables à du blé versé.

— Je suis roussi. Tu as fini? Allez.

Ils enfilèrent une tige de fer au moyeu, dressèrent la roue avec précaution et la portèrent au-dessus du trou d'eau fumant encore des immersions précédentes. Le bruit de friture reprit. Abel frappait à larges coups de masse réguliers pour que le cerclage soit bien d'aplomb et Henri faisait tourner le cercle sur son axe. Les deux hommes étaient mouillés de sueur et de buée. Enfin l'eau cessa de bouillir et la roue s'immobilisa.

— Voilà, dit Abel, eh ben, moi je vais voir comment le gringalet s'en sort, de ce ferrage, et je monte déjeuner.

— Bon, dit Henri, avertis Rose que je vais y aller.

Il se tourna vers Ramonce qui regardait, mains aux poches.

— Alors Isaïe, comment ça va-t-il ?

— Eh ben, tu vois. J'ai pas mal de choses à te communiquer. Tu veux qu'on aille jusque chez Raffin ?

— Oui, allons boire un canon, parce que ce putain de travail donne chaud.

Passant devant l'apprenti :

— Si on me demande, tu dis que je vais revenir. Et puis tu t'es bien placé pour faire cette bête ! Fais attention qu'elle te bouse pas dessus !

Ils partirent en riant tous les deux. Ramonce lui prit le bras tout en marchant.

— Voilà : c'est assez difficile…

Et il lui expliqua toute l'histoire.

— Vous comprenez, reprit le brigadier, ce n'est pas possible, il y a quinze jours qu'ils se sont évadés, ils n'ont pas pu tenir quinze jours sans qu'on leur aide. Ce n'est pas possible…

— Hé, que voulez-vous que je vous dise ?

— Écoutez, monsieur le maire, croyez que cette histoire nous embête autant que vous. Faire vingt-cinq kilomètres pour venir jusqu'ici, ce n'est pas précisément rigolo. Avec ça tout le monde pousse :

la préfecture en particulier. Nous recevons rapport sur rapport. C'est surtout le jeune qui les préoccupe : « Individu très dangereux, disent-ils, souleveur de foules, emparez-vous-en. » Emparez-vous-en ? Comme c'est facile ! Quand on est quatre, pour un district grand comme la moitié d'un département. Nous sommes fourbus quand nous rentrons. Alors, si vous pouviez nous aider…

— Eh, je voudrais bien, dit Pourrier, mais que faire ? Je ne vois vraiment pas…

— Voyons, qui avez-vous de nouveau dans le pays ?

— De nouveau ?

— Oui. D'habitants nouveaux ou de gens suspects, je ne sais pas, moi. De ceux qui ne sont pas pour le gouvernement ?

— Eh bien, dit Pourrier, voyons : de nouveau, je ne vois guère que l'instituteur. Quant aux suspects…

« Hélas, pensa le maire, je crois bien qu'ils le sont tous. » Il passa mentalement en revue : « Voyons, Ramonce, Autran, les deux frères Champsaur, Castel, Mille, le neveu de la postière, le cordonnier Respondey, Sébastien Peyre de Clapigneux, tous les fermiers de par là, ils se réunissent tous chez Dol à la fromagerie pour écouter le poste anglais. Dans la ligne, il n'y a guère que Luc Abit et la doctoresse. J'ai bien peur… » Mais il se tut.

— Oui, précisa le brigadier. L'instituteur, un nommé Justin Barles. Nous avons des renseignements et pas tous très bons…

Le deuxième gendarme acquiesçait de la tête.

— En 39, il était à Marseille et il écrivait des articles séditieux dans le *Combat syndicaliste*.

— Diable, diable…, dit Pourrier.

— Oui, depuis, on l'a étroitement surveillé et, en fin de compte, on l'a envoyé ici.

— Moi, dit Pourrier, je n'ai rien à lui reprocher. Il fait très bien sa classe et pas d'allusions à rien.

— Alors, poursuivit le brigadier, voilà ce qui va se passer : la préfecture a demandé au gouvernement de faire agir les troupes d'occupation et sûrement qu'un jour ou l'autre, il va y avoir une battue armée.

— Pour deux hommes ? s'étonna Pourrier.

— Oh, dit le brigadier, en regardant son gendarme, il n'y en a pas que deux malheureusement. Il y a aussi ceux qui incendient les meules de foin, les réfractaires au S.T.O. Votre région en est infestée.

— Pauvre France ! dit Pourrier en levant les yeux au ciel.

— Et il y aura, particulièrement à Cluze, des perquisitions dans les maisons. Ou alors, on vous demandera de répondre pour eux et selon les nouvelles lois, vous serez responsable.

— Je réponds de tous, dit Pourrier vivement.

— De tous, insista le brigadier. Même de Barles ?

Le maire hésita une seconde.

— Oui. Même de l'instituteur. De tous, je vous dis.

— Bon.

Et ils partirent.

110

En sortant de la mairie tête basse, Pourrier rencontra Ramonce et Champsaur, retour de chez la mère Raffin.

— On les voit les heureux ! dit-il avec un sourire navré. On voit que vous ne venez pas de vous colleter avec les gendarmes.

— Ils sont encore venus ? dit Ramonce vivement.

— Oui. Et ils ont promis que les troupes d'occupation monteraient perquisitionner.

— Ah diable ! dit Ramonce. Ça c'est embêtant.

— Pourquoi ? demanda Pourrier.

— Parce que j'ai comme une vague impression que c'est encore un coup pour nous requérir tout ce que nous aurons engrangé pour l'hiver.

— C'est bien possible, dit Champsaur.

— En ce cas, continua Ramonce, il faudra enterrer tout et laisser courir.

— Ah, dit Pourrier, j'ai du travail à la scierie, au revoir.

Il leur serra la main.

— Ne te fais pas trop de mauvais sang, conclurent-ils.

Ils le regardèrent s'éloigner avec pitié. Champsaur regagna sa forge et Ramonce alla harnacher son mulet pour rejoindre les deux Espagnols. Mais avant de se séparer, Ramonce dit à voix basse :

— Viens ce soir chez l'instituteur. Pour le moment, je ne peux pas aller l'avertir, mais c'est grave ce que vient de nous apprendre Pourrier. Il faudra que nous en parlions. À ce soir.

Le soir, à nouveau, ils se trouvèrent tous dans la cuisine de Barles, avec Champsaur en plus, et discutèrent de ce qui les préoccupait. Les deux traqués avaient leur visage d'affolement.

— On aurait sans doute beaucoup mieux fait de garder les fusils, dit Frank Voeter.

— Non, croyez-moi. (Barles lui appuya sa main sur la cuisse.) Croyez-moi, ça ne sert à rien.

— Moi, dit Castel, l'autre nuit, j'ai un peu fouillé le vallon du Vieux-Cluze, mais il n'y a pas, je crois, de cachette sûre, il faudra mieux chercher.

— Écoutez, dit Barles, de toute manière, quand ça arrivera nous serons avertis.

— Oui, objecta Ramonce, mais c'est là que vous êtes jeune, parce que, quand nous serons avertis, il sera trop tard.

— Et que faire alors ? demanda Autran.

Ils réfléchissaient tous.

— On peut pourtant pas les cacher dans ton four ? dit Champsaur.

Il avait parlé sur le mode de plaisanterie, mais pensait qu'on le prendrait en considération. Autran haussa les épaules.

— Comment veux-tu ? Il faudrait s'arrêter de cuire huit jours à l'avance, afin qu'il soit à peu près froid…

— S'ils viennent deux ou trois cents, remarqua Mille, ils auront vite fait de les découvrir.

— Ne nous affolons pas, dit Barles, surtout ne nous affolons pas. Nous avons le temps de voir. Ce n'est pas un feu qui brûle. Envisageons la chose calmement.

— L'essentiel, dit Castel, c'est de trouver une cachette à laquelle personne ne pense, qui soit assez loin pour écarter l'odeur, à cause des chiens qu'ils peuvent amener.

— Oui, dit Ramonce, mais où ?

Après avoir fait tous les petits villages de la montagne qui gravitent autour du Grand-Saint-André, et n'avoir rien appris de nouveau sur ces deux dangereux hors-la-loi, les gendarmes rentraient au Rocher-d'Aigle. Il était encore de grand matin quand ils avaient quitté le maire de Cluze. Le brigadier consulta sa montre : « Sept heures, quel métier ! » pensa-t-il. Jamais les gens ne s'étaient sentis aussi solidaires les uns des autres pour aller contre la loi. Depuis vingt-cinq ans qu'il était en service et depuis bientôt quinze ans ici au Rocher-d'Aigle, un endroit, ma foi, assez agréable, le brigadier de gendarmerie n'avait jamais vu une telle méfiance, une telle hostilité envers les représentants de la force publique. Personne ne leur avait même offert un verre. Oui, le devoir devenait difficile et dangereux aussi. Car, pour comble de bonheur, il y avait toutes ces bandes, armées impunément par les avions, laissant tomber du ciel fusils mitrailleurs, pétards de cheddite, mitrailleuses et munitions. Heureusement, l'hiver allait venir. L'hiver, surtout dans la montagne, la guerre est forcée de s'endormir. Et le brigadier, pensant à ses appartements bien au soleil, bien chauffés et qu'on venait de repeindre à neuf, espérait que la vie serait peut-être meilleure à l'avenir. Il soupira. D'ici là, un mois entier restait à patienter.

La route descendait. Juste récompense de ce matin, où il avait fallu monter à Cluze et aux

Mottes-d'Allans et bien plus loin encore au-dessus de Fergères, en poussant le vélo devant soi. La nuit était complètement tombée. Il suivait la dernière rampe qui conduit à la plaine. Après quelques kilomètres de plat, longeant la chaîne de Cervières, ce serait le Rocher-d'Aigle, le petit logement intime et la femme qui savait encore s'arranger assez bien pour la cuisine.

Quand il eut dépassé le pont de Champartès sous lequel l'eau faisait un ruisselis familier et rassurant, le brigadier se retourna afin de constater si son gendarme le suivait toujours. Ce faisant, il distingua des ombres se détachant sur la nuit claire et le labour encore frais. À cinq cents mètres, il y avait la lisière du bois.

— Vous avez vu, brigadier? dit le gendarme.

— Oui.

Entre les peupliers bordant la route, ils virent nettement trois hommes autour d'une grange. Une lueur rouge anormale se dégageait de sa base. Un peu de fumée dépassait le toit.

— Nom de Dieu! ils y foutent le feu!

Sortant leur revolver, ils s'élancèrent au milieu du champ. Les trois hommes ne s'aperçurent de leur présence que quand ils furent tout à côté d'eux, tant ils étaient préoccupés par leur acte.

— Mains en l'air! cria le brigadier.

Voyant qu'ils ne faisaient pas de résistance et ne paraissaient pas armés, il ordonna:

— Santini, fouille-les.

Le gendarme fit un pas en avant, un seul et ce fut tout. Le brigadier sentit une grêle de coups pressés dans son dos et tomba à côté de son gendarme à genoux. L'homme qui avait tiré sortit de derrière un peuplier et tous les quatre, sans parler, se mirent à courir vers l'orée du bois.

Maintenant, il n'y avait plus au milieu du silence que le bruit patient de la grange en feu qui brûlait calmement. De temps à autre, un brin de foin enflammé s'envolait dans l'espace plus noir. Sous la lumière violente, au bord du champ labouré, chaque corps de gendarme formait un petit tas clair. Leurs vareuses kaki étaient percées de quatre trous bien ronds bordés de rouge, leurs revolvers inutiles luisaient. Le brigadier avait perdu son képi et sa main droite serrait la terre, en un geste d'avarice. Il était redevenu semblable à un enfant.

La terre autour de son corps s'éloignait lentement et de l'autre côté de la route déjà, elle redevenait montagne. La lueur rouge de la grange n'influait plus sur la couleur de la nuit. On entendait la rumeur passionnée des bois et le grincement aigre des ruisseaux cascadeurs. Il n'y avait plus de bruit d'hommes. Un vent soudain, né brusquement, fit grogner la haie de peupliers, qui s'étira, se lova et redevint immobile. Quelques feuilles trop mûres, les dernières, tombèrent de branche en branche sur l'herbe et dans l'eau moirée d'une mare. Les forêts murmurantes montaient en vagues obstinées vers la nuit.

— Oui, dit Pourrier, il n'y a pas de filles, c'est curieux, n'est-ce pas ?

— Plutôt, dit Barles, car enfin...

— Oh, il y en a, bien sûr, ce serait malheureux... Mais elles ont toutes plus de quatorze ans, par conséquent il n'y a plus besoin d'institutrice. Personnellement j'ai deux neveux, Ramonce a trois enfants, ce sont trois mâles aussi, Champsaur deux petits. Et dans les fermes par là, tous des garçons. La dernière, ce fut la nièce de Ramonce, elle a bien dix-huit ans. Nous avons eu encore une institutrice en 40, elle avait trois élèves.

— Et ça tient à quoi ?

— Depuis assez longtemps, il a dû se produire des événements pas naturels quand le pays d'en bas a été détruit...

— Oui, la nécessité pour la nature de faire des hommes afin de lutter contre ses excès.

— C'est ça.

— Comment s'est produite cette destruction ? demanda Barles.

Pourrier fit un geste vague. Il n'était pas venu

pour parler de cela, ce serait trop long à expliquer, il y avait plus important. Ils faisaient tous deux le va-et-vient dans la cour de l'école dominant le vieux village. Barles aimait cette cour. Préau servant de resserre à bois. Trois cabinets au fond. La maison et trois murs hauts de deux mètres donnant sur le vide et au-delà desquels on voyait seulement l'espace. L'air autour claquait comme un drap à l'étendage.

— Il y a toujours du vent, dit Barles, dans ce pays ?

— Oui. Et ici, vous êtes particulièrement bien placé.

Les enfants jouaient autour d'eux presque sans bruit. Paul Ramonce était assis à terre et tirait sur une pipe en tige de clématite, rejetant de temps à autre une fumée imaginaire, tandis que son frère, le petit Champsaur et les enfants Blanc de la Verneraie, jouaient avec passion à la capitale. « Ce petit Paul, pensa Barles, il est déjà solide comme son père. »

— Ces trois Ramonce, c'est étonnant ce qu'ils ressemblent à leur père.

— C'est justement ce à quoi je pensais, dit Barles.

Ils allaient tous deux, mains aux poches, d'un bout à l'autre de la cour. Les enfants les prenaient comme pivot dans leur jeu. Barles se demandait où le maire voulait en venir. Il avait passé en revue tous les gens d'ici, parlant de leur honnêteté, de leur serviabilité. « Il n'y a guère, avait-il dit, que Samuel de "Riche-Terre" qui soit un salaud. Les autres sont tous bien honnêtes. » « Et alors ? » pensait Barles.

Pourquoi venait-il le voir aujourd'hui ? Il était trois heures et demie et bientôt il allait falloir lâcher les élèves. Le jour commençait à baisser. Pourrier avait l'air de marcher sur des œufs, évitant avec dextérité tous les cailloux un peu importants. Combien de fois lui avait-il fait faire les vingt pas séparant le préau du mur donnant sur le vide ?

— Vous comprenez, reprit-il enfin, ce serait embêtant qu'il leur arrive des histoires…

— Je comprends bien, dit Barles, mais qu'y faire ?

— Voilà : les troupes d'occupation peuvent venir perquisitionner d'un jour à l'autre, si je ne réponds pas de tous.

— Pour quelle raison ? demanda Barles.

— À cause de ces deux évadés de Sorges.

— Ah oui. Vous en avez parlé l'autre jour. C'est juste.

— Oui, hésita le maire, vous avez même dit que vous les chercheriez.

— Moi, j'ai dit ça ?

— Oui. Et vous avez ajouté : « Je leur parlerai dans leur propre intérêt. »

— Oh, vous savez, je dis souvent des choses auxquelles il ne faut pas ajouter d'importance, simple vantardise.

Ils firent encore plusieurs fois le va-et-vient du préau au mur, en silence. Barles regarda sa montre et frappa dans ses mains.

— Allez, dit-il, vous pouvez aller chercher vos cartables.

Les enfants se précipitèrent tous vers la classe.

118

On entendit leurs souliers se heurter contre les bancs et presque tout de suite on les entendit courir sur la place. L'école devint vide et silencieuse.

Barles et Pourrier s'arrêtèrent sur le seuil.

— Voilà, dit le maire, pour éviter des ennuis, il faut que je réponde de tous. De vous aussi.

— De moi?

— Bien sûr. Alors, vous ne les avez pas cherchés? Vous n'avez aucune relation avec eux, vous ne les aidez pas?

— Non.

— Vous me le garantissez?

— Parole d'honneur.

— Bon. Alors merci, au revoir et excusez-moi.

L'instituteur se posta sur le seuil et regarda s'éloigner le maire sous le soir de novembre. Il paraissait être accablé sous le poids d'une caisse énorme.

Le même soir, pendant qu'au coin du fourneau ses deux plus jeunes enfants jouaient au toro avec Inesta, le cadet des Espagnols, et que l'autre, Molina, taillait un crayon à Albert, aux prises avec sa première carte géographique; pendant que sa femme débarrassait la table, Ramonce, debout à sa fenêtre, regardait venir l'hiver. Devant lui, s'en allait en mottes fuselées le champ en labour qui tout au bord, en bas, touchait la place de Cluze flanquée de son école sur le vide. À gauche, il voyait le sapin à l'envers, masqué par les trembles squelettiques, et qui faisait le gros dos, comme un homme guettant sa proie. Ramonce écouta longuement la terre gémissante. Un matelas de brumes cachait le sud qui constituait le seul endroit vulnérable d'où Cluze pouvait recevoir un coup mortel pour sa tranquillité. Au nord, la barre d'Aramée le défendait bien par ses cinq cents mètres d'à-pic. À l'est, le Grand-Saint-André et à l'ouest, côté lever de la lune, la dent de Cervières impitoyable. Il la regarda. Ce soir, sous sa neige neuve, elle avait la finesse d'une jeune fille. Le village, à son ombre, s'enfonçait dans la nuit. Ramonce vit que la lumière de la cuisine le reflétait sur la vitre, avec sa pipe en bouche. Déjà, il ne distinguait plus que les lointains, le découpage des arbres et les lampes s'allumant dans chaque maison. Il aurait bien voulu savoir tout de même quelle sorte de proie guettait le sapin, à l'affût derrière les trembles. Il était visible d'ailleurs qu'il en serait encore pour ses frais, à moins que ce qu'il attendait ne vînt la nuit. Ramonce écouta les bruits de sa maison. Le feu craquait derrière lui, sa femme allait et venait, le crayon frottait sur le papier où Albert s'appliquait. Molina chantonnait et les autres enfants s'étaient arrêtés de jouer au toro pour écouter Inesta leur raconter, dans sa langue et avec les gestes, une histoire d'Espagne. « Malgré tout, on est heureux, pensa Ramonce, et il n'est pas juste de dire "malgré tout". Car qu'y a-t-il au fond ? Ce n'est pas, bien sûr, les soucis qui nous manquent, mais dès que la neige a verrouillé la seule route qui mène aux hommes (et si on s'en écarte, il y a danger de mort), dès ce moment-là, on est en sécurité comme dans une maison bien close. On est heureux surtout parce qu'on est immobile », pensa-t-il. Il regarda devant lui les arbres, la terre montagnarde, immobiles dans leur ensemble comme les hommes d'ici. « Il faudrait, pensa-t-il, que tous les êtres s'immobilisent d'un coup, alors tout redeviendrait naturel. »

À ce moment, on l'appela de la cour.

— Ho ! cria-t-il, j'y vais !

Il sortit rapidement. C'était Ange Castel à bicyclette. Il devait venir de loin, car il soufflait fort et son visage luisait de sueur.

— C'est toi ? dit Ramonce. Entre, tu vas prendre mal.

— Non, dit-il, surtout pas. Écoute, ce que j'ai à t'annoncer tient en deux mots : on a assassiné les gendarmes ce tantôt.

— Ah ? ça, ça va pas arranger nos affaires.

— Pour sûr que non.

— Et qui ?

— Si on le savait !

— Oui. Où l'as-tu appris ?

— Au Rocher, où j'étais descendu pour prendre mon attribution de graisse à chaussures.

Ramonce réfléchissait.

— Dis voir si tu es de mon avis : tu penses qu'on va les accuser, eux ?

— Juste, dit Castel.

— Nous sommes six à savoir qu'ils n'ont pas bougé de chez Barles depuis huit jours.

— Oui, mais que comptera notre témoignage, quand on apprendra que nous les avons aidés ?

— Quand même... Six hommes qui ont fait la guerre.

— Non, dit Castel, tu sais aussi bien que moi que ça ne compte plus. Si tu avais fait cinq ans de prison, alors oui, on te croirait, c'est ainsi maintenant, tu sais bien. L'honneur, la gentillesse, la pitié, tout est enterré sous notre liberté. Pour se soutenir, il leur faut du mensonge, et encore du mensonge.

— Mais enfin…, dit Ramonce.

— Non, tu te souviens de ce qu'a dit Pourrier l'autre jour ? Michel Bernard est considéré comme « très dangereux ». Ils vont sauter sur l'occasion, ameuter les populations par la radio, par les journaux, enfin par tous les moyens. Et puis tu crois qu'ils l'arrêteraient ? Même pas ! Trois balles dans la peau, le premier qui le rencontre. « Légitime défense. » Voilà.

— Tu es sûr ? dit Ramonce atterré.

S'il croyait au malheur collectif (et là, il fallait bien se rendre à l'évidence, les preuves affluaient de tous côtés), il ne pouvait encore se faire à tant de mauvaise foi, à tant de cruauté.

— Écoute, dit Castel, tu me connais, je ne m'affole pas pour rien, mais ça c'est grave. Il faut les ôter du milieu, dans leur intérêt et dans le nôtre.

Maria Ramonce vint sur le seuil.

— Isaïe ! appela-t-elle.

Elle fouillait l'ombre de la cour.

— J'y vais ! Une seconde.

Elle rentra.

— Mais comment ?

— Ce soir, après souper, sois chez l'instituteur, je vais aller avertir les autres. À vélo, ce sera vite fait. Je vous ferai part d'une idée. Je crois qu'elle est bonne. À ce soir.

— C'est le seul endroit, dit Castel, où on n'ira pas les chercher.

Tout de même, ils hésitaient. Lui, bien sûr, il avait posé à plat sur la table le plan aux lignes bleues et rouges et les trois photos.

— C'est assez simple, dit-il. Deux cordées de trente mètres. Un point d'appui au centre qui semble fait exprès pour le rappel. Rien de bien terrible.

— Et après? demanda Autran.

— Après… Eh bien, il y a, je crois, un éboulis en pente douce, je ne suis pas allé plus loin évidemment, c'est un peu au jugé. Mais si vous avez quelque chose de mieux…

— Ah, grogna Champsaur, ça m'inspire pas confiance.

— Écoutez, dit Barles, ce n'est pas à nous de décider. Voyons. Vous, Frank Voeter, qu'en pensez-vous? Parce que enfin c'est eux les principaux intéressés.

— Est-il possible de faire autrement?

— Justement non! dit Castel, croyez-moi. J'ai couru tout le pays. J'ai vu personne qui puisse se vanter de le connaître aussi bien que moi. Je l'ai couru de nuit, de jour. Et croyez-moi, il n'y a pas d'autre issue. S'il vient un détachement de deux, trois cents hommes, ils se déploieront sur la forme de l'éventail que fait la terre et ils se replieront sur la barre d'Aramée et là, adieu pays! Plus moyen d'échapper. Cinq cents mètres à nu sans une aspérité, ça ne se franchit pas, surtout en descente. Ils cueilleront tous ceux qui y auront été acculés.

123

— Le fait est…, dit Ramonce.

— Il faut décider. Nous sommes le 5 novembre. La neige est descendue plus bas que la forêt de mélèzes. Dans huit jours, peut-être avant, il y en aura vingt centimètres ici. Et vous savez ce qui se produit alors. Ils ne sont pas assez bêtes pour attendre. Par conséquent, il faut agir très vite.

— Oui, dit Michel Bernard, je me demande pourquoi nous hésitons encore, il n'y a pas de temps à perdre. M. Castel a raison. Tu ne crois pas, Frank ?

— Je crois, dit l'autre avec effort. Je crois, oui, reprit-il plus fermement.

Il poussa un grand soupir. Il lui semblait qu'il n'échapperait pas. Il sentait peser sur lui la lourde fatalité qui le traînait par un monde où tous les chemins étaient sans issue.

— Car la vie…, commença Autran.

— Oh, coupa-t-il, j'en ai depuis bien long-temps fait le sacrifice.

— Ne parle pas comme ça, dit Bernard, ne parle pas comme ça ! Ça finira va, on ne se lâchera pas, nous deux. On se défendra jusqu'au bout, jus-qu'à ce qu'on gagne.

— Avec ce que je vous propose, dit Castel, vous ne pouvez pas perdre.

Ils sentaient que toute la terre venait à leur secours. Au-dehors, dans la nuit de cataclysme qui se levait, pas un homme ne se serait risqué. Mais ils sentaient que c'était contre les autres, pas contre eux. Le village, dès sa naissance, était de toutes parts sous la protection des arbres. Il s'était accroché au sol, aussi bas que possible, aussi collé que possible contre lui. Un jour, bientôt, dans une quinzaine, sous le poids de la neige et sous celui du vent, les seuls liens qui retenaient encore Cluze à la tanière de la civilisation cesseraient d'exister. La route, serrée entre la croupe de Cervières et l'épaule du Saint-André, serait comblée par les éboulements de neige. La ligne électrique serait coupée, les poteaux du téléphone se briseraient et les fils casseraient net. Alors, enfin, on pourrait respirer. Le foin rentré (la récolte avait été bonne), le bois dans la resserre, les pommes de terre, les pommes, les noix aux celliers et les châtaignes à suer dans les caves, le navire de Cluze pourrait s'enfoncer dans la nuit, jusqu'à se faire oublier de tous.

— Alors, vous êtes d'accord ? dit Castel. Vous reconnaissez qu'il n'y a pas d'autre issue ?

— Bien sûr, approuva Bernard.

— Oui, murmura Frank Voeter.

Tous les autres acquiescèrent.

— Et nous irons tous, ajouta Ramonce. Ce sera beaucoup moins dangereux.

— J'y compte, dit Barles.

— Bon. Eh bien voilà. Naturellement, nous partirons bien avant le jour, car nous ne savons pas combien de temps il nous faudra chercher avant de découvrir un endroit convenable. Je pense que quatre heures, ce serait bien.

— Et quand ? dit Mille.

— Voyons, demain c'est samedi. Après-demain, qu'est-ce que vous en pensez ?

— Très bien, dirent-ils.

— Et pour les femmes ? demanda Champsaur.

— Justement. Dimanche, nous leur dirons que nous allons poser des collets à lièvres. Elles le croiront.

— Alors, ça va, conclut Barles, après-demain, le premier qui ouvre un œil va à la réveille des autres ; on se tiendra prêt. Demain, Castel viendra me voir pour l'organisation matérielle. Parce que naturellement il nous faudra un équipement sérieux.

— Ne t'inquiète, dit Castel, je m'occuperai de tout.

Il replia soigneusement le plan et mit les photos dans son portefeuille.

— Et pour le reste, dit-il, que le Bon Dieu soit avec les justes.

— Ils sont allés poser des collets, dit Maria Ramonce, des collets à lièvres.

Elle soufflait sur son café trop chaud avec une moue dégoûtée. Non, elle ne pourrait jamais s'habituer à cet ignoble mélange. Après le déjeuner, elle s'en faisait toujours un peu par habitude, mais jamais plus avec plaisir.

— C'est pas normal, dit Gertrude Mille.

Ce dimanche après-midi, les femmes intriguées s'étaient réunies chez Maria Ramonce. Leur astuce leur avait fait penser qu'il valait mieux, vis-à-vis des hommes, faire semblant de ne s'apercevoir de rien, mais tout de même, ce n'était pas normal.

— Des collets à lièvres? s'étonna Rose Champsaur. Mais il n'a pas encore neigé.

La mère Raffin était aussi venue sur ses pieds plats. Mais c'était surtout pour servir de témoin, car elle était veuve. Elle avait donné l'alarme quand elle s'était aperçue que désormais les hommes, Ramonce, Champsaur, Mille, Castel, Autran, l'instituteur qui avait l'air, ma foi, de bien prendre le pli, malgré son jeune âge, ne venaient plus après dîner faire leur partie ou parler des affaires du jour. Un soir, Mme Raffin était restée bras écartés devant ce spectacle dont elle avait depuis près de dix ans perdu l'habitude : autour du poêle de fonte, les chaises vides qui demeuraient éloquemment face à face, semblant continuer une discussion passionnée. La première fois, elle était allée regarder sur le pas de la porte. Il soufflait un vent léger, mais ce n'était pas cela qui pouvait empêcher les hommes de venir. Elle s'était frotté les mains en frissonnant devant le froid soudain de cette solitude et avait prêté l'oreille à un bruit qu'elle n'entendait jamais à cette heure et qui était celui de la pendule murale. Le deuxième soir, même histoire : seulement, les places autour du feu n'étaient plus vides, les quatre vieux qui, ordinairement, jouaient aux cartes dans le recoin le plus reculé, avec le jeu le plus crasseux, parce qu'ils ne buvaient qu'un café à vingt sous, s'en étaient emparés, ravis de l'aubaine. Mme Raffin les avait fait courir et, ma foi, elle leur avait dit : « À votre âge, on n'a plus besoin de chaleur. » Résignés, ils étaient retournés au fond de la salle ; seul Jules Fontaine avait vainement essayé de parlementer. Mme Raffin avait vite épousseté les sièges, les avait remis dans leur axe primitif et, à nouveau, était allée se poster sur le seuil. Mais, pas plus que la veille, ils n'étaient venus. Elle avait cependant patienté quelques jours. D'autant que le dimanche, elle les avait tous revus. (Le dimanche était le jour du maire, à qui sa femme faisait une telle histoire chaque fois qu'il sortait qu'il y avait peu à peu renoncé. C'était aussi le jour de Luc Abit qui trouvait indécent, ayant son gendre prisonnier, de venir au café en semaine.) Seulement, le lundi, les chaises s'étaient retrouvées désespérément luisantes et vides. Alors le mardi matin, rencontrant Maria Ramonce, à la poste-épicerie, Mme Raffin lui avait dit : «On ne voit plus votre homme le soir. » Maria en avait reçu un choc au cœur. Tout de suite elle avait pensé : «Pourtant, il sort toujours pareil ? » Cherchant de qui elle pouvait bien être jalouse, elle n'avait guère trouvé que la doctoresse dont justement Isaïe faisait beaucoup d'éloges et chez qui il était allé se faire panser quinze jours de file, et toujours longuement, quand il s'était démis l'épaule. Elle s'était pourtant vite rassurée. «Non, ce n'est pas cela. Je l'ai bien vu lorsqu'elle est venue m'accoucher de mon dernier : c'est une femme qui se parfume. J'ai pourtant beau sentir la veste d'Isaïe, elle ne sent guère autre chose que la vieille pipe. » Mais c'était quand même assez inquiétant, et elle remercia Mme Raffin de lui en avoir fait part. Celle-ci recommanda le silence : «Ne lui dites surtout pas que je vous ai parlé de quelque chose. » Après quoi, elle alla sur ses pieds plats chercher son pain à la boulangerie et tandis que Rirette la servait sagement, elle dit : «Ton père paraît s'être rangé, on ne le voit plus guère. » Rirette, sans rien dire, avait haussé ses jolis sourcils, songeant que depuis sa fâcherie avec Ange Cassagne qui lui faisait passer des nuits blanches, elle entendait régulièrement son père tous les soirs vers onze heures qui tâtonnait dans le noir avec des gestes précautionneux pour ne pas l'éveiller. De ce jour, la mère Raffin avait rencontré les femmes des déserteurs, soit chez Autran, soit à la poste-épicerie et les avait mises au courant de ce qui se passait.

Cet après-midi de dimanche, elles étaient toutes là, chez Ramonce. Il y avait Rose Champsaur, Gertrude Mille, la belle-fille Respondey dont le mari était prisonnier, la mère d'Ange Castel, avec sa tête blanche de marquise.

Gertrude Mille avait entrepris la vieille mère Castel.

— Enfin, c'est pas normal quand même, dites que c'est pas vrai?

Branlant du chef, la mère Castel mesurait d'un pan de main la distance entre son front et son menton.

— Moi, continua Gertrude, quand il sortait, auparavant, il m'enfermait. Alors je lui ai dit : « J'ai autant le droit que toi. » Dites que c'est pas vrai? Il a fini par comprendre que ma vie c'était de parler, d'aller chez l'une, chez l'autre... Et puis enfin, nous avons fait chambre à part. Une bénédiction! Dites que c'est pas vrai? Tu es pas obligée tout le temps de le pousser, de lui dire : « Tu tiens toute la place », tu es bien tranquille et le matin surtout, tu te lèves sans avoir mal aux reins, dites que c'est pas vrai?

« C'est quelquefois bien agréable d'avoir les reins qui vous font mal », songeait Maria Ramonce. Quant à la pauvre Blanche Respondey, n'ayant plus eu depuis bientôt quatre ans l'occasion de faire cette expérience, elle soupira. Et, pour une raison ou pour une autre, elles soupirèrent toutes.

— Valérie n'a pas cru bon de venir, remarqua Rose Champsaur.

— Non, elle s'est refaite amie avec Ange Cassagne, alors vous pensez, aujourd'hui que son père n'y est pas...

Maria Ramonce se leva, sa tasse à la main, et alla jusqu'à la fenêtre.

— Ils ne rentreront pas avant la nuit, dit-elle, pourvu qu'ils ne prennent pas la pluie.

— Hé, dit Gertrude, ne vous en faites pas pour eux, allez, vous pouvez être tranquille qu'ils sauront se mettre à l'abri, dites que c'est pas vrai ?

Maria buvait à petits coups, les yeux fixés sur le ciel bas. Il avait l'air d'être en printemps et la fonte de ses neiges grossissait démesurément le fleuve boueux des nuages. Elle regardait vers la forêt où, au plus profond de l'hiver, sous la couverture épaisse des futaies, il arrive que le jour ne se lève pas. Au-dessus, des corbeaux s'envolaient, qu'on aurait pu prendre pour des aiglons, n'eussent été leur vol mou et leurs ailes visqueuses. Sur les pommiers des prés, fleurissaient en noir des corneilles. De la dent de Cervières, à l'affût dans les nuées, on ne voyait que la base énorme.

— Enfin, dit Rose Champsaur, qu'est-ce que vous croyez, vous, madame Castel ?

— Ce que je sais, dit-elle, branlant sa vieille tête, c'est qu'Ange a emporté son équipement et sa corde la plus longue.

— Mon Dieu ! dirent-elles.

Elles voyaient déjà leurs hommes perdus au flanc de Cervières, se balançant au bout d'un fil, comme des pantins.

— Cette pute de montagne! s'exclama Gertrude Mille.

— Moi, dit Maria, je suis bien tranquille. Jamais Isaïe ne se risquera plus après. Il l'a assez dit…

— Alors quoi? dit Mme Castel. Car enfin, il a emporté la corde.

Femme de guide, mère de guide, elle avait acquis un certain fatalisme et se fiait à l'étoile de son fils auquel son père devait l'avoir léguée, puisqu'il était mort paisiblement dans son lit.

— Mon Dieu, que ces enfants sont insupportables! dit Gertrude Mille.

Elle, parbleu, elle n'en avait pas. Mais il est vrai qu'ils étaient bien nerveux aujourd'hui, les trois Ramonce, les deux Champsaur, la petite Respondey qui allait avoir quatre ans. On les envoya jouer dans la grange des Espagnols qui étaient aussi, de leur côté, à courir la montagne. Les femmes furent seules autour du feu, le cœur tapant d'inquiétude. Gertrude Mille même s'était tue. Malgré l'épaisseur de la maison, s'écrasait sur elles le poids du monde de toute sa lourdeur. Déjà, dans les vitres de la cuisine, elles voyaient leurs visages de rêve. Vers quatre heures, elles rappelèrent les enfants pour les faire goûter, mais cela ne les soulagea pas. Elles restèrent là, peureuses et fragiles, tous leurs sens aux aguets, sentant tout à coup lucidement combien elles avaient besoin des hommes.

Dans l'air de ce matin de novembre, à l'odeur de châtaigneraie fleurie, il semblait que jamais le jour n'arriverait à se détacher de la nuit.

— Sept heures moins le quart, annonça Ramonce.

132

— On ne peut plus remettre, dit Castel.

Ils auraient voulu attendre le lever du soleil, pour le voir peut-être une dernière fois, car qui peut savoir?

— On se croirait, dit Barles, devant la forge d'Héphaïstos.

Ils acquiescèrent de la tête sans bien comprendre ce qu'il voulait dire, mais le mot forge, oui, c'était bien le souffle chaud et bruyant d'une forge. Devant eux, s'ouvrait le gouffre des Anglasses à même le sol, semblable à une bouche pourrie, entouré de la bave verte des fougères. La terre autour n'avait pas l'air solide, elle était constituée de cette herbe bizarre, que Barles avait foulée le premier soir de l'aventure. Les rames épaisses des sapins remuaient lourdement sous le vent. Un coudrier, poussé audacieusement tout au bord de l'aven, gardait vertes et éternellement animées d'un mouvement de pendule paraissant les attirer vers le bas ses branches surplombantes, tandis que celles au-dessus du sol étaient à peu près dénudées. Justin Barles n'avait pas ressenti comme la première fois l'attirance irrésistible contre laquelle il avait eu à lutter; par contre, il avait fallu une bonne heure pour habituer les deux hors-la-loi à l'attraction du gouffre. Maintenant c'était fait, ils étaient couchés sur le sol, craintifs encore mais immunisés.

— Laisse, dit Ramonce, laisse encore cinq minutes, le temps qu'ils se reprennent, donne seulement ton marc. Tenez, buvez, dit-il.

Il leur tendit à chacun une timbale pleine à ras bord.

Ils parlaient peu. La corde que Castel avait attachée à l'arbre le plus proche faisait deux mètres dans l'herbe mouillée, sautait le bord et disparaissait dans le noir.

— J'ai lié les deux ensemble, dit-il, de manière à éviter le rappel. À la remontée, la terre n'est pas assez solide pour l'escalade. Et d'ailleurs, plusieurs d'entre nous n'ont pas assez l'habitude.

Il assura à sa ceinture le pic d'acier léger, tandis qu'ils faisaient tous semblant de ne pas voir ces préparatifs, rajusta les courroies de son sac et dit à Ramonce :

— Allume-moi.

La lueur de briquet refit la nuit complète autour d'eux et tout à coup, ils virent un œil de cyclope au front de Castel.

— Alors, dit-il, Ramonce, tu as bien compris? Dès que je secouerai la corde, tu descends et toi, Champsaur, tu le suis. Après, comme il ne faut rien risquer, Barles et Mille, vous la remontez et vous attachez Bernard, ensuite Voeter, il vaut mieux ne pas tenter la mort. Si jamais ils se lâchaient, ce serait pas la peine d'avoir fait tout ça. Après, vous, monsieur l'instituteur, vous descendez et puis Mille. Et toi, Jules, tu resteras là à surveiller.

— J'aurais bien voulu aller avec vous, dit-il.

— Hé, dit Ramonce, qui fera le pain, si jamais tu ne remontes pas?

— Non, dit Castel, il n'arrivera rien, mais s'il arrivait quoi que ce soit, il vaudrait mieux que quelqu'un demeure pour témoigner.

— Je vais rudement me faire chier en vous attendant.

134

— On te rapportera des cartes postales, dit Mille.

Ils se turent. Déjà Castel s'était enfoncé au ras du sol. On vit encore quelques secondes la lueur falote de sa lampe de mineur, on entendit le bruit métallique de son pic, puis il ne resta plus que le glissement souple de la corde qui tournait lentement sur elle-même et le craquement de l'écorce de sapin dans laquelle elle s'enfonçait de plus en plus. Les fougères courtes, autour du trou, moussaient leur bave verte. La branche du coudrier accélérait son balancement. Frank Voeter et Michel Bernard s'étaient levés avec peine et regardaient sans effroi le vide devant eux. Ramonce guettait sa montre.

— Trois minutes, annonça-t-il.

Ils étaient tous là autour de cette corde qui les intéressait plus que le vide qu'elle commandait. Prêts à la défendre jusqu'au crime si c'était nécessaire contre n'importe quelle force. Barles regardait avec méfiance l'arbre oscillant sur sa base qui lui servait de support, mais non, on pouvait se fier à lui.

— Brave sapin, dit-il et il flatta le tronc.

La nuit tournait peu à peu et le jour avec une peine infinie se détachait d'elle. « C'est dimanche, pensa Barles. On pourrait être tranquillement devant sa glace, à se raser et se préparer avec joie à aller voir une femme. Quand cette saloperie sera finie, j'en jouirai de la vie. » Il écoutait venir depuis les plus lointains de la terre la rumeur des êtres qu'il croyait heureux et se sentait pris d'une sublime envie de profiter de sa jeunesse.

135

— Sept minutes, annonça Ramonce, il doit lui rester une quinzaine de mètres.

Il se débarrassa de son feutre taupé qu'il gardait jours et dimanches et ôta son gilet de laine.

— En bas, dit-il, il ne doit pas faire froid.

Puis il retroussa les manches de sa chemise sombre fleurie de blanc. Barles arrêta ses gestes.

— Au contraire, dit-il, il peut faire très froid.

— Vous croyez ? dit Ramonce.

Tout de même il remit son gilet, arrima le sac à ses épaules, à sa taille et posa sa montre sur l'équipement du boulanger qui lui dit :

— Tu ressembles à un parachutiste.

— Maintenant, il devrait être arrivé.

Juste à ce moment, la corde trembla et la secousse l'ébranla jusqu'au tronc de sapin.

— Arrivé ! dit Mille.

— Juste dix minutes, constata Autran.

— À moi alors, dit Ramonce.

Le jour s'affirmait peu à peu et on ne vit pas sa lampe disparaître. Le trou était clair jusqu'à deux mètres au-dessous du niveau de la terre. Maintenant c'était Barles qui guettait sa montre et les deux traqués regardaient le vide, bras ballants. En plus de son sac, Michel Bernard avait son violon. Autran et Mille roulaient une cigarette. Au bout de douze minutes cette fois, le tronc de sapin cessa de craquer et la corde se détendit. Ils se mirent en devoir de la haler.

Quand elle forma un tas jaune à côté d'eux, ils attachèrent le juif sous les bras et le firent glisser dans le trou.

— Doucement, doucement, disait Mille.

Mais il n'y avait pas besoin de le leur recommander, ils tendaient tous leurs sens vers le frottement imperceptible, léger pour eux quatre. Champsaur ne participait pas, guettant le vide et la marche de sa montre. Quand il y eut dix minutes :

— Attention maintenant, dit-il, en douceur jusqu'à ce que la corde soit lâche.

Enfin, plus rien ne pesant au bout de leurs bras, ils attendirent que le brin ait tressailli et le ramenèrent à eux.

— On dirait qu'on rentre du foin, dit Mille, il ne manque que le bruit de la poulie du grenier.

Ils refirent la même opération pour Bernard. Champsaur et Mille descendirent à leur tour. Il n'y eut plus que Barles et le boulanger au bord de l'aven. Un soleil froid éclairait leurs épaules.

— Alors, dit Autran, je vais rester tout seul ?

— Que voulez-vous, dit Barles, il en faut un, alors, de toute manière…

Il ajusta à sa ceinture la cordelette du sac et Autran alluma la mèche de sa lampe.

— Et essayez voir de revenir tous entiers.

Il s'assit à côté du sapin et roula une cigarette. La corde, tendue et sonore pendant que Barles descendait, redevint molle et ne parut plus vivante. «Maintenant, ils sont en bas pour un bout de temps.» Il jeta un regard sur son sac où ils avaient posé leurs objets les plus précieux : le portefeuille de Castel, l'alliance de Ramonce et son feutre taupé un peu encombrant pour l'aventure ; l'écureuil d'or de Champsaur, qu'il avait forgé lui-même et qui lui servait de fétiche ; le portefeuille de Mille, son mouchoir à carreaux rouges et la chevalière en platine de l'instituteur. (Frank Voeter avait tout emporté, Michel Bernard était descendu avec son violon. Il ne subsisterait rien d'eux, s'ils disparaissaient.) Autran détailla tous ces objets qui semblaient lui tenir compagnie. Il pensa qu'il ne restait maintenant à tous ses amis que la garantie de la terre, puisque délibérément ils venaient de se mettre à sa merci. Et lui aussi se souvint que c'était dimanche. En bas, sa fille, fraîchement habillée de robe claire, devait servir le pain. Il eut un haussement d'épaules fataliste, alluma sa cigarette et s'enroba doucement dans le silence de la forêt. Il y avait bien le balancement du coudrier et le rangement des fougères et l'éclair tremblant d'une digitale craintive, curieuse du vide, mais dans l'ensemble, c'était le silence. Le gouffre semblait aspirer vers lui tout l'air du ciel.

Glissant le long du filin avec un peu d'appréhension, cette pensée funeste étant venue le visiter : « Soixante mètres, deux fois la hauteur du clocher de mon village », Barles se rendit compte que Castel, la première fois où il était venu, avait creusé des trous pour les pieds, ce qui rendait l'avancée moins pénible, surtout avec ce sac si lourd, pesant aux épaules et forçant à relever la tête. Touchant le curieux surplomb de roche dont le guide avait parlé, il songea qu'il devait être à peu près à mi-course. Contre la paroi rutilante de la terre, écailleuse comme un poisson à peine sorti de l'eau, il vit la trace des souliers des hommes et cela le rassura. Il osa regarder vers le bas, vers le minuscule lumignon de leur lampe et, se balançant dans le vide, il sentit à nouveau sous lui la rassurante présence des traces.

Encore qu'elle donnât une bizarre sensation de mauvais équilibre, il toucha la terre ferme avec une volupté jamais égalée et regarda d'abord là-haut vers la surface, où Autran le boulanger veillait au bord du trou. Il lui sembla être au fond d'une cheminée de tuilerie. Le ciel, d'ici, était vraiment insaisissable, on ne distinguait pas s'il était bleu ou sombre. Une nuée le troublait, qui n'était peut-être qu'une branche de sapin.

Alors, il se tourna vers eux. Ils étaient d'une pâleur translucide, même Champsaur recuit par le feu de sa forge, même Ramonce.

— Vous êtes bien pâles ? dit-il.

Mais il vit rapidement d'où cela venait : les parois en ellipse du gouffre étaient immaculées, si blanches, qu'à l'endroit où la corde traînait au sol (et il n'en restait inoccupés que trois à quatre mètres, Castel avait bien calculé) la marque de leurs souliers les avait salies. Derrière eux l'éboulis dont le sol était fait commençait à descendre en pente douce.

— Bon, dit Castel, on y est tous ?

Oui. Ils y étaient tous : Mille, Ramonce, Champsaur, l'instituteur, Michel Bernard qui ne tremblait pas, Frank Voeter qui tremblait un peu.

— Voilà, dit le guide, ici nous allons nager complètement quant au chemin que nous allons suivre, alors, si vous voulez bien, on va s'encorder.

Il avait déjà sorti le nécessaire de son sac et les assura l'un après l'autre, solidement. Ramonce le dernier.

— Toi, Isaïe, tu tiendras la queue parce que tu as un peu l'habitude de la montagne. Et Henri derrière moi.

— C'est ça, dit Champsaur, je crois que nous aurons moins de difficultés que dans l'ascension de Cervières.

Malgré tout, avant de partir vers la terre plus profonde, ils cherchaient éperdument autour d'eux un signe des choses familières. Ce fut Ramonce qui le premier en trouva un.

— Regardez!

Dans une fissure de terre noire, tranchant la blancheur uniforme, il y avait une racine d'arbre. Ce n'était pas, bien sûr, une de ces racines qui soulèvent les dalles des maisons lorsqu'on laisse la forêt s'en approcher de trop près, mais une mince capillaire qui finissait là, dans la terre suintante. Ils sentirent pourtant battre en elle toute la vie de la surface et comprirent que ce n'était que le commencement de l'inconnu, que là encore ils étaient en pays domestique et cela consolida leur courage. Alors Castel s'ébranla et ils firent de même de trois mètres en trois mètres. Champsaur le deuxième, Barles, le juif, le communiste, Mille, et Ramonce fermant la marche. La corde entre eux formait une guirlande touchant parfois presque le sol. L'éboulis s'était resserré en un boyau étroit, aux parois toujours semblables de cette blancheur de craie. Le sol était fait de cailloux presque ronds, jamais très gros, usés jusqu'au cœur, semblait-il.

Ils étaient forcés de respecter une certaine distance entre eux, au cas où il se serait produit une cassure brusque du terrain. Aussi ne pouvaient-ils que rarement parler. Ramonce sentant, dans les vibrations du filin qui le reliait aux autres, que tout marchait à peu près bien, se rassurait peu à peu et commençait à s'intéresser à l'aspect nouveau de la nature qui l'entourait. Il s'amusait beaucoup à l'idée que sa femme ne devait pas se douter de l'endroit où il était. Le boyau aux parois lisses lui parut être l'œuvre d'une taupe gigantesque, mais il n'y avait jamais eu de taupes gigantesques, alors, il pensa à la mer. Il essaya de s'imaginer la profondeur catastrophique des vagues montant à l'assaut de Cervières et du Saint-André et poussant, comme un arbre, des racines en la terre, mais ce n'était pas logique non plus. Alors quoi ? Car ce n'était pas un travail d'homme, ce boyau aux parois immaculées, fait d'une seule traite, à l'emporte-pièce, par une force irrésistible qui n'avait pas eu besoin d'enlever les déblais, mais les avait écartés, avait obligé la terre à se faire petite, à se tasser, ou l'avait emportée devant elle. Quelle était la forme vivante de cette force ?

Il en était là de ses réflexions, lorsqu'il se heurta au dos de Mille et, levant les yeux, vit qu'ils étaient tous arrêtés en paquet.

— Écoutez ! dit Castel.

Ils firent le silence, et entendirent monter des profondeurs la douce musique glissante d'une eau. Ils cherchèrent à savoir ce qu'elle était et à quelle distance elle coulait.

— Peut-être pas très loin, dit Barles.

Ils se remirent en route avec plus de courage, sachant qu'ils allaient à nouveau vers une présence connue.

Ils arrivèrent ainsi à un coude du boyau. Les reflets des lampes frappèrent le roc devenu dur et inattaquable. Ils avaient dû faire front à la force démesurée qui avait creusé le couloir et la contraindre à obliquer sur la gauche. Ramonce sentit alors qu'il commençait à enfoncer dans la boue et que le sol crissait sous ses pas. Dès qu'il eut franchi le coude à son tour, il s'aperçut que les parois avaient changé de forme et de consistance ; en même temps, il marcha sur les pieds de Mille.

— Doucement !

— Quoi ? dit Ramonce, eh bien, qu'est-ce qu'il y a encore ?

Castel supputait l'air pesant, autour de l'auréole de sa lampe. Le chemin, maintenant, était fait de coudes innombrables, ils en avaient déjà passé une vingtaine en cent mètres et cela continuait, il semblait que la force creusante avait trouvé une fissure et s'y était ruée. Il n'y avait plus, de place en place, que des restes de paroi calcaire, comme des plaques de neige sur un sol printanier. Qui sait pourquoi les rocs formant les coudes avaient l'air d'être d'énormes diamants ? Cela les intriguait et c'est pourquoi Castel supputait l'atmosphère.

— Il me semble… mais c'est pas possible…

Ils le regardaient réfléchir sans oser parler. Le bruit d'eau s'était amplifié. Ils prêtaient attentivement leurs sens vers la perception de l'inconnu autour d'eux. Un air frais les frappait au visage.

— Ça sent la forge, dit Champsaur.

— Oui, dit Barles.

« Si aucun obstacle ne nous arrête, pensa-t-il, nous trouverons Héphaïstos devant son enclume,

142

en train de forger l'armure d'Achille. » Mais il ne s'agissait ni de forge ni de dieux, dans l'attention soutenue avec laquelle ils sollicitaient l'explication de ce qu'ils ressentaient confusément. Il leur semblait retrouver la légèreté de la surface, sans savoir à quoi cela tenait. En vérité, ils percevaient qu'au-delà du halo de leur lampe, l'obscurité n'était plus totale.

— Éteignons, dit Castel, on verra bien.

L'odeur du carbure les suffoqua. Mais alors, ils furent environnés d'une nuit bleue en roue de paon, avec des infinités atomiques de points d'eau brillants sur les rocs diamantaires des coudes. Ils évoluaient au milieu du jour sidéral d'une belle nuit de mai.

— Ça, dit Ramonce, ça, de ma vie…

— De notre vie…, dirent-ils.

Ils se regardaient et ils n'étaient plus pâles, ils étaient doucement, entièrement bleus, comme les parois qu'ils voyaient distinctement. Et la couleur s'accusait de plus en plus sur tout, à mesure qu'ils s'enfonçaient dans le corps tiède de la terre.

— C'est curieux, s'étonna Barles, il devrait géologiquement faire très froid…

— J'ai déjà remarqué que non, dit Castel, autrement ça n'aurait pas été possible.

— Et regardez, dit Ramonce, je suis en bras de chemise.

En effet, il avait fini par enlever son gilet qu'il s'était attaché autour du cou.

Désormais, la présence de l'eau devenait familière, la voûte s'élargissait en un porche immense dont ils ne distinguaient que la base. Le sol s'aplanissait et du sable bleu remplaçait les cailloux ronds. Ils regardèrent autour d'eux, la lumière se perdait dans les replis de l'ombre, cependant, il semblait qu'ici se trouvait sa source. Le sol était devenu tout à fait plat; le sable, doux sous les pieds, avait perdu son humidité. Les hommes s'alignèrent respectueusement devant l'être qui occupait ici toute la place, en dehors d'une plage qu'ils évaluèrent à cinquante pas dans tous les sens, avant qu'elle ne touchât les parois. Ils étaient arrivés au bord d'un fleuve. Lui aussi était bleu. Il devait avoir une vingtaine de mètres de large et n'être accessible que par cette rive car, autant qu'ils purent voir, sur l'autre berge, le roc de la voûte s'enfonçait directement dans l'eau. Ainsi ils avaient d'un seul coup toutes les dimensions de la grotte, sauf en hauteur, car là tout se perdait dans la nuit bleue. Trois plantes, transparentes et bleues comme le reste, tenaient compagnie au fleuve. C'était trois longues tiges semblables à des roseaux-massues, mais se terminant chacun par une fleur en forme d'arum, sauf la couleur, à consistance raide et fragile comme du verre. Les hommes immobiles restèrent longtemps devant le fleuve et les fleurs. « Pour que, si profondément, songea Barles, la vie terrestre ait encore ici des racines, il n'y a pas de raisons pour qu'elle n'en ait pas partout, dans tous les sens du monde; côté ciel et côté centre de la terre, et cela recule jusqu'à l'infini le triomphe de la mort. » Le bruit d'un sac tombant sur le sol le tira de ses pensées.

— Eh bien voilà, conclut Castel, on n'ira pas plus loin.

Ils firent le silence sur l'ampleur effrayante que sa voix avait prise et, pendant de longues minutes, l'écoutèrent rouler d'écho en écho.

— Voilà, dit Michel Bernard, c'est ici.

Castel, immobile, regardait successivement son altimètre, sa boussole et le fleuve coulant du nord au sud. Se penchant sur lui pour se laver, il prit cependant plaisir à faire ruisseler l'eau entre ses doigts, tant elle était d'un bleu magique. Ramonce s'avança. Il hésita un moment, hocha la tête, puis, retroussant ses manches, fit d'abord semblant de se rincer, mais les pierres tombaient des doigts du guide avec un tel bruit de joyaux étincelants que Ramonce s'abandonna à cet instinct sensuel. Et bientôt, ils furent tous au bord du fleuve et s'amusèrent comme des enfants à faire glisser au long de leurs bras l'eau et le gravier rutilants.

Ils avaient oublié la vie, et la raison qui les avait amenés là, pour ne penser qu'à l'émerveillement de cette symphonie bleue. Ils se réjouissaient du bruit sans cesse renaissant des gouttes tombant sur la masse de l'eau. Jamais peut-être, rien de ce qu'ils avaient connu jusqu'ici ne leur avait procuré une joie aussi pure. Jamais ils ne s'étaient sentis aussi profondément solidaires les uns des autres.

— Tu as eu une fière idée, dit Ramonce, en frappant de sa main mouillée sur l'épaule d'Ange Castel.

— Toute notre vie, dit Frank Voeter, nous nous en souviendrons.

Et comme pour augmenter encore leur joyeuse stupéfaction, passa dans l'eau bleue transparente du fleuve la forme d'un gros poisson couleur d'or. Aussitôt, ils n'entendirent plus que le bruit de leur respiration (c'était encore beaucoup, à cause de l'écho), et restèrent là, suspendus après la vie de cette bête qui remontait le courant avec calme, par saccades de reins brusques, restant sur place à chaque nouvelle secousse, remuant sans cesse le bout pointu de sa tête et donnant de temps à autre un coup de queue. Ils la suivirent tant qu'ils purent, jusqu'à l'extrême bord de la caverne, attendirent un long moment, pour voir s'il n'en viendrait pas d'autre, mais ce fut le seul. Alors la faim se réveilla en eux. Champsaur consulta sa montre.

— Ah, les enfants, dit-il, les enfants, il est une heure. Vous ne vous sentez pas un petit creux?

S'apercevant en effet qu'ils avaient l'estomac assez vide, ils s'installèrent autour des sacs, laissant intacts ceux de Michel et Frank qui, contenant de la nourriture pour une dizaine de jours, étaient de beaucoup les plus pesants. Ils sortirent tout ce qu'ils avaient apporté : jambon, saucisson, pâté de lièvre en boîte, confitures, tartes aux prunes (les femmes les avaient faites la veille, c'étaient de petites tartelettes qui ne risquaient pas de se briser), et aussi trois vastes omelettes de pommes de terre et les bouteilles de vin d'embrunes dans les litres de fer-blanc prêtés par Castel.

— Ah, demanda Champsaur, et le pain?

— Je l'ai, répondit Ramonce.

Ils cassèrent les trois miches rondes faites par Autran et mangèrent leurs nourritures bleues.

Ils ne parlaient pas beaucoup. Parler faisait un

146

vacarme assourdissant. Il fallait laisser trois bonnes minutes entre chaque réplique, pour donner aux échos le temps de s'apaiser. Mais c'était assez agréable de manger en silence, lâchant une phrase de temps à autre. Il y avait pourtant des renseignements indispensables que Castel se sentait obligé de donner.

— D'après mes calculs, nous devons être à peu près sous la dent de Cervières. Nous devons avoir au-dessus de nous à peu près, voyons... Cervières est à trois mille cinq et Cluze à douze cents, c'est ça. L'altimètre indique une cote de 900... donc nous sommes descendus depuis le gouffre qui est à 1 500, de six cents mètres et nous avons dérivé de la direction nord-est à la direction sud-est, c'est bien ça : nous sommes sous la dent de Cervières et au-dessus de nous il y a à peu près deux kilomètres cinq cents de terre et de rocher.

— Eh bien, c'est parfait, dit Barles.

— Mes enfants, s'exclama Champsaur, je crois que jamais personne ne viendra vous chercher ici !

Allumant leur pipe, ils fumèrent un moment en silence, puis Frank Voeter dit :

— Michel, joue pour les remercier.

— Oh, ce n'est rien du tout pour nous, dit Ange Castel, en lui frappant sur l'épaule, juste une partie de plaisir. Ça nous arrive pas tellement souvent, vous savez ?

— Mais tu peux quand même nous jouer quelque chose, dit Ramonce.

Il avait déjà sorti son instrument.

— Oui, dit Barles, la sonate en *ré*.

147

— Non, dit Bernard, attendez, je crois que la qualité de l'écho va me permettre de vous faire entendre le concerto n° 4 en *sol* majeur.

Le violon, sorti de l'ombre de sa boîte, était bleu lui aussi. Ils s'assirent commodément autour des sacs, prirent leurs précautions pour pouvoir fumer sans troubler le silence (car c'était, plus qu'à l'habitude, agréable de fumer, à cause des nébuleuses bleues que cela construisait dans l'air), crachèrent pour ne pas avoir à le faire tout à l'heure et devinrent immobiles comme des hommes de pierre.

Alors commença la plus extraordinaire suite de sons qu'il leur avait jamais été donné d'entendre. Ce fut d'abord une seule ligne de musique nette, pure, déchirante, comme si l'homme qui l'avait écrite n'avait pu réussir à exprimer sa vision. Mais eux, assis autour de ces sacs de montagne, dans cette grotte bleue, à côté de ce calme fleuve, comprenaient parfaitement, même ce qui ne pouvait s'exprimer, et quand le thème était un peu faible, ils l'imaginaient. L'écho, d'ailleurs, venait à leur secours. Il se mettait en mouvement dès que, pendant un temps infinitésimal, Michel Bernard soulevait son archet. Toute la trame de notes qu'il avait repoussée dans les recoins les plus éloignés de ce monde bleu revenait en cascade vers les oreilles des hommes. Déjà pourtant, le mouvement de l'archet sur les cordes avait repris, mais les violons s'étaient multipliés et il semblait que le fleuve lui-même s'était mis à jouer. Sous le souffle allègre de cette musique, ils se sentaient devenir tout gracieux et tout jeunes. Les trois fleurs diaphanes qui les avaient intrigués, transparentes,

148

bleues comme des veines, se balançaient sur leurs tiges et pourtant le vent léger, soufflant sur le courant d'amont en aval tout à l'heure, s'était arrêté. «Ce ne peut être qu'à cause de cette musique», pensa Ramonce. Et tout d'un coup, il y eut dans le geste de Bernard une brusque cassure et ses doigts et son bras se mirent à courir vite, à petits coups et ils regrettèrent qu'il n'y eût pas de femmes, car il venait de leur prendre une folle envie de danser.

Mais déjà Michel Bernard avait ramené son bras contre son corps et, pendant de longues minutes, ils attendirent que l'orchestre entier des échos se tût, puis ils se levèrent et vinrent lui frapper sur l'épaule et lui serrer les mains. Et lui, il avait l'air tout ému de leur avoir causé, semblait-il, un si grand plaisir.

— On ne sait pas pourquoi…, tenta d'expliquer Mille.

— Oui, dit Barles, il n'y a pas à savoir…

— Je n'y suis pour rien, dit Bernard, croyez-moi, je n'y suis pour rien du tout.

Il enferma soigneusement son instrument et ils le regardèrent en hochant la tête.

Castel secoua sa pipe et dit :

— Maintenant, une chose importante nous reste à faire, dont personne n'a plus eu le plaisir depuis bien longtemps.

— Et quoi ? demanda Mille.

Ils s'interrogeaient de leurs yeux encore tout joyeux.

— Car, expliqua Castel, vous n'avez pas l'air de vous douter qu'un jour j'amènerai ici des tas de gens, et ça fera un peu remonter le cours de ma bourse. Une chose d'un luxe inouï, continua-t-il, qui va nous faire ressembler à Dieu le Père.

— Allez, dit Ramonce, accouche.

Alors Castel montra le fleuve, vers le haut et vers le bas, d'une main largement ouverte et il dit :

— À le baptiser...

— Et comment ? questionna Barles.

— Car, continua Castel, une chose à laquelle j'ai pensé, c'est qu'il n'a pas de nom.

Alors, Frank Voeter s'approcha du bord du lit :

— Je sais, moi, comment nous allons l'appeler, et je crois que vous ne me contredirez pas.

— Et comment ? dit Ramonce.

— La Paix.

Ils firent le silence sur ce mot qui faisait éclore en eux tant de fleurs. Est-ce qu'ils allaient apporter ici, dans cette terre indifférente et tranquille, ce qui constituait le centre de leur inquiétude ?

— Oui, dit Ramonce. Appelons-le la Paix, lui il s'en fout et nous ça nous fait plaisir, alors...

Et pour bien marquer au fleuve leur amitié, ils pissèrent tous dans l'eau bleue sans que cela la troublât. Elle continua comme auparavant, quand elle n'était encore qu'une eau souterraine inconnue des hommes et que les deux bords immuables, entre lesquels elle coulait déjà bien avant la naissance de Cluze, ne s'appelaient pas la Paix. Mais eux, ils savaient, ils n'étaient pas dupes, ils connaissaient l'éternelle indifférence des choses de la terre, vis-à-vis de l'homme mobile. Aussi eurent-ils soin de la traiter en amie pour qu'un jour peut-être elle se montrât envers eux un peu moins glaciale.

— Hé, dit Champsaur, les enfants, trois heures et demie, c'est le moment de rentrer.

— Hé oui, soupira Castel. Enfin, dit-il, en prenant le juif et le communiste par le bras, enfin, ici vous êtes tranquilles. Vous pouvez dormir sur vos deux oreilles, rien ne vous dérangera. Vous avez tout ce qu'il vous faut?

Michel Bernard avait déjà fait l'inventaire des sacs.

— Tout, dit-il.

— Vous devez avoir, dit Ramonce, pour une dizaine de jours de provisions, mais vous en aurez amplement...

— Car nous remonterons avant, coupa Barles.

— Si nous avions du bois, suggéra Bernard, nous pourrions faire du feu, ça économiserait la provision d'alcool que nous avons. Il me semble qu'il y a assez de courant d'air et d'ailleurs c'est vaste, vaste...

— Je vous en ferai envoyer au fond du trou par mes Espagnols demain matin, dit Ramonce, vous n'aurez qu'à aller le prendre là-haut.

— Merci, dirent-ils. Nous pourrons tenir quelque temps.

— Oui, dit Champsaur. Si ces fameuses troupes viennent faire un tour dans la région, ce sera d'ici deux à trois jours, après ce serait trop tard, car il va neiger.

— Donc, continua Barles, une semaine à vivre ici, ce n'est pas terrible, personnellement ça me serait égal d'y rester, si je n'avais pas ma classe.

— Surtout, termina Ramonce, que vous avez l'écho pour vous distraire.

Ils leur serrèrent la main et, les laissant seuls avec cette splendeur inquiétante et ce fleuve qu'habitaient des poissons d'or, ils regardèrent une dernière fois l'unique bouquet végétal de trois grosses fleurs en cornet, semblables à des arums, couleur de campanule.

Ils remontèrent l'éboulis, heureux de ce devoir accompli, et du baptême de ce fleuve. Quand ils arrivèrent sous le porche immense, ils se retournèrent pour contempler la grotte bleue. Il y avait assez de lumière pour qu'ils puissent voir le juif et le communiste, leur faisant des adieux de la main. Leurs yeux firent le tour de l'étroit horizon. Ils regardèrent vers le haut, le plafond de la grotte se perdait dans la montagne et l'on n'en devinait pas la fin.

Barles, qui s'était appuyé contre la paroi, faisant jouer sa main dans les reflets du bleu, distingua une trace bizarre. C'était un bourrelet dur et humide qui se continuait jusqu'à perte de vue dans l'horizontale, formant une ligne nette, comme tracée au cordeau. L'instituteur ne dit rien, mais cela lui donna à penser tout au long de la remontée, si bien qu'il ne s'aperçut pas qu'ils étaient à nouveau entrés dans le noir et que Ramonce et Castel avaient rallumé à leur front les lampes de mineurs.

Là-haut, au bord du gouffre, il était cinq heures du soir et la pluie tombait. Autran s'était abrité autant qu'il avait pu sous les ramures du grand sapin. Autour de lui passaient les nuages à portée de sa main. D'abord, ils n'avaient pas osé descendre plus bas que les cimes, mais ils s'étaient peu à peu enhardis et désormais traînaient au ras du sol. De temps à autre, sous un coup de vent, une nuée entourait le boulanger comme une écharpe et il se retrouvait trempé des pieds à la tête. Aussi grelottait-il sous sa pesante veste de velours.

— Fils de pute de temps, jura-t-il.

Juste à ce moment, la corde à ses pieds remua et cela leva son inquiétude. « Ils remontent », pensa-t-il, et il attendit. Ce fut assez long. Le premier, Ramonce s'épousseta longuement, car il était couvert de poussière calcaire, et ne se retourna pas tout de suite vers Autran, qui eut le temps de lui demander :

— Tous entiers ?

— Oui, répondit Ramonce.

Et il fit face au boulanger qui en demeura muet de stupeur, car il était bleu !

— Eh bien, demanda Ramonce, et toi ?

— Comme tu vois, dit-il. À part que je dois avoir les yeux un peu fatigués.

— Pourquoi ça ?

— Je te vois bleu, dit Autran avec hésitation.

— Ah, nom de Dieu ! Attends, tu n'as pas une glace ?

— Hé non, comment veux-tu, je suis pas une femme.

Ils attendirent anxieusement la remontée du deuxième. Ce fut Champsaur qui, à son tour, commença à s'épousseter tranquillement. Même il sifflotait de contentement. Ensuite, il éponsa son visage en sueur puis il regarda Ramonce et Ramonce le regarda. Autran, un peu dérouté, les regardait l'un et l'autre.

— Nom de Dieu! dit Ramonce.

— Nom de Dieu! dit Champsaur.

— Alors, constata Autran, je n'ai pas les yeux malades, ça me fait plaisir.

— Alors ça, dit Ramonce, ça dépasse tout le reste!

Et ils arrivèrent tous bientôt : Barles, puis Mille et enfin Castel qui, sans prendre garde à eux, se mit en devoir de remonter la corde. Il fut tiré de son opération par leurs cris d'étonnement. Car bien sûr, ils étaient un peu surpris. Castel les regarda tous et crut lui aussi qu'il avait les yeux malades. Mais non, puisqu'à son haussement de sourcils ils répondirent :

— Toi aussi, tu l'es, toi aussi!

Il passa la main sur son visage et tous, humectant leurs doigts de salive, firent de même. Autran suivait les progrès de l'opération chez chacun, mais c'était nul. Rien n'y faisait. Ils pouvaient bien le voir d'ailleurs, les mains aussi étaient bleues, seulement à l'endroit où elles commençaient à être couvertes par l'étoffe, elles redevenaient blanches comme de la peau d'homme.

— Bien sûr, dit Autran, vous n'êtes pas bleus, pas comme quand ma fille met du linge à raviver et que toute la maison en garde la couleur. Mais un peu bleus, bleutés, bleuâtres, ça vous l'êtes, il n'y a pas…

— Eh bien, dit Champsaur, nous sommes beaux. Si ça nous dure jusqu'à ce que les femmes nous voient, qu'allons-nous leur dire?

154

Ils se tournèrent vers l'instituteur qui ouvrit les bras en signe d'incompréhension.

— Non, dit-il, je confesse mon ignorance. Que ça vienne du rayonnement d'une certaine terre, c'est hors de doute. Peut-être une terre riche en radium, mais quant au moyen de vous rendre votre couleur normale, non, je n'en sais vraiment rien.

Heureusement la nuit rassurante tombait. Et ils pensèrent moins à leur coloration pour s'occuper de la rentrée au village, car la pluie fine était devenue froide.

— Il faudra garder les lampes allumées, conseilla Castel.

Ramonce fit le tour du gouffre, marquant quelques arbres d'un crayon rouge qu'il portait toujours sur lui.

— Demain, dit-il, j'enverrai mes Espagnols et je leur ferai couvrir le trou avec des épicéas coupés, de manière qu'il n'y ait de danger pour personne, mais que ça ne donne pas l'éveil.

— Bonne idée, dit Champsaur.

— Allez vite, maintenant partons, dit Castel. Tout à l'heure, entre la brume, la nuit et les arbres, il n'y aura plus moyen de rien voir.

Pendant la route qu'ils firent en silence, ils repensèrent à leurs visages bleus pour s'en étonner et s'émerveiller de la force qui les avait ainsi mystifiés. Mais leur inquiétude les fit s'arrêter près de l'abreuvoir de Clapigneux. Là, ils frottèrent leurs mains et leur visage avec une féroce énergie. Même, Champsaur prit du sable fin et s'en passa avec violence autour des yeux, sur les joues et les poignets. La nuit était sombre, les reflets des lampes ne faisaient pas ressortir les couleurs. Aussi purent-ils se bercer d'illusion. Mais ils appréhendaient les lumières du village qu'ils apercevaient maintenant à travers les trouées rapides des nuées. Enfin ils arrivèrent, et Ramonce le premier les quitta devant sa porte.

— Et arrive ce que voudra! dirent-ils.

Ramonce rentra chez lui. Il resta d'abord dans l'ombre du corridor, la cuisine étant violemment illuminée. Il entendit discuter dans leur langue les deux Espagnols et, sachant que le couloir n'avait pas de lampe, il appela:

— Maria!

Il entendit qu'elle posait une casserole sur le feu et elle accourut:

— Ah, c'est toi, dit-elle, tu es enfin là! Je me suis fait souci.

Elle lui sauta au cou pour l'embrasser. Il s'arrangea pour ne pas rester dans le cadre de la cuisine.

— Tu sens la cave, dit-elle.

— C'est forcé, avec cette saleté de pluie qui nous a pris en route.

— Tu es mouillé? Viens vite te changer, j'ai tout préparé.

Elle essayait de l'entraîner.

— Non, non. Il faut que j'aille voir s'ils ont donné au bétail. Je reviens tout de suite. Écoute: les jours commencent à se faire courts, tu devrais bien un peu économiser le courant. Sers-toi donc de ces fameuses torches que j'ai faites l'an dernier.

« Tiens, pensa-t-elle, qu'est-ce qu'il lui prend de

156

vouloir économiser, lui qui a les mains trouées d'habitude ? »

— Je vais le faire, dit-elle. Mais après, viens vite te changer.

Elle était trop contente de le voir revenir entier.

Il alla jusqu'à la remise de la mule, éclaira et put se rendre à l'évidence : il était toujours aussi carrément bleu que lorsqu'il avait émergé du gouffre. Il faudrait jouer serré.

Du couloir, il constata que sa femme avait obéi et que les fameuses torches faisaient plus de fumée que de lumière. Aussi entra-t-il naturellement.

— Approche-toi vite du feu, dit Maria.

Les deux Espagnols écartèrent leurs chaises pour lui faire place.

— Nada, dit-il, restez. Non, je suis mouillé et je transpire, je risquerais le chaud et le froid.

« D'habitude, pensa-t-elle, il ne s'écoute pas tellement. »

— Donne-moi ma chemise que je me change.

Ce qu'elle fit. Et pendant qu'il se déshabillait, elle débarrassait vivement tous les objets dont les enfants avaient encombré la table et mettait le couvert.

— Pour souper, dit-elle, j'allume ?

— Dieu garde que non, c'est pendant les repas qu'on a le moins besoin de clarté, est-ce qu'il faut y voir pour trouver sa bouche ?

Ils s'installèrent pour manger, les deux Espagnols au bout, Maria au milieu, Ramonce à l'autre. (En général, il se tenait du côté du feu, mais ce soir il avait insisté pour lui tourner le dos.) Ils soupèrent en silence. Seuls les enfants faisaient un peu de bruit. Le petit Paul répétait sa leçon et Ramonce se laissait bercer par des bribes de phrases.

— ... s'appellent des cours d'eau. Les cinq fleuves principaux de la France sont...

Paul mangea quelques bouchées de soupe et Ramonce demeura, la cuiller en suspens, attendant la suite.

— ... sont : le Rhin, la Seine, la...

— La Loire, dit Ramonce.

Paul reprit :

— Les cinq fleuves principaux de la France sont le Rhin, la Seine, la Loire, la Garonne et le Rhône.

«Un jour, pensa Ramonce, on en ajoutera peut-être un sixième.» Il était plein d'un enthousiasme secret, mais l'inquiétude ressentie quant à la couleur de son visage l'empêchait de se rendre trop intéressant. Aussi il se tut. Et le silence ne fut plus troublé que par le bruit de leurs bouches, celui des explosions du feu et la voix du petit Paul rabâchant sa leçon.

Lorsqu'ils eurent terminé, il dit à Maria qui s'était déjà mise lentement à sa vaisselle :

— Tu me prépareras un chaudron d'eau bouillante, j'en aurai besoin.

«Et pour quoi faire?» allait-elle dire. Qu'avait-il besoin de cette eau bouillante, puisque tous les animaux avaient mangé, elle y avait elle-même tenu la main. Il n'avait pas l'habitude de se laver le soir, alors? Mais elle se retint, sachant qu'il faisait quelquefois des choses bizarres comme celle-

158

ci. Ce qu'elle aurait voulu surtout, c'est qu'il vînt vite se coucher à côté d'elle, car elle appréhendait la froideur du lit. Mais non, car, dès qu'elle eut fait tous ses préparatifs, les enfants à demi déshabillés déjà et les deux Espagnols à la grange (ils étaient sortis en disant «buenas tardes»), dès qu'elle fut là, les bras ballants, en face de lui qui, dans l'ombre, se taillait un cure-dent avec une allumette :

— Tu viendras tout de suite? dit-elle en lui caressant l'épaule.

— Dans pas longtemps, monte tranquille.

Ce qu'elle fit. Mais tout de même quand elle se glissa dans les draps impitoyables, il lui sembla plonger dans un seau de glace et elle lui en voulut de n'être pas là et de l'obliger à se rouler ainsi, mains serrées entre ses cuisses. Puis son instinct de mère la reprit et elle se leva pour aller voir si André, son plus jeune (il avait eu trois ans avant-hier), était bien couvert et s'il avait le sommeil paisible. Oui, il avait le sommeil paisible, mais comme elle s'en doutait, une jambe déjà robuste et harmonieuse sortait des couvertures. Elle l'arrangea et le borda. Sa chemise raide lui agaçait le bout des seins. Elle se jeta en boule dans son lit, éteignit la lumière et, contre son attente, s'endormit presque tout de suite.

Elle fut réveillée par le poids de Ramonce basculant sur le matelas, et comme il était plus lourd qu'elle, elle roula contre lui et il la garda ainsi paisiblement, un bras autour de ses épaules, jusqu'au moment où il s'endormit lui aussi. Elle resta les yeux ouverts, un peu déçue de constater que justement cette nuit, où il commençait à faire si froid, il fût aussi tranquille. Elle entendait sa respiration sonore et régulière, mais elle voulut se rendre compte si vraiment il était endormi pour de bon et peut-être se montrer à lui dans sa demi-nudité. Elle éclaira et mit la main devant sa bouche pour ne pas crier : mon Dieu ! est-ce qu'il était mort ? Mais non pourtant puisqu'il respirait. Il ne s'étranglait pas, sa chemise était largement ouverte sur son thorax… Mais alors ? d'où venait ce bleu de ciel malade ? Tout ce bleu doux répandu sur son visage ? Elle comprit d'un seul coup toutes les raisons qui l'avaient fait économiser la lumière ce soir. Il bougea. Alors, elle eut peur de le réveiller et éteignit tout de suite. Son esprit travaillait. Généralement, elle ne se faisait de souci que pour les femmes qu'Isaïe pouvait rencontrer, mais aujourd'hui son inquiétude était d'autre nature. Onze heures sonnèrent dans la longue nuit. La pendule veillait au coin de l'escalier sur les dalles froides. Quand Maria Ramonce l'eut entendue sonner minuit, puis minuit et demi, elle sut qu'elle ne dormirait pas si elle ne le secouait pas pour lui demander où il avait passé sa journée. Elle éclaira donc une deuxième fois, et eut le soulagement de voir qu'il avait repris sa teinte naturelle. Alors, elle renonça à lui poser des questions.

Elle écouta dans la nuit le vent qui s'était levé et pensa qu'il allait amener la neige. Il lui sembla que la maison était moins solide et elle fut inquiète pour ses enfants. Mais les volets étaient bien fermés. Le mugissement des arbres protégeant les murs du nord avait un son de voix rassurant. Alors, malgré tout, elle se prépara à se rendormir, pensant qu'avec le jour, peut-être, certaines choses s'éclairciraient. Pourtant, malgré tout, et bien qu'elle eût les pieds désespérément froids, elle ne se rapprocha pas de Ramonce, restant tout au contraire au fin bout du lit, sans le toucher de nulle part, car pour elle, désormais, il était devenu un homme étrange.

Le mardi à l'aube, alors que la brume couvrant
la vallée s'accrochait aux frondaisons frissonnantes
des arbres à feuilles caduques, les gens du Rocher-
d'Aigle, mal éveillés, entendirent trembler leurs
vitres sous le souffle des moteurs. Cinq camions
gris fer attaquèrent les rampes qui mènent à Fergères par la Motte-d'Allans et où s'amorce l'embranchement de Cluze. Ils s'alignèrent sur la route,
face au croisement et il en sortit deux ou trois
cents pauvres diables gelés, à qui il était interdit de
mettre les mains aux poches, risibles sous leurs
capotes vert d'eau, leurs molletières effilées et
cet invraisemblable chapeau à la Louis XI, orné
d'une plume agressive, source de joie pour tous
les gamins des villages traversés. On les fit se
déployer en tirailleurs, et ils commencèrent à gravir, dans l'humidité glaciale de ce matin de fin
novembre, les forêts qui entourent le village de
Cluze.

Germain Pourrier ne saura jamais d'où lui vint
l'avis qu'il reçut ce matin-là. Heureusement, il
s'était rendu à la mairie plus tôt que d'habitude.

Vers les huit heures moins le quart, le téléphone sonna.

— Allô, tout à l'heure les troupes d'occupation perquisitionneront chez vous, avez-vous pris vos précautions?

Pourrier se précipita chez lui.

— Armande!

Jamais sa femme ne l'avait entendu l'appeler avec une telle force.

— Débranche vite le poste et descends! cria-t-il.

Puis il se précipita chez Dol à la fromagerie et, passant devant Mlle Cassagne, il jeta :

— Ange! on va venir perquisitionner.

Et il gesticula si bien que Champsaur vint sur le pas de sa porte et qu'en cinq minutes tout Cluze fut dehors. Pourrier arriva hors d'haleine à la fromagerie qui était en haut de la rue.

— Les Italiens…, dit-il.

Il voulut expliquer par gestes, mais Dol avait déjà compris. Il bondit dans sa cuisine, débrancha la T.S.F., la prit sur l'épaule et sortit. En passant devant le maire il dit :

— Je te remercie. Heureusement que, pour le reste, je me suis garé avant.

Pourrier demeura immobile, navré de ce manquement initial à son devoir d'auxiliaire du gouvernement, mais heureux de sauver tous ces hommes, tous plus ou moins résistants, tous hostiles à ce qui n'était pas strictement leur liberté. Et il remerciait Dieu de cet instinct plus fort que sa raison qui l'avait fait bondir dehors et même chez sa femme qui n'était pas de son avis. Il regagna la commune pour se préparer à recevoir dignement les autorités.

Pendant ce temps, Dol, son appareil sur l'épaule, descendait le chemin caillouteux qui mène à l'ancien cimetière, ayant devant lui Armande Pourrier. Le poste avait l'air bien lourd pour elle, aussi lui offrit-il de l'aider, ce qu'elle ne refusa pas. Il y avait la mère Raffin, porteuse de trois cruches de cuivre rouge, et Ange Cassagne, qui courait, un fusil à la main.

« Si jamais on le chope avec ça ! » pensa Dol.

Il n'était pas le dernier non plus. Derrière lui venaient Respondey, porteur de plusieurs paires de chaussures juste terminées, puisqu'il n'y manquait plus que les ailes de mouche, Champsaur et son frère avec les montants en cuivre de l'ancien soufflet de forge et Sébastien Peyre chargé de deux jambons. Suivaient, à une certaine distance, Luc Abit, avec une caissette mystérieuse, le père Camoin, le pendulier, ployant sous le corps encombrant d'une horloge toute neuve et derrière lui presque tout ce que Cluze comptait de riche, car enfin ils avaient tous quelque chose à cacher, notamment des fusils, car, malgré les peines sévères que les journaux, la radio, les affiches ne cessaient de promettre, ils avaient presque tous gardé les leurs.

Ils entrèrent dans le cimetière et, chacun à leur tour, eurent vite trouvé la tombe de leurs ancêtres, de ceux tout au moins, en vérité peu nombreux, assez aisés pour s'être offert un petit caveau. Ils étaient tout démantelés, mais un peu de place vide restait entre la dalle et la poussière des cercueils. À côté des Ramonce, les anciens, ceux dont Isaïe n'était que l'arrière-petit-fils, dormaient les grands-parents de Jules Autran. Sa femme et son père étaient enterrés là-haut, au nouveau cimetière adossé à la ferme de Clapigneux. Ange Cassagne cacha son fusil à côté des jambons de Peyre, dans le caveau d'une famille éteinte : de certains Carlotons. La quatrième tombe, jalousement, la mère Raffin la garda pour elle, à peine si elle consentit à ce qu'Armande Pourrier y casât son poste. (Pourtant, les hommes l'avaient aidée à soulever la lourde dalle.) La cinquième contenait les cendres du grand-père Alban Abit, mort dans la catastrophe glaciaire qui avait commencé la destruction du vieux village. La sixième était aux Champsaur qui eurent quelques difficultés avec leurs montants de cuivre. Il fallut les tordre, les trous n'étant pas assez profonds. Enfin, c'était fait, les dalles remises en place, tous respiraient avec plus de soulagement, sauf le père Camoin, assis tristement sur son horloge trop longue pour entrer dans n'importe quelle sépulture.

— Ne vous en faites pas, lui dit Abel Champsaur, ils la prendront pour un cercueil.

— Allez, allez, dit le fromager Dol. Ne nous attardons pas. Ils vont bientôt être là.

Et ils remontèrent la pente, les uns plus vite, les autres plus doucement. Les dernières étaient Armande Pourrier et Mme Raffin qui discutaient en se lamentant sur le malheur de l'époque.

Dol, les deux Champsaur, Ange Cassagne, Respondey et Peyre de Clapigneux marchaient côte à côte, heureux d'avoir soustrait ce qu'ils avaient de dangereux. Arrivés au milieu de la montée, ils virent poindre à travers les arbres, du côté du sud, les chapeaux à plume. Il devait être vers les dix heures du matin.

— On a beau s'y attendre, dit la mère Raffin, ça vous fait tout de même quelque chose.

— Attention, recommanda Respondey, marchons d'un air détaché, comme si nous revenions de promenade.

Barles, de la fenêtre de sa classe, les voyant descendre précipitamment avec leurs objets précieux ou ridicules et plus ou moins encombrés selon leur peur, pensa que vraiment le monde était bien bas. Il lui semblait que trois siècles d'histoire ne s'étaient pas écoulés, tant ils avaient tous la même courbure de dos que les serfs fuyant devant les seigneurs et le même affolement que les protestants traqués par les catholiques.

— La décadence, dit-il à haute voix.

Il les vit remonter, après qu'ils eurent confié leur richesse aux tombes des vieux morts. Et dès que les derniers furent à mi-chemin de la côte, il vit lui aussi poindre les habits verts qui avançaient d'arbre en arbre, fouillant chaque endroit suspect. Arrivant enfin au cimetière, ils ne crurent pas utile d'y entrer et d'ailleurs ils avaient l'air de chercher quelque chose de précis. Les enfants, massés près de la fenêtre (il était d'ailleurs bientôt onze heures), poussèrent un soupir de soulagement. Ils avaient vu, pour la plupart, leurs parents descendre vers le cimetière sous le faix de leurs pauvres trésors, tremblé avec eux de ne pas arriver

166

à temps et maintenant, joyeux, ils insultaient les habits verts.

« Et voilà, pensa Barles, ils n'oublieront pas. Ils seront encore ivres de vengeance, ils ne se rendront pas compte que la cruauté systématique peut à tout moment se retourner contre eux et les détruire. Ah, messieurs les salauds ont bien travaillé. Heureusement qu'il nous reste un espoir. »

— Allez ! cria-t-il. À vos places ! Qu'est-ce que c'est que cette pagaye ?

Les enfants regagnèrent leurs bancs. Barles regarda sa montre.

— Nous avons un quart d'heure, les grands et les moyens, prenez votre cahier de jour.

Il attendit une minute.

— Écrivez, dit-il.

Il se promenait de long en large entre la fenêtre de l'ouest qui donnait sur la place et celle de l'est, dominant le vallon. Des phrases d'apaisement roulaient dans sa tête, à côté de phrases de justice, mais, pensait-il, la tranquillité de la vie n'est pas toujours compatible avec la justice. Et pour les êtres de ce pays en dehors du monde, la seule sagesse n'était-elle pas de ne pas prendre violemment parti ? Leur isolement terrible les rendait invulnérables aux hommes, ils n'avaient à craindre que la montagne.

— Voyons, dit-il, est-ce qu'il y en a parmi vous qui vont au catéchisme ?

Cinq levèrent le doigt : Jean Champsaur, Albert Ramonce, Louis Dol, André Pourrier, Lucien Bavartel.

— C'est-à-dire, m'sieu, dit André Pourrier, le

neveu du maire, qu'on ne nous le fait qu'une fois la semaine. Y a pas de curé ici, alors il vient du Rocher-d'Aigle, l'été seulement.

— Bon, dit Barles, alors, les grands et les moyens, écrivez.

Il prit un morceau de craie et traça sur le tableau ce fragment de prière : «Et pardonnez-nous nos offenses, comme nous pardonnons à ceux qui nous ont offensés. »

— Voilà, dit-il, vous pouvez fermer vos cartables, il est l'heure. Cet après-midi, j'essaierai de vous faire comprendre ce que vous venez d'écrire et pourquoi je vous l'ai fait écrire.

Ce que Barles voulait leur dire n'était pas précisément dans les nouveaux programmes, mais il ne craignait que sa conscience et savait passer outre aux ordres quand cela lui paraissait nécessaire.

Ils entrèrent dans toutes les maisons de Cluze et les visitèrent minutieusement, trois par trois, ouvrant les portes brusquement avec méfiance, traitant chacun en suspect. Pourrier les accompagnait.

Il devait être midi moins le quart lorsqu'ils atteignirent la ferme de Ramonce. Celui-ci venait juste d'arriver et se lavait les mains au tronc évidé de l'abreuvoir.

— Vous pouvez entrer, dit-il avec un large sourire.

Il serra la main de Pourrier qui le regardait, inquiet, comme tout à l'heure il avait regardé l'instituteur. Et pourtant chez l'instituteur, on n'avait rien trouvé ni personne.

— Je suis navré, Isaïe, dit Pourrier.

— Mais non, mais non, ne t'en fais pas seulement. Ne vous gênez pas, voilà toutes les clés, regardez partout. Il faut bien faire son devoir, n'est-ce pas?

Il s'adressait à l'officier, vêtu d'un habit de fantaisie vert tournant sur le crème, avec une impertinente moustache noire, et qui, selon toute vraisemblance, ne comprenait pas un mot de son langage. Lui et Pourrier visitèrent d'abord tout le rez-de-chaussée, y compris l'écurie, la grange à foin où couchaient les Espagnols (ils avaient leurs papiers en règle et Ramonce avait pu assez se faire comprendre d'eux pour qu'ils aient effacé l'inscription néfaste tracée sur le mur).

Il ne resta plus dans la cuisine que trois pauvres diables de soldats, leurs mains gelées à la bretelle du fusil, et que Ramonce regardait avec pitié : le plus jeune sortait à peine de l'adolescence, le plus âgé entrait dans la vieillesse, le troisième avait à peu près trente ans. Il était long comme un jour sans pain et d'autant plus risible qu'il portait une pèlerine juste assez grande pour lui couvrir la poitrine. Tandis que celui de dix-sept ans était enveloppé dans une cape qui pendait jusqu'à terre. « C'est plus pitoyable que ridicule », pensa Ramonce.

Il ouvrit le placard, prit une bouteille qu'il leva en l'air.

Maria, mains aux hanches, regardait lequel des trois, le cas échéant, elle choisirait, mais vraiment, sous leur capote et leurs molletières effrangées, ils n'étaient pas avantageux.

— Maria, apporte des verres! Boire un coup? dit-il, en montrant la bouteille.

Sans connaître la langue, ils approuvèrent le geste. Le petit alla guetter sur le seuil. On entendait marcher au-dessus le maire et l'officier.

— Si, dirent-ils.

Ils s'étouffèrent dans le premier canon et Ramonce leur en versa un deuxième.

Ils remercièrent avec reconnaissance et cette fois voulurent trinquer. Ramonce approcha son verre tranquillement.

— À la Révolution, dit-il.

Et ils durent comprendre, car ils regardèrent tous trois craintivement vers la porte.

Le soir, ils repassèrent par Cluze, l'officier arrogant et les trois cents hommes fourbus. Et l'on put voir alors combien ils en avaient assez de la guerre. Le soleil allait disparaître et déjà le froid piquant faisait abandonner le toucher des objets sans âme. Ramonce et les deux Espagnols avaient remisé les haches, Respondey ne tirait plus sur l'alène, les deux Champsaur, délaissant la forge et l'enclume froide, étaient remontés se chauffer près du feu que Rose entretenait avec soin depuis ce matin; dans la scierie de Pourrier, le grincement actif s'était tu; Dol, le fromager, faisait glisser ses mains sur la dernière cuve, dans laquelle la crème lentement s'épaississait; de la boulangerie Autran on apercevait déjà la lumière clignotante de la ferme de Clapigneux, chez Antoine Peyre.

Les trois cents hommes repassèrent les deux places, dans le moutonnement vert sale de leurs

170

capotes, de leurs molletières et de leurs minables chapeaux. Barles les regardait de sa fenêtre, écoutant leur pas docile et déséquilibré d'hommes las. Il voyait leurs mains crispées sur la bretelle du fusil et savait, par expérience, ce que ça représentait d'abaissement dans la misère.

Tout Cluze était sur le seuil des maisons pour les regarder passer, guettant anxieusement s'ils n'amenaient pas un ou deux des nombreux hors-la-loi terrés dans la montagne. Mais non, ils n'avaient pris personne. Ils repartaient chacun avec leur âme qu'on ne voyait pas, plus silencieux, plus tassés que les membres d'un troupeau, paraissant aussi vieux que le monde et tout près de leur fin.

Le bruit de leur passage s'éteignit. Les gens de Cluze attendirent un grand moment sur le pas de leur porte. C'était la nuit. La dent de Cervières, entourée de rouge sang, avait la forme d'un sapin de Noël. Ils la contemplèrent tous, se serrèrent entre leurs bras et rentrèrent dans leurs maisons.

La troupe franchit le passage de la route qui est comme l'étranglement d'un sablier entre la base du Saint-André et de Cervières. La terre resta seule, avec la rumeur de ses lourdes forêts.

Alors, le vent se leva. Ce fut d'abord au milieu des arbres le balancement unique, ininterrompu, de plus en plus rapide, d'une feuille solitaire, tenacement accrochée au faîte d'un charme. Puis la tempête sauta la barre d'Aramée et pénétra dans la forêt des Longes qui mugit longuement. Le calme revint. Il y eut une mare de vent stagnante au pied de Cervières, dans le vallon. Ceux qui étaient encore éveillés, ceux qui, attardés, mangeaient encore leur soupe, restèrent la cuiller en suspens : « La montagnière », dirent-ils. Elle s'enroula serpentine autour des troncs et, pendant quelques minutes, l'automne se trouva lié au printemps par-dessus l'hiver. Des lierres infimes se sentirent rajeunir, des hommes inconsciemment serrèrent leurs femmes contre eux.

La montagnière accordait la forêt. Mais tandis qu'elle passait activement d'un tronc à l'autre, caressant chaque parcelle végétale, depuis le ras du sol jusqu'à la cime des arbres, le glissement chaud d'un vent du sud s'infiltra dans sa force. La tête d'un nuage se montra au-dessus du Saint-André. L'étincelle de printemps s'éteignit. La dernière feuille frénétique du charme tomba et la mare de vent stagnante que le premier souffle avait laissée au fond du val fut balayée. Les prés à la lisière de la forêt se couvrirent de dépouilles dorées, feuilles en hélice, feuilles en pieds de poule, feuilles en flèche et en corps d'oiseau, jusqu'à l'extrême limite de l'ombre de la lune. Les maisons craquèrent de leurs charpentes, les bois de lit s'étirèrent, les hommes inquiets changèrent de côté pour dormir. On n'entendit plus les ruisseaux couler. La montagnière avait tout recouvert de son bruit souverain. La forêt musicale frottait en sourdine les feuillages de ses frondaisons et semblait en marche vers de fabuleuses conquêtes. Il semblait alors qu'elle allait submerger les maisons, mais restait rivée solidement au sol et seules les têtes des arbres progressaient sournoisement vers les demeures des hommes. Là où il n'y avait pas d'arbres, entre la lisière du bois des Longes et l'étranglement de Gordes, où passait la chantante ligne électrique, le poids de chaque vent se ruait à la rencontre de l'autre et la croix du cimetière abandonnée agitait ses bras cassés. Enfin, une brume noire s'infiltra sur la gauche vers la dent de Cervières. Les bras de la croix s'immobilisèrent, l'herbe se redressa. La montagne cessa de chanter. L'écume noire des nuages se déroula, avança ses têtes innombrables sur l'espace. Le silence se fit et la neige se mit à tomber.

C'était un dimanche matin, vers onze heures. Ils étaient tous derrière la fenêtre grillagée du café Raffin et buvaient un vin blanc aigre venu de la vallée. De temps à autre, l'un d'eux se levait et allait effacer la buée des vitres. Ils fumaient silencieusement.

— Moi, dit Champsaur, j'admets la collaboration. Mais justement elle doit se faire dans un esprit de justice et non pas à sens unique comme maintenant. Qu'on collabore, d'accord, mais alors qu'ils rendent le million de prisonniers qu'ils ont encore à nous, qu'ils nous laissent libres de prendre le gouvernement que nous voulons. Après on pourra parler.

— Après, dit Dol, on ne parlera plus. Comment veux-tu? Ils nous ont fait tellement de mal depuis trois ans.

— Nous leur en avons fait pendant vingt ans, dit Barles. Nous sommes les principaux responsables de ce gouvernement qu'ils ont. Nous non, mais vous qui avez fait la guerre, l'autre, vous avez votre bonne part de responsabilité.

174

— Et que pouvions-nous faire ? dit Pourrier.

— Ne pas laisser agir un gouvernement de parti pris. Faire la justice. Vous n'avez rien à dire maintenant, si on ne vous la fait pas, c'est vous qui avez commencé. Et d'ailleurs…

Il haussa les épaules avec découragement.

— Quoi ? insista Champsaur.

— Eh bien, ils recommencent la même erreur, ils nous briment, ils nous déportent, ils nous font crever de faim. Ils sont en train de se préparer de beaux lendemains. Car, quelque régime qu'ils puissent se donner ensuite, la jeunesse d'ici n'oubliera pas.

— Oui, dit Champsaur, et nous aurons une nouvelle guerre dès que les ruines de celle-ci seront relevées. Ce qui fera bien l'affaire des marchands de toute sorte.

Ils se turent. Ramonce fumait silencieusement. Luc Abit mâchait sa rancœur de devoir, à son âge, couper le peu de foin et le morceau de blé qu'il avait, quand son gendre aurait si bien pu le faire s'il avait été là.

— Tout ça, dit Ramonce, c'est parler dans le vide. Il y a une chose que vous oubliez et à laquelle je pense, c'est que, heureusement, on ne nous laissera pas agir et que ce n'est pas nous qui ferons la paix.

— Et qui alors ? demanda Pourrier.

— Vous le savez bien. Je n'ai pas besoin de préciser. Car on n'est jamais sûr, quoi qu'on dise, que ça ne vous retombera pas immédiatement dessus. Et je tiens à être vivant et libre pour saluer une nouvelle civilisation. On a beau gueuler contre, martyriser, faire des brochettes de fusillés, de torturés, c'est le seul espoir, s'il n'y avait pas ça, il n'y aurait plus qu'à se laisser mourir.

— C'est un changement de religion, dit Barles. Il y a trop d'hommes qui se sacrifient pour cette idée de leur plein gré, stoïques comme les premiers chrétiens, inébranlables comme les premiers réformés, pour qu'elle ne triomphe pas.

— C'est pas la même chose, dit Luc Abit.

— Si, affirma Ramonce, si c'est la même chose, c'est même plus utile parce que, comme dit l'instituteur, ça sert l'homme au lieu de se faire servir par lui. Il y a assez longtemps qu'on le subordonne : et le Roi, et la Patrie, et l'Église, et nom de foutre, est-ce qu'on a besoin de tout ça pour vivre ?

— On sera impuissant à l'étouffer, continua Barles. De même que les empereurs romains ont été impuissants à endiguer le christianisme, et l'Église à écraser la Réforme, parce que le but essentiel de l'homme c'est de rapprocher le plus possible la religion de lui-même, de manière à arriver à se respecter, à respecter sa vie. À ne pas la gaspiller en pure perte.

— Oh, dit Pourrier, et croyez-vous que ça changera quelque chose ?

— Tout, dit Ramonce. Tu verras. Ça changera même nous-mêmes.

— Bien sûr, poursuivit Barles, nous aurions préféré que ça arrive par la paix et malheureusement c'est par la guerre. Que voulez-vous ? Il est dit que l'homme doit payer de sa peau toute nouvelle marche en avant.

176

— Marche en avant? dit Luc Abit. Ah, vous me faites rire! Ils n'ont pas assez commis d'atrocités en Espagne et ailleurs, et c'est en eux que vous espérez?

— Vous lisez trop les journaux, dit Barles calmement, la seule chose que je vous souhaite, c'est de vivre assez vieux pour voir le monde que nous aurons créé, lorsque le désordre de la révolte se sera calmé.

Ramonce consulta sa montre.

— La demie, dit-il.

Barles sortit sur le pas de la porte et regarda longuement vers la place.

— Pas encore là, dit-il.

Pourrier et Luc Abit écoutaient sans comprendre.

— Vous en prendrez ben encore un? proposa Dol.

— Oui, mais du rouge, il est un peu moins sec.

Un rayon de soleil venait chauffer le velours de leurs vestes, et la fumée des pipes se déroulait lentement dans la lumière. Ils étaient accoudés sur les tables, goûtant la chaleur de ce dimanche.

— Qu'est-ce que ce serait de vivre, dit Dol, si tout était aussi simple que ça?

Il montra la fumée des pipes et le vin rouge dans les verres.

— Ce serait monotone, objecta Barles.

— Ah, reprit Dol, moi je m'en vais, le tantôt j'ai mon beau-frère Bavartel à la maison, et il faut que j'aille prendre un canon avec lui.

— Moi, dit Mille, je refuse de comprendre, je refuse de penser, je refuse d'approfondir.

— Et c'est ce qu'il faut, approuva Pourrier.

— Bien sûr, dit Ramonce, toi parbleu tu es maire, pourvu que tes administrés te foutent la paix...

— J'ai quand même mes idées.

— Elles ne sont guère dangereuses, dit Champsaur, elles te mèneront pas au poteau !

— Chut ! fit Ramonce, écoutez voir !

Ils se turent. Les pas d'un homme pressé crissaient sur la terre, déblayée d'une partie de sa neige.

— C'est lui, dit Mille.

Derrière la porte, Castel secoua ses souliers aux marches et entra.

— Salut bien ! dit-il.

Il s'assit au milieu d'eux et quand il prit son verre pour boire, ils virent ses mains tuméfiées, anormalement violettes :

— Déjà couru de si bonne heure ? s'étonna le maire.

— Un petit tour en forêt, mais ça serre par là-haut.

— Surtout au moment où le soleil remonte.

Luc Abit regarda sa montre et vit qu'il était juste midi.

— Ah, la femme..., dit-il.

Et il se leva pour partir.

— Attends-moi seulement, pria Pourrier, on s'accompagne un bout.

Il dérangea la fumée des pipes en plaçant sur ses épaules la pèlerine noire.

— À tantôt, dirent-ils.

— C'est ça et bon appétit.

178

Ils restèrent tous en silence, autour de Castel qui roulait une cigarette.

— Alors? demanda Champsaur. Comment ça va là-haut?

Castel remua la tête de droite à gauche et balaya sur la table les miettes de tabac qu'il fit rouler dans sa blague.

— Assez mal, je crois bien que le gars Bernard a cassé sa jambe.

— Ah merde alors!

— Et comment c'est arrivé? questionna Champsaur.

— Il va falloir tout de suite monter voir ça, dit Barles. C'est grave.

— Pas la peine, j'ai fait ce qu'on pouvait faire et Voeter m'a aidé. Elle est bien cassée. Ce qu'il faudrait maintenant, c'est un docteur.

Il se tourna vers Ramonce.

— Tu as du feu?

Ramonce sortit son amadou.

— Merci.

Il se tourna vers Champsaur.

— Comment c'est arrivé? Ce couillon-là a voulu prendre l'air; vers minuit il est monté jusqu'à la clairière et en redescendant, tout par un coup, il a lâché la corde trois à quatre mètres avant la terre ferme.

— Il avait ben besoin d'aller s'aérer! grogna Mille.

— Écoute voir, dit Ramonce, quoique ce soit sa faute, elle est cassée, elle est cassée. Il n'y a pas à y revenir.

— Ce qu'il y a, dit Barles, c'est que de toute manière on ne peut pas le laisser comme ça.

Ramonce se leva, se mit à marcher de long en large, contourna le poêle et vint se planter devant la fenêtre barretée.

— Ça ne sera pas facile, murmura-t-il.

— La doctoresse…, suggéra Barles.

— Malheureusement, elle n'est pas de notre bord.

— Elle va à la messe tous les dimanches, dit Champsaur.

— Je crois même qu'elle communie.

— Il y a bien le docteur Sauvat au Rocher, qui aide les réfractaires, mais il va falloir aller le chercher, et ce ne sera pas commode.

— Téléphoner…, dit Barles.

— Pas prudent. Il y a un mouchard à chaque bout de fil.

— On ne peut tout de même pas le laisser ainsi ?

— Oh, dit Castel, j'en ai l'habitude. Il n'a pas de fièvre. Je pense qu'il pourra ben espérer deux à trois jours.

— Demain, décida Ramonce, j'attelle le traîneau et je descends. Je le ramènerai bien moi, le docteur Sauvat.

— Et en tous les cas, dit Barles, s'il n'y a pas moyen, j'irai voir la doctoresse.

— Alors, autant le laisser crever, dit Champsaur.

— On verra ça cet après-midi. Il est temps d'aller manger. Les femmes sont assez inquiètes. Pas la peine de leur donner encore plus l'éveil.

Ils s'en allèrent chacun vers leur maison, Barles,

180

resté seul dans la fumée céruléenne des pipes, tandis que le soleil de ce jour de décembre jouait dans l'assiette que Mme Raffin venait de mettre devant lui, regardait, de l'autre côté de la place, la maison morte de la doctoresse.

Dès qu'on eut passé midi, ce dimanche, on vit bien que le soir viendrait vite. Les hommes avaient soigné les bêtes et ils étaient partis chez la mère Raffin.

— Oui, dit Maria Ramonce. Et il était tout bleu.

Les femmes, comme à l'habitude, s'étaient réunies chez Maria Ramonce. Et cette fois, en plus de Gertrude Mille, Rose Champsaur, Blanche Respondey, la mère Castel, il y avait Valérie Autran, fâchée de nouveau avec Ange Cassagne, et les deux belles-sœurs de Maria qui habitaient la ferme de Gordes. On sentait depuis la porte l'odeur des châtaignes apportées par elles et cuisant sous la cendre. Maria poussa un grand soupir.

— Il était bleu, reprit-elle. Comprenez l'effet que ça m'a produit.

— Bleu ? Pas bien quand même ? demanda Blanche Respondey.

— Comme si on venait de l'étrangler.

— Armande Pourrier n'est pas venue, remarqua Gertrude Mille.

— Tant mieux, dit Mme Castel, je ne crois pas que les hommes seraient contents si elle savait tout ça. Je ne sais pas pourquoi, mais il me semble qu'ils se méfient du maire.

— Ils ne se doutent de rien.

— Pourtant, dit Maria Ramonce, quelquefois, quand il mange, il me regarde avec inquiétude. Surtout…

Mais elle se retint. Non, elles n'avaient pas besoin de savoir cela.

— Ils ont l'air, dit la mère Castel, de porter quelque chose de trop lourd pour eux.

— S'ils nous en faisaient part, dit Maria, on pourrait peut-être les aider…

— Henri oublie même de parler à son frère, dit Rose Champsaur. Et à moi alors, plus que toujours…

Les châtaignes éclataient dans le feu. De temps à autre, une des femmes se dressait, en prenait une sous la cendre et la faisait rouler dans son tablier pour la refroidir.

Dehors, on entendait les jeux des enfants et le bruit régulier du passe-partout, avec lequel les Espagnols sciaient le bois sans parler, mâchant de vieilles chiques au coin de leur bouche.

Blanche Respondey revint de la fenêtre où elle s'était arrêtée un moment et ses mains glissèrent sur sa robe autour des seins.

— Il est bien agréable à regarder, le plus jeune, dit-elle.

Heureusement, trop préoccupées par leurs pensées, elles n'entendirent pas ses paroles imprudentes.

Gertrude Mille, ses regards fixés sur le feu, se disait que ça allait être l'heure du cantonnier et qu'il faudrait bientôt s'en aller mettre la soupe à chauffer; aussi se préparait-elle à exposer ce qu'elle avait appris.

— Moi, je sais ce qu'ils ont, dit-elle.

Elle avait moins parlé que de coutume, gardant avec délices son secret pour la fin.

— Il cause en dormant, et la nuit passée j'ai écouté ce qu'il racontait.

Alors, elles penchèrent toutes leurs têtes vers elle, sauf Valérie appuyée au dossier d'une chaise et, mains pendantes entre leurs cuisses, corps attentifs, elles firent le silence.

Samedi, Ramonce était allé chez Champsaur, faire ferrer son mulet à glace et maintenant il attelait devant sa porte, à tâtons, car la lanterne suspendue devant lui n'éclairait pas beaucoup. Il jurait de temps à autre, entre ses dents serrées sur un morceau de courroie. Il était cinq heures du matin, le jour n'allait pas se lever de longtemps. La calotte de Cervières était environnée d'un ciel gerbé d'étoiles. Dans la nuit déserte et mystérieuse, soufflant de lointaines étendues, la langue du vent soulevait la neige neuve pas encore durcie.

« Mauvais », pensa Ramonce.

Le vent du nord, levé la veille vers onze heures et dont la force n'avait fait qu'augmenter depuis, le transperçait malgré la canadienne dont il était couvert. Il se déversait sans interruption par-dessus la barre d'Aramée, sautant la forêt des Longes et brisant sa puissance stérile dans le vaste vide de terres arables, autour de Cluze.

« Tant mieux, d'un côté, pensa Ramonce, personne ne m'entendra partir. » Il prit place sur la banquette, s'entoura les jambes de sa peau de mouton, mais il dut plusieurs fois crier l'ordre à la bête que le vent assourdissait.

Il entra tout de suite dans un déchaînement océanique. Rien n'exista plus autour de lui que la traîtrise de cette force qui, le poussant de chaque bord également, faisait tanguer le traîneau. Il passa près du bosquet de coudriers à l'entrée de Cluze. La nuit était assez claire pour qu'il vît les tiges nues dépassant à peine de la neige. Et il n'y eut plus autour de lui que la marche silencieuse d'un ruisseau sous la neige dont, dans un effondrement, il voyait parfois l'eau diamantine et la ligne immuable des poteaux télégraphiques. En évaluant leur hauteur, il sut qu'il glissait sur plus d'un mètre de neige, parfois creusée de grands trous larges. Alors, le traîneau piquait du bec et les sabots du mulet étincelaient sur un espace infime de sol découvert.

Il entra dans la forêt morte des arbres à feuilles caduques. Seuls, quelques fragiles troncs de fayards luisaient doucement dans l'ombre, donnant l'illusion de la vie. Des saules brandissaient leurs têtes au milieu de l'espace. Un orme abattu était couché sur ses branches pourrissantes, persécuté par la tempête et gémissant de ce demi-repos. Le vent marchait sur cet amas de bois mort, s'empêtrait dans l'inextricable ossuaire végétal, se débattait, réduisant en poussière ce qui demeurait en apparence vivant. Enfin, il réussit à sortir du couvert et s'arrêta. Resta sur la forêt le silence de la mort. Depuis bien longtemps déjà, il n'y avait plus d'oiseaux. Seules quelques feuilles miraculeuses restaient accrochées aux branches. Mais, sous les efforts du vent pour se libérer du piège forestier que la mort semblait serrer autour de lui, elles planèrent harmonieuses dans les tourbillons de calme et, glissant sur la neige sans être entraînées, se balancèrent dans l'air en croissants de lune, poids insensibles. Les feuilles tombées, seul le silence resta. La forêt ne semblait plus promise qu'à cette mort faucheuse et cahotante qui s'attaque aux corps abandonnés de leur moteur. Des pentes du Grand-Saint-André, des rives abruptes de Cervières, descendaient de longues théories d'arbres squelettiques, dont la présence était seulement trahie par une rumeur océane comme celle qui emplit les ports aux nuits de printemps, quand les navires, en rêve, remontent à leurs essences. Les arbres qui se pressaient aux lisières du sud étaient aussi près d'une éternité inconcevable, pareillement animés d'une volonté inconnue.

Ramonce sentait que tout autour de lui échappait à son contrôle. Il n'était plus le maître. Même le mulet n'obéissait plus. Bien sûr, il suivait la route, mais c'était seulement de son plein gré et parce qu'en dehors d'elle il n'y avait pas passage, le bois étant serré comme une défense de ce pays encore pur. On avait tracé la route en violence, parmi les troncs, il n'y avait pas eu bonne volonté. Le vent seul menait la forêt à sa guise.

Pourtant, quand Ramonce passa le porche pétillant de brindilles mortes qui marque la lisière sud, il se trouva devant un ciel largement fleuri d'étoiles et vit bien que le vent refluait, semblant se heurter de front à un obstacle plus puissant que lui. Dans cet effort, Ramonce sentit l'obstacle immobile, impassible sous la furie adverse.

L'étranglement de Gordes, où sont serrés étroitement le chemin, le ruisseau, la ligne électrique et téléphonique, constitue le seul lien de communication entre Cluze et le monde.

Allégrement, le mulet tira le traîneau dans le dernier tournant avant le défilé. Ramonce ramena la couverture sur ses jambes et tenta d'allumer sa pipe. Il lui parut bizarre d'entendre derrière lui, sous la tempête, le grincement de la forêt morte, car jusque-là, le crissement du traîneau et le grelot du mulet l'avaient empêché de saisir aucun bruit. Alors il leva les yeux et ne vit plus le ciel. Le mulet s'était arrêté. Rien ne décelait l'aube. Pourtant, à l'habitude de la route, Ramonce savait qu'il était près de six heures.

— Allez, dit-il, avanti ! Il va peut-être falloir que je te pousse ?

Mais la bête inclina deux fois sa tête vers le sol, le grelot rendit un son de refus énergique. « Quand bien même y aurait de la dynamite, pensa Ramonce, il n'avancera plus. Ah, il faut aller voir ça. » Il connaissait son mulet et savait que, lorsqu'il avait pris une décision, il n'y avait pas à y revenir. Et d'ailleurs, ce ne devait pas être sans raison. Aussi descendit-il du traîneau, mais posant le pied :

— Merde ! dit-il.

Il avait enfoncé jusqu'aux genoux. Il chercha à tâtons ses raquettes et les passa. Alors, faisant quelques mètres au-devant de l'attelage, il se cogna de tout le corps contre un mur froid. Il y entra ses doigts. Neige. Il fit avec prudence, lui sembla-t-il, toute la largeur du chemin et de la langue de terre qui le sépare du ruisseau et soudain, étonné, il heurta la roche qui habituellement baignait sa base dans l'eau. Mais il n'y avait plus d'eau, plus de terre, plus de chemin, il n'y avait plus que ce mur impassible. Ramonce siffla. Il leva la tête pour essayer de se rendre compte de l'importance de l'obstacle, mais la nuit était totale. Il remonta en traîneau, alluma sa pipe et décida d'attendre le jour.

Imperceptiblement, le sol fantomatique devint gris sale. Un changement se produisit que l'homme ne saisit pas tout de suite. Un silence fragile était suspendu dans le ciel dont la teinte s'unifiait. Le monde sensible sentit la différence. Il y eut dans le calme la claquement d'un début d'avalanche. Ramonce en avait l'habitude. C'était au flanc de Cervières, au surplomb du chemin qui suit la montagne à son penchant le plus abrupt.

« Et d'une », pensa-t-il.

Le mulet frémit dans les brancards. Il sembla qu'un énorme déménageur tirait un meuble lourd. Puis l'écrasement d'un roc de glace fit trembler la terre sous la neige.

« Personne passera plus de cette année », pensa Ramonce.

Non, personne ne passerait plus. Le chasse-neige, sans huile, sans essence, craquant de ses vieux membres rouillés, ne s'aventurerait pas jusque-là et, à l'entrée de l'embranchement, les cantonniers du Rocher-d'Aigle placeraient l'écriteau : « Route fermée. Danger de mort. » Bientôt, si ce n'était déjà fait, les fils électriques et téléphoniques se tendraient comme des cordes à violons et casseraient. Les poteaux seraient écrasés, brisés sous le poids de neige. Cluze allait naviguer seul, tous feux éteints. «On va être entre nous», pensa Ramonce.

Il fit tourner le mulet et reprit le chemin de sa maison.

Les dimensions du ciel devenaient trop étroites, les forêts débordaient leurs lisières, les montagnes craquaient, les ruisseaux sortaient de leur lit, chaque construction vivante tentait de prendre dans l'air une plus grande place. Les êtres liés immuablement à la fortune de la terre partaient à la conquête du ciel. Le monde s'élargissait sous la pression de la glace.

— Oui, annonça Ramonce, il n'est plus question de passer maintenant.

— On en a bien pour jusqu'au 15 mars, dit Mille.

— Alors, reprit Barles, il faut absolument aller voir la doctoresse. Le moyen de faire autrement ? Car nous ne pouvons pas le laisser comme ça.

— Bien sûr, dirent-ils.

— Eh bien, je vais y aller. À quatre heures, dès que j'aurai expédié mes gosses.

Ils se turent, car Pourrier entrait chez Autran. Il neigeait depuis ce matin dix heures. Et maintenant il y en avait déjà plus de trente centimètres. D'ici, Barles ne voyait pas sa maison. Ils étaient tous autour du four, dans lequel Autran venait de mettre la troisième fournée. Pourrier s'approcha, l'air soucieux.

— On vient de me dire que l'Étranglement est comblé ?

— Oui, dit Ramonce, et il y a eu une avalanche au flanc sud de Cervières.

— Tu as de la farine pour jusqu'en mars ? dit Pourrier.

— Le camion est venu la semaine dernière, dit Autran. Il est arrivé au poil. Oui, calcula-t-il, à peu près jusqu'au 15 mars. On se débrouillera bien, ça ira mieux que l'an dernier.

— Et pour la levure ? demanda Pourrier.

— La levure ? réfléchit Autran. Voyons, les camionneurs en ont apporté de la fraîche, ça me fera une quinzaine et après je commencerai à employer la sèche. J'en ai touché de la préfecture.

— Espérons que ça ne durera pas autant, dit Pourrier. Il faudra que j'aille voir Blanc et Bavartel, s'ils pourront livrer un peu de blé.

— On crèvera quand même pas de faim, dit Mille.

— Moi, dit Ramonce, de crever de faim je m'en balance, pourvu qu'on nous foute la paix. Ici, à partir d'aujourd'hui, c'est comme si on avait fermé la porte sur une maison bien tranquille.

— Il faut penser à ceux qui n'ont rien, objecta Pourrier.

— On les nourrira, dit Ramonce. L'an dernier déjà, on n'a pas déblayé non plus, il n'est mort personne pourtant. Si ça devient critique, en plus de mes deux Espagnols, je me charge d'encore une famille. Tiens, je prends Gino le charbonnier.

— Avec ses six gosses ?

— Oui.

— C'est les plus malheureux, dit Autran. Après, tous les autres peuvent se suffire.

— Moi, dit Pourrier, je nourrirai mes deux scieurs de long, ils ont chacun une femme et le plus vieux, deux enfants.

— Tu vois bien ? dit Ramonce.

190

— Il faudra, réfléchit Pourrier, demander à Peyre de régler l'abattage, sinon nous n'aurons jamais assez de viande pour attendre le printemps.

— Si je comprends bien, remarqua Barles en riant, c'est moi le plus malheureux. Car, la poste ne fonctionnant plus, qui me paiera ?

— La mère Raffin vous fera crédit, dit Ramonce.

— Je vous paierai sur les fonds de la commune, dit Pourrier. L'an dernier, ça nous est déjà arrivé : avant guerre c'était pareil, vous pensez bien. Seulement alors, il y avait les moyens de nous débloquer, tandis que maintenant..

— Et même alors, dit Ramonce, on ne s'aventurait pas volontiers sur la route.

— On a essayé de construire des murs, dit Pourrier, chaque fois le gel les a fait éclater et ils se sont écroulés sous le poids de neige.

— Avant la guerre, poursuivit Mille, on faisait sauter les avalanches à la dynamite.

— Mais il n'y a pas d'autre chemin ? demanda Barles.

— Eh non, que voulez-vous ? Il y a bien un projet à la préfecture depuis plusieurs années, mais ça coûterait une trentaine de millions, car il faudrait creuser un tunnel de deux kilomètres, alors on ne nous a pas jugés assez importants pour cela.

— Et il en a toujours été ainsi ?

— Oh non, il y a seulement une cinquantaine d'années, c'était encore possible. Mais la montagne s'effrite petit à petit, les pentes s'accentuent, les arêtes se font abruptes et chaque année de pire en pire.

— Le plus terrible, dit Mille qui réfléchissait, c'est que si la guerre se finit, on le saura pas.

— Oh, dit Ramonce, ça c'est le moindre. Au printemps on aura la joyeuse surprise.

— On va nous oublier, constata Autran qui s'approchait.

Ils n'avaient pas songé à cela. Oui, on allait les oublier. Ceux qui étaient partis de Cluze parce que c'était trop dur et qui maintenant vivaient dans la vallée, au pied du Rocher-d'Aigle ; ceux qui avaient les yeux partout où il y a des hommes valides, capables de servir leurs inutiles desseins ; tous ceux-là allaient perdre de vue l'existence de Cluze. Le courrier, s'il y en avait (il y en avait toujours un peu, des quelques prisonniers, des papeteries pour Ramonce, de la préfecture pour la mairie), le courrier allait s'amonceler sur les tables de la poste, en bas au Rocher-d'Aigle, l'abbé Noble cesserait de monter les dimanches pour dire la messe de dix heures. Personne ne descendrait plus dans la vallée, même l'intrépide Ange Castel, parce que nul ne pouvait prévoir à quel instant précis tombaient les avalanches qui coupaient le chemin en plusieurs tronçons comme un ver. Parfois, l'une d'elles s'écrasait sur la route et il ne fallait pas se trouver dessous.

Il n'y avait désormais plus aucune place pour la fantaisie. Tout était rigidement mené par une nature impitoyable, ignorante des désirs des hommes. Et ceux de Cluze, autour du four d'Autran, se sentirent soudainement heureux. Car désormais, dans le cadre restreint de ce monde, on allait pouvoir vivre libres. Il n'y aurait plus

besoin de se surveiller comme des bœufs doulou-
reux sous le joug.

— D'abord, dit Ramonce, il va falloir s'occuper si personne n'est en danger, si personne n'est
coupé du village.

— Tes sœurs ? demanda Pourrier.

— Non, tout va bien de ce côté. J'ai vu la ferme
ce matin en revenant, la cheminée fumait. Mon
beau-frère viendra ce soir.

— Mais il y en a d'autres, dit Pourrier. Il y a
Bavartel de la Conche qui est juste sous Cervières.

— La forêt le protège.

— Du côté du Saint-André, dit Mille, rien à
redouter, c'est du sage et du solide.

— Et ça ne risque pas les surprises.

— Le seul qui craigne vraiment, dit Autran,
c'est Blanc de la Verneraie.

— À cause du terrain ?

— De là, dit Ramonce, c'est plutôt pour le
printemps. Tant que le gel tiendra…

— En tout cas, insista Pourrier, c'est bien beau
d'être libres, mais on est seuls aussi. De façon
qu'il nous faudra nous organiser. L'hiver a l'air
de s'annoncer solide.

— On se tiendra, dit Ramonce.

Autran leva le doigt.

— Écoutez voir !

Ils firent le silence. Le village semblait mort. La
neige ouatait tous les bruits, sauf celui de la forge
de Champsaur qui ne cessait depuis trois jours de
ferrer à la glace bœufs et mulets. Autran avait
l'oreille fine.

Dans l'étouffement du ciel un grondement

sourd naissait au-delà du bruit cristallin. Vivement Ramonce sortit sa montre. Autran était resté le doigt en l'air devant la porte du four ouverte sur les constellations de braises. Tous ils écoutaient, derrière les vitres frémissantes, le grondement qui grandissait. « Plus fort que ce matin », songea Ramonce. L'avalanche vrombit comme un orgue puis s'éteignit. Il n'y eut plus que le son de cloche joyeuse venant de chez Champsaur. C'était la première fois de l'année qu'on entendait depuis Cluze le bruit de la débâcle hivernale.

— Quatre minutes ! annonça Ramonce. De Dieu, celle-là a dû ramasser quelque chose en route.

— Il faudrait un régiment pour la déblayer, dit Pourrier avec inquiétude.

— Tant mieux, tant mieux, poursuivit Ramonce, et ils ont trop besoin d'hommes pour s'occuper de ces détails.

— Et ce n'est pas la dernière, dit Autran.

Juste à ce moment, Mlle Cassagne, de la poste-épicerie, vint prendre son pain. Elle avait l'air, sous sa pèlerine, d'un fantôme de femme.

— Ange vient d'essayer voir le téléphone. Il est coupé, dit-elle.

Autran tourna le commutateur de la lumière. Rien ne vint.

— Ça, c'est moins intéressant.

— Tu n'auras qu'à passer à la mairie, je te remettrai du carbure. Heureusement, je m'en suis fait allouer trois barils.

Barles croyait rêver : « Ainsi, d'un seul coup, aucune loi humaine n'étant plus capable de les régir, ils allaient être tributaires de la loi physique. Désormais, Cluze, à la dérive sur le ciel, étant séparé du reste des villages et des villes, il allait falloir simplement vivre, ce serait assez dur, il n'y aurait plus besoin pour occuper le temps de méditations métaphysiques. La montagne allait devenir le seul maître avec son inquiétante vitalité.

« Oui, continua à penser Barles, Cluze était seul, fermé au verrou. Et il allait falloir, pour les hommes de cette terre, vivre lentement, économiser sa vie, puisque rien désormais ne se mouvait plus au même rythme. Nous n'existons qu'en fonction des choses qui nous entourent. On va bien voir. »

Elles n'étaient pas engageantes, les choses. Ce matin, il n'y avait pas de ciel. Une neige froide, qui paraissait devoir continuer jusqu'à la fin des siècles, tombait lentement sur la terre. L'air sentait le soufre. On circulait dans l'eau, tant l'épaisseur humide était hermétique. Des bœufs passaient sur la place, fantômes d'attelages avec leur conducteur et son aiguillon en sceptre, traînant sur les pistes indécises de lourdes cargaisons de bois mort qu'on allait prendre aux granges. De chez Autran, on voyait déjà, dans la rue montante, s'agiter les aides du cantonnier, deux garçons de seize ans, qui attendaient la fin de la tourmente, sous le porche de la fromagerie Dol.

Enfin vers midi le temps s'éclaircit. Les cantonniers passèrent avec le chasse-neige rudimentaire attelé de bœufs, déblayant les principaux passages en commençant par la rue principale et la place de la mère Raffin, sachant que, de cette piste, les hommes oisifs auraient bientôt le plus besoin.

Un léger vent du nord se leva, déroutant les nuages. La forêt tenta de se secouer, mais elle était tout à coup devenue lourde et le jour sous elle ne se levait plus. On entendit piailler autour de Cervières les aigles affamés.

Déjà, les femmes ne s'aventuraient plus guère qu'au bûcher et à l'étable pour traire et donner aux bêtes. Trois pistes principales se croisaient en étoile au milieu de la place. Celle qui conduisait chez Raffin, les hommes seuls l'empruntaient, sortant du café l'haleine plus chaude. Les femmes les rencontraient en revenant de la boulangerie avec leur pain énorme pour la semaine, sur une brouette.

« Au fond, pensa encore Barles, ils n'ont plus besoin de personne. Ils ne sont plus qu'au gré du temps. »

Et c'était vrai. Entre les trois foyers principaux de Cluze, le four de la boulangerie, la forge de Champsaur, le feu sous les cuves de cuivre de Dol le fromager, il n'y avait plus de place que pour le travail strictement utile à l'homme. Grâce aux dislocations de neige, à la congère infranchissable qui barrait l'étranglement de Gordes, aux cinq cents mètres d'à-pic de la barre d'Aramée, et aussi à la pauvreté insondable qui commençait au-delà de ces trois points, pauvreté mécanique et humaine ; grâce à l'insignifiance de Cluze on était tranquille vis-à-vis des lois. Heureusement, car il y avait encore dans cette paix de la place pour l'inquiétude. Tous les matins, désormais on allait s'éveiller au milieu du claquement sec des avalanches. Le soir on entendrait s'affaisser les forêts sous le poids de la neige et, de plus en plus, jusqu'au cœur de l'hiver, l'espace allait se resserrer autour d'eux. Les eaux jouaient sournoisement sous cette terre, tandis qu'entre la deuxième et la dernière plate-forme de Cervières, le glacier Marmontane moutonnait déjà, se gonflait, luisant sous le soleil froid, et scintillant les soirs de lune, dans l'éclatement de ses fleurs de neige.

Depuis la veille où il était monté au gouffre, Ange Castel sentait son cœur ouvert à cette inquiétude. Il avait d'abord cru que c'était à cause de la jambe cassée, mais non, puisque après avoir fait ce qu'il fallait, il sortait dans l'espoir de ramener un docteur. Il connaissait la tentative de Ramonce et venait d'apprendre son échec. Tout en descendant la rue, il se disait : « Je vais aller trouver la doctoresse, et si elle veut pas seulement venir, voleur de sort, je la ligote et je la porte sur l'épaule jusque là-haut ! » Il était inquiet parce qu'il savait désormais lui aussi, nettement, qu'ils étaient seuls et en le soulageant d'un côté, à cause des deux hors-la-loi, cela ne le faisait pas sourire.

La rue encadrait la dent de Cervières orgueilleuse, comme morte sous sa blancheur.

Lorsque Castel passa devant l'échoppe du cordonnier (il n'avait pas besoin de le voir, ramassé sur lui-même, collé à son tabouret, lui et le réfractaire au travail forcé qu'il employait, il entendait assez le bruit des marteaux), il pensa à son père, dont Respondey, qui en avait été l'ami, lui disait toujours : « Il était bien meilleur guide que toi ! Il était un peu moins casse-gueule ! » L'image de son père lui revint en mémoire, en même temps que la vision de Cervières en robe d'hiver le fit se souvenir de la dernière aventure à laquelle son père avait été étroitement mêlé.

L'année où c'était arrivé, le guide Castel, venu de Haute-Savoie, était tout juste marié avec Héloïse Blanc, la fille du fromager d'alors. Tous les gens de Cluze, morts maintenant, ou vieux comme les quatre qui jouaient aux cartes l'hiver au café et qu'on reléguait dans le coin, étaient encore au printemps de leur vie.

Un matin de décembre, semblable à celui-là, Cluze venait d'être irrémédiablement coupé du monde et les habitants s'adaptaient peu à peu aux exigences créées par cet isolement. Pourtant, dès son arrivée, voyant la disposition particulière du pays, le père Castel avait dit :

— Plantez des mélèzes au creux de hanche de Cervières, ou ça vous jouera un sale tour.

Mais ils avaient laissé courir. Cependant à cette époque, ils étaient encore dans le creux du vallon, seulement ils croyaient être habitués à leur montagne de toute éternité, car jamais elle ne leur avait marqué autre chose qu'une froide indifférence.

— Votre glacier n'est pas assez haut, disait Castel. Tout par un jour, il s'abattra sur votre gueule, vous verrez.

Ils avaient ri, pensant que lui, c'était son métier de s'intéresser à la montagne, mais eux, ils devaient s'occuper de leurs vaches, les sortir tous les soirs, et faire répandre au long des prés le bruit vert de leurs campanes vespérales.

198

Pourtant, cette année-là, vers la fin septembre, une écume rousse s'était formée autour de Marmontane. Les pluies se faisaient attendre, aucune neige neuve ne recouvrait les flancs de Cervières dont on découvrait des parties jusqu'alors à jamais cachées, l'herbe grillait, il fallait planter la sonde des abreuvoirs trois, quatre mètres plus bas qu'à l'ordinaire, et, finalement, mener boire le bétail à la forêt de Gordes où coulait la seule fontaine encore abondante. L'hiver enfin était venu.

Et un soir, après quarante-huit heures de tempête et un froid glacial, tout d'un coup, imprévisible, il y avait eu dans l'air une douceur extraordinaire. Les hommes essuyaient leurs fronts moites et sentaient peser sur eux le ciel éclatant.

Respondey, immuablement collé à son tabouret, clouait des souliers; le père de Sauveur Dol tournait la gaffe dans la cuve fromagère; la femme de Castel filait le chanvre d'une corde; le père de Champsaur faisait sonner sa forge dans l'air et tous étaient dans le calme de la paix, attendant la nuit. Les vieux se tenaient dans les angles des cuisines, les femmes mouchaient les enfants. Alban Abit, aïeul de Luc, montait à sa grange pour évaluer la quantité de foin qui lui restait, il haussait la chandelle à la hauteur de ses yeux, le livre de comptes était resté ouvert sur la table de sa cuisine. Il y avait aussi tous les jeunes, les Carloton, les frères aînés des Champsaur, de Pourrier, d'Abit, de Peyre, tous ceux qui, plus tard, avaient été décimés par la guerre ou étaient partis, sauf quelques-uns. On entendait vrombir dans la forêt leur hache destructrice. Tous subissant avec angoisse la subite chaleur qui étreignait la terre.

Le père Castel remontant du Rocher-d'Aigle où il était allé acheter la première vache de son ménage, s'était arrêté pour boire à la fontaine de Gordes et en se relevant il avait été ébloui par le prisme aveuglant d'une lumière soudaine dont la source se trouvait sur la montagne Cervières. Ses mains mouillées, écartées de son corps, tandis qu'il entendait distinctement encore le rouet de la fontaine derrière lui, il avait tressailli sous le silence précurseur d'un énorme choc.

Car alors, les gestes entiers du monde s'étaient simultanément arrêtés. Il y avait eu un bruit de vaisselle cassée, comme si le ciel se fragmentait en une pluie de morceaux impalpables.

Le choc les avait tous jetés dehors et s'étaient tus ensemble les bruits de hache, de forge, de marteau, de rouet sur le chanvre, de vieux qui crachent, d'enfants mouchés, de pelle en bois du père Autran glissant sur le rebord du four, de naseaux de bêtes même, aspirant l'eau des sources.

Du seuil de leurs portes, de l'orée des forêts, ils avaient scruté Cervières. Tout de suite, le vide et le bruit leur avaient sauté aux sens : le glacier Marmontane roulait sur la pente et il allait bientôt arriver sur eux, s'il n'y avait pas un miracle. Et à sa place, on voyait les veines scintillantes d'une eau bleue, coulant allègre sur la terre nue de la montagne soulagée.

Tandis que les femmes tombées à genoux criaient, cachant sous leurs tabliers la tête de leurs petits, les hommes se précipitèrent en avant pour tenter une défense, et ils ne savaient laquelle. La muraille de glace glissait, translucide, emplie de prismes en spirale, du bleu au vert, du jaune au rouge, avec son grincement de tessons de vaisselle. Elle n'était plus qu'à mille mètres au-dessus d'eux. Les jeunes de la forêt descendirent en hâte, dès le premier choc, juste à temps pour voir l'avalanche glaciaire se couper en trois sur sa moraine frontale, brillante comme un diamant. Enfin, elle atteignit lourdement le creux de hanche de Cervières, là où, si souvent, Castel avait recommandé de planter des mélèzes, une armée de mélèzes, et ceux du vallon ne la perçurent plus, ni à l'œil ni à l'oreille, elle ne resta visible que pour ceux de la lisière du bois qui tombèrent à genoux à leur tour, car ils comprirent que si elle sautait le bord ouest du Replat, tout Cluze allait être écrasé. Heureusement, les rocs dépassant de terre en cet endroit la reçurent sur leur force. Le sol tout entier de la montagne trembla sous le choc, jusque sous les pieds des hommes de la forêt, les arbres eux-mêmes furent ébranlés par un murmure qui ne venait pas d'un vent du ciel. Le glacier éclata en d'innombrables séracs diamantins, craquant de rouge comme des braises pétillantes et qui s'éteignirent tout de suite, car le soleil venait de disparaître. Trois blocs seulement sautèrent le Replat : l'un vint s'écraser dans le cimetière, le deuxième, suivant le tracé naturel de la dépression Palonique, arriva à toute vitesse contre la forêt de Gordes, déracina une vingtaine d'arbres, éclata contre les autres et fondit. On ne retrouva pas les traces du troisième. Le seul qui aurait pu dire où il était tombé mourut carbonisé. C'était le vieux Alban Abit qui écoutait le bruit de vaisselle en haut de son échelle, quand le mur de son étable reçut le bloc dans les reins ; il fut jeté dans le foin sec avec sa bougie et brûla. Et brûlèrent aussi sa maison tout entière, avec le livre de comptes resté ouvert sur la table et ses quatre vaches qu'on ne put faire échapper parce que le choc, en ébranlant les murs, les avait resserrés sur les portes qui ne jouaient plus. Et flambèrent aussi les maisons attenantes de Jacques Fontaine, d'Henri Ramonce, de Joseph Saint-Martin, et l'ancienne mairie, et deux ou trois demeures vides appartenant aux Carlotons qui s'étaient exilés au Mexique, de sorte qu'il ne resta plus du village que quelques foyers, car à ce moment-là déjà, beaucoup avaient sagement remonté le vallon, quitte à faire cinq cents mètres de plus pour mener boire leurs bêtes.

Et le lendemain et les jours suivants, on ne put rien voir de Cervières ; la neige se remit à tomber et quand enfin, huit jours plus tard, le ciel se leva un peu, on put se rendre compte que le glacier avait repris sa place, à peine un peu moins important.

Au printemps, dès la fonte, ils montèrent tous au Replat, avec leurs attelages, les charrues les plus fortes qu'ils purent trouver et ils se mirent au travail. Ce fut un labeur de désespoir : d'abord, l'énorme masse du glacier, en fondant, avait laissé un étang qui ne s'assécha qu'à la fin de l'été, et à cet endroit on dut attendre, ensuite il avait fallu déplacer ou faire sauter des blocs de roche qui pesaient plusieurs tonnes.

— Et pourtant, avait dit Castel, c'est là seulement qu'il faut planter, car c'est le seul point mort de la montagne.

Et là, comme ils étaient tenaces, ils avaient planté. Pour faire une digue seulement, avec les blocs du côté du pays, il leur avait fallu les deux premières années. Les années suivantes ils avaient reboisé la partie libérée par le lac asséché faute d'aliment.

Les femmes étaient allées à l'église prier Dieu de leur donner de beaux arbres. Malgré cela, tous, peu à peu, avaient abandonné le vallon mieux abrité, et ils étaient venus au flanc moins sournois du Grand-Saint-André. À peu près vers cette époque, les naissances de filles entrèrent en régression et Cluze commença de devenir uniquement un village d'hommes.

« Et maintenant, pensa Ange Castel, les arbres vont avoir cinquante ans. »

Ils étaient en pleine force, en pleine jeunesse, tronc contre tronc, ramures enlacées, presque sans feuillages, ne connaissant ni automne ni hiver, simplement, au printemps, un peu plus gais de leur verdure nouvelle. Eux ils étaient jeunes, imprenables, inécrasables, infaillibles. Les hommes étaient morts ou très vieux. Pour se souvenir de leur naissance et en parler encore, il n'y avait que Respondey, Jules Fontaine, la mère Raffin. Mais tous ceux-là, jamais plus, n'étaient montés au flanc de Cervières jusqu'au Replat. La forêt restait solitaire, gardienne éternelle. C'est qu'entre-temps il y avait eu deux guerres et que désormais une autre inquiétude avait pénétré jusqu'ici par-delà les montagnes, faisant oublier celle que créaient les éléments.

Ange Castel entra chez Autran pour entendre Barles qui disait :

— C'est urgent, il faut absolument faire quelque chose.

— Je sais ce qu'il faut faire ! s'exclama-t-il. Je sais de quoi vous parlez. Vous ne pouvez pas aller voir la doctoresse. Moi je vais y aller et je la ramène par la peau du cul, nom de Dieu !

— Non, dit Barles, j'irai moi, à quatre heures. Tenez-vous tranquilles. Je serai prudent. À ce soir.

De sa fenêtre, Mlle la doctoresse regardait tomber la neige. Depuis cinq ans qu'elle était ici, toujours à cette époque, elle appréhendait la solitude. Le métier devenait plus pénible, mais cela n'était rien, au contraire, car lorsqu'elle arrivait rompue de ses courses à cheval, elle ne faisait plus attention à l'ennui. Non, le silence était dur. Elle avait cru longtemps détester l'agitation stérile des foules qui s'amusent, elle se rendait compte maintenant qu'elle la regrettait. Elle se souvenait du temps où, tout en poursuivant ses études, elle était, jeudis et dimanches, cheftaine de scouts. Elle aimait cette humanité naissante. Elle en avait besoin aussi, car après une adolescence tourmentée par la peur de la mort et par celle de la vie, écartelée entre les exigences de la morale et celles de la connaissance pure, Henriette Chenoncet avait trouvé dans la pratique religieuse une sécurité inattaquable et définitive. Inattaquable, puisque ne s'appuyant sur aucune preuve qu'on puisse démontrer ou réfuter ; définitive, puisque la solution totale ne pouvait être apportée que par la mort. Lorsque la connaissance physique de la matière, par l'étude, lui avait démontré avec une étonnante clarté l'évidence qui se trouve au bout de chaque route et que toute expérience, dès qu'elle est assez poussée, aboutit à une inconnue, elle avait cherché ce qui pouvait aller au-delà et elle avait trouvé la foi en l'âme. Et cette croyance l'ayant amenée à Dieu, par voie de conséquence naturelle, une tranquillité majestueuse s'était abattue sur elle et elle avait pu, en toute paix, continuer l'exploration des connaissances humaines, sans être amenée, par la confrontation avec la seule matière, au désaxement et au désespoir froid.

C'est ainsi qu'aujourd'hui, à vingt-sept ans, elle se trouvait dans un parfait état d'équilibre moral en un domaine que l'homme s'est créé pour sa sécurité après des sélections de plus en plus sévères, parmi les croyances qui ont précédé celle du Dieu en trois personnes. Et jamais plus, dans le cœur d'Henriette, le doute ne s'était immiscé, tout dans la nature lui paraissant parfaitement bien fait, parfaitement en équilibre.

En ses moments de réflexion, d'ennui, elle pensait à tous ses camarades, dont beaucoup auraient voulu devenir des amants, qu'elle avait tenté d'entraîner sur cette voie de sécurité parce que peut-être elle les aimait, et qui ne l'avaient pas suivie. Elle pensait qu'aucun d'eux jamais ne l'avait enviée. Et pourtant elle se savait enviable, surtout à l'époque de leurs dix-huit ans, quand elle pouvait suivre sur leur visage la joie de vivre, mêlée au sentiment d'éphémère que tout bonheur comporte. Même maintenant, elle se souvenait encore d'eux et priait Dieu quelquefois pour qu'Il leur donnât la paix, car elle savait qu'ils n'avaient pas pu comme elle, étant hommes, échapper aux catastrophes.

Par contre, elle était impitoyable pour ceux qui, encore maintenant, tentaient de détruire sa certitude par le raisonnement. Heureusement il y a toujours, au fond de tout problème, une part de vérité si floue, si imprécise qu'il est besoin de l'âme pour l'envelopper tout entière, et ses contradicteurs, quels qu'ils fussent, se heurtaient toujours à l'indestructible : sa foi, que rien ne pouvait ébranler. Et d'ailleurs, ils entassaient toutes leurs preuves, tous leurs griefs contre l'Église et jamais contre Dieu, car restait au fond d'eux-mêmes le doute terrible qui, toujours, à la dernière heure, faisait capituler les plus forts, cette peur affreuse de ne plus se souvenir qu'on a vécu, cette perte totale de la sensation telle qu'elle se conçoit, magnifique, sur la terre, ce besoin de petit enfant de croire au père Noël envers et contre tous. Oui, Henriette se sentait du bon côté, et personne ne pouvait maintenant la rejeter dans le chaos du doute, car Dieu, d'après Pascal, était le meilleur des calculs : on ne pouvait pas plus prouver sa puissance que son néant. Le problème se posait à peu près ainsi : « Je crois, donc Dieu existe. Le seul fait que je puisse avoir la foi prouve sa présence continuelle en chaque être. » En vérité, le sage Univers avait fait de telle sorte qu'on pouvait voir dans n'importe quelle manifestation de la matière une vivante preuve de l'existence ou de l'inexistence de Dieu, suivant que l'on possède la Foi ou non.

Aussi Henriette Chenoncet n'aimait pas beaucoup les gens de ce pays, car ils n'avaient pas l'air d'avoir besoin de Dieu, pour le louer ou pour le nier. Non, depuis trois ans qu'elle vivait parmi eux, elle se rendait compte qu'ils avaient accepté la marche du monde telle qu'elle était, sans avoir besoin de lui trouver une explication morale, tant l'explication physique leur suffisait amplement. Ils avaient accepté la mort comme une fatalité, heureux simplement d'avoir bien accompli leur vie et pleins d'une indifférence pour la suite qu'elle s'était surprise parfois à leur envier.

Évidemment, c'étaient de braves gens, ni égoïstes ni profiteurs, avenants, cordiaux, mais elle leur reprochait surtout ce sauvage paganisme de la montagne, cette tendresse pour elle, cet orgueil d'elle, comme si réellement ils en faisaient partie, comme s'il y avait quelque chose de commun entre elle, immobile et froidement terrestre, et eux qui auraient pu avoir l'âme des hommes, si profondément aérienne. Et elle leur en voulait de ce fatalisme que pourtant elle savait constructeur, puisqu'il avait fait des êtres inflexibles, incapables de se passionner pour autre chose que pour le cercle de leur propre vie, ce qui leur avait conféré une clairvoyance totale quant aux problèmes qu'on voulait à toute force leur poser.

Aujourd'hui, donc comme tous les hivers, Henriette Chenoncet commençait à s'ennuyer de l'ennui du silence. La discussion lui manquait. L'été, il y avait tant de mouvement qu'elle n'en avait pas le temps. Deux fois par semaine et les jours fériés, l'abbé Noble, qui était combatif, montait de sa paroisse du Rocher-d'Aigle pour dire la messe à la minuscule église du Vieux-Cluze. Il venait aussi pour les baptêmes, les mariages et les enterrements. Chaque fois, Henriette Chenoncet l'invitant à manger, ils pouvaient tous deux longuement discuter de leurs idéaux et de leurs aspirations pour les hommes.

Restait l'amour. Et c'était tout à fait compliqué et difficile, avec la beauté qu'elle avait, qu'elle savait avoir, de se tenir à l'écart de lui. Pourtant, jusqu'à ce jour, elle y avait réussi. Déjà à la faculté, dans les groupes d'étudiants catholiques qu'elle fréquentait, des sentiments troubles s'agitaient autour d'elle. Bien souvent, au cours d'une discussion, elle avait senti rôder sur elle le regard d'un de ses camarades. Alors, elle ramenait sa robe sur ses genoux. Bien sûr, ils proclamaient le devoir d'abstinence, leur volonté de rester purs jusqu'au mariage, de se garder pour la femme qu'ils aimeraient. Il n'en demeurait pas moins que, lorsqu'elle permettait à l'un d'eux de l'accompagner jusqu'à sa porte, elle sentait contre sa robe le frôlement hypocrite de ses mains, enhardies à la faveur de la nuit. Et il était parfois difficile de résister.

Elle considérait alors les hommes comme des instruments de son goût de l'ordre, de son besoin de voir triompher la cause de Dieu (comme s'il pouvait y avoir un parti à prendre pour Dieu!), de strictement Dieu (c'est-à-dire pas de cette religion plus ou moins panthéiste, plus ou moins hérétique d'une Présence inexplicable, qui commençait à se faire jour dans le monde, et que d'aucuns nommaient hypocritement Christ-Universel, pour expliquer le mélange qu'ils lui conféraient d'humain et de cosmique) ; du Dieu réel, du Dieu en trois personnes reconnu par les tribunaux des conciles ; du Dieu, dépisté, délimité strictement, cerné, par le droit canon, du Dieu catholique romain, par excellence. Il ne lui suffisait pas d'ailleurs de bénéficier bienheureusement de sa certitude, encore lui fallait-il qu'elle soit partagée par l'humanité entière. Et c'est pourquoi elle demeurait insatisfaite.

Mais ce qu'elle ne disait pas, ce qu'elle gardait caché au plus profond d'elle-même, c'est qu'elle était sensuelle. Parfois s'éveillaient en elle des instincts sauvages qui l'affolaient. Mais toujours la pureté de sa raison, la puissance de sa foi dominaient en fin de compte. Et c'est pourquoi, malgré qu'elle fût outrageusement belle, superbe et intelligente, l'amour n'avait pas de place dans sa vie. Aussi parce qu'il ne s'était pas trouvé un homme à sa mesure et que, peut-être, craignant d'être une proie trop facile, elle avait mis un soin extrême à cacher sa sensualité. Mais dès l'hiver, dès qu'elle était moins sollicitée par les exigences de son métier (le nombre des malades tendait à augmenter, mais les blessés du travail et surtout les maladies des bêtes qu'elle avait aussi mission de soigner, entraient en régression), l'ennui la prenait invinciblement et le désir de changer de vie.

Or, cet après-midi-là, elle attendait la nuit avec

appréhension, lorsque Rose Fontaine, sa bonne, frappa à la porte du bureau.

— Y a un monsieur, dit-elle, qui voudrait voir le docteur.

Ce n'était pas l'heure des consultations (et d'ailleurs aujourd'hui il y avait eu juste quatre patients).

— Et qui?

— Monsieur l'instituteur. Il paraît que c'est pressé.

— Introduis-le, commanda-t-elle. Et elle attendit.

Justin Barles entra et dit :

— Bonsoir, docteur. Je m'excuse de vous importuner à cette heure.

D'un regard aigu, il fit, en même temps, le tour de la pièce. Une bibliothèque, quatre ou cinq tableaux : la copie d'une Descente de Croix, une gravure représentant un fragment de *La Chute d'Icare* de Breughel l'Ancien ; le reste de moindre importance et d'ailleurs, perdu dans l'ombre, Barles le distinguait mal. Derrière la doctoresse, un grand Christ en croix sur fond noir, pieds, mains et visage éclaboussés de sang. « Bon, pensa Barles, j'ai compris. » Mais alors devant lui, il la vit, elle, et vraiment il resta stupéfait, car elle était d'une très grande beauté. Bien qu'il ne fît pas chaud dans la pièce, elle était vêtue comme le premier jour où il l'avait vue à cheval, du même pantalon de velours à côtes très fines, de la même chemisette blanche ouverte sur la naissance des seins. Elle ne s'était pas levée et, tandis qu'elle lui disait de s'asseoir, il put la détailler tout à son aise

210

de la naissance de la gorge à la naissance de ses cheveux noirs, auréolés d'une tresse en couronne. Il eut le temps de se rendre compte de la contradiction qui existait entre l'appel savoureux de sa bouche de chair vivante et l'éclat impitoyable de ses yeux, reflet de forêt rousse, qu'elle baissa d'ailleurs tout de suite comme honteuse de leur nudité. Et déjà il cherchait à tirer parti au mieux de cette contradiction entre l'appel de sa bouche et le refus de ses yeux. Pourtant, à voir son front lisse et plat, derrière lequel les idées devaient être méthodiquement arrêtées, il comprit que le mensonge seul aurait raison d'elle et il se prépara à mentir.

D'ailleurs, elle le regardait aussi et devait être beaucoup plus intelligente que lui, car elle le détaillait avec plus d'acuité et moins d'indulgence. Il s'habillait à la manière des hommes d'ici, sans cravate. Il était assez mal coiffé et devait fumer la pipe. Oui, il avait bien l'allure du parfait pédagogue. Pour le reste, vingt-sept ans, des yeux gris assez doux, un nez légèrement écrasé, une bouche comme la sienne (oui, songeait-elle, je dois avoir une bouche ainsi fabriquée). Et athée naturellement, rien qu'à voir la manière dont il a regardé le Christ en entrant. Et il est malade et il a peur.

Mais là, elle se trompait. Car il avait un gros avantage sur elle : il savait ce qu'il voulait et elle n'en avait pas la moindre idée. Elle croyait se trouver devant un malade qui espérait d'elle un diagnostic moins sévère que celui qu'il s'était imaginé dans ses nuits d'insomnie. Il s'amusait de lui voir cet air de mépris qui semblait dire, qui disait sûrement : « C'est bien la peine de faire le fanfaron et l'incroyant et de se jeter dans les bras d'un docteur pour croire éperdument en tout l'espoir qu'il voudra bien donner. » Il jouissait de sa robuste santé, de son parfait équilibre, en ce moment sûrement meilleur que celui de la femme, probablement refoulée, et par conséquent encline à un certain romantisme qu'il avait en face de lui, ce qui allait lui permettre de lui faire croire ce qu'il voudrait.

— Eh bien, dit-elle, qu'est-ce qu'il y a qui ne va pas ?

— Très bien, docteur, je vous remercie. Ce n'est pas précisément pour moi. C'est pour un de mes amis qui s'est cassé la jambe.

« Il se lie facilement, pensa-t-elle, trois mois qu'il est ici, et il a déjà des amis. »

— Quand ? dit-elle tout de suite.

— Il y a quatre jours.

— Et c'est maintenant que vous venez ? et avec ce calme ? Rosette !

Elle s'était levée. La nièce de Jules Fontaine accourut.

— Prépare mon manteau, dit la doctoresse. Est-ce loin ?

— Assez.

— Où est-ce ?

— Très haut dans la montagne.

— Chez qui ?

— Chez personne.

Elle hésita, interdite, puis dit à Rose Fontaine :

— Bon. Harnache le cheval.

Quand elle fut sortie :

212

— Où donc le tenez-vous ? demanda-t-elle.

— C'est que, c'est assez délicat à expliquer. Il faudrait que vous le soigniez en secret…

— Naturellement, cela va de soi. Mais pourquoi cette prudence ? Qu'y a-t-il ?

— Me promettez-vous le secret ?

— Je n'ai rien à vous promettre, le secret fait partie de mon métier.

Il la regarda. Désormais, elle était toute préoccupée par son travail et prenait dans une armoire ce qu'il fallait pour une jambe brisée.

— À quel endroit à peu près croyez-vous qu'elle est fracturée ?

— Au tibia.

— Alors, ça suffira, dit-elle en décrochant du mur une gouttière de zinc.

Elle était maintenant en action. Il le voyait bien. Elle aimait son métier. Et désormais, liée par le secret qu'elle garderait scrupuleusement, il le savait, il en était sûr, il aurait pu lui dire la vérité. Mais il ne put résister au plaisir de la faire rêver.

— C'est que, dit-il, je m'excuse de ma méfiance, mais c'est un jeune homme qui a fait une bêtise. Il est amoureux d'une jeune fille d'ici et les parents ne veulent absolument pas entendre parler de lui. Ils ont commis l'imprudence de… (il hésita), de se rencontrer dans la chambre de la jeune fille et, le père ayant failli les surprendre, c'est en sautant par la fenêtre que le jeune homme s'est fracturé la jambe.

Il lui décochait ces choses à bout portant, sachant qu'elle n'y verrait pas malice et qu'elle penserait qu'il faisait abstraction de la femme en

213

elle pour ne voir que le docteur. Mais elle n'était pas dupe et voyait bien, dans l'œil de l'instituteur, l'étincelle indulgente vis-à-vis de ce manquement. Elle voyait bien que lui aussi la déshabillait et se servait de cette histoire comme tremplin pour la faire redevenir une femme.

— Il a eu grandement tort, dit-elle de sa voix la plus froide.

Mais Barles était arrivé à ce qu'il voulait. Désormais le mensonge était aussi parfait que la vérité, car non seulement elle le croyait, mais il le croyait aussi, ce qui était aussi important, car ils allaient être vis-à-vis de tout le monde enfermés dans le même secret.

— Il est bûcheron, dit-il, je l'ai mis à l'abri dans une grotte de la montagne.

Elle était prête. Elle enfilait ses gants. Il lui ouvrit civilement la porte et la chemisette de soie frôla son épaule, car Rose Fontaine l'attendait seulement dans le couloir avec le lourd manteau de mouton. Il pensa qu'elle était jeune et s'accoutuma à l'espoir qu'elle n'eût pas le cœur totalement sec.

Ange Castel était à l'entrée de la maison. Il tenait par la bride le cheval piaffant dans la neige.

— Ah, dit-elle, nous aurons un guide ? Tant mieux. Avec cette neige et ce brouillard...

Barles fut tout de suite jaloux de ce qu'elle parlât plus amicalement au guide qu'à lui, mais il se rassura car cela prouvait que, sensuellement, elle se méfiait plus de lui que de Castel.

Ils partirent dans le soir descendant.

— Une descente de soixante mètres ne vous effraiera pas, docteur ?

— Ma foi non, je suis assez bonne alpiniste.

Castel avait écarté les branches des sapins abattus sur l'entrée du gouffre par les Espagnols de Ramonce. Il était près de six heures du soir et la nuit était totale. Barles nageait dans la joie, car, dès qu'elle avait senti, à son approche, l'attirance inévitable du gouffre, elle s'était instinctivement appuyée sur lui. Mais maintenant qu'il continuait à lui tenir le bras (et en vérité il tenait un manteau de mouton épais et ne sentait pas battre la chair), elle se dégagea et dit :

— Merci beaucoup, c'est passé.

— Docteur, dit Castel, si vous le voulez bien, je vais descendre le premier et ensuite Barles vous expliquera.

Il avait ceint son front de la lampe cyclopéenne.

— Je vous attacherai, dit Barles, ce sera plus sûr, vous abîmeriez vos mains par ce froid.

— Les mains sont faites pour servir.

215

— Oui, mais elles vous seront utiles pour autre chose.

Ils étaient seuls désormais. Castel, déjà, devait être à mi-chemin, il s'était chargé de la serviette du docteur.

— Je m'excuse à l'avance, dit Barles, si la corde vous meurtrit un peu.

— Ne vous occupez pas de cela, attachez seulement.

Ce qu'il fit avec le plus de délicatesse qu'il put, dès qu'il eut remonté le filin. Il commença à la descendre, plein d'une sorte d'ivresse, à la pensée que sa vie était suspendue à sa seule force. Bien qu'elle fût légère, quand à son tour il arriva près d'eux, ses mains étaient comme taillées dans du fer par l'échauffement. Cependant elles reprirent vite leur souplesse à l'haleine chaude de la terre.

Maintenant que la marche ralentissait l'action et qu'elle pouvait à nouveau penser, entre le dos agité de Castel et le souffle de l'instituteur qu'elle sentait derrière elle, Henriette Chenoncet se demandait pourquoi l'homme qu'elle venait traiter était aussi bien caché, en cet endroit dont elle ignorait l'existence.

— Vous allez voir, docteur, s'exclama Castel, vous allez voir quelle chose magnifique !

Et il levait le doigt dans son enthousiasme.

Quant à Barles, portant le manteau qu'elle avait retiré, il regardait sans en perdre un mouvement, dans le halo de sa lampe, la souplesse du corps qui se mouvait devant lui.

Quant à la doctoresse, elle songeait que tout

cela n'était pas clair et que, bientôt, il faudrait leur demander quelques explications.

Quant à Castel : « Si elle devine quoi que ce soit, pensait-il, je lui fais jurer devant Dieu qu'elle ne dira rien. Si elle refuse, je la jette dans la Paix. »

— Vous allez voir, docteur, vous allez voir, dit-il, c'est ici que la chose extraordinaire commence.

Et en effet ils arrivaient au premier coude du boyau ; éteignant leurs lampes, ils se trouvèrent dans la lumière bleue.

Ni elle ne cria, ni elle ne montra une émotion quelconque. Simplement :

— C'est bizarre, dit-elle.

Au même moment, ils perçurent le son du violon, répercuté par les échos. Alors, elle parut plus attentive. Leurs pas s'imprimaient sans bruit dans le sol mou. « Il ne doit pas trop souffrir », pensa Barles.

— Tiens, dit-elle, c'est votre bûcheron qui joue la sonate en *ré* n° 17 ?

— Je m'excuse, docteur, dit Barles, mais il me semble… Ne croyez-vous pas que ce soit la toccata en *fa* naturel ? Il y a, je crois, une grande ressemblance ?

Il continua sa route et faillit se heurter à elle qui s'était arrêtée une seconde, surprise. Comment savait-il cela ? Ce n'était pas à Normale qu'il l'avait appris.

— Il se peut, bien que je ne croie pas me tromper à ce point.

— La distance et l'écho amplifient les volumes, dit Barles, et dénaturent le mouvement.

Elle se remit en marche derrière Castel qui

pensait : « Cet idiot, pourquoi joue-t-il ? » Il est vrai qu'il ne pouvait pas savoir. Ils arrivèrent ainsi au bord du fleuve où l'on avait établi le campement des deux hors-la-loi.

— Alors, demanda-t-elle, où est-il ce malade ?

Elle ne parut voir ni la beauté de la grotte ni la majesté du fleuve.

« Ce n'est pas possible, songea Barles, pour ne pas sentir toute la grandeur qu'il y a ici, pour ne rien extérioriser, il faut qu'elle soit ou blasée, ou vierge, ou insensible. » Mais ne le sentait-elle pas ? Elle ne disait rien, elle allait tout droit vers son métier.

Michel Bernard, appuyé contre le fond de la grotte, allongé sur un matelas pneumatique, soutenu par un autre dans la position assise, s'était arrêté de jouer dès qu'il les avait entendus venir. Frank Voeter, étendu à côté de lui, sur un lit semblable, se leva et vint à leur rencontre.

« Ce n'est pas un bûcheron », pensa-t-elle, car en même temps qu'elle vit le violon à côté de lui, elle aperçut sur le sac de duvet ses mains fines et bleues, qui jamais n'avaient tenu de hache. Pour en être plus sûre, elle les prit dans ses doigts. La peau en était délicate, ce n'était pas une peau de bûcheron.

— Presque pas de fièvre, dit-elle, c'est très bien. Voyons cela.

Frank Voeter le découvrit.

La jambe était déjà serrée entre deux planchettes.

— C'est très bien. Je vois que c'est fait par un connaisseur.

218

— Je suis guide, observa Castel.

— C'est vrai. J'oubliais.

Et elle commença à se demander quelle corrélation exacte il y avait entre ce guide, cet instituteur, ce violoniste et ce grand type, maigre, sombre, qui de toute évidence était israélite.

Elle défit précautionneusement les attaches et mit la jambe à nu.

— Je vais vous faire souffrir, dit-elle. Voulez-vous une piqûre?

— Ce n'est pas la peine.

— Alors, allons-y.

Ses mains cherchèrent longtemps l'endroit exact de la fêlure. Enfin, elle sentit dans tout le corps un raidissement subit.

«Il est courageux, pensa-t-elle, d'habitude ça gueule quand on en est là.»

Barles et Castel lui passaient en silence les instruments qu'elle leur demandait. L'instituteur alla prendre au fleuve de l'eau pour le plâtre. Cela dura une heure, sans que le juif ni le communiste eussent proféré une parole. Enfin, elle se redressa. Il n'avait pas poussé un cri; cependant, elle voyait sur son visage en sueur qu'il était presque un enfant. L'instinct maternel qu'elle gardait en réserve la fit se pencher et poser sa main sur le front du blessé. Alors il la regarda et tout de suite elle retira sa caresse, car il avait un regard d'homme.

— Eh bien voilà, dit-elle en se redressant. En somme, rien de très sérieux, je ne pense pas qu'il y ait de suite. Il faudra seulement de la patience.

— Beaucoup?

— Deux mois d'immobilité totale. Un mois d'immobilité partielle et vous pourrez reprendre votre vie normale.

Il sursauta. Trois mois ! Est-ce que les événements allaient l'attendre ? Est-ce qu'il n'allait pas arriver trop tard sur cette scène du monde où il voulait à toute force jouer son rôle ?

— Docteur, dit-il, il n'y a pas moyen de raccourcir ?

— Aucun. D'ailleurs je ne pense pas que vous teniez à sortir d'ici ?

Elle les regarda tour à tour tous les quatre et Castel se sentit à deux doigts du meurtre.

— À cause du père, non, dit Barles machinalement.

Il ne pensait plus à sa beauté, mais seulement que désormais ils étaient entre ses mains.

— Je reviendrai dans deux jours, dit-elle. Avez-vous un calmant ? Il se pourrait que vous dormiez mal.

— J'ai ce qu'il faut.

Elle prit la peine de le regarder et vit que c'était le premier homme qu'elle n'avait pas l'air d'impressionner. Ses yeux étaient fixés au-delà d'elle et au-delà du monde compact qui l'entourait.

— Merci, docteur.

« Il a l'air d'un instrument, pensa Barles, ses yeux ont la pureté du vide. Il a l'air de penser que tout lui est dû, car il doit accomplir sa mission. Aussi, la femme ne l'intéresse qu'en fonction de l'idée qu'elle représente. Et il a bien vu, parbleu, comme nous, la croix d'or au bout de la chaîne qui doit lui chatouiller les seins. »

220

Castel parlait dans un coin à voix basse avec le juif.

— Il ne vous manque rien ?

— Non, merci. Vous pouvez rester quatre ou cinq jours sans monter.

— Après-demain. Je viendrai voir avec la doctoresse.

— Elle est sûre ?

— Nous nous en assurerons.

Barles s'était séparé d'eux. Au sommet de l'éboulis alluvial qui précédait le boyau d'accès, il tâtait pensivement le bourrelet calcaire qui l'avait intrigué, lors de la première descente.

Tant qu'ils furent dans le gouffre, ils ne prononcèrent pas quatre paroles ; mais dès qu'ils furent dehors en la nuit noire sous le couvert des arbres, malgré les trouées d'étoiles, Barles parla avec sollicitude.

— Mettez votre manteau, vous allez prendre froid.

— Merci.

Castel détachait le cheval. Sous la lumière des lampes, ils virent qu'elle n'avait pas cette couleur doucement bleutée dont ils étaient marqués sur leurs parties nues. « Ça n'agit peut-être pas sur les femmes, pensa Barles, peut-être, comment savoir ? Il faudrait avoir le temps de chercher. Quand toute cette histoire sera terminée… » Elle ne s'aperçut pas de ce phénomène, tant elle était préoccupée. Elle balança longuement par quelle attaque mordante elle pouvait bien débuter. À la fin :

— Vous m'avez bien eue, mes compliments.

Barles, heureux que Castel n'ait rien entendu, haussa les sourcils.

— Je ne comprends pas.

— Il faut préciser ?

Castel s'approchait. Elle vit sa mine sombre, son air décidé ; alors en elle, la femme faiblit et elle se tut. Il tenait le cheval par la bride.

— Dépêchons-nous. Le brouillard va sûrement se lever.

Ils descendirent en silence. Elle sur le cheval, eux devant, à travers les sentes mystérieuses de la forêt.

Il était onze heures lorsqu'elle mit pied à terre devant son domicile. Castel les quitta aussitôt, à la satisfaction de Barles, car, intrépide comme il la sentait, elle aurait été capable de tout dire devant lui.

— Bonsoir, Barles, dit-il. Bonsoir, docteur ; merci d'être venue.

— De rien, dit-elle, merci à vous de m'avoir montré le chemin.

Peut-être aussi était-il pressé de partir pour éviter une confrontation funeste avec la vérité, pensant qu'en cette circonstance l'instituteur saurait mieux que lui se débrouiller, en quoi il ne se trompait pas. Le cheval piaffait dans la neige. Henriette Chenoncet tapotait ses gants contre ses mains nues. Barles voyait ses yeux luire dans l'ombre. Il attendait.

— Vos deux types, dit-elle, ce sont deux hors-la-loi ?

— Oh ! s'exclama Barles. Oh ! Comment pouvez-vous croire ?

222

— Je ne crois pas, j'en suis sûre. Votre histoire de bûcheron amoureux ne tient pas debout. Et le violon…

— Comment avez-vous trouvé son exécution ?

— Il ne s'agit pas de cela. Vous avez, monsieur l'instituteur, commis une grande indélicatesse. Vous avez joué sur mon honnêteté en me faisant promettre le secret…

— Eh bien, oui, ce sont deux hors-la-loi, comme vous dites. Qu'auriez-vous fait si je vous avais dit la vérité ?

— Je serais allée le soigner d'abord, comme c'était mon devoir, et puis je les aurais fait arrêter tous deux, comme c'était aussi mon devoir.

— Je vous ai épargné des remords éternels. Sans préjudice…

Mais il s'arrêta. Car il n'avait pas le droit de la menacer d'une punition qu'il aurait refusé de lui faire subir si on le lui avait ordonné. Elle ne fit pas attention à la seconde partie de sa phrase.

— Non, dit-elle, il y a un devoir civique plus impérieux que le devoir moral.

— Vous avez promis.

— Oui, mais vous m'avez menti.

— Mensonge pour sauver vaut mieux que vérité pour nuire. Mais il est vrai que votre promesse est aussi précaire que mon mensonge, puisqu'il vous suffira d'aller vous confesser pour être absoute de ne pas l'avoir tenue.

— J'ai le droit de la reprendre. Vous me l'avez extorquée.

— Je vous ai permis une bonne action.

— À vos yeux.

— Dieu vous en tiendra compte.

Elle eut un rire sec.

— Vous avez une drôle de conception de Dieu.

— Moins drôle que la vôtre.

— De toute manière, je vais voir ce qu'il y a lieu de faire. Mon devoir m'y oblige.

— Ah, dit Barles (des larmes de froid, de rage, de désespoir jaillissaient de ses yeux), on voit bien que c'est une tête de femme que vous avez sur ces épaules superbes, si vous étiez un homme, si vous saviez ce que c'est que le devoir, vous en parleriez un peu moins. Si vous connaissiez la souffrance des hommes...

— Je la côtoie chaque jour.

— Avec des gants.

— Avec sollicitude.

— Sollicitude ! Comme l'évêque qui bénit la foule, comme le général qui jette sur sa troupe un regard paternel. Sollicitude !

— Vous avez l'esprit de destruction.

— Et la pitié ? Qu'est-ce que vous faites de la pitié ?

Il avait parlé à voix basse, ses mots butant contre son front rectiligne ; mais il vit bien qu'elle n'avait pas compris et qu'elle ne voyait pas, à cause de l'ombre, qu'il pleurait sur la misère, sur la fausseté du monde.

— Est-ce qu'il ne vous arrive jamais, dit-il de sa voix la plus humble, de vous sentir le cœur froid ? Ayez un geste de pitié, vous verrez comme tout de suite vous vous sentirez bien plus près de Dieu.

— Je ne vous reconnais pas le droit de parler

224

de Dieu. Et d'ailleurs il est tard. Je verrai le maire demain.

— Il est avec nous.

— Eh bien, je trouverai un moyen. Bonsoir.

Et elle lui ferma la porte sur le nez. Il était resté bras ballants devant tant d'incompréhension. Et pourtant il savait qu'il aurait fallu peu de chose pour qu'il tombât éperdument amoureux d'elle et il n'avait pas le courage de souffrir encore pour cela. Pour la première fois depuis qu'il était en ce village, la cruauté humaine venait de le frapper au visage et par la faute d'une femme vis-à-vis de laquelle il se sentait entre la haine et l'amour. Il aurait voulu partir avec elle par la terre, lui montrer la misère sous toutes ses formes, lui montrer la grandeur possible de l'homme, lui faire voir enfin quelles désillusions amères elle se préparait en restant du côté des anciens conquérants du monde, au lieu de se jeter dans la mêlée sanglante des nouveaux martyrs. Il aurait voulu la sauver, l'arracher à cette vieillesse dans laquelle elle s'était réfugiée, certain qu'elle en valait la peine. Et, s'il avait osé, si l'expérience ne l'avait pas mis en garde contre ses élans, il serait descendu jusqu'à l'église du vallon et il aurait prié Dieu pour qu'il éclairât la jeune fille et lui montrât le chemin qu'elle devait suivre au lieu de se fourvoyer. Car il savait que ceux qui sont du côté de la pitié ne peuvent pas se tromper. Car il avait la certitude que sa morale était la bonne et qu'il ne pouvait y avoir dans le vaste univers place égale pour le mensonge et pour la vérité. Aussi s'endormit-il tranquille malgré tout, confiant en la justice d'un Dieu dont il savait connaître, mieux que personne, les commandements de joie.

Quant à elle, elle mangea avec agitation le dîner que Rose Fontaine avait préparé en son absence.

— Tu peux partir, lui dit-elle, mais avant tu farteras mes skis et tu graisseras mes chaussures, j'en aurai sans doute besoin de bonne heure demain matin.

Rose Fontaine la regardait, mains sur le ventre.

— Mademoiselle veut loin aller ?

— Jusqu'au Rocher-d'Aigle, peut-être. J'ai des courses à faire en bas.

Rose en resta la bouche ouverte.

— Ah ? dit-elle. Mais Mademoiselle va pas pouvoir seulement passer. Mademoiselle sait pas que l'Étranglement est comblé et que l'avalanche…

— Je sais. Ne t'inquiète pas. Je connais un passage.

Rose Fontaine vit sur les traits de la doctoresse les plis d'une résolution contre laquelle il n'y avait pas à revenir. Sous la lampe à carbure qui désormais servait de luminaire, elle avait l'air d'un visage de cire coloré. Rose Fontaine n'insista pas.

— En tout cas, dit-elle, il y a beau temps que les skis de Mademoiselle sont fartés et ses souliers graissés dans le cagibi. Mademoiselle pourra regarder.

— Bon, tu peux aller te coucher. Bonsoir.

Elle entendit se refermer la porte de la maison. Puis ce fut le silence. Alors, elle se sentit le jouet inconscient de forces adverses. Sous la pression du monde (le gel, le silence, la solitude, la présence

226

écrasante de la forêt, la perception de l'écoulement du temps filant son bonhomme de chemin : vanité, poursuite du vent!), un combat acharné se livrait en elle entre sa formation morale et ce qu'elle avait apporté dans la vie par-delà sa naissance : la sensualité. Elle avait en ce jour approché plus d'hommes opposés à sa volonté qu'en dix ans de vie intense. Ils étaient différents de ceux qu'elle avait vus jusqu'à aujourd'hui. Et si elle était poussée par son instinct vers leur amitié, elle était poussée vers le désir de leur perte par sa formation morale. Il allait falloir choisir entre ces deux forces adverses et démêler le vrai du faux. C'est dans ces sortes de combats qui, sous le joug des événements, devenaient de plus en plus nombreux, qu'elle constatait la précarité du libre arbitre qui porte toujours son écrasante part de responsabilité, son imprécision, la difficulté du choix. Cependant, comme toujours, sa formation morale la poussait à se méfier des élans sensuels de son cœur. « C'est pourquoi, trancha-t-elle, demain à la première aube, je descends au Rocher-d'Aigle. » Elle mit son réveil sur cinq heures. Personne ne s'apercevrait de son départ, il n'y aurait en somme qu'à prendre le chemin indiqué par la carte : monter de quelques centaines de mètres au flanc sud de Cervières, traverser la forêt de Gordes, et descendre vers la route après la dépression Palonique. Ainsi, elle pourrait être au Rocher vers midi. C'était sûrement dangereux. Mais le devoir, songea-t-elle, comporte toujours un danger. Le lit était froid. La maison solitaire craquait de sa charpente. Henriette Chenoncet écouta le grincement forestier et, un moment, douta de l'importance de l'homme. Puis elle serra entre ses cuisses ses mains froides et s'endormit.

Dehors, il y avait une nuit cristalline et il semblait qu'elle allait s'écrouler sur la terre.

C'était une nuit fragile au son et au mouvement ; il semblait que le moindre geste allait la
faire s'écrouler sur la terre.

Jules Fontaine remontait la rue de Cluze déblayée
de sa neige et ses sabots clapotaient sur le sol
dur. L'immobilité était seulement troublée par le
vent que faisait naître sa pèlerine à mesure qu'il
marchait.

Il grommelait en claquant des dents :

— Nom di Dieu di nom di Dieu di nom di
Dieu !

Ce qui signifiait pas mal de choses dans sa sim-
plicité : « C'est pas malheureux de faire lever un
vieux comme moi à cinq heures du matin. Et tout
ça pour une fille sans tête, pour une folle ! »

Car, pensa-t-il, c'était bien de la folie de vouloir descendre au Rocher-d'Aigle en des condi-
tions pareilles. Est-ce qu'elle croyait que c'était
pour leur plaisir qu'ils restaient tous là, coincés
comme des rats ? Est-ce qu'elle se figurait que s'il y
avait eu un seul moyen de s'en sortir sans danger
de mort, le Castel ou le Ramonce n'auraient pas

essayé ? La mort était sa seule chance. Et rien pour faire l'équilibre, pas le plus petit espoir. Jules Fontaine n'était pas venu jusqu'à soixante et dix ans pour ne pas connaître cette vérité élémentaire : à savoir qu'entre le 20 décembre et le 15 mars à peu près, la portion comprise entre la face sud-est et sud de Cervières ne pardonne jamais à qui s'y aventure. Surtout, mon Dieu ! (tout seul au milieu de la rue il en leva les bras au ciel) surtout par une nuit pareille ! Une nuit qui ne tient que par miracle au-dessus des hommes, pleine d'une volonté opiniâtre de vouloir s'écrabouiller sur eux. Il avait engueulé sa nièce de ne pas l'avoir prévenu, hier au soir en arrivant, des intentions de la doctoresse, au lieu de le garder toute la nuit sur le cœur et de ne venir le réveiller que ce matin vers quatre heures et demie. Il s'était habillé aussi vite qu'il avait pu avec ses vieilles mains tremblantes et il était sorti, au risque de la congestion, car, s'était-il dit, sans docteur, que feront-ils tout l'hiver ? Mais cette Rose, encore une tête en l'air, encore une qui regardait cette femme avec admiration parce qu'elle montait à cheval — la belle gloire ! — et qui pensait qu'elle pouvait tout. Heureusement, l'instinct fatal de la montagne, qui habite chaque être de ce pays, l'avait empêchée de dormir toute la nuit, et, vers quatre heures, ayant compris l'impossibilité du projet de la maîtresse, elle était descendue à côté de la cuisine où dormait son oncle, l'avait secoué et lui avait tout dit.

— Nom di Dieu di nom di Dieu, tu pouvais pas en parler hier au soir ?

Et maintenant, répétant cela entre ses vieilles

dents solides, claquantes de froid et d'inquiétude, il arriva devant le jardin ravagé d'Ange Castel.

Tout de suite le chien se mit à aboyer avec une fureur opiniâtre.

— Ah! Coucher, sala bestia!

Mais il n'y avait rien à faire.

— Ange! Ho Ange, paraît voir! Paraît voir seulement!

Castel dormait. Bien sûr, le vieux, tout seul, ne serait pas parvenu à le tirer du sommeil, mais le chien l'y aida. Castel sauta du lit, ouvrit ses volets tout grands sur la nuit compacte.

— Ho! cria-t-il, qu'est-ce que c'est?

Et il agrandissait ses yeux pour tenter de voir.

— C'est moi. Moi, Jules Fontaine.

Mais le chien continuait à japper.

— Ah, dit Castel, la paix! Coucher, Cric! Coucher, nom de Dieu!

Le chien rentra dans sa niche.

— Qui? dit Castel.

— Moi, Jules Fontaine!

— Ah, et qu'est-ce qu'il y a?

— Y faudrait ben peut-être que tu descendes. Y a la doctoresse qui est partie pour le Rocher!

— Elle est folle! Attends une minute.

Il s'habilla et sortit, ses skis sur l'épaule. Le vieux, quand il fut à deux mètres de lui, avait l'air d'une statue noire figée par le froid, sous sa pèlerine.

— Alors? Elle est partie quand?

— Il doit ben y avoir une demi-heure.

— Nom de Dieu, une demi-heure déjà?

— Le temps de venir à ta réveille.

Castel descendit si vite la rue que Fontaine avait peine à le suivre. Enfin, ils arrivèrent sur la place. Il lui avait tout expliqué et il connaissait le seul chemin qu'elle avait pu prendre. Monter jusqu'à l'épaulement de la forêt de mélèzes et, tout de suite, commençait le danger de mort.

— Je te quitte, dit le vieux, c'est déjà ben assez que j'aie pu prévenir.

Castel ne répondit pas. Il serrait les dents sur sa rage froide. Oh, il se doutait bien à peu près de ce qu'elle voulait aller faire en bas. Mais là n'était pas la question, car elle n'arriverait jamais.

Il descendit à skis jusqu'au vallon et remonta en canard vers l'épaulement de la forêt. Il perdit un bon quart d'heure à la recherche de ses traces exactes et, pour les trouver, sortit du couvert des bois. Ce qu'il fallait surtout, c'était l'empêcher d'atteindre la dépression Palonique, parce qu'à partir de là !

Il voyait s'étendre devant lui à perte de vue les deux traces parallèles sur l'ancien chemin muletier qui n'était même plus visible sous le mètre cinquante de neige qui le recouvrait.

La nuit était trop claire au gré de Castel et trop mince, trop fine, trop intouchable. Il se lança sur la trace. Elle n'était pas difficile à suivre. Il n'y avait pas moyen de s'en écarter, tant l'enneigement était favorable. Elle avait une bonne demi-heure d'avance sur lui, mais il la rattrapait rapidement, coupant droit à travers les méandres de la piste.

Enfin, il atteignit le bois des Longes. Et là, des masses de neige tombant sur ses épaules depuis les rames des mélèzes : « C'est bien ce que je craignais », pensa-t-il. Il força encore sa vitesse, les dents serrées, et aperçut au loin le départ de la dépression Palonique. C'était, à la hauteur de la deuxième plate-forme, une falaise haute de cent mètres qui s'augmentait tous les hivers de cinq à dix mètres d'amoncellement de neige formant un tremplin à avalanches. Quand il venait de neiger, et c'était le cas, à raison de deux ou trois fois par nuit, un morceau de cette neige se détachait et venait ébranler la courbe fragile au pied de la falaise, ce qui avait fini par créer une véritable dépression en entonnoir. Et le chemin muletier, c'est-à-dire la piste à skis qu'il suivait en ce moment, passait mille mètres plus bas, sur la route du cataclysme. L'inquiétude précipitant les mouvements de son cœur, Castel veillait sur ses nerfs. Car il y avait, crevable comme une bulle de savon, au moindre choc, au moindre bruit, à la moindre parole, une de ces nuits précaires par lesquelles les neiges des montagnes s'écrasent dans les vallées, même celles, paisibles, qui dominent les villages ordinairement à l'abri. Castel prenait garde de ne pas heurter de ses bâtons une roche dépassante ou de ne produire aucun bruit avec l'attirail dont son corps était entouré. Pour être sûr du silence absolu, il eût fallu se mettre nu complètement et avancer ainsi. Ce n'était pas possible. « Pourvu, pensa-t-il, pourvu qu'elle ne crie pas. »

Il se trouva sur le flanc sud de la dent de Cervières, après ce tournant entre deux arêtes de roche qu'il venait de dépasser. Et il put voir sous la nuit claire toute la dépression, depuis la base luisante de la falaise jusque, mille mètres plus bas, la forêt sombre presque ensevelie sous les enneigements successifs. Elle était lisse, glissante, sans aucune aspérité, sans aucun espoir de raccrochage ni d'abri. La doctoresse y était déjà engagée à fond. Pour l'atteindre, il avait encore cinq cents mètres à faire et elle allait arriver au centre.

Sans ralentir, il gesticulait de ses bâtons, espérant qu'elle se retournerait, le verrait et, peut-être, s'arrêterait. Mais, ne se doutant de rien, n'ayant aucune conscience du danger, elle allait, fourmi aveugle, vers son devoir, elle et son devoir, dont, si Dieu le voulait, il ne resterait plus un atome dans cinq minutes. La colonne du ciel, départ de la falaise, oscillait. Que faudrait-il pour qu'elle s'écroulât ? S'il arrivait sur elle avant qu'elle le vît, elle allait crier, sans aucun doute, et les précipiter tous deux dans la mort.

« Si je réfléchis, j'irai pas », se dit-il. Il ferma les yeux, força sur les bâtons, s'élança à toute vitesse sur la première pente de la dépression. Et au moment où, atteignant le centre où le chemin remonte légèrement entre les deux routes de l'avalanche souvent occupées simultanément, elle ralentissait, il arriva sur elle d'un glissement imperceptible et avant qu'elle eût le temps d'ouvrir la bouche, lui couvrit le visage de sa main et la serra contre lui.

C'était incroyable ce qu'elle avait de force ! Elle échappait à ses bras comme un serpent. Il lui chuchotait des mots dans l'oreille mais les mouvements désespérés qu'elle faisait pour se dégager l'empêchaient d'entendre. Enfin, elle réussit à saisir ce qu'il disait :

— Ne criez pas ! L'avalanche, c'est seulement à cause d'elle.

Alors, elle cessa de se débattre et il enleva sa main de devant sa bouche, reportant son index sur ses lèvres, son bras gauche tendu vers le départ de la dépression Palonique. Elle le regarda et vit que c'était Ange Castel. Mais il n'avait pas l'air de songer à ce qui la poussait à descendre au Rocher-d'Aigle. Son bras tendu impératif prouvait qu'autre chose le préoccupait. Elle regarda la falaise, vit au-dessus d'elle le mur de neige en strict équilibre et sut alors qu'ils étaient vraiment dans la main de Dieu et que lui, il était venu s'y mettre de sa pleine volonté. Une ivresse glorieuse la saisit. Elle eut un moment l'illusion de tenir en son caprice la direction du monde. Qu'un seul de ses gestes pût déterminer le mouvement de l'univers lui parut merveilleux ; une ombre de sourire passa sur son visage. Elle eut envie de crier et de les précipiter ainsi dans la mort, elle, et ce guide qui venait là pour tenter de la sauver. Elle regarda. La nuit irréelle qui s'arc-boutait au-dessus d'eux et tournait autour de la terre avec le poids stellaire de ses systèmes, la nuit était une bulle de savon et elle, se sentait l'enfant au bout du chalumeau qui retient son souffle et devient aérien pour l'empêcher de crever. Elle l'empêchait de toutes ses forces, de tous ses sens de toucher un des rebords de l'horizon. Tout était suspendu à elle, à eux deux ; s'il y avait un geste, un départ de bruit, l'univers se mettrait en branle et les écraserait. Pourtant la dépression Palonique était si lisse, si nette qu'elle invitait à la danse et Henriette Chenoncet aurait voulu se lancer sur elle avec ce beau guide comme cavalier et se laisser mener par la musique forestière qui jouait en sourdine mille mètres plus bas, sans que sa musique à elle ne troublât l'unité de la nuit.

À ce moment, bien avant les hommes, dans son aire à peine tiède, un aigle engourdi sentant le jour se leva pesamment et battit des ailes. L'air s'affola et vibra et craqua, au dernier stade de sa résistance. L'aigle se laissa glisser devant la montagne et se mit à voler vers la falaise qu'il atteignit. Dès qu'il entra dans la zone rocheuse, là où la pierre nue à pic est vierge de neige, l'éclat de son vol lourd fit exploser l'air autour de lui. La colonne s'ébranla et tomba du haut de la falaise, sur le départ de la dépression Palonique.

Henriette Chenoncet vit la mort et elle cria.

Cela débuta par un mouvement ascendant. L'infime partie tombée de la falaise attira vers elle toute la neige alentour, en une aspiration si violente qu'elle parut se dresser comme un serpent en furie ; couvrit de son ombre toute la base du rocher, enfin bascula et se mit à rouler. Alors commença le bruit.

Ange Castel jeta la doctoresse à terre et tomba sur elle de tout son poids. Pour la première fois de sa vie, elle sentit contre elle le corps d'un homme dans tous ses détails.

Entre l'arrivée au sol de la masse et son ébranlement à la pente de Palonique, il y eut un silence infime de quelques espaces de seconde pendant lequel l'esprit des deux êtres eut le temps de se préparer à la mort. Castel pensa aux copains, à ceux qui dans la grotte attendraient la doctoresse pour les soins qu'elle seule pouvait donner, et il imprima de toutes ses forces le corps de la femme dans la neige tendre afin que s'il y avait un seul espoir, ce fût elle qui en profitât. Il pensa à sa mère, à la Noël si proche, et la joie de vivre perdue lui tira les larmes des yeux.

Déjà, au seuil de la vie éternelle, Henriette Chenoncet avait eu le temps de douter de Dieu. La chaleur de l'homme lui faisait comprendre la monstruosité de cette mort qui la prenait sans qu'elle eût rien connu de la vie. Elle sentait le souffle du guide contre sa tempe, sa résistance naturelle se relâchait doucement, et elle s'offrait à l'amour de toute sa ferveur.

Alors le monde se mit en branle au-dessus d'eux, le bruit emplit tous leurs sens et leur vint la peur du petit enfant. Le ventre de la neige glissait vers eux en durcissant. L'air éclata. Castel leva la tête et vit devant lui le mur blanc, aussi haut que la falaise. Il allait basculer du poids de ses centaines de tonnes quand tout d'un coup, sans raisons apparentes, il se sépara en deux sur une arête invisible, passa de chaque côté de la remontée infime du sol avec un bruit de cataracte, dans le gerboiement de ses étincelles de neige. Ils en furent quand même recouverts, mais étonnés de ce qu'ils continuaient d'entendre, décroissant, le bruit immense, jusqu'à ce que, avec un claquement sec, il allât se briser contre la puissance immobile de la forêt qui le reçut sans broncher.

Castel se releva. Ses sourcils presque invisibles, à cause de leur blancheur, ses yeux violets d'albinos, disparaissaient sous la neige. Il se secoua. Elle le

regarda, regrettant qu'il ne fût pas resté plus longtemps. Puis revint sa confiance en Dieu. Il lui fit
signe de se redresser sans parler, ce qu'elle fit, et
de se remettre en route vers Cluze, ce qu'elle fit.
Elle marchait devant lui avec précaution sur ses
skis. Enfin ils sortirent de la dépression Palonique
quand la nuit changea de ton et ils entrèrent dans
le bois des Longes.

— Alors, dit-il quand ils furent sous le couvert
des arbres, avez-vous compris cette fois, oui ?

Mais il vit qu'elle claquait des dents, car l'aube
humide soulevait la nuit.

— Tenez, dit-il, buvez un coup.

Il lui emplit le gobelet de fer de son bidon qui
ne quittait jamais sa ceinture. Elle comprit qu'il
fallait boire.

— Qu'est-ce qui vous a pris ?

— J'ai voulu...

Elle parlait à voix basse et hésitante. Elle était
prise entre la vérité arrogante et le mensonge
humble.

— J'ai voulu voir s'il n'y aurait pas un moyen de
descendre le blessé jusqu'à l'hôpital où il serait
beaucoup mieux soigné qu'ici.

À ce moment, il y eut à nouveau dans l'air le
claquement de départ qui résonnait encore à son
oreille et elle frissonna, comprenant que désormais il y avait une chose dont elle aurait peur. Il
laissa passer le bruit, la forêt tout entière gémit
sous le choc jusqu'à eux. «Celle-là nous aurait
balayés», pensa-t-il.

Puis il dit :

— Eh bien, vous voyez, il n'y en a pas. S'il y

avait eu une seule chance, n'ayez crainte, je l'aurais dit. Maintenant rentrons, vous avez besoin de vous remettre.

Le jour se levait quand ils arrivèrent au vallon du vieux village.

Le lendemain, comme elle avait promis, elle retourna à la grotte, seule avec Castel cette fois. Et elle put se convaincre que la fracture du blessé n'était pas sujette à complications. Aussi prit-elle plus de temps pour le regarder. Elle était trop pure pour voir, sous sa gentillesse et sa beauté délicate, la machinerie compliquée qui faisait de Michel Bernard un instrument social. Elle n'avait pas, comme Barles, l'habitude de discerner au premier coup d'œil les vocations irrésistibles. Elle prit le violoniste pour un homme très jeune, encore aux sources de la vie. Elle emporta dans sa tête son image étrange, embellie par son imagination de jeune fille, sans presque lui avoir parlé, sinon des paroles de métier qui ne devaient laisser en lui que des souvenirs de docteur et non pas de femme. Cependant, depuis qu'en compagnie du guide étroitement serré contre elle, elle avait vécu l'avalanche, quelque chose dans son univers s'était agrandi et c'était la perception de la joie. De longtemps déjà, elle avait eu la prescience qu'un jour, pendant un laps de temps infinitésimal, elle douterait de Dieu; sa vie durant, elle s'était raidie contre cette minute et voilà qu'elle l'avait prise à l'improviste. Voilà qu'au moment certain où elle avait cru mourir, l'image de Dieu et de l'éternité qu'il commandait l'avait abandonnée au profit du regret de l'amour et du regret de la vie. Voilà qu'elle n'avait plus vu la terre comme un purgatoire sans espoir. L'amour de la vie s'était infiltré en elle. Désormais, elle ne se sentait plus dans le giron de Dieu, statique et éternelle, mais friable dans cette vie, infiniment faible et, surtout, infiniment mortelle.

À plusieurs reprises, l'après-midi de sa visite à la grotte, elle se leva de sa table de travail et vint devant la fenêtre, par laquelle on pouvait voir entièrement ce qui, de Cluze, appartenait à l'homme et cette fabuleuse contradiction avec sa foi lui sauta aux yeux : ici l'homme ne se fiait pas à la providence des éléments. Il se protégeait d'eux et de leurs caprices. Elle vit les maisons trapues, au ras du sol et leur fumée montant sur le contre-ciel des nuages. C'est que désormais il n'y avait plus grand-chose à faire hors de la demeure, sinon regarder couler les heures et attendre. Qu'attendaient-ils au juste ? Le printemps, auraient-ils répondu. Mais en réalité ils n'attendaient pas, vivant au contraire avec intensité, car l'hiver seul leur permettait de vivre la vie pour laquelle ils étaient faits ; les exigences de la société ne les touchant plus, serrés sous leurs pèlerines, au ras du sol, sans plus aucune relation avec le monde, ils allaient les uns chez les autres et il y avait assez d'aventures entre les hommes et la forêt pour que la vie continuât. Il y avait les femmes et les enfants. Personne autant que la doctoresse n'était seul. Mais pourquoi, depuis trois ans qu'elle était ici, s'en apercevait-elle à peine ? Et elle voyait que vraiment elle avait frôlé la mort de très près. Plus souvent depuis lui venait l'envie d'une main d'homme sur son épaule et de s'entendre dire : «À quoi penses-tu ?» Alors elle se serait tournée vers lui et elle l'aurait chargé de toutes ses inquiétudes. Peut-être le moment était-il venu de se marier ? Elle fit revivre dans sa mémoire ceux qu'elle connaissait, mais écarta d'elle tous ces fantômes d'êtres. Est-ce qu'il y avait encore une commune mesure entre elle et eux ? Ils lui apparaissaient dérisoires avec leur taille bien proportionnée, leur sportivité, leurs occupations futiles, leur loyauté, leur bonne éducation, et leur morale aussi lui semblait petite. Est-ce qu'ils auraient pu supporter plus d'une semaine, même avec un grand amour, la vie qu'elle menait seule ici depuis trois ans, serrée impitoya-blement entre ces deux montagnes : la dent de Cervières et le Grand-Saint-André ? Elle détourna les yeux de son passé. Quelle contenance auraient-ils eue devant l'avalanche ? Elle toucha ses cuisses solides, tous les muscles de son corps jouant en harmonie, et elle se trouva plus près du guide que de tous les compagnons de sa jeunesse qui avaient essayé de la faire devenir une femme. Mais elle ne pouvait pourtant pas se marier avec le guide ? D'ailleurs le trouble qu'elle avait eu en le sentant contre elle hier (et qui était plutôt instinct de se survivre qu'attirance), il n'avait pas l'air de l'avoir partagé. Il lui en vint une sorte d'humiliation. Elle passa en revue tous les gens de Cluze et trouva devant elle le visage de l'instituteur. Mais celui-là, elle le détestait. C'était un sceptique, résolument prêt à ne croire à rien et sans scrupule : «Car il n'a pas hésité à me mentir, pas plus qu'il n'hésiterait à me tuer, si cela servait sa mystique. » Elle avait vu tout de suite qu'une mystique l'animait, qui paraissait constituer sa seule raison de vivre. Quelle était-elle ? Un détail cependant la décontenançait en lui, c'était la force avec laquelle il avait relevé son erreur l'autre jour, dans la grotte, lorsque le blessé jouait la toccata en *fa* naturel.

Elle revit le blessé, sa jeunesse et ses yeux vides fixés au-delà du monde. En vain avait-elle tenté d'éclaircir le mystère de sa personnalité, le guide ni l'instituteur ne lui avaient répondu, bien qu'elle eût dit : « J'ai le droit de savoir. »

Elle se sentit profondément ridicule et crispa les doigts. Cherchant autour d'elle un moyen de s'apaiser, elle trouva le phonographe et le morceau préféré sur son bureau : le concerto en *sol* majeur, n° 3, pour violon et orchestre. Elle le plaça et revint à la fenêtre. Tout de suite, la musique trouva son cœur, ses yeux perdirent leur dureté, son front se détendit et sous la noirceur des cheveux, sa peau se colora de clair et rose, les nuages de sa vie s'en allèrent, elle redevint jeune fille. Surtout dès que le violon du soliste se fit entendre au début de l'allegro, car alors, avant même qu'il commençât, elle comprit. Une immense joie l'emplit tout entière. Elle vit le mouvement sublime de l'archet sur les crins, commandant la coupure d'une absolue netteté et, bondissant sur l'appareil, l'arrêta. Il n'y avait pas moyen de se tromper, malgré l'écho, malgré la richesse inouïe de l'acoustique de la grotte, c'était bien le même geste, la même coupure stricte, avant l'attaque majeure qui faisait monter l'auditoire au sommet de la joie.

242

C'était bien la même ligne psychologique de l'être s'effaçant devant l'âme de Mozart, qui alors prenait sa place. C'était bien le même homme et elle allait savoir son nom immédiatement. Elle regarda : Michel Bernard. Oui, c'était bien cela. Et c'était lui qu'elle avait failli livrer. Elle remercia Dieu de l'en avoir empêchée, au péril même de sa foi.

Un enthousiasme de fillette la transportait : « Demain, je monterai à la grotte, toute seule, et je lui dirai… »

Il lui parut que Cluze était moins écrasé par sa montagne.

Maria avait dit aux femmes, la dernière fois où elles s'étaient réunies : « Il finira bien par me le dire, je finirai bien par le lui demander. » Et ce soir, le moment paraissait propice. La fenêtre était close sur le vent du nord qui soufflait. Entre les quatre murs, du poêle au vaisselier, du coffre à pain à la fenêtre, la chaleur de la pièce n'abritait que la quiétude. Les deux enfants faisaient leurs devoirs, les Espagnols tressaient des corbeilles dans le coin de la cheminée. De temps à autre, l'un d'eux levait les yeux et le reflet du feu éclatait au fond de ses prunelles. Dehors, au fond du vent, le silence et la nuit. On n'entendait que le bruit régulier des mâchoires du mulet et parfois, dans la suspension du vent, le balancement de la pendule dans l'escalier, et aussi, au-dessus de la soupe bouillante, le bruit d'une goutte de buée se condensant et tombant sur la fonte rouge. C'était le moment propice. Maria Ramonce arrêta son tricot, écouta un moment avec son intuition de femme par-delà la nuit de Cluze, compta ses mailles à voix basse, se redressa encore et écouta. Isaïe, de l'autre côté de l'âtre, la regardait soucieux, tâchant de savoir ce qui se passait derrière son front.

Le vent s'enroulait autour des murs en liseron printanier, il apportait le bruit de sources depuis longtemps taries par le gel. Il essayait de contrefaire, depuis le ramage de la forêt jusqu'au claquement du ciel, les bruits du monde. Il essayait d'imiter la terre. Mais il n'arrivait pas à séparer les saisons. Tantôt heurtant le seuil avec des picotements de feuille morte, tantôt soulevant les grandes houles vertes des feuillaisons estivales, tantôt courant autour du pré comme une jeune fille au pas souple de ses pieds nus, ou allant prendre l'air de Cervières et revenant plein de cliquettement squelettique des forêts mortes. Alors, on savait que c'était l'hiver et chaque fois qu'il revenait ainsi, avec le poids du silence, Maria Ramonce s'arrêtait de compter ses mailles, tendait le visage, à l'écoute, aux aguets de l'extérieur et Isaïe la regardait avec inquiétude.

Enfin (il allait être temps de mettre le couvert), elle se décida à parler.

— Ce dimanche où tu m'as seulement dit que tu allais poser des collets à lièvres, où es-tu allé ?

— Ce dimanche ? Quand ?

— Au début novembre.

— Qu'est-ce qui te prend de me demander ça ?

— Il y a assez longtemps que je le garde.

— Eh bien, poser des collets comme je te l'ai dit.

— C'est pas possible.

Il haussa les épaules, ralluma sa pipe avec une brindille pincée dans le tisonnier.

— Et pourquoi je te l'aurais dit, alors?

— Manque de confiance.

Elle se mit à tricoter.

— Et puis… le soir tu étais bleu.

— Ah?

Il cessa de tirer sur sa pipe, chercha un moment dans sa tête un mensonge qui tînt debout.

— Ah, tu as vu?

— Oui, pendant que tu dormais.

— C'est pas ben difficile à expliquer…

— C'est pas seulement la peine. Je sais.

— Tu sais quoi?

— Tout.

— Et qui te l'a dit?

— Gertrude. Tu sais bien que Mille parle en dormant.

— Ah non, première nouvelle, si je l'avais su…

Oh, il pensait bien qu'ils ne pourraient pas le cacher longtemps, mais c'était un peu vite. Il allait falloir aviser.

— Ah tu le sais? Eh bien tâche de le garder pour toi.

— Ne t'inquiète.

— Et qui encore le sait?

— Toutes bien sûr. Elles étaient toutes là. Gertrude qui nous l'a dit, Mme Castel qui se doutait bien de quelque chose, Valérie Autran, Rose Champsaur, tes sœurs, Blanche Respondey, Marguerite Dol, toutes enfin…

— Eh ben ça alors, nous sommes tranquilles!

245

— Tu as une belle confiance !

— Vous vous rendez pas compte de ce qui est en jeu ? La vie de deux hommes et notre liberté...

— Et tu crois qu'on n'est pas capable de se taire ? Pourquoi tu m'as pas fait confiance ? Pourquoi tu me l'as pas dit avant ? C'était si simple et je me suis fait tant de mauvais sang.

— Maintenant ce sera moi.

Ils se levèrent tous deux. Ramonce secouait la tête. Maria dit :

— Qui sait s'il ne faudrait pas leur tricoter quelque chose de chaud, l'hiver est dur ?

— Là-haut, ils n'ont pas froid.

Elle le regarda avec tendresse. Ce soir, c'est lui qu'il faudrait rassurer.

— Je vais tremper la soupe, dit-elle.

On allait arriver à la Noël et Cluze s'enfonçait de plus en plus loin au cœur de l'hiver. Le névé barrant l'étranglement de Gordes atteignait maintenant quarante mètres de haut. Les avalanches ne se comptaient plus. Sur la place, on circulait entre deux rives de tranchées d'où seule dépassait la tête des plus grands. Bien qu'il n'y eût presque plus de raison de se cacher, les hommes avaient attendu le départ du maire et de Luc Abit, les seuls vraiment dangereux, pour se faire part des dernières nouvelles.

Ils étaient à nouveau réunis autour du fournil d'Autran à la boulangerie, présentant tour à tour leur dos et leur poitrine à la paroi chaude, ce qui les obligeait toutes les cinq minutes à pirouetter avec ensemble et quand une femme venait chercher son pain, elle les voyait au fond, le dos tourné, comme si on les avait mis là en pénitence. Pourtant, toute la boutique était plongée dans la chaleur. Les vitres pleurantes le disaient bien. Des femmes qui entraient, on ne voyait que les yeux, tant elles étaient couvertes. Mais eux, contre ce four, ce n'était pas le froid qui les faisait ainsi changer de place. C'était le besoin de réfléchir, et il ne s'accommodait pas avec une longue immobilité.

— Mes amis, dit Ramonce, je suis au regret de vous apprendre que ma femme sait tout.

— Comment ? dirent-ils.

Ils étaient tous là : Henri Champsaur, Ange Castel, Autran qui préparait son levain — et quand il avait entendu Ramonce dire cela, il avait sorti du pétrin ses mains couleur de blé mûr —, il y avait Justin Barles, le cantonnier Mille, tous regardant Ramonce d'un air de reproche.

— Elle sait tout, dit-il, et elle n'est pas la seule.

— Et qui encore ?

— Eh bien, ta femme, Champsaur, la femme de Mille qui est cause de tout, ta mère, Ange, et toi ta fille, dit-il en regardant Autran.

— Valérie ! appela le boulanger.

— Non, dit Ramonce, c'est pas la peine ; ça changera rien aux affaires.

— Pourquoi, demanda Mille, c'est à cause de Gertrude ?

— Tu le sais pas ?

— Oh, je sais qu'elle a la langue bien pendue.

— Et toi aussi quand tu dors.

— Je parle en dormant ?

— Il paraîtrait. En tous les cas si ce n'est pas par ce moyen, je me demande bien... Personne de vous n'a rien dit ?

— Non.

— Alors c'est ça. Mon pauvre Mille, tu nous as trahis sans le vouloir.

248

— Et alors, demanda Champsaur, tu crois qu'elles vont nous vendre?

— Il faut se méfier. Nous vendre, non bien sûr. Mais tu connais les femmes, d'une parole à l'autre... sans faire exprès, tout par un jour... Tu comprends, la portée leur échappe.

— Et la doctoresse, demanda Mille, qu'est-ce qu'elle a fait?

— Elle remonte régulièrement, répondit Castel, tous les deux jours.

— Et elle a tout deviné, dit Barles.

— Naturellement, elle n'est pas bête à ce point.

— Et qu'est-ce qu'elle a dit?

— Eh bien, que ça allait mieux. Et quand je lui ai demandé combien on lui devait, elle m'a répondu en haussant les épaules : «Mon devoir ne peut pas plus me permettre de vous faire payer mes visites que de me faire la complice de hors-la-loi. »

— Quand même, continua Barles, elle a renoncé à les vendre.

— Il a bien fallu, dit Castel, si elle n'avait pas compris on lui aurait fait comprendre...

— Il faudra penser à lui offrir quelque chose pour la remercier, observa Ramonce.

Castel cligna de l'œil et leva l'index en l'air selon son habitude.

— J'y ai pensé, dit-il, et à ce propos il faudra que j'aille voir ta femme ce tantôt.

Vers midi, Henriette Chenoncet fit seller son cheval et monta au gouffre des Anglasses, car il lui tardait de voir le violoniste et de lui dire son admiration. Jusqu'ici, elle n'avait jamais pu le voir en dehors de Castel ou de Barles qui l'accompagnaient tour à tour. Aussi, ce matin-là, avait-elle décidé de venir seule, heureuse à la pensée de pouvoir contempler de près les mains augustes de celui qui lui avait donné, en son isolement, tant d'heures gravement joyeuses.

Quand elle atteignit le centre de l'immobilité glaciaire des sapins de Noël, elle ne capta plus, dans le ciel et sur la terre, un seul mouvement à part les battements de son cœur et le souffle du cheval rongeant à chaque halte l'écorce lépreuse des sapins. Arrivée à la clairière, il lui sembla voir s'enfuir à travers les taillis, trébuchant dans la neige assez haute, une femme jeune qui courait. Elle avait ses jupes relevées sur ses cuisses et des bottes jusqu'aux genoux. Elle se demanda qui ça pouvait bien être et ce qu'elle venait faire. Mais elle ne s'y arrêta pas longtemps, sauta de cheval et s'approcha du trou recouvert des arbres coupés par les Espagnols de Ramonce. «Maintenant, descendre», pensa-t-elle.

Ce n'était pas le plus facile. Aujourd'hui, il faudrait y arriver par ses propres moyens. Elle n'avait pas de lampe de mineur, mais seulement une torche électrique. Ça devait suffire, puisque la lumière bleue commençait à mi-chemin. Les sentiments qui se jouaient en elle lui donnèrent la force nécessaire.

Cependant, lorsqu'elle atteignit le fond du puits, ses mains rouges où le sang affleurait avaient perdu leur souplesse au contact rude du chanvre. Mais cela ne la préoccupait pas. Son inquiétude

250

prenait plutôt naissance dans l'émoi de jeune fille qui se précisait en elle, dans les battements de son cœur. Elle vit d'un autre œil qu'à sa première rencontre, s'avancer vers elle le fond étrange de ce monde à qui les hommes, connus d'elle, avaient donné le nom de leur inquiétude. Tout ce qu'elle apportait du dehors se fondait en elle : sa foi et sa science. Elle arrivait nue et comme une petite fille émerveillée par la première découverte du monde.

Le silence était complet dans la grotte. Elle descendit l'éboulis qui conduisait au bord du fleuve et vit dans le fond le petit tas qu'ils formaient tous les deux avec leur campement de montagne, ce qui ne tenait pas une grande place. Ils dormaient. Ici, dans cette douce lumière éternelle, ils devaient avoir perdu la notion du temps.

Il dormait, ses mains, blanches et presque transparentes, posées sur la couverture. Elle avança ses doigts vers elles, les effleura et vit qu'elle l'avait éveillé.

— Ah, dit-il, c'est vous docteur ? Excusez-moi. Bonjour.

Elle fut malheureuse de n'être pas, comme elle se l'était imaginé en descendant, une femme nue, au lieu d'avoir sur elle cet appareil encombrant : docteur, à travers quoi il ne pouvait la voir elle, telle qu'elle était : Henriette Chenoncet, jeune fille, amour de la vie et amour de Dieu. Mais le harnais social ne se laissait pas facilement jeter bas. Elle serra le poignet qu'elle avait frôlé et dit :

— Vous n'avez pas du tout de fièvre ce matin, c'est très bien.

Elle parlait bas instinctivement pour ne pas

éveiller le compagnon qui s'était simplement tourné et continuait son sommeil paisible.

— Mais ce n'est pas votre jour, aujourd'hui, docteur ?

Elle baissa les yeux.

— Non. J'avais envie de vous voir.

— Ah ?

— Oui.

Elle soupesait en elle inconsciemment la scène qu'elle allait jouer et ne savait si c'était celle de l'amour de l'art ou de l'amour de l'homme.

— Je sais qui vous êtes.

— Qui vous l'a dit ?

— Je l'ai deviné.

— Vous êtes sûre ?

— Il n'y a pas deux hommes au monde qui réussissent comme vous la brisure de l'archet entre les deux thèmes de l'allegro du concerto en *sol*.

— Il y a Menuhin.

— Elle n'est pas aussi nette.

— Et maintenant que vous savez, qu'allez-vous faire ? Car je suppose que vous connaissez la suite ?

— Non. Je ne sais que votre nom. Pourquoi vous êtes ici ne me regarde pas. Vous avez levé le poids de ma solitude à certaines heures.

— Il y avait Mozart au-dessus de moi.

— Je ne pouvais l'atteindre toute seule. Vous m'y avez aidée.

Ils se turent. Elle le regardait au fond de ses yeux désespérément vides. Il était bleu de la couleur de tout ici. Au fond du silence, il y avait seulement la respiration du juif qui dormait et la

252

marche du fleuve vers le sud. Ils parlaient bas presque inconsciemment. Lui avait oublié qu'il avait un docteur pour compagnon, et cette présence de femme comblait l'ennui de son inaction.

Après avoir réfléchi longtemps au moyen de lui être utile et surtout de savoir ce qu'était son âme, elle dit :

— Et pourquoi vous êtes-vous lancé dans la mêlée, alors qu'il était si simple de vous consacrer à la musique ?

— Je ne peux pas exécuter Mozart au milieu de l'injustice. C'est une musique de joie et pour la joie il faut lutter.

— On la porte avec soi.

— Car vous vous êtes bien rendu compte que cette joie n'existait pas également pour tous ?

— Moi, je la possède.

— Moi aussi. Mais est-ce que vous n'êtes pas ivre de la faire partager à tous ?

— À tous ? Ça la vulgarisera.

Il regarda la croix qui oscillait sur son cou.

— Jésus est bien descendu parmi les hommes.

Elle sourit de son sourire méprisant.

— Comme une rose au pied d'une foule en marche.

Il balaya l'air d'un geste insoucieux : peu lui importait la rose et peu lui importait Jésus. La foule seule comptait pour lui. Elle était faite d'éléments sensibles, même s'il lui arrivait d'écraser quelques roses. Il la regarda curieusement.

— Je veux faire descendre Mozart parmi les hommes. C'est pour cela que je ne suis pas uniquement musicien.

— J'aurais préféré.

— Auriez-vous le courage de donner de l'espoir à un malade si vous-même n'en aviez plus ?

— Quelquefois.

— Moi, je ne me sens pas le courage d'écraser l'humanité sous cette grande joie qu'exhale le
cœur pur de Mozart et de la laisser retourner
ensuite vers sa vie sans issue. Ce serait une trom-
perie. Vous n'êtes pas de mon avis ?

— Non. Je n'attache pas autant d'importance
que vous aux hommes.

— Et pourtant, s'il n'y avait pas les hommes,
qu'y aurait-il ?

Elle aurait dû répondre : « Il y aurait Dieu »,
mais elle dit :

— Il y aurait l'amour. Vous ne croyez pas ?

Elle le regardait au fond des yeux. Il triturait sa
couverture de ses mains fines.

— Peut-être, je n'y avais pas pensé.

Il l'observait, dans ce silence qu'occupaient seuls
le bruit calme de la Paix et la respiration du juif.
Il bougea. Ils retinrent leur souffle, mais il ne
s'éveilla pas.

— Alors, murmura Michel Bernard, vous êtes
venue uniquement pour me voir ? C'est gentil.

— Somme d'admiration amassée depuis plusieurs années. À quel âge avez-vous débuté ?

— À seize ans. Voulez-vous que je joue ?

— Je voudrais bien mais…

— J'espère qu'il en aura bientôt assez de dormir.

— Attendez encore un peu.

— Je vous ferai entendre ce que j'ai composé
ici avec la matière de votre terre.

— Vous composez aussi ?

— Oh, j'ai fait ça. Ça s'appelle *Le Bal des colchiques.*

— Vous n'avez pas de famille ?

— Non. Dieu merci.

Il entrait en lutte ouverte en disant cela avec ses convictions les plus chères. Il dut le comprendre, car il tenta d'atténuer ses paroles.

— Je ne veux pas dire ça. Je veux dire que je ne me sens pas le droit de faire supporter à d'autres le poids de mes propres actes.

— Oh, rien de grave au fond.

— Tout ce qui n'accepte pas est grave. Vous le savez bien. Et d'ailleurs ce n'est pas fini.

— J'espère que vous allez attendre ici bien tranquillement l'issue de la guerre.

— Ce n'est pas mon intention.

Le vide de ses yeux s'accentua et il sembla de nouveau vouloir transpercer l'opacité de la terre et démêler ce qui se passait au-delà.

— On est en train de vouloir tuer notre espoir. Il faudra bientôt descendre pour le reconquérir.

— Vous ne serez pas en état de marcher d'ici quelque temps.

— J'attendrai. De toute manière il ne se passera rien de décisif avant le printemps.

Elle vit son visage tellement attentif et tendu qu'elle prêta l'oreille. Au-delà du calme fleuve et du roc intangible, il lui sembla entendre la rumeur du monde. Il dit :

— Vous ne percevez pas le bruit des combats ?

Il avait pris sa main qu'il serrait. Elle se sentit défaillir sous cette emprise et dit :

— Tout ça n'est que vanité et poursuite du vent.

Il la lâcha.

— Pour vous, bien sûr, parce que vous possédez votre joie. Mais pensez à tous les malheureux qui n'en ont pas une parcelle...

— Dieu y pourvoira.

Il rit.

— Heureusement nous arriverons avant lui.

— Votre orgueil...

— Vous vous trompez. Ce n'est pas de l'orgueil, c'est de l'amour.

— C'est de l'amour dispersé.

— Oh non. C'est tout égoïste au contraire. C'est pour ma propre paix. Je ne dormirai tranquille que lorsque ce que j'attends sera venu.

— Alors vous ne dormirez jamais. Car, ainsi que je vous le dis, Dieu seul y pourvoira dans l'éternité.

— Vous êtes une femme...

C'était dit sans mépris et même avec une sorte de douceur qui l'attendrit. Elle prit sa main et murmura :

— Vous êtes un enfant.

En vérité, il avait encore sur son visage non marqué par la vie la trace rose et naïve de l'enfance.

Frank Voeter s'était éveillé, mais il gardait les yeux fermés et écoutait parler de son coin ces deux êtres aux certitudes exactement limitées. « Ils ont de la chance, pensa-t-il, d'être aussi sûrs de tout. »

— Je vais m'en aller, dit-elle. Vous me jouerez ce que vous avez promis ?

— Oui.

— Au revoir.

— Au revoir. Et merci de votre visite. Elle m'a fait beaucoup de bien.

Elle remonta l'éboulis et quand elle eut presque atteint le départ de la grotte, elle l'entendit qui jouait. Et il jouait, elle en était sûre, pour l'accompagner dans son départ. Il n'avait pas osé, peut-être, en sa présence, lui faire entendre cette musique dans laquelle il se pouvait qu'elle fût un peu mêlée. Mais le son lui parvint à travers les échos et là, au sein de la terre, elle imagina, vers la fin septembre, la prairie grasse de Peyre, au-dessous de sa maison jusqu'au cimetière neuf, alors que les premières pluies viennent de faire éclore en trois jours les colchiques mauves qui, lui semblait-il, se mettaient à marcher sur leur tige. L'étoilement du pré changeait de forme, la fraîcheur de leurs pétales fragiles venait frôler ses cheveux et elle frémissait sous ce baiser. Mais il y avait au fond de toute cette fraîcheur une phrase sombre obsédante qui n'était pas évocatrice, mais seule et entièrement indépendante. Elle l'enregistra avec un serrement de cœur. Elle atteignit la cheminée de la grotte et vit la corde, traînant au sol. Il allait falloir remonter. La musique s'était tue. Elle était seule au fond de la terre. Heureusement Castel avait creusé des marches au long de la paroi, qui aidaient pour la remontée. Elle dut cependant reprendre son souffle à la corniche surplombante et ne reconnut plus ses mains fragiles, tant la rigueur de la lutte en avait fait des mains d'homme. Enfin elle émergea au sol et dissimula le départ de la corde sous les branches de sapin dont le gouffre était maintenant recouvert, comme elle l'avait vu faire au guide, bien qu'elle crût la précaution inutile, personne, à part eux, ne s'aventurant jamais jusque-là.

Elle secoua la neige qui couvrait ses épaules. Le cheval hennit au pied du sapin où elle l'avait attaché. Devant elle, à côté des traces de pas de la femme qui s'était enfuie tout à l'heure à travers les arbres, elle ramassa un objet luisant. C'était une broche de cuivre grossièrement travaillé représentant un fusil avec une fleur fichée au bout de son canon.

Henriette Chenoncet sella son cheval et reprit le chemin de Cluze. La nuit allait tomber. On entendait au flanc de Cervières glapir les aigles affamés. Une dernière lame de soleil froid tranchait au ras des montagnes la poussière d'or du ciel.

— Tu as tes mesures bien justes au moins? demanda la mère Castel.

— Bien sûr, dit Maria Ramonce. C'est Rose Fontaine qui me les a données hier. Elle les a prises sur un vieux manteau qu'elle ne met plus.

— Deux jours seulement, tu arriveras?

— Oui. À condition qu'elles ne viennent pas toutes me tourner autour. Ce matin j'ai encore eu Gertrude Mille qui m'a empêchée de travailler. Vous savez l'habitude qu'elle a de vous parler en vous tenant le bras?

— Oui, dit Mme Castel, et elle parle! Mon Dieu c'est-y possible de dire tant de choses en si peu de temps?

— Encore, dit Maria, pour cette histoire elle a l'air de bien se tenir.

— C'est pas bien compliqué. Elle est brouillée avec Armande Pourrier et Servane Abit est sourde.

— Il y en a d'autres. Je me méfie de toute cette famille de Gino l'Italien.

— Oh, dit Mme Castel, jusqu'au printemps nous pouvons être tranquilles.

— J'étais bien fâchée contre Isaïe qu'il ne m'ait rien dit. Ces hommes n'ont pas beaucoup confiance, même quand ils vous aiment.

— Que veux-tu, ils ont tant de raisons de se taire.

— Est-ce que je lui ai jamais donné un seul motif de ne pas croire en moi?

Mme Castel hocha la tête.

— Tiens, dit-elle, enfile-moi cette aiguillée, j'y vois plus guère.

Maria s'approcha de la fenêtre.

— Le jour ne sera encore pas long.

Juste à ce moment Blanche Respondey entra.

— Bonjour, dit-elle, c'est encore moi. Ne vous dérangez pas. C'était pour vous demander seulement : j'ai pas laissé ma broche ce tantôt quand je suis venue?

Maria avait le fil à la bouche.

— Ma foi, dit-elle, regardant de tous côtés. Je ne sais pas. J'ai même pas eu le temps de balayer avec ce travail. Cherche un peu voir si tu la trouves.

La belle-fille du cordonnier se mit à fureter dans tous les coins. Mais déjà, dans le berceau de Cluze, le jour baissait.

— Tu n'y vois seulement plus, dit Maria. Attends que j'allume une torche.

Blanche Respondey cherchait. Elle avait l'air assez inquiète.

— Cette broche, c'est Léopold qui me l'avait donnée à sa dernière permission. (Ça date de quatre ans bientôt.) Et j'y tenais. Elle était jolie.

— Tu la trouveras bien. Tu n'as qu'à venir dès demain de bonne heure. Et en balayant, si je la ramasse, je te la mettrai de côté.

— Je vous remercie, dit-elle, je vous dérange pas plus longtemps. Je vais voir un peu sur le chemin si je ne l'ai pas laissée tomber.

— C'est ça, bonsoir. Et viens demain. N'oublie pas.

Elle sortit. Maria se remit à son travail près de la mère Castel.

— Au fond, qu'est-ce que vous en dites ? Le soir va bientôt venir. Si je laissais cette torche allumée ?

— Si tu veux. Ça éclaire moins bien que l'électricité, mais encore bien heureux...

— C'est une bonne idée qu'a eue Isaïe de fabriquer ça.

— Qu'est-ce qu'il fait Isaïe ?

— Vous le savez bien : avec tous les autres il ne s'enlève plus de chez l'instituteur. Une à qui ça ne fait pas plaisir, c'est Mme Raffin.

— L'heureux résultat c'est que les hommes boivent moins.

— Oh ! Ils boivent quand même, ils emportent de la maison, voilà tout.

— Je me demande s'ils ne fricotent pas un peu avec la doctoresse ?

— Oh, dit Maria (elle secoua la tête), sûrement pas Isaïe.

— Toi, il t'aime, ton mari.

Elle releva les lunettes sur son front et considéra Maria qui cousait allégrement.

— Je pense à cette pauvre Blanche, dit Mme Castel, toute seule depuis si longtemps, si jeune...

— Oui. C'est terrible. Elle se dessèche comme une plante sans eau.

— Et ça peut durer qui sait seulement combien de temps encore?

— Surtout, si c'était une insensible, mais on a bien vu comme le mariage l'a transformée. Vous vous souvenez, quand elle avait dix-huit ans, elle était faite comme une planche.

Elle alla à la fenêtre enfiler une aiguillée et revint.

— Elle devrait avoir le droit..., dit-elle.

— Oh, coupa Mme Castel en s'arrêtant de coudre, je ne devrais pas te le dire, mais moi à son âge, il n'y aurait pas eu de morale qui tienne.

— Et quel tort? conclut Maria Ramonce. Car enfin, Dieu doit bien savoir ce qu'il a à faire?

Henriette Chenoncet était seule dans sa maison déserte. La neige au-dehors se posait avec calme sur chaque forme, en adoucissant les angles. Malgré la salamandre de son bureau, elle avait froid et la solitude, plus encore qu'à l'habitude, pesait à ses épaules de femme. Il allait être huit heures du soir. Elle n'avait pas fermé ses volets et, pour rester au moins encore un peu en communion avec le dehors, elle essuya la buée de sa respiration et tenta de percer l'obscurité de la nuit afin de déceler s'il restait encore dans tout Cluze un mouvement quelconque. Oui. Par à-coups, la lumière d'une lanterne éclairait sur son pourtour l'étoilement de la neige tombante. On entendait quelques paroles alertes. La nuit se refermait. Tout à l'heure, Rose Fontaine avait demandé la permission de partir tôt, parce qu'elle devait faire le réveillon avec Valérie Autran, Ange Cassagne et quelques autres, chez Jeanne Respondey, la fille du cordonnier. Aussi maintenant, la doctoresse pensait que, cette année encore, elle serait seule dans cette maison faite pour contenir plusieurs familles. Elle avait mis sur son phono le concerto en *sol*, puisque c'était le seul morceau de Michel Bernard qu'elle possédât. Mais même la musique de Mozart ne parvenait pas à vaincre sa solitaire tristesse. La nuit tissait autour d'elle un rideau d'isolement, alors qu'elle rapprochait les autres êtres. Elle se souvenait des fêtes passées dans les facultés, après les messes de minuit toujours scrupuleusement suivies. Cependant, à cette époque, en ces nuits de Noël qui se terminaient toujours dans une douce ivresse, elle s'en remettait entièrement au nouveau Dieu, du poids de sa conscience. Et souvent, ces soirs-là, elle s'était laissé entourer les épaules par les bras d'un camarade, qui finalement l'avait embrassée sans que ce fût jamais allé plus loin.

Et ce soir, c'était peut-être ce bras autour de ses épaules qu'elle regrettait le plus.

Elle entendit des pas qui crissaient dans la neige nouvelle, puis on frappa à sa porte. Croyant qu'on venait la chercher pour un malade, elle se sentit soulagée et joyeuse, à l'idée que des gens avaient besoin d'elle et qu'elle n'était pas seule à cause de cela.

Elle descendit donc rapidement pour ouvrir et se trouva devant un homme messager de printemps. C'était Barles. Un Barles soigneusement rasé et coiffé, si bien que les étoiles de neige se posaient distinctement sur ses cheveux, car il s'était découvert, ému de sa beauté, dès qu'il l'avait vue en face de lui sur le carré lumineux de la porte.

C'était un Barles tout nouveau, le col blanc de sa chemise était entouré d'une cravate joyeuse et une pochette blanche s'épanouissait sur son par-dessus noir. Et ma foi, pensa-t-elle, il était beau. Un peu petit peut-être pour son gré, puisque à peine plus grand qu'elle, mais enfin agréable, portant avec délicatesse sur ses bras les quatre fleurs bleues étranges que Castel était allé couper cet après-midi, au bord du fleuve la Paix.

— Bon Noël, mademoiselle.

Il ne lui était pas venu à l'idée ce soir de l'appeler docteur.

— Bon Noël, dit-elle. Mais entrez, ne restez pas à la porte ainsi.

Elle retrouvait tout naturellement les phrases du monde qui jouait son jeu par-delà le névé de Gordes.

— C'est pour moi, ces fleurs magnifiques?

— Mais oui, c'est Mme Ramonce qui vous les envoie.

— Elle est bien gentille et je la remercie.

— Et elle m'a prié de venir vous prendre.

— Mais pour quoi faire?

— Voilà. Ils ont dit: La doctoresse est toute seule, si vous alliez la chercher et qu'elle vienne réveillonner avec nous? Alors je suis venu.

— Oh, je vais vous gêner!

— Comment pouvez-vous dire cela? Ils seront si heureux de vous avoir… Et vous avez si grande envie de venir!

Il avait vu ses yeux briller de joie.

— Mais oui, j'irais volontiers.

— Eh bien je vous attends.

Elle le fit entrer dans son bureau où le deuxième disque du concerto s'achevait.

— En m'attendant, vous pouvez le continuer si le cœur vous en dit.

— Non, dit Barles en souriant, ce soir c'est la joie naïve.

— Je n'en ai pas pour longtemps, annonça-t-elle.

Dès qu'elle fut sortie, il s'installa dans le fauteuil où elle l'avait fait asseoir lors de sa première visite. « Car, pensa-t-il, elle en a bien pour une demi-heure, quoi qu'elle en dise. » Elle fut tout de même là au bout de vingt minutes et vraiment ce n'était plus un docteur, mais une jeune fille. Elle avait mis une merveille de robe en satin doré, agrafée sur l'épaule par une broche étincelante, et il fut ébloui par le carré de peau nue qu'elle laissa voir quand elle se tourna pour prendre une lampe sur le bureau.

— Mais, dit-il, vous allez avoir froid !

— Laissez. J'avais tellement envie de la mettre.

— Vous allez m'intimider.

Elle rit.

— La seule peur que j'aie, c'est de leur faire envie, dit-elle.

— Oh je ne crois pas, vous verrez. Elles ne sont pas mal arrangées, elles non plus.

Il l'aida à mettre son manteau.

— J'espère que vous avez eu la bonne idée de venir me chercher en traîneau ? Sinon vous serez obligé de me porter. Regardez les souliers que j'ai mis...

Barles siffla. Elle éclata de rire en voyant son air médusé. Elle était brillante des pieds à la tête, et devant son rire, Barles baissa les yeux.

— Mais oui, dit-il, ne l'avez-vous pas vu ?

— La nuit est si noire.

Elle lissa ses sourcils d'un air sérieux devant la glace du vestibule et dit :

— Voilà. Je suis prête.

Le traîneau et le mulet de Ramonce, richement harnaché de grelots, les attendaient. C'était celui des jours de fête, équipé avec deux bancs garnis de peaux de mouton où pouvaient s'installer six personnes. À chaque ridelle luisait une lampe.

Il la fit monter, l'installa confortablement, s'assit à côté d'elle et ils partirent.

— Vous n'avez pas froid ? demanda-t-il, car elle était nu-tête sous le carré de soie la protégeant de la neige.

— Mais non, dit-elle en souriant.

À l'illumination de la fenêtre et de la porte, à la rumeur qui en sortait, ils virent que la maison de Ramonce était pleine de monde et de joie. Ils devaient avoir perçu de loin les grelots du mulet car, lorsque Barles s'arrêta devant la porte, Isaïe et Ange Castel les attendaient. Ils étaient plus jeunes que d'habitude sous leurs habits de fête et ils souriaient avec douceur, ce qui les changeait aussi beaucoup. Elle se tint sur le marche-pied pour leur serrer la main, ils la virent blanche comme une déesse de neige, jeune fille souriante et ils furent heureux du plaisir qu'ils allaient sûrement lui faire.

— Bon Noël, mademoiselle, dit Ramonce gravement.

— Et, ajouta Castel, un gros merci pour tout ce que vous avez fait pour eux.

— Oh, ce n'est rien, ont-ils au moins tout ce qu'il leur faut?

— Plus qu'il ne leur en faut pour l'utile et pour l'agréable, ne vous inquiétez pas. Bien sûr, nous aurions bien voulu qu'ils descendent, mais avec cette sacrée jambe…

— D'autre part, dit Ramonce, nous ne pouvions pas monter ce soir.

— Mais ne vous inquiétez pas. Entrez seulement.

Elle entra. Ils étaient tous debout et la regardaient.

Il y avait là, en plus de Ramonce et de sa femme, car on ne voyait pas les trois petits, Mme Castel vénérable avec ses cheveux impeccablement blancs. Le col de sa robe noire était fait d'une dentelle étrange représentant une guirlande d'arbres (ce devait être des érables) dont chaque feuille et chaque samare était distincte des autres. Il y avait les deux sœurs de Ramonce : Aline et ses deux enfants, Louise et son mari, Paul Pourcin ; Mille le cantonnier et sa femme Gertrude qui ne savait où placer sa parole ; Autran le boulanger, seul (sa fille réveillonnant avec Rose Fontaine) ; la famille Champsaur au complet, Rose superbe avec son chignon à tour et sa robe couleur de lac d'automne, et Blanche Respondey tout étourdie. Avec l'instituteur, Ange Castel et la doctoresse qui venait d'arriver, cela faisait une tablée superbe de vingt-deux. Maria Ramonce se réjouissait d'avoir si bien calculé, car sur la nappe blanche elle avait fait mettre, par les deux Espagnols qui servaient de garçons, exactement vingt-deux couverts, compre-

267

nant chacun une magnifique assiette bleue représentant un coin de sous-bois à l'automne. Castel l'avait vu en soulevant sa serviette. Dans la salle, on avait enlevé tout ce qui n'était pas strictement utile. Il ne restait que les tables nappées de blanc et le pétrin servant de desserte. Pour l'éclairage, on avait remplacé les torches résineuses, invention de Ramonce, par des lampes à carbure enguirlandées de pommes de mélèze. À chaque bout de la table, au risque de gêner un peu ceux qui y seraient placés, deux chandeliers à dix branches qui devaient venir de loin étaient dressés, garnis de bougies impeccablement jaunes et neuves. On ne les allumait pas encore, car le feu bruyant qui se consumait dans la cheminée suffisait pour l'instant.

Tout de suite, Maria Ramonce prit la doctoresse par le bras et l'entraîna vers le fond où il y avait une décoration en branches de sapin et de houx, éclairée à chaque coin par une chandelle. Henriette Chenoncet s'approcha et fut saisie d'émerveillement. Au milieu de la guirlande était suspendu comme en une vitrine luxueuse, entouré de houx et de gui translucide, le plus riche manteau qu'elle eût jamais vu. Poil en dehors et en dedans, si blanc que, à côté de lui, les nappes des tables paraissaient sales.

— Oh! dit-elle en avançant timidement la main, vous permettez que je touche?

— Mais oui, dit Maria, bien sûr!

Tous s'étaient approchés et retenaient leur souffle. Le poil délicat du manteau, semblable à un champ d'herbes folles, tremblait sous un vent

268

impalpable. On n'entendait que les explosions sèches du feu et la voix des deux Espagnols au fond, de l'autre côté du couloir, dans la pièce de réserve qui, pour ce soir, servait de cuisine.

— Mais quelle bête est-ce? demanda la jeune fille.

Castel s'approcha.

— C'est du lièvre blanc. C'est assez rare.

— Vous avez vu, fit remarquer Maria, ce poil si long, si fin, semblable à de la soie?

Elle restait muette, ne sachant que passer sa main à plat sur le poil magnifique du dehors et du dedans qui se couchait docile sous la pression délicate et se relevait après son passage comme la mie d'un pain bien levé.

— Elle va nous faire honte avec ça, chuchota Autran à l'oreille de Mille.

Ils regardaient de loin.

— Eh, dit-il, remonte un peu le nœud de ta cravate, qu'il t'arrive presque au milieu de l'estomac.

«Si Léopold était là, songea Blanche Respondey, il serait allé m'en tuer des lièvres blancs pour me faire un manteau comme celui-là», et elle tâta sur sa poitrine la place vide de la broche.

Maria Ramonce respira un grand coup.

— Voulez-vous l'essayer? dit-elle.

— Oh, avec un très grand plaisir!

— Eh bien…

Elle le détacha soigneusement et le lui présenta : «Seigneur, pensa-t-elle, pour le jour de votre naissance, faites que je ne l'aie pas raté!»

Mais à la manière dont il glissa sur les épaules, elle comprit qu'il allait comme un gant. Quant à

Henriette, elle crut s'évanouir de douceur à sentir sur sa peau la brise docile des poils. C'était comme si un vent printanier était venu la saisir nue. Elle se présentait à eux de face et de dos. Elle ne pouvait pas se voir entièrement, mais à l'admiration peinte sur leur visage, elle comprit le plaisir qu'elle leur faisait.

Maria chercha son mari, vit qu'il la regardait, elle, et non pas le manteau, et cligna de l'œil.

— Hein ? fit-elle.

— Oui, répondit-il.

Tous les deux et Castel et sa mère, ils en avaient les larmes aux yeux de la joie qu'ils allaient lui faire.

— Il vous plaît ? demanda Maria.

— Il faut que je l'enlève très vite, sinon j'aurais un regret terrible !

— Mais, dit Maria, ce n'est pas seulement la peine, vous pouvez le garder. Il est à vous.

— À moi ?

Elle sauta au cou de Maria. Ils riaient tous, car ils étaient au courant et leur plaisir était aussi grand que le sien.

— Oh, dit-elle, merci, merci !

— Ne m'embrassez pas comme ça ! Vous allez faire partir tout votre fard ! s'exclama Maria.

Et elle riait.

— Mais enfin, qu'est-ce que j'ai fait, pour mériter...

Ramonce s'était approché.

— Vous avez servi notre cause, dit-il.

Mais voyant qu'elle faisait un mouvement involontaire pour restituer ce qu'on lui avait donné, il se ravisa.

270

— Non. C'est parce que ma femme avait envie de faire un manteau, et comme elle le trouvait trop beau pour elle, elle a pensé que vous seriez la seule dans tout Cluze à le porter avec naturel.

Déjà Maria les avait quittés et plaçait ses gens.

— Louise, mets tes enfants là, avec les miens et ceux de Rose, Mme Castel les surveillera. Blanche, je te place entre l'instituteur et le guide, comme ça tu seras bien gardée. Gertrude avec ton mari et Abel Champsaur. Là, comme ça, asseyez-vous, ne restez pas seulement debout.

Barles regardait venir vers lui la doctoresse.

— Vous avez l'air d'une déesse.

— Dites-moi seulement si j'ai l'air d'une femme bien habillée.

— Mais oui, si l'on vous transportait directement dans une loge de l'Opéra, vous attireriez les regards du parterre.

— Merci, je préfère être ici.

— En êtes-vous sûre?

Ils sentirent à cette minute toute la terre d'un seul tenant et la farce qui s'y jouait leur parut, d'ici, sans importance. Il vit qu'elle pensait aux hommes.

— Ne vous faites pas de tracas, dit-il en lui posant doucement la main sur l'épaule, pour ce que vous ne pouvez empêcher.

— Je pense que Dieu va naître dans le sang.

— Il a l'habitude. Ce n'est pas la première fois.

Il la regarda dans les yeux, vit qu'elle était tout amour. Elle le regarda dans les yeux, vit qu'il était toute raison.

— Pourquoi êtes-vous sceptique? demanda-t-elle.

Barles baissa la tête sans répondre et consulta sa montre.

— Il va être bientôt minuit.

— Nous pourrions quand même chanter un cantique, observa la mère Castel, nous n'aurions pas l'air tout à fait païens.

— Oh, bien sûr, approuva Maria Ramonce.

Minuit sonna à la pendule du coin de l'escalier. Ils s'étaient tous groupés autour de la table, chacun debout devant son siège. Les hommes se raclaient la gorge, les femmes avaient joint leurs mains sur leurs poitrines. Barles regarda Henriette. Elle avait dans ses yeux l'étincelle inébranlable de la foi qui soulève les montagnes. « Qu'elle demande, pensa-t-il, et tout lui sera accordé. » Il regretta de n'être pas un être comme elle paraissait les vouloir, de ne pouvoir s'engager à mener avec elle la vie paisible des chrétiens et fit un effort terrible pour ne pas l'aimer. Comme il entendait monter autour de lui la rumeur des voix chantantes, il joignit la sienne à celle des autres. Dans les yeux de tous se lisait l'espoir du même miracle, et on voyait bien là qu'ils étaient pleins de l'amour de l'homme, car que pouvait leur importer à eux (sinon à Blanche Respondey et à Aline Nalin qui appelaient chaque soir leur mari dans leur lit solitaire ?), que pouvait leur faire la guerre ou la paix, puisque, dans l'oubli total des hommes où ils se trouvaient, leur vie était réglée par le cœur des montagnes ?

C'était l'aube de la nuit de Noël. Le ciel printanier remuait sous une brise impalpable. La neige ne tombait plus, vierge totalement du pas des hommes et des bêtes, vierge de bruit. L'espace cristallin était suspendu au bord des avalanches. Il ne gelait pas. Du névé de Gordes à la noire barre d'Aramée oscillante sur le vide au-delà de la forêt, de la cime de Cervières au sommet du Grand-Saint-André, les portes de Cluze étaient bien verrouillées. Le vieux village mort regrettait les Noëls antiques. Au seuil des cheminées froides, au centre desquelles un tapis moelleux de neige bien délimité ne fondait pas, naissait le cercle rapproché des ombres immobiles creusé dans l'air par des reflets et il semblait que de vieux morts s'étaient réunis. Dans la maison d'Alban Abit, celle qui avait reçu dans les reins un morceau du glacier Marmontane et dont il ne demeurait plus que les quatre murs, de grandes ombres immobiles refaisaient leur compte de vie. Et ce n'était pas le bruit du vent qui faisait souffler dans la cheminée l'air chaud des soirs d'hiver passés, quand les murs solides retenaient bien encore le froid du dehors. Sous l'auvent de la chapelle mortuaire, revenue miraculeusement de son état de poussière, claquait mollement avec un bruit d'ailes la lourde draperie noire dont on recouvrait les cercueils. Mais, passé le seuil mort des demeures des hommes, ne comptait plus que la joie printanière de l'espace. Plusieurs étoiles fleurissaient aux branches de la croix démantelée qui aux automnes sert à départager les vents. La mort des hommes n'était plus qu'un souvenir. Après le cimetière, l'espace remontait vers la forêt, où les arbres paisibles, dressés côte à côte, vivaient leur vie nocturne. La forêt vallonneuse s'opposait au ciel luxueux de ses constellations nouvelles. Cervières pointait hors de la terre son impitoyable nudité et il y avait en bas, dans le creux du Saint-André, le pauvre reflet des quatre foyers de Cluze où l'on réveillonnait. Cela ne tenait pas beaucoup de place dans le cœur de la nuit. Les hommes fêtaient la naissance d'un dieu. Ils avaient lâché les rênes de la terre qui en profitait pour vivre à sa guise. Autour du souffle chaud sorti du gouffre des Anglasses, le coudrier unique balançait le temps sur ses rameaux agités, éternellement vivants. Les fougères bavaient vertement autour du trou recouvert de sapins morts, aux rames semblables à des ailes molles. Car chaque arbre était un oiseau aux ailes multiples de ses branches. Et il y avait sur la forêt aérienne ce frémissement enthousiaste qui précède les grands départs. Mais le vent ne venait pas à son secours. Dans la nuit claire montaient les fumées droites des maisons des hommes. Quand il se crut sûr du silence et de la solitude, un lièvre blanc glissa à la lisière de la forêt, vers le sol nouveau. Ses poils longs et fins ondulaient. Il foulait le premier la neige immaculée et en glissant créait les bruits qui l'effrayaient. Il s'arrêtait, le cœur battant, nez au ras du sol, creusant de sa buée chaude des trous dans la neige par lesquels, demain, les chasseurs le suivraient à la trace. Puis, lorsqu'il s'était rassuré, il repartait et remontait vers le bois de Cervières.

Ramonce, penché sur l'épaule de Barles, lui versait dans un verre à ballon une liqueur verte

274

faite de boules de genièvre. Au fond de la bouteille miroitait le dépôt des graines.

Maria était allée la chercher à la cuisine en recommandant aux deux Espagnols : « Mangez et reposez-vous, je vais servir. » Mais Ramonce n'avait pas voulu la laisser faire.

— Donne seulement, avait-il dit.

Car, verser à ses invités la liqueur fabriquée par lui-même, c'était un plaisir de roi. Aussi faisait-il lentement le tour de la table, s'appuyant avec légèreté sur l'épaule de chacun et récoltant les louanges. La fumée des pipes se brassait autour de la cheminée où montaient les flammes bleues des troncs morts de trois ans. Les femmes n'avaient pas été oubliées : Paul Pourcin avait passé plusieurs soirées à confectionner à leur intention de fines cigarettes avec un tabac de sa récolte, fumé d'abord de fin terreau, puis séché au four et préparé ensuite à l'aide d'une formule dont il ne voulait livrer le secret à personne. Leur arôme était léger. Ange Castel avait persuadé Blanche Respondey qu'elle pouvait sans crainte en essayer une. Et elle fumait et toussait, la malheureuse, et les hommes riaient.

— Eh bien, la Blanche, dit Castel en lui tapotant le dos, bien voyons, on dirait que ça va ? Affaire d'habitude !

— Oh, dit-elle, non ça ne va pas ! Je préfère m'arrêter.

— Ange, cria la mère Castel de son bout de table, tu vas la rendre malade cette gosse !

— Mais non, mais non, dit-elle, n'ayez crainte, il faut bien que je m'habitue ! Il n'y aurait que les hommes alors qui auraient le droit ?

Ramonce avait fini le tour des verres et déjà il voyait les premiers servis hocher la tête avec approbation.

— Hé? dit-il en clignant de l'œil pour leur répondre. Encore cette année le marc monté du Rocher n'avait pas une belle tenue.

— Ce qui y fait surtout, remarqua Paul Pourcin, c'est la façon.

— Et la façon, dit Autran, il la possède.

Au-dessus de son verre pailleté de marguerites brillantes, Barles observait avec envie le sourire étincelant de la jeune fille. Elle avait aussi son verre à la hauteur de ses lèvres et Barles vit qu'elle le regardait. Alors il baissa les yeux car, mon Dieu, il sentit monter en lui un trouble si pur qu'il en eut peur.

— Blanche, dit Mme Castel, et ta broche, tu l'as retrouvée?

— Pas encore, malheureusement. Ça me fait bien gueniller.

Henriette écoutait.

— J'y pense, demanda Blanche, dites-moi seulement, personne l'aurait retrouvée ce tantôt?

Elle promenait sur tous son regard un peu gris et les voyait rire.

— Quoi? demanda Autran manière de plaisanter, tu aurais perdu quelque chose de précieux?

— Hé oui, dit Blanche donnant dans le piège, ma broche, vous savez bien, celle que Léopold m'avait faite.

— Hé! cria Abel Champsaur à Mille qui sommeillait savourant sa liqueur, t'aurais pas trouvé la sagesse de Blanche?

— Ma broche! dit Blanche.

— Ah pardon, dit Champsaur.

— Oh, dit Castel, c'est pour ça que tu fais tant d'histoire?

Les hommes riaient plus fort. Ramonce, par-dessus l'épaule d'Henriette, parlait avec son beau-frère. Ils avaient chacun reculé leur chaise et se retenaient d'une main au rebord de la table. Elle ne s'en apercevait pas. «Voyons, pensa-t-elle, que serait-elle allée faire là-haut?»

— Vous êtes toujours belle, Maria! dit Autran qui se trouvait à sa droite.

— Oh vous, pour les flatteries!

Elle éclata de rire et se leva. Elle avait vu qu'au bout de la table près de Mme Castel, son Paul s'était endormi. «Il faut que j'aille voir Henri, pensa-t-elle, qui sait s'il ne s'est pas éveillé?»

— Eh bien, les enfants, dit-elle, il va falloir monter se coucher, non?

Ils ne réagirent pas, se levèrent en frottant leurs yeux, embrassèrent l'oncle et les tantes, la marraine Castel, puis Maria disparut avec eux. Elle reparut.

— Rose, si tu veux que je couche les tiens avec les miens pour cette nuit? Ça t'éviterait de partir tout de suite, je vois qu'ils meurent de sommeil.

— Ma foi, je veux bien.

«Car enfin, pensa la doctoresse, qu'est-ce qu'elle serait allée faire là-haut?»

Blanche Respondey poussait de petits éclats de rire à côté de Castel qui lui chantait à voix basse une chanson gaillarde.

Gertrude Mille avait profité du départ des enfants

pour aller se mettre à côté de Mme Castel qui, branlant sa vieille tête, ne cessait de mesurer la distance d'un pan de main entre son front et son menton. À la fin, excédée du bavardage de Gertrude, elle dit :

— Ange ! Moi je voudrais bien m'en aller.

— Comment, madame Castel, de si bonne heure ?

— Hé, c'est que je n'ai plus votre âge.

— Oh, dit Autran, vous êtes encore bien alerte !

Elle s'était levée et s'habillait.

«Je me demande, pensa Henriette Chenoncet, ce qu'elle avait à faire au bord du gouffre ?»

Elle regarda fixement Blanche et la devina prise d'une envie dévorante qu'elle ne pouvait cerner, mais qu'elle sentait dangereuse pour sa paix comme une ombre de catastrophe. Elle croisa ses yeux brillants, exaltés, et, se sentant prise d'une gêne insurmontable, se tourna vers Ramonce.

— Excusez-moi, mais je voudrais bien m'en aller moi aussi. Vous savez, ma profession...

— Oh mais, protesta Ramonce, vous n'allez pas partir si vite, j'espère bien que personne ne va avoir l'idée de tomber malade un jour de Noël ?

— On ne sait jamais.

Ramonce avait vu ses yeux et il avait vu ceux de Barles. Il se tourna vers lui.

— Tu devrais prendre le traîneau, il est encore tout attelé à l'étable, tu ramènerais madame Castel et la doctoresse.

— Avec plaisir, accepta Barles tout de suite.

Il se précipita pour l'aider à mettre le manteau divin. Maria redescendait.

— Comment, vous n'allez pas seulement partir ?

— Et si, hélas.

— Mais il est à peine trois heures et demie.

Puis elle vit Barles en dévotion, tendant la manche délicate dont l'air chaud du feu faisait trembler les poils, et une ombre de sourire passa sur son visage.

— Eh bien alors, bonne chance ! Et que je vous embrasse.

Les deux femmes s'étreignirent.

— Et merci, merci, dit Henriette, vous ne pouvez savoir le plaisir que vous m'avez fait par votre amitié.

— Oh, dit Maria, le plus grand a été pour moi.

Autran et Mille étaient gravement occupés à confectionner un chaudron de vin chaud. La sueur et la vapeur du vin les saoulaient plus que tout ce qu'ils avaient déjà bu. Ils se levèrent pourtant, avec tout le monde, respectueusement. Elle leur serra la main à tous avec un beau sourire. Quand elle arriva devant Ange Castel, il lui dit :

— Bonne nuit et essayez voir de ne pas aller faire une promenade au clair de lune sur la dépression Palonique !

Elle rit. Castel embrassa sa mère.

— Bonne nuit, maman.

— Ne fais pas trop de bruit quand tu rentreras.

— Oh, tu ne m'entendras pas.

Ramonce et sa femme les accompagnèrent jusqu'à la porte. Encore une fois, Maria embrassa la doctoresse et tous deux, ils regardèrent le traîneau glisser dans la nuit claire. Maria se serra contre Ramonce.

— En voilà deux, dit-elle, qui doivent être aux anges ce matin.

— Oh, il faut de la paix pour être aux anges et ils n'ont pas l'air d'en avoir à revendre.

— Ils cherchent, dit Maria.

— Rentrons, dit-il en lui entourant les épaules. Tu es belle ce soir. Il ne faudrait pas que tu prennes froid.

Barles se retourna.

— Madame Castel, vous n'avez pas froid au moins ?

Elle fit signe que non de sa main gantée, car sa bouche et sa tête entière étaient encapuchonnées de laine noire.

Les grelots du mulet égayaient la nuit. Les branches de sapin dont le traîneau était orné filtraient jusqu'à eux l'air des montagnes. Ils montèrent la rue de Cluze. Au loin, sur la grand-place, ils avaient vu illuminée la maison de Pourrier le maire, où l'on devait aussi réveillonner. Au tournant de la rue, Henriette glissa sur la banquette et Barles sentit avec joie contre lui le poil doux du manteau. Mais sitôt l'équilibre repris, il se retrouva seul sans appui. Ils arrivaient devant la maison du guide. Cric aboya, Barles descendit pour dégager le portail de sa neige et aider la mère Castel à descendre.

— Oh merci, dit-elle, j'y arriverai ben toute seule.

Il la surveilla jusqu'à ce qu'elle eût refermé la porte de la maison et il allait faire repartir le mulet pour tourner, quand Henriette lui prit le bras.

— Écoutez !

Il entendit dans la nuit cristalline la musique aigre d'un jazz.

— Mais on danse par là !

— Où ?

— Je crois bien que c'est chez Peyre à Clapigneux, c'est le seul endroit où la salle soit assez grande.

— On pourrait peut-être…

— C'est juste au bout de la rue. Si le cœur vous en dit ?

Elle le regarda, amusée, approuvant de la tête, époussetant avec soin un cheveu qu'il avait sur le revers de son pardessus, ce qui le fit éclater d'orgueil.

— Le cœur m'en dit.

— Alors, allons.

Il dirigea sa bête vers Clapigneux et s'arrêta pile, face à la porte. Dès l'entrée, on entendait les cris et les rires des danseurs. Et dès l'entrée aussi, poussé le battant de la grange où se tenait le bal, ils retrouvèrent l'atmosphère de la paix.

Barles vit tout de suite, enlacés, Valérie Autran et Ange Cassagne. Laure Bavartel, de la Conche, dansait avec le fils Peyre. Ils étaient une vingtaine environ, filles et jeunes, plus les deux musiciens de l'orchestre, un accordéon et un saxophone, et cela formait un ensemble assez riche. Mais ce qui étonna Barles, ce fut de voir que sur les vingt à peu près, il en connaissait à peine les deux tiers. Outre Valérie et son bien-aimé, il y avait bien Laure Bavartel, les deux fils Blanc de la Verneraie, Émile et Louise Dol, Charles Jean, le valet de Bavartel, la fille aînée de Gino le charbonnier italien, et on distinguait au milieu de la fumée qui régnait la face glabre et sévère du plus jeune des Espagnols de Ramonce qui dansait, en espadrilles, avec Louise Dol. « Et, entre parenthèses, se demanda Barles, comment a-t-il fait dans ces cinquante centimètres de neige pour venir en espadrilles ? » Mais les autres ?

Barles se souvint : il y avait les deux que Bavartel de la Conche hébergeait chez lui ; ceux qu'employait Blanc de la Verneraie (et c'était précisément les deux musiciens) ; celui qui restait avec Respondey et qui devait être aussi cordonnier, car l'instituteur l'avait vu bien souvent derrière l'établi à la place du vieux. Les cinq autres, Barles savait : ils étaient à l'ancienne hutte de bûcherons perdue dans le bois des Longes ; souvent ils descendaient se ravitailler chez les habitants du village et travaillaient en cachette pour la scierie de Pourrier. C'étaient tous des hommes entre vingt et vingt-deux ans, réfractaires au travail forcé, déserteurs, qui s'étaient réfugiés là au début de l'été dernier et que la terre de Cluze et ses hommes nourrissaient tous. Et Barles admira que cette terre et que ces hommes séparés du reste du monde par les forces physiques pussent encore supporter ces habitants supplémentaires, et l'on voyait à leur visage qu'ils n'avaient depuis longtemps été si bien nourris.

— Oh ! s'exclama Henriette, j'avais tellement envie de danser !

— Eh bien, dansons !

Il la reçut entre ses bras et vit que, tout de même, elle était plus petite que lui.

— Vous nous acceptez ? demanda-t-il.

— Bien sûr ! dirent-ils.

Ils avaient tous tourné la tête de leur côté quand ils étaient entrés, les filles plus que les hommes, à cause du manteau de la doctoresse.

Dans le vent de la course, depuis la maison de Ramonce, elle avait récolté dans ses cheveux toutes les odeurs froides de la nuit qui maintenant, avec lenteur, se réchauffaient à elle. Barles les respirait avec délices.

À une pause, le fils Peyre s'approcha avec deux verres pleins à bord d'un vin noir épais.

— Buvez, dit-il, le canon de la bienvenue.

Elle rit.

— Je ne sais pas si je vais vraiment pouvoir !

— Oh, dit Barles, croyez-vous ? Un de plus, un de moins...

Elle rit encore, mais tout de même rendit son verre à demi plein. Et lui le vida d'un trait, plein de force en même temps que de joie à sentir entre ses bras le corps souple de cette femme. Il y avait, pour son enthousiasme, cette odeur de nuit forestière en mélange dans ses cheveux et qu'il respirait à chaque tour de danse ; le poil magnifique de son manteau qu'elle avait quitté sur un banc à l'écart parce qu'il faisait chaud et dont les jeunes filles s'approchaient furtivement pour le regarder et même pour le toucher ; le frôlement de son superbe dos nu.

— Tout de même, il ne faudrait pas vous croire obligée de danser uniquement avec moi.

— Vous ne faites pas mal l'affaire, dit-elle en souriant.

D'ailleurs, quand les musiciens reprenaient un air nouveau, après s'être arrosé le gosier, aucun des jeunes gens n'osait s'approcher pour l'inviter. Une seule fois vint l'Espagnol en espadrilles. Il ne dit rien, s'inclina seulement profondément.

— Vous permettez? demanda-t-elle.

— Mais je vous en prie, dit l'instituteur.

Elle dansa avec l'Espagnol, Barles dansa avec Rirette Autran qui boudait, on ne sait pourquoi, Ange Cassagne. Il trouva une grande différence entre les deux, et peut-être seulement, pensa-t-il, parce qu'elle est trop jeune? Ils revinrent souriants l'un vers l'autre.

— Eh bien?

— Eh bien, il danse mieux que vous. Il est plus léger. Et elle?

— Non, dit-il, elle est trop inconsistante, elle n'a pas la bonne forme de la danseuse.

— Dois-je en conclure que je la possède?

— Il ne vous manque pas grand-chose. Voulez-vous danser encore avec votre Espagnol?

Elle rit.

— Comme tout de suite vous prenez un air méprisant pour prononcer ce « votre ». Non, décidément je ne le prendrai plus comme cavalier, il a l'air d'être à cent lieues au-dessus de ces contingences lorsqu'il danse. C'est un peu vexant. Et puis il ne dit pas un mot. J'aime bien parler. Et vous?

— Moi aussi.

Il se raidissait contre le désir de lui embrasser furtivement les cheveux. Elle ne s'en serait même pas aperçue. Mais il se méfiait de lui, de l'ivresse de cette nuit, de la facilité qu'il aurait à l'aimer. Il savait que la raison sommeillait en elle et que, dès l'aube qui n'allait pas tarder, elle reprendrait sa vie, dans laquelle il n'avait pas de place sans doute, à l'endroit où elle l'avait laissée hier au soir. Alors, il se contentait de respirer sur sa chevelure l'odeur de la forêt.

Le jour glacial de Noël se levait quand ils sortirent de chez Peyre.

— Je me suis bien amusée, dit-elle.

— Je suis très heureux si j'ai pu y être pour quelque chose.

Elle lui prit le bras. Il était en train d'arranger le mulet et le traîneau qu'il avait laissés sous l'auvent et repliait soigneusement les deux couvertures de la bête.

— Et vous, demanda-t-elle, n'êtes-vous pas joyeux ?

— Mais si.

— Eh bien, souriez un peu, vous ne souriez jamais ?

— Le sourire, dit-il, est le reflet de l'âme, je ne tiens pas à ce que vous voyiez mon âme.

— Est-elle si noire ?

— Hélas non. Je préférerais.

— Je n'ai pas oublié que vous aimez Mozart. Et j'ai pensé qu'un homme qui aime Mozart ne peut pas être fourbe, quelles que soient ses convictions.

— Je vous remercie.

— C'est le jour de la grande confiance. Dites-moi un peu votre vie et pourquoi cette méfiance contre la société ?

— Je ne suis pas si naïf d'être contre elle, car je

ne suis pas don Quichotte, mais la trouvez-vous si bien faite ?

— La création de Dieu me paraît si magnifique.

— Elle l'est, dans les choses immuables que nous ne pouvons qu'admirer.

— Si nous nous contentions d'adorer...

— Voilà le malheur, dit-il, c'est que nous sommes mobiles. Au fond, nous devons être tellement étrangers à la terre et au ciel. Ne vous est-il jamais arrivé de trouver tragique l'homme posé sur la terre fendant les flots du ciel, sans adhérence avec l'un ou l'autre ? Aucun être de l'univers n'est dans cette position, sinon les animaux, satellites de l'homme.

— Vous êtes matérialiste. Si vous croyiez à l'âme...

— Et même si je crois à l'âme, comme vous dites, est-ce que cela empêchera l'univers d'exister et l'âme de n'en pas faire partie, ballottée au gré des dieux comme elle est ?

Elle ne répondait pas, se contentant de le regarder en remuant doucement la tête.

— Moi, dit-il en jetant les rênes qu'il venait de dérouler dans le traîneau, j'ai souvent désiré avec ferveur être un arbre.

— Ils n'ont pas d'âme.

— Qu'en savez-vous ? Et si vous vous trompiez ?

— Je ne me trompe pas. Je crois en Dieu. À partir de là, si vous saviez, la tourmente cesse, vous venez de traverser un vertige et le sol se stabilise. C'est tout.

— Moi, j'espère éperdument en Dieu, j'espère qu'il me donnera le plus de temps possible pour admirer ce visage de l'univers. Car je n'ai pas besoin de Paradis ; que Dieu me donne seulement le pouvoir de capter par tous les sens possibles la forme totale de la vie… Avec l'amour, continua-t-il en hésitant, car sans l'amour… ça me suffit pour ne plus craindre la mort. Qu'il fasse de moi un être immobile, pourvu que cet état me confère le pouvoir sensoriel de percevoir la vie de ce monde, cela me suffit pour être heureux…

Il lui donna la main. Elle le regardait avec étonnement. Il arrangea bien sur ses genoux la peau de mouton et, s'installant à côté d'elle, mit le mulet en marche.

— … Car ce monde est beau, dit-il.

La bête trottait gaiement dans la rue descendante. Maintenant on voyait bien, neigeuse, la Noël nouvelle. Les maisons déjà étaient ouvertes et de longues ramures de givre pendaient sur leurs vitres.

Elle était à côté de lui, le regardant de temps à autre à la dérobée, se demandant si, oui ou non, elle lui parlerait de ce qui la tourmentait. À la fin elle dit :

— Vous savez ce que Blanche Respondey a perdu ?

— Oui. Elle en a assez parlé ce soir. C'est une broche, je crois ?

Ils arrivaient sur la première place. Déjà la boulangerie était ouverte. Au fond luisait le feu et Jules Autran se démenait devant, sans même s'être dévêtu. On voyait qu'il avait encore le chapeau et la cravate. Déjà, les femmes suivaient les chemins de neige neuve dans l'ancienne, trottant vers le

four avec leurs plats à gratiner. Henriette Chenoncet écouta un moment les grelots de la mule et les
paroles, claires sur la neige, des gens et des gosses
qui se croisaient sur les chemins nouveaux. Elle
dit :

— Eh bien, je l'ai retrouvée.

Ils allaient tourner le coin de la mairie. À gauche,
il y avait l'atelier de Champsaur avec son hangar
tout net et balayé, les morceaux de fer bien ordon-
nés debout dans un coin. La neige s'arrêtait à son
pourtour et on s'étonnait de voir soudain la terre
brune. Sur la porte close de la forge un assem-
blage de fers à cheval dessinait la lettre C.

— Pourquoi ne pas la lui avoir rendue ? dit
Barles.

— Je ne l'avais pas sur moi.

— Il fallait le lui dire, elle aurait été contente.
Elle la tient de son mari prisonnier.

— Je ne crois pas que cela lui aurait fait tellement plaisir.

— Et pourquoi ?

Elle ne répondit pas. Ils arrivaient devant sa
maison. Il approcha l'attelage de l'abri large de
l'auvent et l'aida à descendre.

— Je l'ai trouvée, dit-elle, au bord du gouffre.
Je venais de voir une femme s'enfuir à mon
approche à travers les arbres, c'était elle alors ?
Vous ne trouvez pas cela bizarre ?

— Quoi d'étonnant, elle est sans homme depuis
si longtemps, ces hommes sans femmes doivent
l'attirer.

Henriette baissa vivement les yeux.

— Si vous voulez, proposa Barles, que je la lui

288

rende? Après tout, inutile de l'alarmer. Il n'y a qu'à lui dire que vous l'avez trouvée autre part? Non?

— Je m'en occuperai, dit-elle.

Il lui prit la main.

— Vous serez seule, aujourd'hui. Nous serons deux solitaires pendant cette fête de famille, vous ne voulez pas déjeuner avec moi?

— Oh merci, je vais dormir quelques heures, ensuite je monterai à la grotte. C'est mon jour.

— Toute seule? demanda-t-il avec inquiétude.

— Ce n'est pas la première fois. J'ai hâte d'entendre jouer Bernard. Vous rendez-vous compte de la chance inouïe que nous avons d'avoir ici cette ombre de Mozart?

Il la regarda longuement. Déjà elle avait perdu la douceur que la nuit lui avait conférée. Déjà il la sentait prête pour la lutte, impatiente. Il fut attristé de ce qu'elle ne se préoccupât plus de lui.

Qui avait-elle hâte de voir? Le musicien ou l'homme? Il la savait encline à un certain enthousiasme spontané.

Elle ne paraissait pas avoir, comme lui, scrupule à provoquer la vie.

— Excusez-moi, dit-elle, bon Noël, et je vous remercie de m'avoir servi de cavalier.

Elle lui serra la main. Il ne tenta pas de la retenir.

— Bon Noël, dit-il seulement. Et pour votre tranquillité n'oubliez jamais que c'est un héros…

Elle était déjà entrée. Il se demanda si elle l'avait entendu. Il fit tourner la bête, reprit le chemin de la place, vit de loin Ramonce devant sa porte qui prenait le frais du matin. La fumée de sa première pipe montait dans l'air bleu. Tout en se dirigeant vers lui, Barles songeait : « Si maintenant, il y a jalousie entre les femmes, il va falloir prendre garde aux catastrophes. »

Vers le 15 janvier, Blanche Respondey monta chez celui qui fabrique les pendules. C'est un petit vieux dont les mains minutieuses sont perpétuellement à la recherche d'un objet. Devant sa porte, à l'abri large du toit, qui tient la neige à deux mètres du mur, il y a un long vieux pétrin gonflé, plein d'une eau verte dans laquelle trempent de larges lattes de sapin. De temps à autre il sort, en choisit deux ou trois avec soin, les transporte péniblement à l'intérieur, et frotte ses mains frileuses. L'établi est à droite de la porte devant une large fenêtre. Il s'y installe dès huit heures le matin. Le lundi, il n'y a sur l'établi qu'un tas informe de planches et devant, le petit vieux qui gratte sa barbe, puis il serre deux planches sur la vis sans fin de bois, il les flatte, il les persuade et elles prennent dans la journée la forme spacieuse qui permettra au balancier de marquer le temps sans contrainte. Le mercredi, il ouvrage le fond et l'œil-de-bœuf par lequel le balancier regardera le monde nouveau. Le jeudi, et c'est le plus important, il fabrique la tête, carrée comme celle d'une reine et arrondie sur le crâne. Il l'ajuste avec le reste. Le vendredi, il ne travaille pas en public. Quand les gosses de Peyre, revenant de l'école, s'arrêtent curieusement et collent leur nez contre la vitre, il agite ses bras pour les chasser, car c'est le moment sacré où il accorde la pendule. Cherchant des yeux le balancier qui lui conviendra, il la prend entre ses bras, toute raide et toute légère, la tapote amoureusement de ses doigts, écarte les poils de son oreille, se la nettoie d'un auriculaire agile, la colle contre le corps de bois, passe son bras à l'intérieur, par le hublot pas encore mis en place, et frappe sur la paroi à petites chiquenaudes sèches, pour juger de la sonorité. Le samedi se passe à rendre parfait le premier labeur. Le dimanche, si le travail est bien fait, il met la targette à la porte et descend boire un canon chez la mère Raffin. Quand il entre, les hommes lui crient : « Alors, père Camoin, ça marche-t'y les pendules ? » et il répond : « Ça marche, ça marche ! » Le soir, il remonte vers son échoppe, les mains au dos, et s'arrête pensivement devant le pétrin empli de bois de sapin et de noyer. Il tourne le coin de la maison et pénètre dans la grange où sont toutes les pendules qu'il n'a pu écouler, parce que le névé bouche l'étranglement de Gordes. Elles sont dos à dos, deux par deux et il semble qu'elles vont s'accorder pour la danse. Les balanciers sont à la règle du temps. Accrochés au mur, sans puissance encore, puisqu'il leur manque le cœur de l'horloge, ils sont alignés là à de gros clous, comme une batterie de bassinoires de cuivre jaune ou rouge. Ils reflètent, par un carré démesuré de la fenêtre, le paysage irréel de la rue. Ce n'est pourtant que le mètre de neige déblayée en tas devant le seuil, la porte de grange de Peyre, un petit bout de ciel pas souvent bleu et, quelquefois, le prisme du soleil. Alors, ils chamarrent le petit homme de couleurs vives et ses mains se promènent sur l'établi dans une poussière d'or.

Il place les mécanismes dans les corps vides, sonores encore du bruit des forêts, encore pleins de leur vie ancienne de noyers, de châtaigniers ou de sapins afin que commence en eux l'âme patiente du temps.

On lui apporte toutes les montres de Cluze. Il les garde longtemps en tas, au coin de son établi, parce qu'il n'aime pas travailler sur du vieux. Quand enfin on l'a bien supplié, quand il ne reste plus que la montre de Ramonce et celle de Bavartel de la Conche, qui ne s'arrêtent jamais parce que fabriquées par lui, il se met au travail, délaissant avec regret ses pendules. Quelquefois, quand le pétrin vermoulu est presque vide, il remet de l'eau et des planches prises à la grange, puis il ouvre, au fond de l'atelier, la porte vitrée pratiquée entre le mur et les pendules finies. Alors, pendant longtemps, les visiteurs se croient revenus à l'automne, car, derrière la porte vitrée, dans une minuscule pièce éclairée par un jour de souffrance, sont suspendus de petits casiers et dans ces casiers des boîtes emplies de plantes horlogères : ce sont des feuilles de coudrier à diverses époques, des tiges sèches de saponaire, des galles de houx, chaque boîte ayant sa plante particulière étiquetée et il y en a bien une vingtaine, depuis la primevère à clochettes jusqu'à la feuille vernie de l'embrunier. Chaque plante, il en a fait l'expérience, donne au bois un son spécial. Et il sait qu'il y a des plantes amoureuses du sapin, ou du noyer, ou du frêne. Ce dont il se sert le plus souvent, c'est la graine pilée d'anémone de montagne qui ne pousse qu'à partir de l'épaulement de Cervières. Plante orgueilleuse, ne se mélangeant pas avec le reste du végétal, puisque, entre la hauteur où cessent les mélèzes et l'endroit où commence à prospérer cette fleur qui se fige et se durcit au lieu de se faner et qui a pour tous pétales l'échevèlement affolé de ses étamines, il y a encore une distance respectable de roc nu. Il en prend une pincée qu'il soupèse dans le creux de sa main aussi précis qu'une balance, et met ses graines à infuser dans une casserole d'eau. Quand elle est prête, il sort, la vide d'un seul coup dans le pétrin et brasse avec un bâton.

Seulement, dans la pièce à odeur d'automne, il n'y a pas que des plantes horlogères.

Donc, ce jour de 15 janvier, Blanche Respondey monta chez celui qui fabrique les pendules. Elle avait bien hésité tout le jour (à vrai dire il y avait déjà près d'un mois qu'elle hésitait), enfin, elle était venue. Il était justement en train de fignoler deux tulipes superbement rouges, de chaque côté de l'œil-de-bœuf d'un balancier. L'ayant vu appliqué à ce travail paisible, elle avait osé ouvrir la porte. Comme elle entrait, les cinq pendules du fond sonnèrent quatre heures. Et déjà, les forêts de givre couvrant les vitres l'avaient obligé à allumer la chandelle. Il abaissa ses lunettes sur son nez et la regarda.

— Ah, c'est toi, la Blanche ? Bien bonsoir.

— Bonsoir. Je ne vous dérange pas ?

— Non, on y voit plus bien assez pour travailler. Comment va le papet ?

— Bien. Il vous envoie le bonjour.

— Toujours allant, toujours travaillant ?

— Toujours.

Il repoussa la pendule soigneusement, alla rincer ses pinceaux dans l'eau qui chantait sur le poêle et revint.

— Et toi ?

— Eh bien voilà : ça me reprend.

— Ah ?

— Oui. C'est pour ça que je suis venue.

Il continuait à la regarder par-dessus ses lunettes, en tapotant sur la caisse vide de l'horloge.

— Tu as bien fait ce que je t'avais dit ?

— Oui.

— Tu es montée en forêt ?

— Oui. Plusieurs fois.

— Tu as cueilli les avélanèdes sous les aveliniers ?

— Oui.

— Et tu as eu soin de leur arracher la corolle ? Tu ne les a pas cueillies trop mûres ?

— Non, juste à point.

— Et tu les as bien préparées en infusion comme je t'avais dit : dans une grande bassine bien couverte, afin de ne pas laisser échapper la vapeur ?

— J'ai fait tout ça.

— Et tu l'as bu ?

— Oui. C'était effroyablement amer. Mais il est vrai que ça m'a levé toute volonté et tout désir.

— Et ça te reprend ?

— Oui.

— Qu'est-ce qu'il y a de nouveau ?

— Des hommes.

— Et comment sont-ils montés malgré le névé ?

— Oh, ils sont là depuis la fin de l'automne.

— Et c'est maintenant que tu viens ?

— J'ai lutté longtemps toute seule.

— Ah, ce n'est guère possible.

— C'est pour ça que je suis venue.

— Malheureusement, cette fois ce sera plus difficile. Il n'y a plus d'avélanèdes sous les aveliniers et ça ne fait jamais deux fois le même effet.

— Pourtant il faut absolument que vous me trouviez quelque chose, sinon je suis perdue.

Il se leva et poussa la porte vitrée, en grommelant entre ses dents.

— Je trouverai bien ce qu'il te faut. Ce serait bien le diable.

Elle l'entendit fureter parmi ses boîtes et revenir bientôt tenant entre ses doigts des tiges grises.

— Voilà, je t'ai trouvé ça. Il faudra que tu en prennes toutes les nuits pendant dix jours et tu sentiras tout de suite le bien. Tu l'infuseras de même manière que les couronnes d'avélanèdes de façon à ne pas perdre la vapeur.

— Ah, vous me sauvez. Je vous remercie bien. Ça fait que je vous dois ?

— Rien du tout, c'est pas pour bénéfice, c'est pour te rendre service.

— Vous n'en parlerez pas au moins ?

— Non, c'est pas mes habitudes de parler.

— Je voudrais vous remercier.

— Alors dis-moi seulement comment tu trouves ma nouvelle ?

Il désigna la pendule aux tulipes fraîchement peintes. Elle dit :

— Superbe !

Et elle sortit, tandis que toutes les horloges du fond sonnaient cinq heures. Dehors, la nuit était tout à fait venue. La lune en son plein éclairait les tas de neige. Blanche Respondey écouta. Valérie passa devant elle, remontant en courant la rue déblayée. Elle gagna derrière Clapigneux le bouquet de sapins si serrés que la neige ne forme sous eux qu'une mince couche. Blanche la vit distinctement s'avancer ; même, elle vit sortir de l'ombre les bras d'Ange Cassagne et elle l'entendit crier : « Chérie ! » avec une voix d'impatience enfin comblée. Alors, une grande révolte entra en elle, tandis qu'elle redescendait vers sa maison. « Et non, pensait-elle, non je ne boirai rien du tout. C'est pas juste, il n'y a qu'à se laisser aller. Et alors, il n'y aurait que moi seulement ? Et s'il meurt ? Je serai bien avancée après de l'avoir tant attendu ! » Elle sentit se coller contre son corps brûlant le corps de la nuit froide. « Ils sont tous tranquilles et heureux, pensa-t-elle, et du haut de ce bonheur, tout par un jour ils vous regardent et ils vous crient : "Restez sage, restez malheureux." Ils sont tous deux et moi je suis seule. » Alors, elle brisa entre ses doigts le bouquet de tiges grises et respira son odeur sauvage. Puis elle le jeta dans la neige et le piétina.

— Comment l'as-tu senti ? demanda Ramonce.

— Eh bien le matin de Noël, quand je l'ai raccompagnée, vous savez? Il m'a semblé le deviner dans ses paroles. Je ne vous en ai pas parlé avant parce que ça me paraissait inutile, mais à force de réfléchir…

— D'un autre côté, dit Champsaur, il est vrai que Blanche a perdu sa broche au bord du gouffre.

— C'est la doctoresse elle-même qui me l'a appris, dit Barles.

— Ça, dit Ramonce, au fond on s'en foutrait, parce que ce n'est pas nos attributions, quoique ces jalousies de femmes ça n'attire rien de bon.

— Celle des hommes non plus, observa le boulanger qui roulait une cigarette derrière sa banque.

— D'accord, mais enfin pour le moment il s'agit de celle des femmes. Ce qu'il y a de plus grave, c'est que la maison d'Abit est contiguë à celle des Respondey, et sa chambre touche celle de Blanche. C'est Servane qui l'a dit à Maria. Il paraît que, toutes les nuits, Blanche se lève.

— Pour aller où? demanda Autran.

— Et qui sait? Peut-être jusqu'au gouffre.

— Oh, dit Castel, une femme c'est pas possible.

— Et pourquoi? La doctoresse y va bien chaque jour. Et tu sais, ces femmes, quand elles ont envie, elles renverseraient le monde.

— Surtout, dit Champsaur, qu'elle est privée depuis trois ans.

— Suppose, poursuivit Ramonce, que tout par un coup la femme de Luc se lève et la suive, par simple curiosité, qu'est-ce que tu crois qu'il se passerait?

— Elle aurait vite dit le fait à son mari, ça c'est inévitable.

298

— Et de fil en aiguille, Pourrier saurait vite de quoi il s'agit.

— Et alors, adieu pays ! La peur et le sens du devoir aidant, il n'y a plus d'amitié qui compte, au printemps, il descend au Rocher et nous sommes tous bons.

— Pourtant, dit Barles, il y a bien tous ces jeunes par là...

— Ce n'est pas pareil. Ils ne sont pas spécialement recherchés. Ils ne sont pas armés, tandis que les autres...

— Ça, dit Castel, il faut l'éviter par tous les moyens.

— Ce ne serait pas la peine d'avoir tant lutté.

— Et ne perdez pas de vue, précisa Barles, qu'il y a aussi la jalousie de la doctoresse.

— C'est une femme de tête, dit Autran.

— Oui, mais c'est malheureusement aussi une femme de corps.

— Enfin, elle assure que maintenant le gars Bernard est tiré d'affaire et qu'il y faut seulement du repos. Il n'y a donc plus de raison pour qu'elle monte aussi souvent.

— Non. Il faudra le lui dire.

— Et vous, Castel, poursuivit Barles, il faudra dire à votre mère qu'elle fasse appeler Blanche Respondey, puisqu'elle a l'air d'avoir de l'influence sur elle et qu'elle la chapitre un peu, quitte à lui révéler que nous connaissons tout son manège et qu'elle ferait bien de se surveiller.

— Nous voilà en plein dans les histoires de femmes !

— Elles font partie, observa Ramonce.

Castel réfléchissait.

— Je ne crois pas, dit-il à la fin, que ce sera la peine, tout ça. Au fond il y a une chose bien plus simple. Maintenant, chaque fois que nous y allons, nous leur portons des vivres pour dix jours. Donc, il n'y a pas utilité à monter plus souvent. Par conséquent, je vais retirer la corde.

Ils firent le silence.

— C'est une bonne idée, approuva Ramonce.

— Tu comprends, la corde ôtée, Blanche Respondey cesse d'aller respirer au bord du gouffre l'odeur de l'homme.

— Vous êtes sûr, demanda Barles, que personne n'en possède une ?

— Certain.

— Alors oui, c'est une bonne idée.

— J'y monterai demain, dit Castel.

Seulement, la même nuit vers onze heures, une forme furtive descendit la rue et passa à côté de la maison de Ramonce, sans seulement éveiller les chiens, tant elle était légère. C'était Blanche Respondey qui montait au gouffre. Dominée invinciblement par le désir, honteuse de ce qu'elle allait faire, de ce qu'elle ne pouvait plus désormais empêcher, affolée d'un froid terrible et d'une peur ancestrale, elle était seule parmi la menace de la terre livrée à elle-même, hors du pouvoir des hommes. Elle allait pourtant, aveuglément conduite, le froid se brisant sur son corps trop chaud.

Dès qu'elle eut dépassé la maison de Ramonce, elle se trouva aux prises avec la neige vierge et passa ses raquettes. Elle suivit le chemin non foulé par les hommes, puisque d'habitude ils prenaient la piste à skis. Enfin, elle pénétra sous la forêt. Elle sentait autour d'elle le silence curieux des arbres, se doutant bien de ce que sa présence ici avait de bizarre et même de ridicule. La lune découpait dans les ramures de grands cierges translucides. À travers les branches droites dont les plus hautes remuaient avec lenteur, il semblait à Blanche que le ciel se fût approfondi. Depuis longtemps d'ailleurs elle n'avait plus eu la curiosité de le voir. Et il fallait que, juste cette nuit, elle eût besoin d'une présence qui calmât son attente, pour s'apercevoir de son existence. Il était un globe au-dessus de la forêt. Tout d'ailleurs ici était rond et elle sentait qu'au milieu de tout ça, son corps n'était pas déplacé. De temps à autre, un arbre facétieux faisait tomber dans son cou un lourd flocon et elle tressaillait de désir sous ce choc. Enfin, elle arriva au bord du gouffre, entièrement dissimulé par les cadavres des sapins. Il y avait, juste en son centre, l'endroit découvert de sa neige où elle savait, pour l'avoir vu, trouver le madrier et le départ de la corde. Le coudrier oscillait inlassablement, mais il avait perdu toutes ses feuilles.

— C'est une bonne idée, dit Michel Bernard, qu'a eue l'instituteur de nous donner ce jeu d'échecs.

— Fais attention, dit Frank Voeter, tu parles comme une pie et tu joues en téméraire.

— Oh, je n'ai jamais rien entendu à ce jeu.

Voeter regarda sa montre.

— Onze heures et demie… C'est l'heure où je portais au journal la copie de la dernière.

— Et moi, dit Michel, j'accordais l'instrument pour l'allegro final de la symphonie en *ré*. Et tous les yeux du parterre étaient fixés sur moi. Je voyais briller ceux des femmes dans la demi-pénombre, je voyais trembler leurs belles lèvres.

— Saloperie d'époque, dit le juif.

— Elle est intéressante. Elle est même passionnante dans son ensemble, mais dans chaque détail d'elle-même, tu as raison, c'est une belle saloperie.

— Pour en jouir, il ne faudrait être ni juif ni communiste.

— Il ne faudrait pas être homme. Autrement, comment se trouver simultanément de chaque côté de la barricade pour en surprendre le passionnant ?

— Ah foin du passionnant ! Ce qui me manque le plus à moi ce sont les femmes.

— Tu ne penses qu'à ça.

— Tu es jeune. Tu verras, quand tu sauras, comme c'est divin, une femme. Comme ça comble mieux que n'importe quelle victoire idéaliste.

— Moi, la seule chose qui m'importe c'est de sortir d'ici. Dès que je vais être guéri… Et d'ailleurs ce sera le printemps. Et alors…

— Alors quoi ?

— Il y aura pas mal de choses passionnantes à faire en bas du côté du sud, là où tout commence.

Frank Voeter haussa doucement les épaules et dit :

— Tu as le tabac ?

Michel se fouilla.

302

— Il est sous ton sac de couchage.

— Merci.

Il roula minutieusement une cigarette.

— Oui, dit-il. Moi j'envie l'existence de ceux d'ici. Hors du monde.

— Ils ne connaissent pas les joies de la lutte.

— Ils ne trouvent pas que ce soit tellement une joie et ça se défend.

— Tu étais plus combatif quand nous sommes arrivés.

— C'était pour ma peau, mon vieux. Tandis que toi aujourd'hui, c'est pour des idées.

— C'est pour *une* idée. Ma peau m'importe moins que le bonheur des hommes.

— Pour faire leur bonheur, il faudrait que tu leur apportes au moins l'éternité.

— Tu parles comme la doctoresse. Mais, crois-moi, il ne leur en faut pas tant. Qu'on leur laisse seulement vivre leur vie dans la paix et dans l'aisance et ce ne sera pas si mal.

— Cette doctoresse, dit Franck, elle éveille en moi des désirs effrénés de la violer.

— Essaie.

— Malheureusement elle ne voit que toi.

— Ah?

— Tu t'en es bien aperçu?

— Je pense tellement peu à ça, quand elle vient. La seule chose que j'attende d'elle, c'est qu'elle abrège mon temps d'immobilité.

— Elle a dit le début mars et elle n'en démord pas.

— Ça fait encore un bon mois entier.

Juste à ce moment, un long cri transperça le

silence calme de la grotte où il y avait seulement le bruit doux de la Paix dont les eaux bleues avaient baissé à mesure que le gel s'était resserré. Michel se leva sur ses coudes, Frank Voeter écouta.

— C'est une femme, souffla-t-il.

Un second cri fit se lever au fond de la terre la rumeur infinie des échos.

— Qu'est-ce que c'est?

— Je vais voir.

Il se dressa et remonta l'éboulis en courant. Très vite, il eut dépassé la zone bleue et se trouva en pleine obscurité. Il alluma sa torche électrique, avançant avec précaution, tandis qu'autour de lui la lumière déroulait l'ombre. Arrivé presque à l'entrée du gouffre, il se heurta à un corps et sa torche éclaira une femme. Elle était étendue sur le sol de craie. Entre les bottes de pluie dont elle était chaussée et ses robes relevées, il y avait la large forme bien assise de ses cuisses. C'était Blanche Respondey. Elle avait eu peur, elle n'avait pas osé aller plus loin, ses mains frictionnées violemment par la corde lui faisaient si mal qu'elle croyait ne plus pouvoir jamais remonter. Alors, elle avait poussé ces deux longs cris et elle avait attendu, persuadée que quelqu'un viendrait. Et il était venu en effet, cet homme qu'elle voyait maintenant à travers ses cils clignotants, découpé en ombre par la lumière dure de la torche et elle le trouvait beau et voyait bien à la fièvre de ses pommettes qu'il regardait son corps étalé avec autant de désir qu'elle-même et elle l'appelait avec tant de force intérieure qu'il ne pouvait pas ne pas répondre. Il se pencha sur elle et toucha le grain de sa peau. Alors elle tressaillit et il vit qu'elle était vivante.

— J'ai eu peur, dit-elle tout bas, c'est pour ça que j'ai crié.

— Et maintenant, dit-il, vous avez encore peur ?

— Non, dit-elle.

Il sentait tout contre lui son corps courbé et dur et invinciblement ses mains glissaient au long de ses jambes.

Un monde de joie tournait dans la tête de Blanche Respondey, quand elle redescendit vers Cluze vers trois heures de la nuit. Elle s'arrêtait à chaque arbre et se serrait contre eux à les briser et à se briser. Ils continuaient à balancer doucement dans le ciel la tête de leur ramure. Il lui semblait qu'une force terrible avait levé en elle un barrage derrière lequel s'accumulait depuis longtemps le désir de vivre. Elle chantait entre ses dents claquantes de froid, presque en délire, roulant ses mains glacées dans son manteau autour de la place de ses seins, encore mal assouvis mais déjà soulagés, déjà moins lourds. Le sourire ne quittait pas ses lèvres extasiées. De temps à autre elle se penchait et respirait avec délices l'odeur que son corps laissait autour de lui, elle avait des mouvements de bras, des étirements, comme pour s'élancer vers le ciel. Mais les odeurs seules touchaient ses narines palpitantes, son corps tremblant ne se sentait plus solidaire du sol. Elle était devenue aérienne.

On était arrivé maintenant à l'endroit de l'année où le cœur de l'hiver oscille vers le printemps, ce qui donnait plus d'inquiétude que de plaisir aux gens de Cluze. Sentant pour les autres l'imminence des périls, ils étaient effrayés dans leurs fibres profondes par tout ce qui les rattachait aux hommes. Mais aussi parce que au centre d'eux-mêmes, ici à Cluze, il y avait un grave sujet d'angoisse.

Dès le printemps revenu, il y aurait de nouvelles recherches, c'était plus que certain, avec tous ces réfractaires déserteurs dont la montagne était farcie. Aussi, les rencontres entre les hommes étaient assez soucieuses. On avait encore, bien sûr, le temps de voir venir; seulement, ce qui les inquiétait surtout, c'était de penser que les femmes étaient au courant de tout.

— Car les femmes, n'est-ce pas, était en train de dire Castel, elles considèrent tout ça un peu à la légère...

— Tu as retiré la corde?

Castel hésita.

— Oui, dit-il à la fin, il y a une huitaine.

— Comme ça, c'est parfait.

— Au moins, plus rien à craindre de la jalousie des femmes.

— Non, répéta Castel, plus rien à craindre.

Il ne voulait pas augmenter leur inquiétude avec ce qu'il savait.

La vérité, c'est que deux jours après qu'il eut retiré la corde, il avait vu arriver un soir chez lui la Blanche Respondey comme folle, disant qu'elle se tuerait si on ne lui permettait pas de descendre dans le gouffre.

— Mais, dit Castel, qu'est-ce que tu veux y aller faire ?

Elle lui avait jeté ce mot en pleine figure :

— L'amour !

— Ah ? (Il s'était assis.) Ça, c'est nouveau. Et y a longtemps que ça te dure cette déraison ?

— Depuis trois jours.

— Et tu comptes sur moi ?

— Oh, vous n'avez pas besoin de faire le fier-à-bras, de gré ou de force, il faudra bien que vous m'aidiez. Vous avez retiré la corde ?

— Oui.

Tant de révélations assenées sur lui par cette femme aux yeux d'étincelles le privaient de ses réflexes.

— Eh ben, dit-elle, vous allez me la rendre ou la remettre tout de suite.

— Et si j'allais raconter ça au père Respondey ?

— Vous ne lui raconterez rien du tout. Ou alors moi je raconterai d'autres choses.

Alors il comprit où elle voulait en venir et qu'il allait falloir s'exécuter.

— Mais tu te rends compte à quoi tu les exposes si tu les dénonces?

— Aussi je compte sur votre sagesse pour leur éviter ça.

Il voulut essayer la raison.

— Mais enfin, la Blanche, réfléchis un peu. Pense que tu vas perdre ta vie. Si Léopold revient…

— Vous le savez, vous, s'il reviendra seulement? Et même s'il revient, il sera fini, vieilli, vidé et moi j'aurai perdu ma jeunesse à l'attendre.

— Et si tu es enceinte?

Elle trancha l'air d'un geste de main.

— Non. N'essayez pas de m'influencer, je sais ce que je veux : je veux la corde. Un point c'est tout. Vous ne voulez pas me la donner?

Castel sentait son caractère lui échapper. « De deux choses l'une : ou je lui donne la corde ou je la jette dans le puits. » La jeter dans le puits, il l'aurait fait volontiers, mais il avait pitié d'elle, de la joie bouillante qu'elle défendait avec tant de force. « Car, pensait-il, elle a raison. C'est nous qui avons tort de vouloir museler la nature. C'est notre morale d'impuissants qui fait tout le mal. » Il la regarda longuement. Sous son manteau, sa poitrine lourde se soulevait avec force. Il sentait en son corps la palpitation de la vie. Il réfléchit. Il y avait la doctoresse bien sûr. Barles avait dit qu'elle aussi était attirée vers les hors-la-loi, mais vers lequel? Il eut l'impression que la providence se jouait d'eux et que leur force à tous, qui paraissait si grande, était à la merci de la faiblesse des femmes. « Le ciel fasse, pensa-t-il, que ce ne soit pas le même. »

— Écoute, reprit-il, je vais te la donner, mais à une condition : c'est que tu vas me jurer que la doctoresse n'en saura rien.

Elle leva les yeux.

— Et pourquoi ? dit-elle avec défi.

Il pensa : « Car il ne lui suffit pas de l'avoir, il le lui faut encore pour elle toute seule. »

— Ça, dit-il, ça ne te regarde pas. Tu jures ?

— Je jure.

— Bon. Tu la cacheras dans les rames de sapins abattus. Tu la remonteras chaque fois que tu t'en seras servie.

— Bon.

— Tu comptes y aller souvent ?

— Tous les jours.

— Je te la monterai ce soir là-haut, parce qu'elle est lourde, tu ne pourrais pas la porter.

— N'oubliez pas.

Elle se préparait à sortir.

— Et, dit-il encore en se grattant la nuque, lequel est-ce ?

— Ça ne vous regarde pas non plus.

— Tu l'aimes ?

— Non, dit-elle, vous ne comprendriez pas.

— Je ne comprends pas, dit Autran, le mal qu'il y aurait si une des femmes les aimait, car enfin, au contraire...

— Non, dit Ramonce, tu ne comprends pas ? Nous avons ici deux femmes prêtes pour l'amour (ou du moins deux que nous connaissons et qui se sont presque démasquées) : Blanche Respondey, par l'absence de son mari, la doctoresse qui est une demoiselle, mais qui doit commencer à trouver le temps long…

— Je ne crois pas, interrompit Barles, qu'on puisse mettre les choses sur le même plan, car enfin, comme vous dites, la doctoresse est une jeune fille, elle ne peut guère avoir que des idées d'amour pur. Pour Blanche, évidemment, c'est différent, parce qu'elle sait le profit qu'elle en peut tirer…

— De toute manière, le résultat est le même. Et notre seule garantie, pour éviter des catastrophes, c'est cette corde que Castel a eu la bonne idée de retirer.

— Sûrement, dit Castel qui savait à quoi s'en tenir.

— Et je vous assure, reprit Ramonce, que s'il n'y avait pas ça, je ne m'endormirais pas tranquille toutes les nuits.

Ils étaient à nouveau réunis chez Autran, devant la porte fermée du four. Dehors, c'était la nuit de six heures et le ciel de février. Ce fournil de la boulangerie constituait leur plus tranquille refuge. Pourrier, repris par ses rhumatismes, ne sortait plus de chez lui et sa femme, tous les matins, en faisant ses courses, apportait les échos de nouvelles douleurs. Quant à Luc Abit, il restait le plus souvent au coin du feu, et s'il lui arrivait de s'ennuyer et de venir, le bruit de son catarrhe avertissait de loin.

Donc, ils étaient bien entre eux dans leur inquiétude.

— Ah, reprit Ramonce en secouant sa pipe, le gars Bernard va mieux ?

310

— Oui, dit Castel, il a commencé déjà à marcher.

— Et il parle toujours de redescendre au printemps ?

— Oui, il parle qu'il y aura des choses à faire.

— Il est évident…, dit Barles.

— Eh bien, nous aurons peut-être sauvé un de ceux qui nous commenceront la grande Révolution.

— Il est évident…, répéta Barles.

— Il n'est pas encore sauvé, objecta Castel.

Ils écoutaient au-delà du silence le bruit des combats qui se livraient à l'ombre de la terre, et il leur semblait voir couler le dernier sang torrentiel de la patrie humaine, la dernière crue de sang, celle dont l'exceptionnelle abondance allait amener la grâce. Il leur semblait que ce qu'on croyait bon d'appeler Dieu leur avait donné mission de conserver à leur chaleur un peu de ce qui allait amener la société à changer de base. Et pourtant, il n'y avait sur eux que le silence de la neige et des forêts. Le seul bruit venait du ciel et il était indéfinissable.

— Moi, commença Autran après avoir beaucoup réfléchi, tout ça me fait penser à ma pâte. À force de la brasser, de la triturer, de la battre au plat de la main, tout par un coup elle fait bloc de telle manière qu'elle n'adhère plus au pétrin, et alors je vire les cinquante kilos d'un seul coup. Il m'arrive de le faire par plaisir, ça tourne d'un bloc et puis ça s'étale…

— Le fait est…, dit Ramonce.

Ils comprenaient tous ce que le boulanger voulait dire en sa parole embrouillée : que le bouleversement du monde était semblable à la pâte à pain, qu'un jour allait venir où il changerait d'assise d'un seul tenant, et sans bruit, étouffant les plaintes de ceux qui seraient dessous, les plus rares, sous les hurlements de joie et ceux qui tout d'un coup naîtraient une seconde fois, les plus nombreux.

— Il est évident, dit Barles, que la vengeance va être terrible et qu'il n'y aura pas de place après sur la terre pour ceux qui n'auront pas été magnanimes, ceux qui auront été sans pitié, ceux qui se seront servis du pouvoir pour satisfaire leurs ambitions.

— Et ce sera juste, continua Ramonce, car enfin il n'y a pas de raison que les uns souffrent pendant que les autres jouissent. C'est pour ça que j'aide Bernard, lui parce qu'il est l'espoir, le juif parce qu'il est victime de l'injustice. Je ne veux pas avoir mis des enfants au monde pour qu'ils soient malheureux, je veux qu'ils soient bien sûrs que j'aie tout fait socialement pour assurer leur bonheur, pour que, s'ils ne l'ont pas, ils s'en prennent à eux-mêmes.

— La vie, dit Barles, se gagne petit à petit, mais le contentement on le porte en soi.

— Pourtant, conclut le boulanger, la plupart du temps quand on ne l'a pas, ça vient du dehors, c'est donc le dehors qu'il faut changer.

Et il fit le geste de la masse de pâte tournant sur elle-même et dont le dessous, couvert de farine sèche, se trouve brusquement à l'air libre et se déchire largement, montrant sa vie intérieure.

Il vint un jour de fin février où ce que craignaient les hommes arriva. Deux mois entiers, dans le secret de son âme, la doctoresse avait gardé sur elle la broche qui figurait si bien un fusil fleuri. De temps à autre, elle se plaçait devant sa fenêtre avec l'idée de regarder la scène immuable de la place : les trois chemins creusés dans la neige et sur lesquels passaient toujours les mêmes êtres et l'orme qui devant la porte du café avait dans ses bourgeons indiscernables l'espoir précoce du printemps, mais elle se laissait distraire de ce spectacle par son jeu intérieur, secret à tous, puisque depuis bientôt trois mois elle était privée de confesseur.

Il lui suffisait de faire sauter entre ses doigts la broche en cuivre de Blanche Respondey pour se trouver en présence des images diverses qui la poursuivaient. Il y avait Castel l'albinos aux yeux mauves, le jour où il l'avait sauvée au bord de la dépression Palonique. Elle le voyait homme, non pas homme pur, homme d'âme et de conscience, mais homme de chair, homme de corps et de muscles, et puis elle voyait Barles le soir du réveillon, quand il était apparu à sa porte, chargé des arums bleus, des étoiles de neige dans ses cheveux lustrés. Mais surtout elle voyait les mains du hors-la-loi au fond du gouffre et ses yeux lointains qui toujours la traversaient sans s'arrêter à elle. Elle voyait, plus confusément, les hommes qui, au cours de sa vie, avaient retenu un moment sa pensée ; chez aucun d'eux elle n'avait trouvé, comme chez le violoniste, ce regard plein de la pureté du vide. Mais elle sentait bien que ce vide n'était pas inutile et qu'il servait, à longue échéance, des desseins qu'elle ne pouvait pénétrer. Elle revoyait Blanche Respondey, le soir du réveillon, ses gestes saccadés, ses rires stridents, toute l'énorme exubérance de son refoulement.

Castel avait eu tort de ne pas prendre plus de précautions. Il avait dit à la doctoresse qu'il avait retiré la corde du gouffre, à cause du danger que cela représentait. Docile, elle l'avait cru et, désormais, elle ne montait plus que tous les huit jours avec le guide. Seulement, elle avait fini par s'apercevoir que s'il retirait la corde à chaque fois, il ne l'emportait pas avec lui et la cachait seulement derrière les taillis.

Les hommes avaient trop de confiance. Ils ne connaissaient pas la puissance de détermination qui dévore les femmes passionnées à la naissance du printemps. Depuis que Castel avait permis à Blanche de faire sa volonté, il croyait que tout était aplani.

Henriette Chenoncet lutta une partie de la nuit contre son besoin de revoir le violoniste et ne se trouva pas plus avancée au réveil. Elle était poussée par l'envie irrésistible de retrouver l'homme dans son auréole bleue, de le voir debout — elle l'avait déplâtré à sa dernière visite —, d'essayer de le persuader de rester là et d'attendre tranquillement la consommation de la tragédie, au lieu de descendre vers le sud se rejeter corps et âme dans la mêlée. Elle croyait que la raison parlerait par sa bouche, ne se rendant pas compte qu'elle ne pouvait plus prétendre être l'arbitre de la raison. Elle monta donc à la clairière au petit matin. L'air était fleuri de nuages en flocons rouges. Aucune parcelle du sol ni du ciel ne bougeait, ni la cime des arbres, ni les maisons des hommes. Il y avait seulement, au-dessus du toit de Ramonce, la légère fumée en spirale du feu de vernes. C'était tout. Dépassé la maison, l'espace retombait dans l'immobilité. Deux ou trois fois la doctoresse s'arrêta pour essayer de saisir dans le ciel des mouvements qu'elle croyait devoir exister. Mais dès qu'elle faisait halte, plus rien, le silence. Il lui semblait que les gestes du monde s'arrêtaient en même temps que les siens. Un léger vent ras de terre la poussait dans le dos mais ne détruisait pas l'immobilité totale des arbres. La neige glissait silencieusement sous ses pas. Le ciel statique se jouait sur sa tête à travers les cimes. Elle avait compté sur l'abreuvoir de Clapigneux pour peupler le silence et motiver en cette terre la présence des hommes. Mais il était gelé jusqu'au canon, figé, et si l'eau coulait, c'était au milieu d'une chape de glace qui en étouffait le bruit. Alors, lui vint la sensation exacte de l'indépendance de ce sol. Elle balança à continuer. Pour la première fois de sa vie, se trouvant seule sans l'appui d'un but défini nettement, qui aurait pu lui faire ignorer l'alentour, au milieu d'un tel silence, d'une telle immobilité médusée, comparable avec rien, même pas avec la solennité des églises, elle ramena, pour un court instant, l'homme et le Dieu qu'il avait créé, à leur juste taille. Il lui sembla qu'autour d'elle le monde, pourtant toujours aussi impassiblement immobile, venait de faire explosion tant il avait démesurément augmenté de force et de volume. Et au milieu du silence, elle entendit avec peine battre son cœur. Pourtant les nuages roses fleurissaient avec calme et une dernière étoile matutine bleuissait au bord de l'horizon, du côté du sud. Mais tout cela fait de silence ou de mobilité si subtile qu'elle était indiscernable, laissant à jour le seul battement de cœur que la femme, quinze fois plus petite que les plus modestes mélèzes, possédait sous la douce enveloppe de sa peau.

C'était la troisième halte qu'elle faisait sur le chemin du gouffre. Maintenant, après la clairière du Roule, la forêt devenait si épaisse que les arbres étouffaient l'espace, on les sentait avides de gagner du terrain, on sentait que leur ambition d'arbres était de faire de toute la terre une forêt.

À travers la doctoresse, la nature préparait la femme, l'affaiblissait par la confrontation indifférente des êtres insensibles et, par le vertigineux contraste entre le vent et le silence, la faisait petite, lui donnait peur, lui présentait, comme dernier et seul recours à son infirmité, l'homme et son amour.

Henriette Chenoncet chercha autour d'elle une trace humaine, elle trouva le poil caressant de son manteau qui avait conservé, tout au fond, l'odeur de la Noël passée quand elle avait dansé dans la grange de Peyre. Rassurée un peu, elle se pressa vers la grotte, avide de parler et d'entendre répondre. Enfin, elle arriva au bord de la clairière neigeuse, encombrée des sapins coupés qui bouchaient l'entrée du gouffre.

Elle avait besoin de voir un être. Aussi fut-elle presque soulagée quand elle aperçut au bord du trou Blanche Respondey qui remontait tranquillement la corde.

Elle ne l'entendit même pas s'approcher tant

elle mettait de soin dans son opération et ce fut seulement quand elle eut fini qu'elle se retourna et vit la doctoresse en face d'elle.

— Bonjour, docteur, dit-elle sans s'émouvoir.

— Bonjour.

Henriette Chenoncet la regarda en face et vit à son visage ravagé par le plaisir et à ses yeux étincelants qu'elle était positivement ivre et que rien ne pouvait l'atteindre. Elle humait le matin par ses narines palpitantes, ses dures mains tuméfiées par le froid étaient pleines de crevasses. Henriette se sentit tout d'un coup petite fille en face d'elle et humiliée de l'être, elle se crut pâle à côté de la couleur de joie qui s'étalait sur le visage de Blanche.

— Vous pouvez laisser la corde, dit-elle, je vais descendre.

— C'est que, dit Blanche, Castel m'a bien recommandé de la retirer chaque fois, de ne la laisser prendre à personne.

— À moi vous pouvez, c'est pour faire mon métier.

— Oh, il est presque guéri! Si vous voulez pas vous donner seulement la peine…

— Ne vous inquiétez pas de ça, dit-elle d'une voix coupante.

La colère montait en elle. Elle vit que Blanche avait pris une décision, que maintenant rien ne pourrait plus l'arrêter et comprit tout de suite ce qu'elle venait de faire au bord du fleuve la Paix, où elle avait sûrement passé la nuit. Une seule question tournait en elle : «Avec lequel?» Cela seulement lui importait et elle en était péniblement surprise car, pour la première fois, elle se trouvait aux prises avec la désastreuse faiblesse de son cœur.

«Est-ce qu'elle aura le courage de me poser une question?» se demandait Blanche Respondey en la regardant avec défi.

Enfin, la doctoresse sortit de sa poche la broche de cuivre.

— Voilà, je vous rends ceci que j'ai trouvé.

Blanche s'exclama.

— Tiens, je n'y pensais plus. Mais il y a bien deux mois que je l'ai égarée. Où l'avez-vous prise?

— Ici même. À côté de l'endroit où vous êtes.

— Vous ne pensiez plus à me la rendre?

— Je ne savais pas qu'elle était à vous.

— Oui, elle est à moi. Je l'ai perdue avant la Noël. Ça m'embêtait parce que j'y tenais. Je vous remercie. Ce n'est pas sa valeur…

Henriette Chenoncet sentait monter en elle la honte de ce qu'elle allait dire:

— Quand vous l'avez perdue, il y avait longtemps que vous veniez?

— C'était la première fois, dit Blanche qui était décidée à répondre avec arrogance.

— Et depuis vous êtes revenue.

— Tous les jours.

Le silence se fit. Le squelette du coudrier continuait son mouvement perpétuel. La clarté diurne pénétrait peu à peu sous la forêt. Il y avait de lointaines étincelles de soleil pâle sur la neige. Les deux femmes se regardèrent un moment en face.

— Votre manteau est bien beau, dit Blanche.

Henriette baissa les yeux la première. Elle rassembla tout son courage et dit :

— Et… avec lequel ?

Blanche était prise au dépourvu. Ce qu'elle ne voulait pas surtout ? — Non, ce qu'elle ne voulait pas d'abord, c'était faire plaisir à cette femme puisqu'elle voyait dans ses yeux qu'elle était devenue une rivale. Ce qu'il fallait, c'était ne lui laisser aucun doute. L'anéantir définitivement.

— Avec tous les deux, dit-elle. Au revoir, docteur.

Elle lui tourna le dos et redescendit vers le village.

Alors, Henriette comprit pourquoi, ce matin, elle avait deviné avec angoisse le volume du silence, pourquoi elle sentait depuis quelque temps avec plus d'acuité sa solitude, pourquoi elle ne pensait plus aussi souvent ni aussi longtemps à Dieu, pourquoi l'éternité l'intéressait moins, pourquoi elle avait moins peur de mourir, pourquoi elle trouvait en elle plus de joie et plus de détresse. Elle eut la révélation de sa certitude. La pitié pour elle-même dépassa brutalement son désir d'apostolat. Elle cessa de croire que le bonheur parfait ne pouvait être de cette terre. Elle comprit quelle immense dupe elle allait être, mais en même temps lui vint dans la bouche un goût de révolte, ce goût de perdre le monde entier à sa suite : le besoin de naufrage. Elle s'avança vers le couvert des arbres. Elle s'appuya contre un tronc et pleura, redevenue en une seule minute toute petite fille, grinçant des dents, haineuse, malheureuse, amoureuse, demandant au ciel pire punition contre tous ceux qui l'anéantissaient ainsi, alors qu'elle se sentait sur le point d'éclore, alors qu'elle avait mis tant de soin, tant d'émotion sacrée, tant de travail, afin d'arriver à cette éclosion. Elle laissait naître en elle le désir encore flou de vengeance qui se développait et se précisait.

Quant à Blanche, elle descendait vers Cluze, les poings serrés, le cœur taraudé par la jalousie. Il lui semblait qu'elle allait perdre cet assouvissement désormais indispensable qui, pensait-elle, lui était dû. Elle savait que la doctoresse était plus belle, plus distinguée, qu'elle pouvait faire naître de l'amour, alors qu'elle ne pouvait provoquer que le désir. Aussi craignait-elle que sa possession ne lui échappât. Et lui vint aussi le besoin de naufrage. Elle ne pleura pas, mais laissa se développer en elle les germes qu'elle y sentait naître. Le désir empirique de soustraire au monde son amour afin que, puisqu'elle ne pourrait plus l'avoir, personne ne l'eût plus. Elle sourit. C'était simple, c'était facile. Il n'y avait qu'à attendre le printemps. Alors, pleine de la certitude de sa puissance, elle descendit vers Cluze, l'âme en paix.

Ainsi, les deux femmes, chacune en son cerveau, œuvraient à la perte des hommes. Elles avaient déjà trouvé le moyen de détruire en un seul coup le résultat heureux de tant de peines et d'anéantir, pour des raisons futiles, leur espoir majeur. Le monde ne leur en laissa pas le temps.

Le matin du 12 mars, Ramonce ouvrit sa porte
sur le jour et, avant même d'allumer sa pipe, il
regarda le ciel. Le fleuve silencieux des nuages
coulait du sud au nord. Ils avaient en eux une particularité inhabituelle : ils n'étaient pas unis et ne
coulaient pas d'un seul bloc, mais dépassaient en
profondeur les limites de l'espace. Au flanc de
la dent de Cervières, on les voyait s'étager en
couches successives, mais il y avait surtout en leur
centre, au-dessus du bois des Longes, les remous
saccadés qui annoncent aux hommes les équi-
noxes difficiles. Ils allaient sous l'élan du vent qui
s'était arrêté, puisqu'il n'y avait que la profondeur
du silence. L'hiver était enceint du printemps.

Ramonce, à force de regarder couler le ciel, eut
un moment la perception des gestes de la terre. Il
lui sembla que le seuil solide de sa maison partait à
la dérive et, instinctivement, il se retint au mur. Il
regarda sur la gauche le sapin immuable qui guettait maintenant avec lassitude, entre les squelettes
malingres des deux bouleaux, ce qu'il avait vainement espéré depuis l'automne. «Aujourd'hui,

pensa Ramonce, je vais essayer voir à dire aux Espagnols qu'ils réparent un peu le matériel. Il y aura les haches à leur y changer le manche et les passe-partout à aiguiser. »

Toute la journée, Cluze vécut sous le plafond mobile qui écrasait les échos. Parfois, un nuage se séparait du fleuve, venait s'enrouler autour de Cervières et remplissait le creux du vallon. Il neigeait sous le couvert des bois et ce n'était pas la neige du ciel, mais d'énormes flocons durs se détachant des ramures.

Le soir, la course du fleuve sembla se ralentir. Le silence devint moins absolu. Un léger vent se coucha sur la forêt. Il y eut une seule avalanche pénible au long de la dépression Palonique. Elle parut moins rapide qu'à l'habitude. La nuit vint.

Le lendemain, 13 mars, on commença à entendre le bruit des petites eaux. — Le fleuve montait toujours vers le nord. — Ce ne fut pas grand-chose de plus qu'une onde infime de bruit s'étendant sur l'absolu du silence. Ce fut la fontaine à côté de la doctoresse dont le canon fumant entouré de paille se fit un trou dans la glace du bassin et commença à dérouler sa parole. Ce fut l'abreuvoir de Clapigneux dont Peyre tous les soirs cassait la glace et qui ne se reforma pas. Ce fut le bruit mouillé des sabots des enfants allant à l'école, des femmes allant chez Autran, des hommes allant chez Raffin et tous ceux-là laissaient leurs marques qui s'emplissaient d'eau, dans les chemins creusés entre les haies de neige. Ce jour-là, la doctoresse monta au gouffre, parce que Castel était venu la

322

chercher. Elle trouva Michel Bernard, debout, fin prêt et il avait dit à Castel : « Dès que le névé sera fondu, je descends. » Elle était revenue chez elle, l'âme pleine du désarroi des vaincus. Elle aussi attendait que le névé disparût. Elle ne savait pas lucidement pourquoi, mais elle attendait. Blanche Respondey aussi, qui continuait malgré tout ses visites à la grotte et à profiter de son plaisir, pensant qu'il serait toujours temps d'aviser et sachant qu'elle n'avait qu'à frapper à la porte à côté de la sienne, qui était celle de Luc Abit, pour que tout fût jeté à terre.

Le soir, vers cinq heures, les hommes tapèrent leurs sabots boueux contre le seuil d'Autran et se retrouvèrent en souci autour du four.

— Les gars, dit Ramonce, il semble que le printemps s'avance.

— Oui, dit Champsaur, d'un côté ce serait un bien, de l'autre c'est un mal.

Castel ne disait rien. Il songeait qu'il avait dû aller chercher la doctoresse chez elle, pour monter au gouffre, au lieu que les autres fois, elle venait le prendre. Encore avait-il fallu la prier car, disait-elle, ce n'était plus la peine. Mais le gars Bernard voulait savoir s'il n'y avait plus aucun risque. Et il se souvenait du regard sombre dont elle l'avait enveloppé, au lieu que d'habitude, avec lui, elle était tout sourire. Et Blanche l'inquiétait également. Elle avait l'air d'avoir résolu tout problème par l'absolu. Il voyait bien, dans sa sagesse, augmenter la sauvagerie des deux femmes. Et il savait que ce n'était pas bon pour eux, surtout maintenant que le printemps arrivait.

— Si seulement, dit-il, si seulement on pouvait leur couper la langue !

— Mais, dit Ramonce, Dieu merci, c'est fini ces histoires de femmes, depuis que tu as retiré la corde ?

— Bien sûr, mais enfin il n'en demeure pas moins qu'elles savent.

— Ça c'est rien, continua Champsaur, le danger réel, c'est que le névé va céder, nous allons être à la merci de ceux d'en bas.

— Vous ne croyez pas, demanda Autran, qu'ils auront autre chose à faire ?

— Peut-être, il n'y a rien de sûr. Avec tout ce que nous gardons : ceux qui sont chez Blanc, ceux qui sont chez Bavartel, ceux qui gîtent là-haut à la cabane…

— Non, dit Castel, ils sont partis.

— Quand ça ?

— Ce tantôt. Par un chemin que je n'aurais pas pris, celui qui longe le Saint-André au côté est. Je les ai suivis. Ils ont eu de la chance de passer sans perte, mais je ne conseillerais à personne de tenter ça. Ils étaient armés jusqu'aux dents.

— Ils sont allés rejoindre un groupe F.T.P., expliqua Barles.

Ils hochèrent la tête.

— Hé, dit Champsaur, ne vous tracassez pas à l'avance, il sera bien temps de s'en faire.

— Il faudrait arrêter un plan, conseilla Ramonce, réfléchissez-y, ce ne serait pas la peine d'avoir fait tout ce qu'on a fait.

— Pourrier commence à se lever, annonça Autran.

— Ça va faire un bâton de plus dans nos roues.

— Ce qui est miraculeux, dit Barles, c'est que nous ayons pu jusqu'à aujourd'hui garder tout secret.

— Surtout avec les femmes au milieu.

— Mais je ne vous comprends pas, dit Autran, est-ce qu'ils ne sont pas bien où ils sont? Les trois cents macars qui sont venus à l'automne ne les ont pas trouvés. Comment voulez-vous…

— Le fait est…, hésita Champsaur.

Barles se détacha du four et marcha vers la porte. Là, il essuya la buée du revers de sa manche, regarda couler le ciel et écouta le bruit infime des petites eaux. Il revint vers le groupe.

— Moi, dit-il, je n'ai pas confiance.

— Et pourquoi?

— Explique-toi, dit Ramonce.

— Ah, je ne peux pas expliquer. C'est là.

Il tâta sa poitrine.

— Ça ne part pas de la tête mais l'expérience m'a appris que c'est aussi sûr.

— Enfin, insista Ramonce, tu as bien une raison?

— Ah, je ne sais pas! Je n'ai pas confiance, c'est tout.

— Attendons, dit Castel. On verra bien venir.

Quand ils sortirent de la boulangerie, la nuit était presque tout à fait tombée. Barles, de nouveau, regarda le fleuve de nuages qui avançait péniblement, au milieu de voies obstruées. Le réservoir vers lequel il allait était désormais plein et l'immobilité remontait peu à peu le cours du fleuve. Le ciel bas tournoyait sur lui-même et les hommes sentaient bien que son poids et son volume avaient augmenté.

Le 14 mars au matin, Ramonce harnacha le mulet et l'attela au traîneau. Il avait d'abord hésité, car il s'était bien aperçu que la neige crissait et que le bruit des eaux s'amplifiait. Mais : « Elle sera toujours assez solide pour me porter jusqu'à Gordes », pensa-t-il. Il sortit donc et s'aperçut, dès qu'il eut dépassé le bosquet de coudriers, qu'il ne pourrait peut-être pas aller bien loin. Le mulet marchait péniblement. Derrière lui, le traîneau laissait deux raies parallèles profondes qui s'emplissaient à mesure d'une eau noire. « Enfin, pensat-il, j'irai jusqu'où je pourrai. » Ce qu'il voulait surtout, c'était connaître l'état actuel du névé.

Il arriva ainsi en face de l'allée énorme de châtaigniers qui conduit à Gordes où habitaient Aline, et Louise avec son mari. Là, il lui parut qu'il ne fallait plus compter sur l'attelage. La bête piaffait littéralement dans l'eau. Il s'arrêta donc et descendit. Les cheminées de la ferme fumaient. « Les sœurs sont levées, pensa-t-il, je vais aller leur dire un bonjour, puis je verrai si je continue à pied ou si je retourne. » Il fit avancer le mulet dans l'allée déblayée de sa neige et l'attacha à une basse branche. Il distinguait bien maintenant le ciel énorme, prêt à crever, faisant le ventre comme une maison en ruine. Il raclait contre les bords de la terre.

Du centre de l'allée, il vit ouverte la porte de la ferme sur la cuisine où craquait le feu récent. Là aussi naissait le bruit des eaux libres, c'était la fontaine devant la maison, entourée encore de glaces qui en avaient détruit la forme, mais libéré depuis hier le canon. Quand il entra, il vit Paul Pourcin assis sur une chaise, le gilet encore en bataille, qui laçait ses souliers.

— Salut bien, dit-il.

L'autre releva la tête.

— Oh! Isaïe? de si bonne heure, qu'est-ce qu'il y a?

— Rien de mal, rien de mal. T'inquiète pas. Et Louise?

— Elle est après donner aux bêtes.

Juste à ce moment elle entra.

— Je t'ai vu venir de loin, j'ai eu peur.

— Ne t'inquiète, ne t'inquiète, c'est seulement parce que le mulet n'a plus pu avancer.

Elle approchait une chaise. Lui avait sorti la bouteille d'eau-de-vie et emplissait tout de suite deux verres.

— Moins froid aujourd'hui, dit-il.

— Oui, reconnut Ramonce, mais tu as vu le ciel?

— Moi je l'ai vu! s'exclama Louise, il est plein comme un œuf!

— Alors, dit Paul en riant, y pourrait bien éclore un de ces jours.

Ramonce se curait la gorge sous la chaleur de l'alcool.

— Et vous ici, comment ça va? Le petit?

— Mieux, depuis que la doctoresse a fait le vaccin, la fièvre est tombée.

— Chance que nous n'ayons eu personne de gravement malade cet hiver.

327

— Mais je l'enverrai quand même pas à l'école jusqu'à la fonte, dit Louise.

— D'après ce qu'on sent, ça ne tardera guère.

— Oui, comment est le névé ?

Paul Pourcin alla à la fenêtre et revint.

— La brume s'est levée, dit-il, regarde voir.

Ramonce s'approcha. Il vit l'allée de châtaigniers, la bête qui attendait patiemment et, au-delà, le chemin de descente vers le Rocher, obstrué par une forme sombre. C'était le névé de Gordes noir comme un fruit pourrissant.

— Cette nuit, dit Paul, je l'ai entendu craquer.

— C'est bien tôt, soupira Ramonce, qui pensait à leur paix à tous.

— Pour une fois que le printemps serait un peu précoce, ça ferait pas bien du mal.

— Et qui sait ? dit Ramonce. J'étais seulement venu voir ça, ajouta-t-il.

Puis il demanda s'ils n'avaient besoin de rien, s'informa d'Aline qui était encore couchée et leur proposa de venir un peu un de ces jours voir Maria qui ne pouvait guère se déplacer avec ses trois enfants. Ils dirent qu'ils viendraient et Ramonce repartit.

La journée lourde se passa, sous le ciel engorgé de nuages. Le soir vint. Tous les habitants de Cluze, en fermant leurs volets, levèrent la tête vers l'espace, s'attendant à du nouveau. Vers huit heures, une masse de neige, s'ébranlant sur la toiture de Mille, coupa la cheminée, pourtant solide, au ras du toit. Une avalanche roula au long de la dépression Palonique. Mais moins importante que les précédentes. La forêt se redressait lentement. Les bois squelettiques craquaient. Enfin, vers dix heures, le fleuve des nuages s'arrêta de couler. Longtemps, il fut semblable à un troupeau qui, le soir, fait son trou pour dormir. Il s'immobilisa au-dessus de Cluze en deux ou trois derniers tourbillons. Il se fit une extraordinaire douceur. Le ciel creva. Des lambeaux de nuages vinrent se frotter à la terre. La pluie se mit à tomber.

Barles ne dormait jamais très bien. Cette nuit-là moins que toute autre. Vers minuit, il se réveilla complètement et ne reconnut pas tout de suite le bruit qui l'entourait. D'habitude, depuis qu'il s'éveillait ici dans la nuit, le silence le plus complet l'accueillait. Aujourd'hui, il y avait autour de lui une séquelle de bruits. C'était d'abord, le plus proche, un son régulier comme une horloge au-dessus de sa tête, dans le grenier. Et tantôt cristallin et tantôt mat. Il comprit que c'était une gouttière. Il devait même y avoir un récipient sous elle pour la recevoir, mais, capricieuse comme toutes les gouttières, elle jouait et folâtrait autour, s'amusant tantôt à le manquer, tantôt à sauter en plein dedans. Il y avait le bruit de la gorgue faisant le tour du toit, et au-delà, sur l'ensemble des forêts et des terres, le bruit universel de la pluie.

Depuis si longtemps qu'il ne l'avait entendue Barles ne la reconnut pas tout de suite. Elle était, autant qu'il lui semblait, accompagnée de vent, car, de temps à autre, elle plaquait de grandes claques contre les murs de la maison, comme si des draps mouillés s'étaient collés contre elle. Comme il commençait à en avoir assez de la neige, il voulut voir cette merveille et sortit de son lit. Il ouvrit sa fenêtre, sans que cela changeât quelque chose à la nuit de sa chambre, mais il lui sembla se trouver au cœur même de la pluie. «Ça tombe, pensa-t-il, ils ne vont pas être contents.» Mais peu à peu, il sentit se calmer en lui son allégresse. Il écouta plus gravement, tenta d'écarter les ténèbres à force d'ouvrir les yeux et finit par distinguer le miroitement de lac que formait la place de l'école. Il ne voyait même plus le contour des chemins creusés dans le mètre de neige.

Il prêta l'oreille. Il y avait au fond du bruit une présence lancinante, un défilé d'élément éternel qui n'était pas le clapotis allègre de la pluie, mais celui d'une eau pesante coulant ainsi qu'un ruban, se traînant au ras du sol et charriant des mondes. Il sentait passer le fleuve sous lui. Comme il faisait encore vaguement une tentative mentale pour essayer de dissocier l'idée du fleuve et l'idée de la pluie, la vérité éclatante se fit jour en lui. Il revit la raie moutonnante et dure au niveau de l'éboulis de la grotte. La vérité brutale lui sauta aux yeux et il sut la corrélation entre son souvenir précis et le bruit écrasant au fond de la pluie, qui n'existait peut-être que dans sa tête.

— Nom de Dieu de nom de Dieu! cria-t-il.

Il sauta sur son pantalon, l'enfila, chercha à tâtons ses chaussettes sous le lit, ses allumettes sur la table et les fit tomber. Enfin, il réussit à établir la lumière, à s'habiller, à s'éveiller complètement, pour se rendre compte que sa peur était totalement logique. Dans un coin de la chambre, il devait avoir ses bottes dont il aurait probablement besoin. Il les passa et descendit juste comme la pendule du coin de l'escalier sonnait interminablement minuit, au milieu de la débâcle. Il alluma sa lanterne qu'il avait descendue, sachant qu'il ne lui serait pas possible d'avancer sans elle. Au seuil de la pluie énorme, il hésita. Qui convenait-il d'appeler d'abord? Il pensa à la doctoresse, mais se dit que Castel serait plus utile. Il courut donc jusqu'à la rue de Cluze.

Heureusement, le guide avait ce chien qui aboyait à la moindre présence nocturne et Barles sentait contre ses jambes l'odeur mouillée de ses poils à travers la barrière du jardin.

— Castel! cria-t-il.

Il appela tout de même trois fois et le chien ne cessa d'aboyer que lorsque son maître parut. Il s'était éveillé sans se rendre compte qu'on l'appelait, mais surpris tout de suite par le bruit de la pluie.

— Qu'est-ce que c'est? cria-t-il de la fenêtre ouverte.

— Moi, Barles. Habillez-vous vite, venez.

— Qu'est-ce que c'est?

— Je vous expliquerai, c'est grave.

— J'y vais.

— C'est pour le gouffre, cria encore Barles, prenez ce qu'il faut!

Il fut vite prêt. Sous sa canadienne à capuchon, il rajustait encore sa ceinture.

— Eh bien?

— Excusez-moi, dit Barles, mais si je ne me trompe pas, il doit se passer du vilain là-haut.

— Allons vite, alors.

331

— Attendez. Vous allez réveiller Ramonce, moi je vais essayer de faire lever la doctoresse. J'ai peur que nous en ayons besoin.

Ils descendirent et, en route, Barles lui expliqua ce qu'il croyait.

Blanche Respondey demeurait dans la nuit, immobile, les yeux grands ouverts. Elle ne s'était pas endormie depuis que cette énorme pluie avait commencé et qu'elle sentait en elle un tracas nouveau. Elle était nerveuse. Un poids insupportable, venu par-delà la maison, l'écrasait. Elle songeait que, si la pluie continuait avec cette force, elle ne pourrait pas monter demain. Elle en était là de ses réflexions, lorsqu'elle entendit aboyer Cric de l'autre côté de la rue. C'était anormal. Elle se leva, entrouvrit un peu ses volets et entendit appeler. Elle reconnut la voix de Barles. Car elle ne pouvait le voir. Elle voyait seulement à la lueur de la lanterne sourde le départ d'un homme encapuchonné. Elle n'entendit qu'une bribe de phrase : « ... du vilain là-haut », vit que la lanterne de Barles se balançait à côté de celle de Castel, au bout de leurs gestes désordonnés, et décida de les suivre. Ils n'avaient pas encore tourné le coin de la rue quand elle sortit de sa maison.

Ils marchaient tous quatre en silence, attentifs seulement au bruit de la pluie, mais avançant aussi rapidement qu'ils le pouvaient dans la boue de cette débâcle. Et Blanche, suivant de pas très loin (quoiqu'il n'y eût pas besoin de se cacher, la nuit étant assez noire), s'effrayait tout à coup, parce qu'elle ne voyait plus le point rouge de leur lanterne et n'était plus guidée par le bruit lointain de leurs rares paroles.

— Vous n'avez pas froid? demanda Barles à Henriette.

Elle répondit farouchement non et il vit bien qu'elle était préoccupée par ce qu'il avait dit.

— Vous savez, il n'y a pas lieu de s'inquiéter tellement.

Il écartait les branches trempées, devant elle avec sollicitude, chaque fois qu'il le pouvait, car Castel les relâchait brutalement sur son passage sans songer à ceux qui suivaient.

La pluie les enveloppait tous de son écharpe irréelle, ils ne savaient pas en quel monde ils se mouvaient.

— Tu crois que c'est possible? demanda Ramonce.

— Je sais pas, dit Castel. Il vaut mieux se rendre compte, même si c'est pour rien.

— Depuis quelque temps, ça nous en fait des réveils en sursaut!

Ils arrivaient à la clairière du Roule. À partir de là, la neige de nouveau. Derrière soi la pluie, devant soi le silence. Le bruit de l'averse s'éloignait et il y avait désormais autour d'eux le seul glissement imperceptible de la neige. De plus en plus loin tombait la pluie et ruisselaient les eaux définitivement libres. Ils s'enfonçaient dans le silence. Et quand ils eurent tourné le champ de bauque aux arbres courts qui annonçait l'approche de la clairière du gouffre, ils cessèrent d'entendre la pluie et le silence fut peuplé devant eux d'une présence inconnue.

— Écoutez ! commanda Barles.

Sa voix avait, sans qu'il le voulût, des accents de triomphe.

— Je ne me suis pas trompé ! s'exclama-t-il.

Car ce qu'ils entendaient devant eux (et maintenant, ils avaient atteint la clairière toujours pareillement neigeuse et le silence plus profond faisait plus grand le bruit infime), ce qui les faisait immobiles et l'âme gelée (la doctoresse cherchait Dieu au centre de la nuit toute proche), ce qui les avait cloués au sol dans la stupeur des catastrophes, c'était au fond du monde, le grondement du fleuve.

— Canaille ! dit Castel. Les gars, il faut faire vite, si nous ne voulons pas que tout soit perdu !

Il se précipita vers l'endroit où il savait trouver la corde. Elle n'y était pas. « Cette putain de Blanche qui ne l'avait pas remise en place ! »

Il écarta les branches sur le gouffre et vit qu'elle était encore là. Il en fut soulagé.

— Tu ne l'avais pas retirée ? fit Ramonce qui, à côté de lui, l'aidait à repousser les feuillages.

— Si. Je comprends pas.

Il ceignit son front de la lampe cyclopéenne.

— La neige éteint les allumettes. Tu as ton briquet amadou ?

— Voilà. Ton autre lampe ?

— Pas la peine. Je descends seul.

— Non, pas de raison, je vais avec toi.

— C'est pas ton métier. Tu as des gosses.

— Laisse les gosses. Ils dorment tranquilles. Je descends avec toi, je te dis.

— Bon.

Ils entendaient le chant large du fleuve.

— Barles?

— Oui.

— Je descends avec Ramonce. S'il y a du malheur ou quelqu'un à remonter, je tirerai sur la corde.

— Il pourra tout seul? demanda Ramonce.

— Je l'aiderai, dit la doctoresse.

Ils ne les entendirent plus parler, Castel partit le premier. Et Barles voyait Ramonce au bord, attentif, le visage assorti au caractère de la nuit, avec sa lampe frontale, et qui n'avait l'air de penser à rien. Il disait quelque chose entre ses lèvres, mais Barles ne pouvait comprendre quoi et d'ailleurs au fond du bruit, il y avait le chant du fleuve. Ramonce disparut à son tour.

— Barles! cria-t-il, si dans deux heures on n'est pas là, tu descendras!

— Comptez sur moi, dit l'instituteur.

Castel avait fait prudemment; à partir des trois quarts de la course il avait senti une humidité inhabituelle. À trois mètres du sol, la corde elle-même était mouillée. Il pencha la tête et éclaira tout de même la terre, alors il se laissa glisser jusqu'au sol et se trouva bien d'avoir conservé ses bottes, car il enfonça jusqu'aux chevilles. Dix minutes après, Ramonce arrivait à côté de lui et il lui montra la première chose qu'il avait trouvée au pied de la corde : c'était Michel Bernard étendu, sans violon, sans habit, boueux des pieds à la tête et nu comme au jour de sa naissance.

— Mort?

— Non, le cœur bat.

— Il faut tout de suite le remonter, là-haut, ils ont ce qu'il faut. Tu as des couvertures ?

— Oui. Barles le sait. Dans mon sac.

— Attachons-le à la corde et allons vite voir. Qui sait comment nous allons trouver l'autre ?

Castel écouta le fleuve et toucha la corde mouillée.

— Je crois que ça n'a plus beaucoup d'importance. Heureusement que Blanche avait oublié de la remonter.

— L'eau est venue jusqu'ici, tu crois ?

— Oui. Le fleuve est sorti de son lit et il a dû entraîner des tas de saloperies, de pierres, de graviers, de sable, de blocs de glace peut-être, qui sait ? Et tout ça à un moment a dû obstruer.

— Et l'eau est venue jusque-là ?

— Je te dis ! Le gars Bernard a dû juste avoir le temps de s'accrocher à la corde sans avoir la force de monter. Après il s'est laissé tomber.

— Le fleuve a dû crever, puisqu'on l'entend couler. Et l'autre ?

Castel hocha la tête et dit :

— J'ai pas grand espoir.

Blanche Respondey s'était enhardie lorsqu'elle avait compris à leurs paroles qu'ils n'étaient plus que deux et s'était avancée. Maintenant, elle regardait fixement derrière eux. Enfin, elle toucha l'épaule de Barles.

— Qu'est-ce qui se passe ? dit-elle.

Henriette Chenoncet se retourna vivement.

— Que venez-vous faire ici ? Ce n'est pas votre place !

— Pardon, c'est autant la mienne que la vôtre !

Barles les regardait sans comprendre, quand la corde qu'il avait détachée dès que Ramonce avait touché terre s'agita dans sa main.

— Chut ! dit-il.

Ce n'était pas un des deux qui remontait, car elle n'avait vibré qu'une fois. C'était un poids mort. Il se mit à tirer doucement.

La doctoresse à genoux priait, les mains jointes, avec humilité. La neige tombait sur son dos courbé. Barles allait lui demander de le seconder. Blanche mit la main sur son bras.

— Laissez, dit-elle, je vais vous aider, moi.

Elle accrocha à la corde ses deux mains d'homme. Elle avait de la neige dans ses sourcils et paraissait ainsi vieillie de dix ans, avec un regard de lutteuse. Posée à côté d'eux, la lanterne n'éclairait que leurs pieds et la doctoresse à genoux, que bénissait la neige. Il n'y avait dans le silence que le murmure de ses paroles suppliantes. Et aussi au fond du gouffre, le bruit du fleuve qui s'éloignait.

— Attention. Tirez doucement.

La doctoresse arrêta ses prières et regarda vers le trou avec avidité.

Ils amenèrent à la nuit le corps nu de Michel Bernard.

— Vite une couverture.

— Où ?

— Dans le sac, là ! Vite.

— Voilà.

Barles avait tenu sur ses bras pendant ce temps

le corps boueux du violoniste. Et la jeune fille était debout devant lui n'osant pas le toucher d'abord jusqu'à ce que Barles lui eût dit : « Vous pouvez m'aider, il est lourd. » Alors, elle passa ses bras sous les reins de l'homme et appuya sa tête contre son cœur.

— Il vit ! s'exclama-t-elle.

Et à voix basse elle ajouta :

— Merci, mon Dieu !

— Blanche, l'alcool ! Il est dans la poche de devant du sac.

Ils le posèrent sur la toile imperméable qu'ils avaient doublée d'une couverture et Barles se mit à le frictionner. Henriette allait le seconder, mais il lui arrêta le bras. Elle le regarda et il vit qu'elle cherchait une explication. Il dit :

— Pas vous. Vous l'aimez ?

— Oui. Je l'aime.

Et elle lui fut reconnaissante de lui avoir permis de prononcer ce mot.

Barles regarda sa montre.

— Une heure et demie qu'ils y sont.

Juste à ce moment la corde à son pied remua.

— Les voilà ! dit-il.

La doctoresse caressait dans l'ombre les cheveux du violoniste qui s'était endormi. On l'avait emmailloté de laines chaudes et couché dans les couvertures. Henriette avait ôté son manteau et l'en avait recouvert. Il dormait et elle lui caressait les cheveux.

Raide comme un arbre, les yeux fixes, debout au milieu de la clairière, Blanche attendait. Maintenant qu'elle avait fait tout ce qui était possible pour l'autre, elle attendait sa part, avec une confiance aveugle en le destin, se disant que ce qui était juste était juste. Il n'y avait pas de raison.

Barles annonça :

— Ils remontent.

«Allons, pensa-t-elle, il n'est même pas blessé, tant mieux. Il remonte avec eux.»

Ramonce parut le premier et Barles vit à la lueur de sa lampe qu'il avait le visage las de ceux qui se battent contre les moulins à vent.

Blanche s'approcha de lui et le regarda sous les yeux. Aveuglée par son espoir, elle ne vit pas son air de défaite. Avant qu'elle eût pu parler, il dit :

— Attends. Tirons Castel, il est esquinté, après ce qu'on a fait. Le sol était tellement glissant à la remonte qu'on s'est collé deux ou trois fois la gueule par terre.

Avec l'aide de Barles il amena Castel.

Lui aussi avait les épaules ployantes. Quand il eut mis pied sur le sol rassurant, il s'étira avec délices. Blanche considérait la corde qui se lovait à ses pieds.

— Eh bien, et Frank? Qu'est-ce que vous attendez pour la lui renvoyer? Qu'il en sorte lui aussi, de ce trou de malheur !

Ramonce la regarda de ses yeux vides. Elle haussa les épaules.

— Vous êtes abruti, mon pauvre Isaïe.

Elle alla avec la lanterne de Barles scruter Castel sous le nez. Il avait exactement le même air. Alors elle comprit que c'était le reflet de la mort et tout son être s'immobilisa de révolte.

— Quoi ? Il n'est quand même pas mort ?

— Si, dit Castel.

Elle le secoua par la veste avec tant de force qu'il dut faire un pas en avant pour conserver son équilibre.

— Vous êtes un imbécile ! Il n'est pas mort ! Il m'aime, vous comprenez ? Il m'aime !

— Assez ! cria Ramonce. Va demander au fleuve où il est ton Frank. On l'a même pas retrouvé !

Barles dut prendre Blanche au vol par les cheveux, car elle se précipitait dans le gouffre. Il fit un effort terrible pour ne pas être entraîné à sa suite. Elle luttait patiemment, avec une force gigantesque. Enfin il réussit à la ceinturer et à la jeter au sol de neige, puis il la tira loin du trou, au milieu de la clairière. Atterrés, Ramonce et Castel la regardaient. Elle hurlait à perdre haleine des imprécations et s'arrachait les cheveux en regardant le ciel. Barles, l'âme torturée, l'écoutait, la maintenait au sol. De quel droit s'érigeait-il en destin pour empêcher sa volonté ? de quel droit voulait-il la plier en la vie ? Était-il capable de lui garantir l'équivalent de ce qu'elle venait de perdre ? « Non, pensa-t-il, lâche-la. » Et il la lâcha.

— Va, dit-il, à voix basse.

Elle fit un pas, un seul et s'allongea sur la neige, tête enfouie. On entendait ses sanglots étouffés et sa bouche mordait la glace. « J'ai trop attendu, pensa Barles, il lui restera ce regret de n'avoir pas suivi son destin. Mais le mort s'enfonce chez les morts. La séparation est trop bien faite désormais entre lui et les vivants. Elle vient de se rendre compte qu'ils n'ont plus rien de commun. »

Ramonce s'approcha d'elle avec pitié, mit sa main sur son épaule, la berça contre lui. Elle se mit à pleurer, disant :

— Il était si vivant, mon Dieu ! Si vivant, et il était tellement beau !

Barles tourna sa lanterne vers le groupe du rescapé. Henriette était toujours agenouillée à côté du violoniste et, dans son visage, ses yeux étincelaient de joie, maintenant qu'elle savait que son amour était pur et que Blanche n'avait aimé que le mort. Un sourire radieux remerciait le ciel de sa grâce. Barles la trouva inhumaine. Et pourtant elle caressait avec amour le visage impassible sous le sommeil. Elle s'aperçut enfin de la présence de l'instituteur à côté d'elle et se tourna vers lui.

— Lui, il vit, dit-elle.

Barles écouta le silence. Le fleuve grondait au fond du monde.

Le lendemain 16 mars, le névé commença à fondre au long de la route du Rocher-d'Aigle. Des cascades tombaient sur lui du haut des deux falaises qui étranglaient le chemin de Cluze. La pluie, après l'avoir descellé du mur de roche, en alimentait le ruisseau énorme écumant contre sa base et précipitait la débâcle de la masse noire qui allait s'amincissant vers le sommet. L'eau du ruisseau agrandissait la voûte qu'elle avait creusée sous elle. Vers midi, l'averse s'arrêta une heure et l'on put entendre alors les bruits torrentiels qu'elle feutrait jusque-là de sa brume. Les sapins et les mélèzes rajeunirent d'un nouveau vert, leurs rames reprirent la courbure en croissant qu'elles avaient perdue sous le joug de la neige. On entendit le bruit des grandes eaux. Cela venait de tous côtés et se réunissait en bas dans le val de Cervières, où coulait le torrent Marmontane et, à son approche, le vacarme devenait insoutenable. Pour distinguer chaque son à sa valeur, il fallait remonter vers les sources et se trouver au-delà de l'étranglement de Gordes, à l'endroit où le premier ruisseau se fraye son chemin sous le névé et les avalanches successives. De là, on définissait tous les détails de l'arbre d'eau. Et c'était chaque petit ruisseau éphémère, heureux de vivre, né d'une source qui ne durerait pas quinze jours. Et c'était chaque filet vert dorloté depuis longtemps entre quelques mousses nouvellement délivrées qui caressaient l'espoir de voir cette infime ramille devenir un robuste torrent ou un fleuve plein d'arrogance. Et c'était l'entretien secret et sage des fontaines de hautes fermes, filant leur quenouille d'eau. Et c'était là-haut, au flanc de Cervières, la lente transformation de la glace en neige et de la neige en liquide. L'humidité montait de dessous les embruniers coriaces qui n'avaient pas cédé à l'hiver et dont, quelquefois, les feuilles conservées par la neige étaient demeurées intactes. À peine quelques gouttes de la pluie avaient percé la première mousse. Vers deux heures elle recommença avec rage, noyant à nouveau le bruit des grandes eaux. Vers quatre heures, ce qui restait du névé de Gordes fut emporté par la force du ruisseau. Il bascula dans le courant qui occupait le ru et la route et il resta de lui un tas noir qui s'élimait peu à peu. Déjà l'eau dure s'attaquait aux restes des avalanches qui encombraient encore le chemin. Il y eut la victoire de l'espace sur les forêts mortes. Les troncs de verne, debout, sombres, nus, gorgés de pluie, avaient l'air pourrissant des cadavres. Les châtaigniers craquaient de leurs branches déjà pointantes de bourgeons. Des saules dressaient leurs moignons de branches vers le ciel.

Enfin, à la pointe de la nuit, l'eau vainquit les

forêts vivantes. La pluie se fit serrée et petite, elle réussit à passer sous l'hermétique frondaison des arbres insensibles au froid et au chaud, elle se glissa en nuages sous leur ramure et la forêt se trouva trempée d'un seul coup. Les mélèzes pendirent vers le sol, de leurs rames lourdes d'eau. Le monde des arbres devint semblable à un peuple de chauves-souris au repos. Il n'y eut pas ce soir-là sur le sol de frémissement de vie. Il n'y eut que le glissement de l'eau sur les rochers désormais nus de l'étranglement de Gordes. Il n'y eut que le ronronnement du rouet des fontaines, veillant d'amitié sur le sommeil des hommes.

Au matin du 17, trois hommes montèrent lentement du Rocher-d'Aigle le chemin de Cluze. Ils n'allaient pas vite parce que la route était une rivière, parce qu'il continuait à pleuvoir et parce qu'à partir de l'embranchement, ils s'arrêtèrent tous les cinq ou six cents mètres à cause d'un poteau télégraphique que les chutes de neige et les rages de vent avaient jeté à bas durant cet hiver. Ils allaient avec peine, leur boîte noire de cuir dur sautant sur leur dos sous le poids des outils, et parlaient peu. Il tombait une pluie froide mêlée de neige fondue. L'horizon n'allait pas au-delà du centième mètre et ils ne découvraient le terrain que peu à peu. Le fleuve des nuages coulait au ciel avec plus de calme.

— Qui sait, dit l'un, comment nous allons trouver là-haut?

Ils s'étaient arrêtés vers midi pour casser la croûte sous l'abri d'une roche. Le deuxième roulait une cigarette. Le troisième mangeait un bout de fromage à la pointe de son couteau. Il le fit tourner dans sa main en un geste d'insouciance.

— T'en fais pas pour eux, ils se seront bien démerdés. L'an dernier déjà, on n'a pu les débloquer avant Pâques.

— Cette année c'est plus précoce, dit celui qui roulait sa cigarette.

— De toute manière, ce sera toujours mieux qu'en bas.

Et de la pointe ouverte de son couteau, il montra le côté du Rocher.

— C'est pas difficile, dit celui qui roulait sa cigarette.

Ils reprirent leurs boîtes de cuir qui sonnèrent à nouveau sur leurs épaules. Ils regardèrent le monstrueux ciel de silence qui s'étendait vers le nord où s'enfonçait le chemin enroulé de brumes.

La route devenait plus difficile, creusée de ruisseaux, quelquefois larges d'un mètre, qui la traversaient. Et ils juraient chaque fois qu'il s'en présentait un. Ils trouvèrent premièrement, au milieu d'un de ces ruisseaux, un pylône complètement déchaussé à sa base, laissant voir le bâti de fondation sur lequel il était érigé et qui tenait encore par miracle.

— Ceux de l'électrique auront du travail, dit l'homme à la cigarette.

— Oh, ce n'est qu'un commencement, tu vas voir dans cinq minutes si ça va danser.

Et ils virent qu'à partir de là, en effet, la terre avait été malmenée. Le chemin était tout en plissements, défoncé sur le passage des avalanches. Les poteaux télégraphiques étaient détournés et les pylônes électriques couchés en travers de la route.

— Les gars, dit le plus vieux avec un sifflement, on ne finira pas de ce soir. Vous avez vu ?

Il semblait que les poteaux s'étaient battus entre eux.

Un pylône était tordu littéralement en son centre, plié sur ses quatre montants, ses isolateurs se balançant comme s'ils étaient encore sous le coup du choc formidable qu'ils avaient dû recevoir. Les fils étaient sectionnés de part et d'autre.

— Les gars, dit le plus vieux des hommes, si on montait coucher à Cluze ?

— Et comment faire autre ? Pour s'appliquer la redescente, merci.

— En tout cas, passons vite, qu'il n'y ait pas encore quelque avalanche en retard.

— Oh, ça risque rien, regarde.

Il montra la dépression Palonique dont le sol de neige laissait à certains endroits passer le sol de roche. Ils s'engagèrent dans l'étranglement de Gordes. Là, plus aucun signe de poteaux ni de fil sur cent mètres. Un seul pylône déraciné, couché en travers de la route, à moitié enfoui dans la terre à côté d'un trou comblé d'eau noire. Plus de traces de poteaux. Le gel, en resserrant le névé, avait dû les briser et la première fonte avait emporté les débris.

Ils aperçurent alors l'allée de châtaigniers de Gordes et la fumée tortueuse de la ferme sous le vent engorgé de nuages. Ils pénétraient sur la terre de Cluze et désormais, par eux, le pays, relié aux hommes, ne pourrait plus vivre seul, il lui fau-

346

drait compter avec cette ouverture que le dégel venait de faire du côté du reste du monde.

Le matin du 19, Armande Pourrier entra dans la chambre du maire. Il était justement en train de frotter sa barbe, vieille de plus de huit jours, et il ne prêta que peu d'attention à elle. Elle allait et venait autour de lui, assis dans un fauteuil, les pieds contre la chaufferette. Il regardait vaguement le dehors, empli du bruit étouffé de la forge de Champsaur qui, depuis le premier semblant de fonte, ne s'arrêtait pas de ferrer, à nouveau à la terre, les bœufs et les mulets. Armande défaisait le lit, ouvrait grande la fenêtre sur le ciel de pluie, tapait matelas et couvertures. Pourrier s'arrêta de gratter sa barbe. Il ouvrit la bouche, Armande le regarda. Il se ravisa, pensant que ce geste qu'il avait fait allait l'inciter à parler la première. Quand elle vit qu'il ne commencerait pas, elle se décida à lui apprendre la nouvelle. Elle dit :

— Le névé a tout fondu.

— Ah !

— C'est tout ce que ça te fait ?

— Qu'est-ce que tu veux que ça me fasse ?

— Ça va changer pas mal de choses.

Ils avaient tous deux perdu l'habitude de se dire des gentillesses courantes qui consistent en « bonjour » et « bonsoir » et depuis fort longtemps ils ne se demandaient plus s'ils avaient bien dormi.

— En tout cas, dit-elle, nous voilà tranquilles pour le pain. Et on est après rétablir le courant.

Elle tourna le commutateur.

— Regarde.

La lampe étincelait, chassant le jour faible du dehors.

— C'est bien pour le pain, dit Pourrier, je me faisais du mauvais sang.

Pourrier s'en voulait de demander quoi que ce fût à sa femme. Pourtant cela était indispensable, depuis si longtemps qu'on était coupé de la terre.

— Tu as pris les Anglais, ce matin ?

Elle secouait un tapis avec force par la fenêtre, détournant la tête à cause de la poussière.

— Quoi ? dit-elle, bien qu'elle eût parfaitement entendu.

— Les nouvelles, tu les as prises ?

— Tu me défends de les prendre.

— Je te défends, mais sûrement tu les as prises quand même. Qu'est-ce qu'on dit ?

— Que les offensives de printemps vont bientôt commencer.

— Et puis ?

— Que les Boches vont être foutus.

— Nouveauté. Depuis qu'ils le disent. En attendant, ils sont toujours là.

Armande haussa les épaules sans répondre et referma la fenêtre. Elle avait fini.

— Tu me mettras de l'eau à chauffer, dit Pourrier.

— Pour quoi faire ?

— Pour me raser.

— Tu vas sortir ?

— Oui.

— Avec ta jambe ?

— Bien sûr.

— Mais avec ton rhuma…

348

Il trancha l'air de la main pour lui couper la parole.

— Laisse.

Elle l'observa avec attention et dit :

— Abit est encore venu hier. Qu'est-ce qu'il a bien pu te raconter?

— Rien.

— Mais si tu tombes?

— Je tomberai pas, dit-il. Mets seulement à chauffer de l'eau. T'occupe pas du reste.

— À ton aise.

Elle sortit en tirant la porte avec force.

Barles considérait Michel Bernard, en train de se raser dans sa glace.

— Alors, dit-il à la fin, tu tiens absolument à t'en aller?

— Oui.

— Combien de temps que tu étais en camp surveillé avant de venir ici?

— Depuis le printemps dernier.

— Il y a donc un an que tu n'as plus vu le monde?

— À peu près.

— Tu sais, tu vas le trouver changé.

— J'espère bien. Quand je suis parti, le peuple avait encore l'air de croire au miracle. J'espère qu'il n'y croit plus maintenant.

— Il y croira toujours.

— Alors il crèvera.

— Ou il y aura un miracle.

— Le miracle, les hommes comme moi seuls

l'apportent. Seulement, ça ne leur suffit pas, il leur faut l'accompagnement des grandes orgues.

— Enfin… Pour l'amitié que je porte aux hommes je préfère que tu descendes, mais pour celle que je te porte, je préférerais que tu restes.

— Je te remercie.

— Tu le sais que c'est ta peau qui est en jeu?

— Il n'y a qu'elle à jouer. C'est le seul sacrifice valable.

— Tu me fais penser aux premiers chrétiens.
Bernard affilait son rasoir

— Mon vieux, aussi regarde leur force : deux mille ans qu'ils tiennent l'affiche…

— Justement, il n'y a pas de raisons pour qu'ils cessent.

— Si, mon vieux, il y en a une : c'est trop vieux. Ils ont assoupli leurs règles majeures aux exigences de l'évolution tant qu'ils ont pu mais ils ont atteint maintenant leur dimension maximum. Au risque de se démentir d'un bout à l'autre, ils ne peuvent plus faire de concessions à rien. Une goutte de plus et ça déborde.

— Et alors, nous retombons dans le chaos.

— Non. Là tu te trompes. S'il n'y avait rien pour le remplacer, oui, ce serait le chaos, mais n'oublie pas que nous sommes dessous, nous, comme le noyau dans le fruit pourrissant et que nous arrivons avec notre espoir, juste à point pour faire naître la religion de l'homme.

— Tu ne seras pas là pour le voir si tu suis ton programme.

— Je serai…

350

Un moment la lame glissa plus lentement sur le cuir.

— Tu ne seras nulle part! cria Barles. Tu veux que je te le dise? Tu seras au paradis des couillons, avec un petit jardin sur le ventre, à deux pieds sous terre. Et le monde véritable, celui qu'on peut saisir avec tous ses sens, tu ne l'auras plus, tu ne pourras plus en jouir!

— Tu peux parler. Tu ne m'ébranleras pas.

— Écoute, dit Barles.

Il vint le prendre aux épaules.

— Écoute. Tu es jeune. Moi aussi j'ai milité. J'ai milité à un moment où c'était un crime.

Bernard fit un mouvement.

— Non. Laisse-moi dire. Maintenant tout le monde est avec vous. Alors, c'était un crime non seulement aux yeux des bourgeois mais aussi aux yeux du peuple, ce qui était autrement terrible. J'ai lacéré les affiches de mobilisation et on pouvait te fusiller pour ça. J'ai applaudi aux paroles belliqueuses des gouvernements capitalistes, à mon cœur défendant, parce qu'à ce moment-là, c'était le mot d'ordre de la Cause, j'ai fait la grève du 30 novembre et on aurait pu me mettre à pied, et ça m'aurait coûté parce que j'ai travaillé d'arrache-pied pour arriver à être pédagogue. J'ai éduqué mes élèves autant que je l'ai pu dans ce sens, j'ai contribué autant que je l'ai pu à notre idéal immédiat qui était de jeter le désarroi dans le clan capitaliste qui ne comprenait plus nos buts. Je suis même devenu patriote. Non, laisse-moi te dire, j'ai été communiste plus que toi, qui l'es peut-être par nécessité, ou par haine, ou par complexe d'infériorité. Moi, je l'ai tout de suite été par goût, par enthousiasme, par adhésion profonde de tout mon être, avec une foi à tout détourner, à faire table rase de tout! Parce que je le voyais comme un soleil...

— Et c'est toi, cria Bernard, c'est toi qui viens me dire...

— Laisse-moi continuer, coupa Barles, je connais la Cause que tu défends, elle est noble, elle est belle, elle est juste. Je sais bien que le monde doit changer de base, je le sais! Mais écoute! Aucune cause, si belle, si noble, si pure soit-elle, ne vaut assez pour qu'on risque sa peau pour elle. Ta peau! Mon vieux, tu y penses? Ta vie, ta possibilité de jouissance...

— Je vais la dépenser toute en une fois, ce qui fera un beau feu d'artifice.

— En mourant?

— Oui. Remarque que je ne recherche pas la mort, mais elle est la conséquence logique des choses que je vais tenter.

— C'est pas possible, dit Barles après un silence, tu crois à l'éternité de l'âme?

— Non.

— Alors je ne comprends pas.

Il considéra le violoniste qui achevait de se raser et prenait la serviette.

— Et la doctoresse? demanda-t-il.

L'autre s'arrêta de s'essuyer.

— Eh bien quoi?

— Elle t'aime.

— Elle te l'a dit?

— Oui.

Il tortilla sa serviette.

— Elle est belle.

— Oui. Et en plus de cela, elle est ce qu'on appelle en termes bourgeois : un être d'élite.

— Oui. Et elle n'a malheureusement pas l'air d'une femme qui se donne, sinon ça aurait pu m'intéresser. Ce qu'il lui faut, c'est certainement le mariage ?

— Sans doute.

— Alors, je regrette. Tu lui diras qu'on ne se marie pas avec un mort.

— Si elle t'aime, elle est capable de partir avec toi.

— Non, à aucun prix.

— Alors comment faire, car enfin...

Barles alla jusqu'à la fenêtre. Une grande lutte de joie et de malheur se jouait en lui. Bernard allait partir. La doctoresse allait rester seule dans son abîme d'amour avorté. Alors qui sait... Mais il balaya ces idées de son esprit.

— Et Mozart, dit-il de sa place, tu ne regretteras pas Mozart ?

Le reflet que faisait le violoniste dans la vitre s'immobilisa une seule minute. Barles se retourna.

— Tu penses à la joie que tu donnais à tant d'hommes et de femmes ?

— D'autres continueront. Et d'ailleurs, pour apprécier Mozart, il faut avoir le ventre plein. Tu en as vu, toi, des hommes pauvres écouter Mozart ? Tu en as vu des ouvriers et des paysans écouter Mozart ? C'est bon pour les bourgeois. Eux seuls ont droit à la musique, eux seuls ont droit à la joie, ils ont mis des murs autour de tout, ils ont tous les privilèges, les clés de toutes les portes, même celles de la joie intérieure. Non, mon vieux, je ne veux plus vivre dans ce monde. Il faut qu'il change.

— Et ta peau alors...

Michel Bernard l'arrêta d'un geste.

— J'ai compris, dit-il, c'est ta raison qui n'est pas d'accord avec moi. Ton cœur, lui, l'est totalement et s'il pouvait, il me pousserait afin que je parte plus vite. C'est pas vrai ?

Barles baissa les yeux et secoua la tête avec impuissance.

— Et tu partiras quand ?

— Dans trois jours.

Clopin-clopant, Pourrier traversa sur ses deux cannes la place trempée de pluie. Au passage, il vit Abel Champsaur, à genoux près d'une charrette dont il graissait le moyeu, qui lui souhaita le bonsoir.

— Bonsoir, dit le maire, ton frère n'est pas là ?

— Non, je crois qu'il est allé chez Autran.

— Bon, bon.

Il renfonça sa tête dans sa pèlerine et Abel le regarda s'éloigner, le dos courbé. « Notre maire a bien vieilli tout cet hiver », pensa-t-il. Puis il se remit à son moyeu.

Pourrier arriva devant la boulangerie. Il regarda à travers la vitre. C'était parfait. Ils étaient tous là comme il l'avait prévu, assis comme des saints irréprochables sur le banc à côté du four. Tous, Ramonce, Castel le guide, Champsaur, Barles, Autran et même Mille, le cantonnier, qui pour-

354

tant, pensa Pourrier, aurait dû être sur les routes, mais qui, comme tous les cantonniers, attendait le beau temps. Il entra.

Ils le virent tout de suite et ce furent des exclamations de surprise. Ramonce accourut vers lui les mains tendues, mais les abaissa vivement car il vit bien à la mine du maire qu'il n'avait pas l'intention de les serrer. Aussi les remit-il dans ses poches.

— Bonsoir à tous, dit Pourrier.

— Ça va mieux, on dirait?

— Attendez, attendez une minute. Autran, mets voir la targette à la porte que nous soyons pas dérangés.

Il s'avança jusqu'au banc duquel ils s'étaient tous levés et s'assit pesamment, avec une grimace de souffrance. Ils le considéraient en silence. Le feu craquait dans le four. Autran avait mis la targette, il lavait la pattemouille dans le bassin de l'évier. Pourrier cessa de frotter sa jambe et les considéra tous l'un après l'autre.

— Et d'abord, dit-il, vous êtes de jolis salauds.

Ils allaient se récrier, demander des explications.

— Non, dit-il, pardon, vous permettez? Laissez-moi parler, vous parlerez après. Alors, depuis bientôt six mois vous tenez cachés ici les deux évadés de la citadelle de Sorges et il paraîtrait que tout le monde le sait, quand je suis le seul à l'ignorer, et qu'encore un peu ils partaient sans que j'en sache rien?

«Tant de choses perdues!» pensa Ramonce. Il fut le premier à reprendre ses esprits, tandis que les autres atterrés regardaient leur maire.

— Mais, dit Ramonce, tu es après devenir fou ? Qui t'a raconté cette histoire pour amuser les gosses ?

— Abit me l'a racontée ! Et c'est de source sûre. Si tu veux que j'aille l'appeler, il t'en donnera la preuve.

— Mais la preuve de quoi ? Il n'y a rien. Que du vent ! Ce sont les rhumatismes qui t'ont donné la fièvre ?

— Ne m'attaque pas dans mes infirmités. Puisque tu en fais ton affaire, écoute-moi : avant que les Italiens ne viennent, ils étaient cachés chez l'instituteur qui m'a même donné sa parole qu'il ne les avait jamais vus…

— Pardon ! dit Barles en levant la main.

— Non, dit Pourrier, une minute.

Il se tourna vers Ramonce.

— C'est pas vrai ? C'est pas vrai que, le jour où les Italiens sont venus, vous êtes montés aux Anglasses : toi, Castel, Barles, Mille, Autran, Champsaur et que vous les avez cachés dans le gouffre. C'est pas vrai ? C'est pas vrai qu'il vient d'y avoir une catastrophe et qu'un des deux y a laissé sa peau ?

— Qui t'a dit ça ?

— Luc Abit.

Il y eut un gros silence et Autran machinalement se remit à laver la pattemouille. Une femme encapuchonnée vint secouer la porte, mit sa main devant ses yeux, regarda à l'intérieur. Mais la nuit s'amoncelait au fond du magasin, elle ne vit pas les hommes et s'éloigna.

— Et, reprit Pourrier, il le sait de bonne source, c'est Blanche Respondey qui le gueule toutes les nuits depuis sa chambre, sans qu'il y ait moyen de la calmer.

— Blanche ? demanda Ramonce.

— Oui. Tu sais bien qu'elle est comme folle depuis cette histoire.

Il se tut de nouveau, se leva péniblement, alla sur sa canne jusqu'à la porte, revint et se planta devant eux, bras croisés.

— Alors, dit-il, c'est toute la confiance que vous avez en moi ? Que vous disiez rien à Luc Abit, vous faites bien, car, sauf le respect que je lui dois, c'est un vieux con. Mais moi, est-ce que je vous ai jamais dit que je suis pas de votre côté ? Est-ce que je vous ai pas avertis tout par le jour où les Italiens sont venus ? Je vous ai pas toujours couverts ? Vous êtes d'une belle ingratitude.

Ils se taisaient.

— Eh bien ? Répondez ! dites quelque chose, défendez-vous !

— Que veux-tu qu'on te dise ? On est à ta merci.

— Oh, pas de grands mots ! Toi, Castel, tu dis ça, mais au fond vous pensez qu'il vous serait bien facile de me faire disparaître dans un trou si vous vouliez et qu'on parle jamais plus de moi. Et ce qui vous retient, c'est votre honnêteté.

— C'est notre amitié, dit Ramonce.

— Elle est réciproque. Vous ne pensez pas que je vais vous livrer au gouvernement pour qu'on vous envoie tous faire un tour à Sorges ? Non. Je n'irai pas jusqu'à dire que je vous approuve, vous le savez bien. Mais je sais qu'en tant qu'hommes, il n'y a rien à vous reprocher. Seulement, dit-il en se

357

levant, ce que je veux, c'est la paix. Vous comprenez bien qu'à mon âge, avec mes rhumatismes, je peux pas m'amuser à ces histoires. Alors voilà ce que je veux et ça je l'exige : que celui des deux qui reste vivant parte, qu'il s'en aille, qu'on n'en entende jamais plus parler. C'est tout.

— C'est justement ce qu'il veut, dit Barles.

— Alors, c'est très bien.

— Il partira dans trois jours, dit Ramonce.

Le soir même, la doctoresse descendit le raidillon qui conduit au Vieux-Cluze, dans la boue de neige fondue, passa devant l'ancien cimetière et pénétra dans la minuscule église où aujourd'hui, pour la première fois, l'abbé Noble était monté du Rocher-d'Aigle pour dire sa messe.

Elle était venue ce matin déjà, mais ce qu'elle avait ce soir à demander à Dieu ne souffrait pas de compagnie. Il n'y avait guère que lui dans son insondable clarté qui pût comprendre ce qui la poussait à venir le prier pour un Antéchrist. Il n'y avait guère que lui qui pût démêler à leur juste mesure les torts et les raisons des hommes, et remettre à leur vraie place ces actes énormes qu'ils commettaient à leurs propres yeux, ces actes qui leur paraissaient hors nature et qui ne constituaient guère que des peccadilles comparés aux passions insoutenables qui régissent l'univers et ses gestes en cette dualité éternelle du bien et du mal indiscernables et dont Dieu lui-même n'est peut-être pas exempt.

Elle arriva ainsi sans s'en apercevoir devant le sanctuaire environné de nuit, sous le fleuve des nuages. Ce qu'elle voulait ce soir, c'était plus encore discuter avec Dieu de la légitimité de son amour que prier. Et elle savait qu'Il lui répondrait. Il y avait autour d'elle sa constante sollicitude. Le silence avait cessé d'être vide sur cette terre hivernale, il était peuplé du grave murmure des eaux.

Henriette Chenoncet pénétra dans l'église et tomba à genoux devant l'autel. Le sol était dur et nu ; sous lui, comme partout en la terre de Cluze, on entendait parler les eaux nouvelles. De temps à autre, on apercevait l'averse brusque tombant des arbres à bourgeons durs, quand une écharpe de vent venait les secouer. Henriette joignit ses mains froides et leva vers l'autel ses yeux noirs pleins d'une eau de joie comme la terre de Cluze. Elle se sentait clouée au sol par les racines de cette joie et, à partir d'un certain point de son corps, hors de la portée de Dieu.

Il y eut le bruit rassurant autour d'elle, le silence de sa prière : « Et surtout sauvez-le, mon Dieu, même au détriment de mon amour, sauvez-le même si je dois être dans le désespoir et la solitude pour le reste de mes jours. » Elle déroulait ainsi à voix basse, devant le seul Être en qui elle eût une confiance aveugle, toute la vie secrète de son âme candide. « Est-ce que le don magnifique que vous avez fait aux hommes de ses mains n'est pas pour vous la plus belle louange ? Est-ce qu'il ne vous glorifie pas, même si c'est à son cœur défendant, quand il joue ? »

Après avoir attendu longtemps que la réponse pénétrât dans son âme et levât son inquiétude, elle sortit du sanctuaire et s'appuya contre le gros fayard oscillant qui le couvrait presque tout entier. Une dernière feuille morte qui avait résisté tout l'hiver tomba de la plus haute cime, crissa de branche en branche et se posa doucement sur l'herbe mouillée.

Alors, il y eut dans l'air lointain comme le ron-ronnement d'un rouet à son départ, quand on vient à peine d'appuyer le pied sur la pédale et qu'on est en train de démêler le fuseau. Puis cela changea d'un coup et ce fut le bourdonnement d'une ruche en révolution. Une ruche énorme, furieuse. Le vrombissement se maîtrisa, se plaça, s'ordonna, jusqu'à ne plus former dans l'air qu'un gigantesque câble de bruit, touchant les bords d'horizon d'est en ouest. La doctoresse avait levé instinctivement les yeux vers le ciel, bien qu'il fût impossible de rien voir. Mais le bruit à lui tout seul suffisait. Elle savait qu'il y aurait cette nuit, qu'il y avait déjà, des éclaboussements de sang sur la terre indifférente. Qu'il y avait des hommes à genoux jetant l'anathème au ciel, qu'il y avait des gens endormis dans leur amour qui ne connaîtraient jamais plus la richesse de la vie. Elle écoutait, hal-lucinée, subjuguée par le grondement souverain dont, de temps à autre, une parcelle infime se détachait et venait ronfler tout près de la terre. On n'entendait plus les eaux joyeuses, mais seule-ment, d'est en ouest, le déroulement de cet arc-en-ciel de bruit. Et plus loin, prêtant les sens de son cœur, Henriette Chenoncet pouvait entendre, par tout ce que sa chair avait de solidaire avec le com-mun des autres hommes, le grouillement des écrabouillages de chair, le mélange insensé de sang, d'os, de morceaux de fer, de bois, de terre, d'eau, de feu. Tout cela se révoltant, demandant grâce, cherchant à se reconstituer dans sa forme première et ne pouvant comprendre ce qui lui arrivait. Pendant quatre-vingt-dix minutes, la jeune fille écouta au pied de son arbre, cherchant éperdument à comprendre les desseins secrets du Créateur. Et puis il y eut à nouveau le ronron paisible, semblable au bruit de rouet. Et enfin la musique joyeuse des eaux libres reprit son ascendant sur le silence. Du revers de sa main, Henriette Chenoncet essuya ses yeux pleins de larmes lourdes. Elle vit l'inanité de sa prière et, ayant compris l'impuissance de Dieu, elle remonta vers Cluze, désespérée.

— Et alors ? dit Luc Abit.

Bras croisés, il était planté devant le fauteuil de Pourrier qui venait de lui raconter son entrevue chez le boulanger.

— Alors voilà : il partira demain et nous serons débarrassés de sa présence.

— C'est bien ce que je pensais. C'est tout juste si tu ne lui as pas donné ta bénédiction.

— Je la lui aurais bien donnée si ça pouvait le faire partir dix minutes plus vite.

— Alors tu vas laisser ce danger public en liberté ?

— Hé oui. Il m'a semblé que pour nous, ici, c'était la solution la plus calme.

— Tu n'as guère de conscience. Heureusement que je peux y suppléer.

Germain Pourrier tira deux ou trois coups sur sa pipe, s'avisa qu'elle était éteinte, approcha une allumette du feu et tandis qu'il rallumait, il pensait : « Heureusement, je le tiens aussi celui-là, sinon qu'est-ce qu'il me fourrerait dans les emmerdements. »

362

— Ah? dit-il enfin, et qu'est-ce que tu vas faire?

— Le dénoncer.

— Ça c'est gentil.

— C'est mon devoir.

— Et de ma paix, tu t'en fous? Tu t'en fous qu'on vienne me tracasser, qu'on me blâme, que peut-être on m'enlève ma place de maire, il est vrai que ça te servirait, tu la prendrais volontiers, toi, peut-être?

— Tu n'es pas juste. Ma vieille amitié...

— Elle me tue à petit feu, ta vieille amitié! Tu es toujours devant moi à brandir l'épée de la justice. On dirait que tu es créé et mis au monde pour couper les fils qui retiennent les catastrophes. Écoute: ma place de maire, j'y tiens. C'est pas par gloriole, c'est parce qu'elle me permet de m'enlever un peu de la compagnie de ma femme. Quand elle commence à crier, je sors. Alors elle dit : «Où vas-tu?» et je réponds : «À la mairie.»

— On t'enlèvera rien du tout, dit Luc Abit. Moi aussi, je tiens à la tranquillité et surtout à celle de ma conscience. Et elle ne sera pas tranquille tant que je n'aurai pas fait mon devoir...

— Ton devoir! Tu me fais suer! Commence par ne pas avoir deux cochons entiers dans ton saloir, par ne pas faire de pain avec de la farine blanche, quand c'est rigoureusement interdit, par ne pas acheter de la viande chez Sébastien Peyre quand il abat un ou deux charolais. Commence...

— Tu le fais bien, toi aussi, coupa Luc Abit avec calme. Tout le monde le fait. Et d'ailleurs cet hiver...

— Oui, mais au moins nous, nous n'avons pas la prétention de faire notre devoir. Si tu l'avais fait en entier ton devoir, tu devrais être mort dans le courant de la saison : de faim. Parce que c'est pas avec ce que l'intendance nous a donné qu'on aurait pu faire manger tout l'hiver. Heureusement qu'on s'y est tous mis. C'est ça le devoir.

— Je parle, dit Luc Abit, du devoir civique, et tu ne m'empêcheras pas de le faire.

— Et non, ça je peux pas t'empêcher.

Luc Abit se dirigea vers la porte.

— Où vas-tu?

— Jusqu'à la poste, téléphoner à la gendarmerie.

— Tu as bien réfléchi?

— Oui.

— Alors attends une minute que j'appelle Armande. Elle a une course à faire. Vous vous accompagnerez.

— Oui, mais alors dépêche-toi.

— Oh! pour toi, elle arrivera toujours à temps.

— Où va-t-elle?

— Elle va voir la Servane et lui dire que pendant dix ans tu as couché avec la mère Raffin et que tout par un jour le curé t'a trouvé dans sa remise.

Abit avait déjà la main sur le bouton de la porte. Il la laissa retomber et se retourna.

— Comment tu sais ça?

— Bien facile. Tu es le seul homme à qui elle ait jamais fait de faux col en servant. Armande!

— Non, ça va, tu m'as eu.

Il venait de lui naître une autre idée. Mais Pourrier le regardait au fond de l'âme.

— Attends, dit-il, quoi qu'il arrive à cet homme, tant que toi et moi saurons où il est, je t'en rends responsable et tout de suite j'envoie Armande chez ta femme. Elle se régalera. Aussi pas de lettre anonyme ni de truc dans ce genre. Compris?

— Ça va. Mais à la fin, quel intérêt?

— Tu n'as pas encore compris? dit Pourrier. La paix, c'est tout. Et tu verras que je finirai bien par l'avoir.

Le 21 mars au matin, Blanche Respondey monta chez Camoin qui ordonne les pendules. Elle avait dit à son beau-père qu'elle allait faire arranger la montre de Léopold. Elle arriva chez lui comme il était en train de recenser une dernière fois avant le printemps ce qui lui restait de plantes horlogères. Il la regarda entrer et s'approcher et lui tourna le dos pour remuer sur le poêle une casserolée d'eau.

— Tu oses encore venir? dit-il.

Elle s'assit pesamment.

— Oh! dit-elle, écoutez, je n'ai plus la force de discuter. Sauvez-moi ou ne me sauvez pas, mais laissez-moi tranquille.

— Qu'est-ce que tu veux?

— Le Bon Dieu n'a pas été bien bon avec moi.

— Il ne fallait pas le tenter.

— Il aurait pu au moins éviter de me faire ressasser l'histoire chaque nuit de manière que tout Cluze le sache.

— Et c'est ta faute.

— Que personne n'en commette jamais de plus grave.

— Il te semble.

Elle remua la tête avec lassitude.

— Votre morale me rend lourd, mon pauvre. Vous pouvez quelque chose pour moi, oui ou non ?

— On peut toujours essayer voir.

— Alors, dites-moi vite.

— Fais des choses saines tout le jour. Le père Respondey te garde ?

— Bien sûr. Et j'irais où ? J'ai plus personne.

— Il est bien bon.

Elle fit un geste pour partir.

— Attends, dit-il, je veux quand même t'aider encore un coup. Donc jusqu'à ce soir, tu travailleras d'arrache-pied à des choses pénibles.

— Il n'en manque pas.

— Tu scieras du bois, tu lèveras le fumier de la vache. Bientôt il va faire besoin… Tu…

— Oui, ne vous inquiétez pas. C'est tout ?

Il essuya ses lunettes en faisant signe que non.

— Les primevères sont sorties ?

— Elles pointent.

— Eh bien, ce soir, tu partiras en montagne pour toute la nuit. C'est ce soir que le printemps commence ?

— Je crois, dit Blanche.

— Tu auras la lune pour t'aider. Il faut que tu restes toute la nuit sans dormir et tu chercheras par tout Saint-André la touffe de primevère la plus avancée que tu pourras trouver et tu cueilleras aussi à côté d'elle, vers le nord, la plaque de mousse qui l'accompagnera. Et tu rapporteras aussi la feuille d'arbre la plus précocement ouverte. Et quand tu auras tout ça demain matin, tu viendras me retrouver. Mais n'oublie pas : toute la nuit sans dormir. Et pas toucher ton corps avec tes mains en nul endroit.

— Bon, dit-elle, à demain.

Elle sortit. «Je n'ai rien osé lui dire, pensa-t-elle, et il n'a rien compris. Il croit que ce sont des amusettes. Je suis seule.» Elle passa ses mains sur son ventre lisse. Le soleil tout neuf faisait des moirances dans le pétrin aux eaux vertes. Elle entendait grésiller, chez Peyre, les chairs du cochon pascal tué de ce matin. L'air lui en apportait l'odeur. Pour la première fois depuis la mort de Frank, elle eut faim et se hâta vers la maison. On entendait le ruissellement allègre des eaux.

— Vous avez une femme épatante, dit Michel Bernard.

Il était assis face à Maria Ramonce et lui tenait l'écheveau de laine brute qu'elle dévidait.

— Oui, dit Ramonce en souriant, mais il ne faut pas trop le lui dire.

— Ça ne fait pas de mal, dit Maria, quand quelqu'un vous fait un peu compliment. C'est assez rare ici. Est-ce qu'il vous plaît au moins, le tricot que je vous ai fait ?

— Il est magnifique, et je vous dois un grand merci.

— Oui, remarqua Ramonce, tu as l'air d'un prince là-dedans.

— On finit cet écheveau, dit Maria, et je vais voir mon dîner. Vous aimez le gigot de chevreau ?

— Je l'adore.

— Eh bien, alors vous serez servi. Mais il ne faut pas que je le laisse brûler.

— Tu pars toujours ce soir, demanda Ramonce. Tu veux pas attendre demain matin ?

— Non, le soir est plus propice.

— Il est dommage, dit Maria, que vous ayez perdu votre violon. J'aime bien la musique.

Bernard soupira.

— Oui. C'est la seule chose que je regrette vraiment. Je ne m'attache pourtant pas aux biens terrestres.

Mais un sourire s'épanouit sur son visage.

— Je n'ai plus de violon, mais je peux quand même vous siffler quelque chose.

Et il se mit à moduler doucement une sonate, faisant aller l'écheveau de droite à gauche, dans un geste de mesure, et Maria le regardait attentivement au fond des yeux tout en faisant sa pelote.

À ce moment quelqu'un scruta l'intérieur à travers les vitres. Ramonce vit qu'il était bien enfoncé dans sa musique et que sa femme l'écoutait dévotement. Il sortit dans le couloir et se heurta à Castel qui entrait.

— Alors ? dit-il.

— Voilà, dit Castel. Je suis allé d'abord chez Pourrier qui a tout de suite sorti cinq billets en me disant : « Et surtout, que Luc Abit n'aille pas le savoir. »

— On voit qu'il tient à sa paix, dit Ramonce, il est prêt à la payer cher.

— Après je suis allé voir Champsaur qui a mis trois mille, puis chez Dol qui a mis deux billets, chez Mille j'y suis pas allé, il est pas riche…

— Tu as bien fait, dit Ramonce.

— Autran m'a donné trois mille aussi. Et j'ai mis les deux qui manquaient pour faire quinze. C'est tout ce que j'ai pu faire.

— T'en fais pas, dit Ramonce.

— Je ne suis pas allé chez Peyre, ni chez Bavartel, ni chez Blanc, j'ai pensé qu'ils faisaient assez pour leurs réfractaires.

— Et Samuel de Riche-Terre?

— Oh penses-tu, il m'aurait plutôt dévalisé!

Ils rirent tous les deux. Ramonce sortit son portefeuille et compta cinq billets.

— Voilà, ce sera pour moi et mon beau-frère Pourcin, ça lui fera juste vingt mille.

— Maintenant il ne reste plus qu'à les lui donner, c'est pas le plus facile.

— Écoute, viens un peu dans la cour, j'ai une idée.

Il entraîna Castel par le bras vers la grange des Espagnols.

— Il n'a plus d'habits, le pauvre. J'ai envie de lui donner ma veste de velours blanc. Tu sais, celle que je n'ai mise qu'une fois et que j'ai enlevée tout de suite, parce que vous vous êtes foutus de moi…

— Le fait est, dit Castel, qu'à lui, elle lui irait bien. Mais l'argent?

— Justement, je le lui laisse dans la contrepoche, avec un mot pour lui expliquer. Sinon il n'osera jamais s'en servir.

— Et s'il s'en aperçoit pendant qu'il est encore ici?

— Oh alors là, ça ne rentre plus dans mes attributions. Barles s'en occupera. Il est assez beau parleur pour les lui faire accepter.

— Bon, dit Castel. Dis donc, quelle heure il est?

— Dix heures et quart.

— Je descends vite jusqu'au Rocher, j'ai des courses.

— Tu remontes ce tantôt?

— Bien sûr. Je veux le voir avant son départ.

— Tu descends à vélo?

— Oui.

— Le chemin est assez potable?

— Sûr. Depuis cinq jours qu'ils sont après y travailler.

— Enfin, conclut Ramonce, tâche de pas te casser la gueule.

Ils se serrèrent la main et il rentra dans sa maison.

Henriette Chenoncet écoutait le ciel. Toujours, depuis l'autre soir, elle écoutait le ciel. Mais il n'y avait dans l'espace que le scintillement sonore des eaux. «Ah, mon Dieu!» Elle soupira. Voilà que s'évanouissaient en même temps son espoir de croire et son espoir d'aimer. Voilà qu'elle n'avait plus foi en Dieu ni en l'amour. Voilà que sa vie, jusque-là si nettement menée, se mettait à suivre la dérive multiple des doutes. De tous les doutes, jusqu'à celui de l'importance de l'homme. «Et maintenant, pensait-elle, pour me sauver et le sauver, il faut un miracle. Il n'y a que le miracle qui puisse quelque chose dans ce cas. Nous sommes dans l'entonnoir de Dieu, lui seul peut nous en sortir ou nous montrer un chemin et pour cela il doit renverser toutes les lois qu'il a créées, il doit faire une exception. »

Et muettement, depuis cette minute, sans même avoir l'idée d'employer en pensée les termes rituels des prières, elle se mit à réclamer le miracle.

Juste à ce moment, de sa fenêtre, elle vit le vieux père Respondey déboucher de la rue, se hâtant vers sa maison. Rose Fontaine était à la cuisine. Henriette comprit qu'il se passait quelque chose et descendit à sa rencontre sur la porte. Il arrivait soufflant, crachant, jurant. Elle se trouva devant lui alors qu'il avait cru trouver Rose Fontaine. Il chercha quelques secondes.

— La Blanche ! gémit-il enfin. Venez vite, un lac de sang…

Elle comprit. Elle remonta en vitesse, prit sa trousse et redescendit vers le père Respondey. Tous deux traversèrent la place en courant. Armande Pourrier les regarda de sa fenêtre, n'osant pas ouvrir pour leur demander ce qu'ils avaient, et prit vite la décision de mettre son fichu et de les suivre.

La doctoresse vit tout de suite de quoi il s'agissait. Depuis la poignée de la porte de l'échoppe, toute la maison n'était qu'un étoilement de sang. Elle croisa dans l'escalier la mère Respondey, la mère Castel, Servane Abit, toutes affolées, ne sachant que faire.

— Mettez de l'eau à bouillir. Vite ! dit-elle seulement.

Et elle entra. Blanche Respondey était couchée sur son lit rouge. On avait relevé sa robe au-dessus

371

de son ventre et le sang giclait à travers ses cuisses désespérément serrées.

Tout en faisant les gestes rituels de son métier, la doctoresse pensa : « La punition. » Et elle regarda le visage presque bleu de la fille. Elle était aux portes de la mort. Pourtant son visage n'avait pas le masque de la terreur, car déjà elle ne percevait plus le monde comme le commun des mortels. Elle aurait dû appeler éperdument vers la vie ou vers la suprême consolation de Dieu. Mais non. Elle était calme. Les certitudes devaient affluer en elle, s'accumuler sans cesse et former un mur inébranlable contre lequel la mort ne peut rien. Henriette Chenoncet regarda ses mains rouges jusqu'au poignet. Elle ajusta à son front la lampe électrique qui la faisait ressembler à Castel descendant dans le gouffre.

— Tenez-lui les bras et la tête, dit-elle.

Ce fut la mère Castel qui obéit.

Et tandis qu'elle essayait contre la mort une suprême défense, elle pensa : « Pourquoi, mon Dieu, refusez-vous aux vivants le miracle que vous accordez à ceux qui vont mourir ? » Un parfum chaud et âcre se dégageait du corps de Blanche. La mort gardait ses portes ouvertes.

Enfin, la doctoresse exténuée se releva sur ses reins meurtris. Elle se pencha sur le corps de Blanche exsangue. Elle écouta le cœur. Il battait avec obstination. Les trois femmes fouillèrent les yeux de la jeune fille.

— Alors ?

Dans la cuvette pleine d'eau glacée qu'elles n'avaient pas eu, dans leur désarroi, la présence d'esprit de faire chauffer, elle trempait avec délices ses mains dégouttantes de sang.

— Elle vivra peut-être, dit-elle.

Quand elle sortit de la maison, la fraîcheur vespérale lava sa pureté de l'odeur écœurante du sang. Elle vit accourir vers elle Rose Fontaine depuis le bas de la rue. Elle gesticulait.

— Eh bien, demanda Henriette, qu'est-ce qu'il y a?

— Mademoiselle! Mademoiselle! Vous m'aviez dit de venir vous avertir tout de suite, si jamais il partait. Eh bien ça y est, mademoiselle. Il est prêt. Il va partir!

La nuit calme s'installait doucement sur le bruit désormais fleuri et musical des eaux. On sentait que les primevères impatientes attendaient depuis longtemps cette nuit pour s'ouvrir au bord des ruisseaux, et déjà le vent de l'eau courante les faisait frissonner. Le bois des Longes cachait sous la courbe montante de ses arbres bien des naissances mystérieuses. À ras de terre, sur le sol arable, entre les lisières des forêts, des champs entiers de blé neuf, face au ciel, dénudés de neige, brillaient. L'arbre d'eau né dans le val de Cervières, dans le tronc du torrent Marmontane, se ramifiait jusque sous les forêts éternelles. Chaque infime goutte sourcille bordée d'une frissonnante primevère, chaque goutte restée de la dernière pluie au bord de chaque feuille d'embrunier lui faisait un feuillage d'argent et de lumière se couvrant d'ondes sous la brise intermittente.

Les sapins murmurants découpaient le ciel en

dentelle, les bruits, les odeurs et les mouvements se mêlaient. Le fleuve inapaisé grondait toujours, au fond du gouffre des Anglasses. Un seul instant, dans les bruits des êtres immobiles, il y eut la trace du passage des hommes. Ce fut le claquement d'un fouet et le pas d'un cheval. Les lumières de Cluze s'allumèrent, car c'était la nuit.

L'annonce vint de l'arbre d'eau. Dans une ramille à découvert, qui vivait cent mètres à la surface et disparaissait, là-haut dans la clairière du Roule, à côté d'une langue de neige résistant à la fonte, naquit soudain un reflet inconnu. Cela fit un trait dansant comme une flamme, resta longtemps au même état, épousant la forme et le mouvement de l'eau, finit par remplir le ru tout entier, monta au long des plantes aquatiques et s'attaqua aux troncs des sapins. Cependant que la forêt entière restait sombre et dormante, que les hommes et les bêtes regardaient vers leur propre vie, l'espace continuait dans le même sens son mouvement de pendule. Mais un trait rouge vint souligner le ciel au-dessus de la barre d'Aramée et ce ne fut d'abord qu'une ligne infime doucement dentelée et finissant dans le noir. La brise intermittente apporta une odeur matinale. Il y eut un lointain chant de coq. C'était la première nuit du printemps.

— Alors, demanda Ramonce, dans huit jours nous sommes de noces?

— Hé oui, dit Autran, avec les événements qui se préparent, ma fille ne veut pas attendre plus longtemps.

— Il est de bon caractère, le filleul de Castel, dit Champsaur.

Il y avait au premier plan, sur la table de l'instituteur, le sac énorme de Michel Bernard et ils étaient tous installés autour comme au premier jour de leur entente, se balançant sur leurs chaises, calmes en apparence, dans la pièce pleine de fumée.

— J'aurais bien voulu attendre Castel, dit Michel Bernard, mais vraiment il commence à tarder…

— Je me demande ce qu'il fout? grogna Ramonce.

Il alla vers la fenêtre et regarda du côté de la mairie. Et ce faisant, il vit la doctoresse traverser la place et venir vers la maison. « Qu'est-ce qu'elle a encore ? » pensa-t-il. Il la distinguait mal dans la nuit, mais pourtant c'était bien elle. Elle était reconnaissable à sa démarche et à son manteau. Il pensa une seconde à avertir Michel Bernard et qu'il se cachât. Mais sûr que c'était l'ultime douceur qui lui serait donnée, il se tut. Ils l'entendirent monter l'escalier.

— Ah! le voilà! s'exclama Champsaur.

— Non, dit Ramonce, je ne crois pas.

Elle entra sans même frapper et se trouva devant eux qui s'étaient dressés, parce que sa beauté imposait le respect et qu'ils savaient ce qu'elle venait faire. Ramonce regarda Bernard. Il était bien avec la chemise blanche de Barles et sa propre veste à lui, de velours clair. Il vit tout d'un coup l'élan de leur jeunesse à tous deux et se demanda pourquoi le monde était si mal fait.

Elle ne les vit pas. Elle ne vit que lui derrière la table, tout prêt, le sac à portée de sa main.

— Et alors, dit-elle, vous partiez?

Ils étaient aussi pâles l'un que l'autre.

— Venez, dit Barles à voix basse.

Ils tournèrent la table et passèrent derrière la doctoresse.

— Nous allons voir si Castel arrive ou non, expliqua Barles.

Ils descendirent l'escalier et restèrent appuyés au mur du couloir, en bas, parce que, tout de même, l'air était assez frais au-dehors.

Et ils restèrent face à face, tous les deux, se contemplant jusqu'au fond de l'âme, ivres de leur jeunesse et de la lutte féroce de leur raison et de leur joie. La première, elle baissa les yeux et la première elle parla.

— Alors, vous partiez?

— Oui.

Elle fit le tour de la table et vint se placer à côté de lui. Il sentit, dans ses cheveux et sur son corps, l'odeur impérissable de cette première nuit de printemps : « Je m'en souviendrai aussi longtemps qu'on me laissera vivre », pensa-t-il.

— Vous n'avez pas compris?

Il la regarda.

— Si, dit-il.

Elle était tout près de lui et il était attiré par elle ; il se sentait graviter autour d'elle. Il n'avait plus sa propre volonté, mais seulement celle de la jeune fille. Il voyait ses yeux profondément troubles, il sentait la révolution de son corps sous sa bouche fermée. Il fit un effort terrible pour voir lucidement le monde tel qu'il était. Défilèrent, devant ses yeux, les hommes mourant de froid, de faim, de guerre. Il vit le rictus terrible des mourants d'injustice, il sentit l'odeur fétide des naissances sanglantes des malheureux, il vit les enfants et les femmes compressés dans le marteau-pilon social, il entendit au fond de sa mémoire le chant d'espoir de leur légitime révolte :

> *Le monde va changer de base,*
> *Nous ne sommes rien, soyons tout !*

Il retrouva sa mission sur la terre et que sa joie ne pouvait venir d'une autre source.

Déjà, il avançait les mains vers elle et il voyait qu'elle fléchissait vers lui, et il sentait la dureté de ses seins contre son bras. Car, connaissant la mesure exacte de sa faiblesse, il avait mis son bras entre son corps et le sien. Il vit la perdition de son regard.

— Je ne peux pas, dit-il doucement. Je ne peux pas laisser ce regret au fond de nous deux.

— Mais vous n'êtes pas un homme ! s'exclama-t-elle avec désespoir.

— Je ne sais pas, dit-il, je ne crois pas.

Il lui caressa doucement le bras.

— Et pourtant, si j'avais pu aimer quelqu'un, si j'avais eu la permission d'aimer, ça aurait été vous, je le jure.

Henriette Chenoncet pleurait. Elle en avait mal aux yeux à force de retenir ses larmes.

— Nous ne sommes pas les maîtres, dit-il.

Il lâcha son bras, car il venait d'entendre le

galop précipité des hommes dans l'escalier. Et tout de suite, ils furent là avec leurs visages plus graves que de coutume, Castel au milieu d'eux, des ruisseaux de sueur coulant sur ses joues et son front.

— Assieds-toi, dit Ramonce, explique.

Castel faisait de grands moulinets de bras. Enfin il poussa un soupir et parla :

— Les Boches sont au Rocher, ils ont fouillé les deux hôtels, ils ont pris quatorze juifs, ils sont avec des camions. J'ai vu les types du Comité de Résistance et ils m'ont dit qu'ils allaient monter ici.

— Combien ? demanda Barles.

— Au moins trois cents avec des camions. C'est sûrement une rafle pour toute la région, mais ils vont sans doute commencer par ici.

— Pourquoi ? questionna la doctoresse.

Toutes ses théories venaient de s'écrouler devant le danger imminent. Elle serrait le bras de Michel. Elle se sentait prête pour la lutte. Castel la regarda sans la voir.

— S'ils me savent ici, ils viendront sûrement, murmura Michel.

— Pourquoi ? dit-elle. Vous n'avez pas une telle importance.

Il sourit doucement.

— Si, dit-il.

Barles réfléchissait à en faire éclater sa tête.

— Dans quel état est la grotte ? demanda-t-il.

— Le fleuve gronde toujours, répondit Ramonce.

Castel reprenait lentement sa respiration.

— Il n'y faut pas songer, dit-il. Avec les macars

ça allait, mais les fridolins, minute! C'est une autre musique. Ils fouilleront tout partout et ils n'oublieront pas la grotte, croyez-moi.

Barles entraînait doucement la doctoresse vers la porte et elle se laissait faire, subjuguée.

— Qu'est-ce que je peux? demanda-t-elle avec désespoir.

— Allez prier, conseilla Barles. Il faut mettre toutes les chances de notre côté, nous en aurons besoin.

— On ne va pas le tuer?

— Non, dit-il, non. Nous sommes là.

Elle sortit. Barles revint avec eux.

— Les gars, dit Champsaur, ça va chier, cette fois.

Barles s'était assis à la table. Il réfléchissait durement, la tête entre ses mains. Ils le regardèrent et ils se turent. Il chassa de son esprit l'image qui s'y formait : les soldats montaient dans les camions qui s'ébranlaient et gravissaient les pentes de Cluze. Ce fut long et dur d'expulser cette idée et de ne pas avoir tout le temps les yeux fixés sur le cadran de la montre qui marquait inexorablement huit heures quinze, déjà il y avait dix minutes que Castel avait débouché de la place, couvert de sueur, sur son vélo et il devait avoir fourni, dans la côte, un effort formidable.

Barles laissait courir son imagination : « Cheminée, trou dans le sol, cercueil, veillée mortuaire… » Non, invraisemblable, on ne trompe pas ainsi des hommes qui ont fait la campagne de Russie. Dehors, il y eut le cahot d'un cheval. « Charrette », pensa Barles. « On verra bien. » Il se redressa.

— Pas une minute à perdre, dit-il. Champsaur, il y a une charrette à la forge?

— Oui.

— Ramonce, vous avez le mulet?

— Oui, dit Ramonce, faut-il aller le préparer? Barles se leva.

— Attendez. Venez avec moi. Michel, prends ton sac, n'aie pas peur, je te sauverai.

Il se dressa, ils se dressèrent tous. Il ouvrit la porte.

— Qu'est-ce que tu vas faire? demanda Ramonce.

— Ah! je ne sais pas, mais je le sauverai.

Juste à ce moment, ils entendirent le chant stri-dent d'un coq. Et, passant le seuil de la porte, se trouvèrent au milieu d'une lumière éclatante. Ins-tinctivement ils reculèrent et cherchèrent la source de la clarté.

— Regardez! cria Barles.

Ils tournèrent la tête et ils virent : un immense escargot rose strié d'or était posé légèrement au-dessus du bois des Longes vers la barre d'Aramée et de cette figure cosmique partait la lumière qui les avait éblouis.

Une aurore boréale a été observée hier soir sur plusieurs régions de la France et en Suisse

Grenoble, 22 mars.

Depuis 19 heures, un phénomène atmosphérique retient l'attention des populations des Alpes.

De toute cette région, on signale que le ciel est embrasé comme par un immense foyer mouvant, provoquant une lueur rouge sang très vive.

Le bord du foyer est blanc comme si le soleil allait se lever. Il s'agit sans doute d'une aurore boréale, mais d'une ampleur exceptionnelle au dire du professeur Pers, de la Faculté des sciences de Grenoble. Elle paraît intéresser au moins dix départements du Jura jusqu'au sud des Alpes.

Après 21 heures, le phénomène est allé décroissant. La clarté était si vive qu'à Briançon, les postiers ont travaillé sans lumière artificielle. Un certain affolement a régné dans quelques communes de la montagne.

Le Petit Dauphinois.

C'était la première nuit du printemps. L'élan joyeux des eaux courait dans l'herbe nouvelle. La chevelure d'arbres de la terre neuve chantait au milieu du ciel son allégresse.

Il faisait une nuit à croire que la mort elle-même était facile et qu'elle n'achevait rien. Nuit trompeuse, qui laissait croire à l'éternité de l'homme, à son importance, à l'éternité de la vie. Il semblait que la solitude se dissipait autour de l'homme et ses yeux et son cœur se faisaient plus doux.

Pourtant ce soir-là, Luc Abit et Sauveur Dol, le fromager, tandis qu'ils descendaient vers la mère Raffin, furent gagnés par l'inquiétude. Les premiers, ils comprirent qu'un poids nouveau pesait à leurs épaules.

— Regarde, dit Luc Abit, on dirait un feu de brousse. Et, en se retournant, ils entendirent chanter un coq.

Germain Pourrier remontait tranquillement vers Cluze, au pas de son cheval Gamin. Pour sa première sortie, maintenant que ses rhumatismes le laissaient un peu plus en paix, il avait pris cet après-midi la jardinière et il avait poussé une pointe jusqu'à l'embranchement de Cluze, pour voir comment entre tous, cantonniers, électriciens, téléphonistes, ils s'en étaient tirés pour remettre le chemin en état de servir. Et ma foi, il était assez satisfait. Le travail s'était fait consciencieusement, il y avait des différences bien agréables entre la dure pierraille ancienne et les endroits nouvellement refaits. Les reins s'en trouvaient bien. Malgré tout, il était content de rentrer. Quand il eut dépassé l'étranglement, il regarda sur sa gauche la ferme de Gordes. Entendant le rouet de la fontaine, il eut une crispation dans les mains pour arrêter son cheval, puis se ravisa. « Il y a bien longtemps, pensa-t-il, que je n'ai pas vu Paul Pourcin. Il faudra que j'y passe un de ces jours, mais ce soir il est déjà tard. » Il alluma sa pipe et profita de l'allumette pour regarder l'heure à sa montre. « Nom de Dieu, huit heures, Armande va encore me priver de sourire. » Il hocha la tête et tenta d'un coup de fouet de ranimer l'allure de Gamin. Mais ce n'était pas un cheval impressionnable. Et d'ailleurs il était vieux, lui aussi, et il n'en avança pas plus vite. Pourrier haussa les épaules philosophiquement. Tant pis pour le sourire d'Armande. Il se mit à goûter l'air calme de la nuit.

La forêt d'arbres à feuilles caduques déroulait au-dessus de lui ses arcades de branches noires et d'elle pourtant, partant de chaque point, la sève affluait vers le ciel comme, dans l'herbe, l'eau se précipitait vers la terre. Germain Pourrier s'assoupissait doucement, quand il se rendit compte qu'il avait dépassé la forêt. La terre de Cluze, nue et crue, sans arbres pour soutenir l'air au-dessus d'elle, touchait aux étoiles par tous ses bords, jusqu'à la dent de Cervières, jusqu'au bois des Longes et au Grand-Saint-André. Il arrêta son cheval à cause du vent frais qui lui parut peu naturel. « Le vent du matin », pensa-t-il.

Il écouta, devant le dernier hêtre, la respiration de l'arbre bruissant sous la brise douce. Ses ramilles bourgeonnantes s'entrechoquaient. Germain Pourrier remit le fouet dans son tube.

— Chut, Gamin, ordonna-t-il, car le cheval mâchait son mors.

Il écouta sa montre et regarda droit devant lui l'horizon à la hauteur de l'arbre. Au-dessus de la barre d'Aramée, une petite lueur pâle qui ne s'étendait pas uniment sur l'espace, mais semblable à ces éruptions étranges qui viennent sur la peau de l'homme avant les grandes maladies, se levait. Le jour depuis longtemps était tombé, pourtant il lui sembla que derrière le tronc droit du fayard la lueur montait.

Un homme à bicyclette passa à côté de lui. Il ne regardait pas le ciel, mais, penché sur son guidon, appuyait comme un forcené sur les pédales. Et quand il fut à la hauteur de la charrette, Pourrier entendit son souffle tumultueux. « Il est bien pressé, celui-là », pensa-t-il. Il fit un gros effort pour le reconnaître, quand il y parvint c'était trop tard, l'homme était déjà loin.

— Castel ! appela le maire.

Il voulait lui dire : « Regarde un peu voir ce ciel comme c'est bizarre. Qu'est-ce que tu en penses ? » Mais Castel ne l'entendit pas. Il disparut dans le clair-obscur, derrière le dos-d'âne qui précède Cluze. Germain Pourrier se gratta l'oreille, car il lui semblait entendre le chant d'un coq.

Derrière Gordes, sous la protection de l'affaissement de terrain qui défend encore de ce côté l'entrée de Cluze, se trouve la ferme de Riche-Terre. Dans la salle devant le feu, Alire Samuel mangeait la soupe en compagnie de sa fille Madeleine, maigre et sèche, mauvaise affaire pour son père qui n'avait pu la marier. La seule compensation qu'il en eut c'est qu'elle faisait le travail de deux valets et même quelquefois, étant peu émancipée, servait de bête de trait.

Ils étaient chacun d'un côté de la vaste table, dans le noyer de laquelle se reflétaient les flammes ; ils songeaient, les yeux fixes. Le feu brûlait maintenant en silence. De sorte qu'il ne restait plus que le clappement de langue de Samuel à chaque cuillerée et le susurrement du liquide entre les lèvres fanées de Madeleine. Quand elle vit que son père allait avoir fini, elle se dépêcha pour le devancer et se leva.

— Vous voulez du fromage ? demanda-t-elle.

— Oh non, j'ai plus seulement faim, mais si tu en veux, tu peux en prendre.

— Oh non, dit-elle.

Elle commença le geste de s'arc-bouter pour soulever la soupière et l'emporter, mais elle s'arrêta, l'oreille tendue.

— Qu'est-ce que tu écoutes ? demanda Samuel.

— Rien.

Cependant, lui aussi perçut le bruit d'une charrette sur le chemin de Gordes.

— Ça, dit-il, c'est Pourrier qui remonte, je l'ai rencontré vers quatre heures, il allait voir l'état du chemin.

— Ah ? Et vous lui avez parlé de cette histoire de loyer ?

— Oui.

— Et qu'est-ce qu'il a dit ?

Il alla à l'armoire et l'ouvrit. Elle grinça. Il prit

dans un sac de papier une pincée de fleurs de tilleul sèches dont il bourra sa pipe, et s'apprêta à l'allumer au feu.

— Oui, je lui en ai parlé, il m'a dit d'attendre un peu, que Gino était pauvre, que la saison n'était pas bien avancée encore pour le charbon de bois.

— Vous n'allez pas attendre? demanda Madeleine, toute tremblante.

— Bien sûr que non.

— Et d'ailleurs, continua-t-elle, si Gino ne peut pas payer, Pourrier n'a qu'à le faire pour lui, il est assez riche pour ça.

— Et alors! approuva Alire Samuel. Demain matin tu me prépareras sa quittance et aussi celle de Mille et de la doctoresse. J'y monterai.

— Ah! seulement, il faut que je vous répare un peu votre veste noire, vous ne pouvez pas y aller comme ça.

— Si tu veux.

Trois fois qu'il essayait d'allumer sa pipe et il n'y arrivait pas. Elle n'était pourtant pas bouchée. Chaque fois, au milieu du bruit qu'il faisait, il lui semblait en entendre un autre venu du dehors. Il s'arrêtait, il écoutait, recommençait. Il rejeta le tison dans le feu, cracha dans la cendre, remit la pipe dans sa poche. Il y avait quelque chose qui n'allait pas.

— Madeleine! Tu as donné au cheval?

Elle était en train de manger furtivement derrière la porte de l'armoire. Elle sursauta.

— Bien sûr, père.

Il ouvrit la bouche pour lui demander ce

qu'elle faisait, mais le chant strident du coq lui coupa la parole.

— Qu'est-ce qui lui prend à cet animal? dit-il.

Il ouvrit la porte. Le coq était au milieu de la cour, semblable à un arc-en-ciel. Il fit ce qu'il faisait chaque jour à son lever. Il lui vint comme à chaque réveil le goût de l'état sauvage. Il se percha sur l'extrême pointe de ses pattes et battit des ailes pour tenter de s'envoler. Alors, son ombre démesurée s'étendit sur le dallage de la cour. Samuel se retourna et regarda, au fond de la cuisine à côté du feu, l'horloge tranquille. Elle marquait huit heures trente.

— Tu as monté la pendule? demanda-t-il.

— Oui, ce matin.

— Alors, c'est la fin du monde.

Elle accourut à côté de lui. Le coq maintenant grommelait après les poules tardives.

— Regarde! cria Samuel.

Subjuguée, elle suivit la direction de son doigt tendu et vit qu'en effet au-dessus du bois des Longes, il y avait cette lueur rose qui prenait lentement la forme d'un escargot strié de raies d'or parallèles au ciel.

Alire Samuel se sentit pénétré d'une peur sacrée. Lui qui n'avait jamais aimé les hommes, au moment où il sentit qu'à leur vie, une puissance impétueuse allait mettre un terme définitif, il lui vint le désir de se rapprocher d'eux.

— Madeleine, dit-il, sors le cheval et attelle. Je vais jusqu'à la cave.

Elle se précipita vers la remise, contente pour une fois de la domination de son père, qu'elle sentait comme une protection, tandis que lui descendait les marches menant à la resserre à vin. Il mesura du regard le tonneau vide qui lui servait de cachette et essaya de le défoncer à coups de pied, mais il tenait bon ; il l'avait solidement rajusté après y avoir enfermé le coffre d'or. Il dut faire appel à la masse qui se trouvait toujours là et enfin fut en face de son trésor. Il l'avait empli petit à petit et n'aurait jamais cru qu'à la fin cela pût faire un tel poids. Il entendait dans la cour Madeleine qui se battait avec les harnais du cheval, poussant des jurons étouffés. Il lui vint l'idée de l'appeler, puis il se ravisa, pensant qu'elle ne lui serait pas utile. Alors, avec d'immenses efforts, il sortit le coffre du tonneau et, quand il fut à ses pieds, se reposa deux minutes. « Maintenant, pensa-t-il, il faut que je la charge du premier coup, sinon j'y arriverai pas. » Il cracha dans ses mains et s'arcbouta.

— Ho ! fit-il, comme s'il appelait quelqu'un très loin.

Ses os craquèrent. Il lui sembla que ses muscles ni ses nerfs n'existaient plus. Il se redressa avec le poids énorme sur son dos et se mit à monter lourdement les marches. Il déboucha sur le seuil matinal et regarda sa fille à travers la buée trouble de ses yeux. Elle était debout à côté de l'attelage, et attendait. Il vit face à lui la fin du monde qui commençait l'enveloppement de la terre.

— Mad..., essaya-t-il d'appeler.

Mais il commençait à sentir couler en lui les eaux dont depuis dix jours la terre était saturée. Il oscilla sur sa base et tomba. La cassette s'effondra sur les dalles et s'ouvrit en deux. Il s'en échappa des milliers de pièces brillantes et de billets tremblants à la brise. Madeleine mit ses mains sur sa tête en criant. Puis elle se précipita vers la cassette, s'efforça de ramener tout en un seul tas, vit que c'était impossible, accourut vers son père, tenta de le secouer. Mais il était trop lourd. Du sang coulait par ses oreilles. Alors, elle monta sur la charrette en geignant, prit le fouet, en enveloppa jusqu'au sang le cheval paisible qui partit vers Cluze à fond de train. Les poules caquetantes et le coq apaisé, s'approchant du tas de pièces et de billets, aiguisèrent leurs becs sur les pièces, cherchèrent un moment à les casser pour les avaler, puis voyant qu'il n'y avait rien de bon à en tirer, partirent vers le champ de fraîches pousses de blé où des corneilles s'ébattaient déjà, attirées par le jour naissant.

«J'abdique, mon Dieu, mon désir et ma joie. J'abdique ma peur de solitude et mon besoin d'être aimée. Je ne vous demande, mon Dieu, plus que seulement sa vie. Qu'il parte, que je ne le revoie plus, que ce soit fini, mais qu'il vive en dehors de moi, mon Dieu. Même s'il doit employer sa vie à lutter contre vous, car vous savez bien, mon Dieu, qu'au bout de tout il restera votre esclave, il redeviendra vôtre. Qu'il vive seulement, mon Dieu, et le reste de mes jours ne sera qu'une longue action de grâce envers vous. »

Henriette Chenoncet se releva du carreau froid. De petits cailloux tombèrent de ses genoux meurtris. Elle regarda le vide de la nef emplie d'ombre.

Elle sentait autour d'elle, dans le silence joyeux des choses immobiles, le mouvement de la nuit. Et pourtant, il n'y avait nulle part la voix de Dieu. Elle se demanda jusqu'à quand ainsi Il allait continuer à les laisser à l'abandon, leurs prières sans réponse, et leur vie sans appui. Elle aurait voulu épouser la croyance humaine de celui qu'elle aimait, mais elle n'en avait pas le courage, car elle savait bien qu'un jour viendrait où, pour elle, les êtres ne pourraient pas remplacer Dieu. Et ce jour peut-être était plus proche de lui que d'elle, et elle avait la gorge serrée en pensant qu'il allait y arriver avec sa seule espérance en l'homme qui alors ne lui servirait plus à rien. Elle s'arrêta sous le campanile, juste derrière le grand portail du sanctuaire, devant la corde qui remuait et brillait inexplicablement. Elle regarda autour d'elle et se trouva environnée de jour. Elle voyait maintenant l'auréole du Christ sur le vitrail du fond et l'inscription blanc sur bleu qui faisait le tour de l'église : *Virginia martyrum — Beatrix consolatum — Stella matutina.*

Il se produisit dans l'air comme un froissement léger d'étoffes. Sur le toit de l'église, autour d'elle, à travers les arbres, elle sentit passer le frisson d'un avertissement. Alors, elle sortit.

Elle se trouva en face de l'escargot d'or qui grandissait en se déformant au-dessus de la barre d'Aramée.

Jules Fontaine cracha dans le feu et soupira. Puis il reprit au coin de la table le litre de liqueur faite de l'après-midi et se mit à le chauffer avec patience, tournant la bouteille dans tous les sens entre ses vieux doigts. Il lui sembla entendre, au bas de la maison, une porte se refermer.

— Rose? appela-t-il.

Il attendit. Mais non, ce n'était pas encore elle. Tant pis, maintenant il avait mangé, il pouvait attendre. Il se remit à faire miroiter sa bouteille dans les reflets du feu tout proche. Il s'agita sur sa chaise, parce qu'il semblait que les flammes pâlissaient, chercha autour de lui de quoi les ranimer, trouva deux branches de verne rouge, les entassa. Il y eut d'abord un peu de fumée et Jules Fontaine ne fut pas satisfait. D'où venait qu'il voyait son ombre devant lui? Il prit encore une grosse branche de chêne. Le feu, gonflé à bloc, se plaignit et craqua, la flamme lécha la suie du manteau. Le vieux recula sa chaise et se rendit compte alors qu'un jour venu d'ailleurs se battait contre le jour du feu. Il se retourna et vit tout rouge l'encadrement de la fenêtre dont il avait oublié de clore les volets et il entendit chanter des coqs et des voix de gens. Il ouvrit la croisée et se pencha. Il vit, comme tout le monde, se déployer le large flamboiement rose sur la peau délicate du ciel avec des façons d'éventail. Il vit aussi les gens affolés descendre la rue.

— Qu'est-ce que c'est? cria-t-il.

Mais personne ne l'entendit. Il perçut seulement la voix d'une femme qui disait «Fin du monde!» et le galop d'un cheval.

Affolé, il se précipita au milieu de sa cuisine, chercha avec incohérence autour de lui ce qui pouvait lui servir dans une fin de monde, trouva la vieille malle dont Rose avait fait une armoire, la vida de son contenu et se mit à y entasser tout ce qu'il croyait être indispensable. Et d'abord, il maîtrisa le tremblement de ses mains pour emmailloter délicatement la précieuse bouteille qu'il avait laissée au coin de la table et la posa soigneusement au fond de la malle.

Quand il jugea qu'il avait tout ce qu'il lui fallait, il la plaça sur ses épaules à grand-peine et descendit, laissant le feu pétillant qui continuait à se battre contre la lumière du dehors. La rue était rose. Jamais Jules Fontaine ne l'avait vue parcourue d'autant de gens, sauf aux jours de foire, une fois l'an, et encore depuis un lustre n'y en avait-il plus. Tous descendaient vers la place. Jules Fontaine les suivit.

Le vieux père Camoin mangeait sa soupe, le poêle entre les jambes. Quand il jetait sur les horloges du fond un regard d'amour, la cuiller déviait un peu et il tombait une goutte de liquide sur sa veste. Les premiers rayons de l'aube s'accrochèrent d'abord au-dehors, sur l'eau du pétrin empli de planches rouies, puis vinrent se placer au fond du magasin sur les balanciers de cuivre des cinq horloges. Le vieux les regarda curieusement. Il n'y aurait pas attaché trop d'importance s'il n'avait pas entendu des volets claquer et des portes s'ouvrir. Alors seulement il tourna ses yeux vers la fenêtre et vit rouge la portion de rue devant lui, en même temps qu'il entendit des voix affolées de femmes. Alors, il quitta sa soupe au bord du poêle et sortit. Augustine Peyre passa en courant près de lui, son fichu noir posé à la diable sur sa tête. La

mère Castel, dans son jardinet, regardait le ciel
avec hésitation. La femme et la fille Dol sortirent
de leur maison.

— Va vite voir où est papa! dit la mère.

Tous ils entendirent le galop d'un cheval et se
rangèrent au bord de la rue. Ils virent déboucher
du chemin de Clapigneux la charrette d'Alire
Samuel, et sa fille Madeleine debout sur le devant,
ses cheveux tordus par le vent de la course, moins
maigre et moins sèche que d'habitude, semblait-il,
empreinte d'une sorte de majesté, et qui criait:
«Fin du monde! Fin du monde!» Elle balayait
l'air avec son fouet et le cheval fumait une buée
rose. Il n'y avait pas cinq minutes qu'elle était passée qu'arriva aussi la charrette de Paul Pourcin
avec toute sa famille dessus, sa femme, ses enfants,
sa belle-sœur. Camoin vit Peyre, qui regardait l'attelage de devant sa porte. Sans doute avait-il envoyé
sa femme aux nouvelles et il attendait, mal rassuré.
Quand il vit passer la première voiture, il devint
grave, mais quand Paul Pourcin arriva à sa hauteur, il dut se dire: «Celui-là, c'est pas un fou, s'il
lève l'ancre, c'est qu'y a quelque chose.» Aussi se
mit-il en devoir d'arrimer les bœufs à son char.
Quand le père Camoin vit que Peyre se préparait,
il pensa qu'il n'y avait pas de raison pour que lui-
même n'en fît pas autant. Il alla prendre, dans la
grange aux bois, le barrotin qu'il savait y trouver,
et l'amena dans la rue devant son échoppe. Il vit
sortir de chez lui Jules Fontaine une malle sur ses
épaules, la mère Castel inquiète arrêtait Janine
Dol.

— Tu aurais pas vu mon fils?

— Non, madame Castel, je ne l'ai pas vu.

Et l'une se prépara à descendre la rue, tandis que l'autre appelait sa mère.

— Maman! le papa a dit que nous allions le retrouver!

Le père Respondey sortit de son échoppe avec sa femme. Justement Gertrude Mille passait le seuil de sa porte en criant:

— Mon Dieu, quel malheur!

— Quoi? dit Respondey. Qu'est-ce qu'il y a?

— Eh, dit Gertrude, quoi? Vous ne voyez pas le ciel?

Non, il ne voyait pas. Il fallut que sa femme lui expliquât, car depuis quelques jours sa vue avait terriblement baissé. Le jeune réfractaire était sorti aussi de l'échoppe. Et tout d'un coup on vit arriver Ange Castel qui criait:

— Ceux qui ont quelque chose à craindre des Boches, foutez le camp! Passez la montagne, ne restez pas là! Ils vont venir.

Il parcourait la rue en criant ainsi. Ange Cassagne le suivait. Et ils se dirigeaient vers la ferme des Clapigneux, et le père Camoin subjugué les vit sortir de chez Peyre, suivis du fils, et tous deux, le fils Peyre et Ange Cassagne, se mirent à gravir les pentes du Saint-André, tandis que Castel redescendant la rue courait toujours. Peyre n'avait pas réalisé, il restait planté au timon de son char, l'aiguillon en main. Ce qu'il craignait surtout, c'était l'événement du ciel, rien à ses yeux n'avait autant d'importance. Machinalement, il arrima ses bœufs, et mit le char en marche. Le père Camoin chargeait la dernière pendule. Il vit sortir de leur masure Gino le charbonnier, sa femme et ses six enfants piaillants. Le char de Peyre et ses deux bœufs, énormes, tête contre tête, passa près de lui dans le grincement de ses roues. La mère Respondey l'arrêta à sa hauteur.

— Monsieur Peyre, monsieur Peyre, vous ne voulez pas qu'on mette Blanche sur votre char ? Nous ne pouvons pas la transporter à deux.

— Je veux bien, dit Peyre. Où elle est ? Je vais vous donner un coup de main.

Juste à ce moment, sa femme arriva toute criante.

— Antoine ! Antoine ! viens vite, ils sont tous en bas, ils disent que c'est la fin du monde !

— Eh, une minute, dit Peyre, nous pouvons pas laisser la Blanche comme ça tout de même.

Justement Jeanne Respondey descendait de l'étage.

— Elle réclame, dit-elle.

Elle regarda autour d'elle.

— Et Jean ?

— Il est parti en montagne. Il paraît que les Boches vont venir, pour comble de bonheur.

— Ah ? dit-elle, je vais avec lui.

Et justement Valérie Autran passait, chaussée de gros souliers, un sac tyrolien au dos.

— Rirette ! appela Jeanne.

L'autre lui fit signe qu'elle n'avait pas le temps, mais elle courut après elle.

— Où vas-tu ?

— Rejoindre Ange.

— Attends-moi, moi aussi j'ai quelqu'un à rejoindre.

— Où vas-tu ? cria la mère Respondey.

— Rejoindre Jean.

— Et nous, cria la mère, si le monde finit, alors nous serons seuls ?

— À quoi bon ! dit Jeanne en haussant les épaules.

Mais sa mère ne la vit pas. Les deux jeunes filles colorées de rose par l'aurore passèrent le coin de Clapigneux et s'enfoncèrent dans la forêt.

Respondey et Peyre avaient descendu Blanche sur son matelas et l'installaient au milieu du char. La mère courut chercher les couvertures, et la borda du mieux qu'elle put. Elle pleurait.

— Tant de choses d'un seul coup, mon Dieu !

— Ne vous en faites pas, allez ! dit Peyre, en lui frappant sur l'épaule. Elle est si belle, la vie !

— Oh, c'est pas pour ça !

Déjà la rue se vidait. Le char de Peyre s'ébranlait encadré par les deux vieillards. Et les bœufs tranquilles se figuraient aller aux champs.

Les portes d'étable de Clapigneux étaient restées ouvertes, elles s'emplissaient de jour. Un veau et une vache meuglaient. Les portes de la fromagerie Dol étaient restées ouvertes, la porte de Respondey, celle de la mère Castel, celle de la masure de Gino, celle de la maison de Mille et de Jules Fontaine, tout à côté d'eux, la porte par où Servane Abit, si jalouse pourtant d'habitude du secret de sa maison, venait de sortir avec sa fille, enveloppée dans sa demi-nudité d'un gros manteau de fourrure et demandant à chacun :

— Et Luc, et Luc, où est-il ?

Toutes les portes de la rue de Cluze étaient demeurées ouvertes. « Non, pensa Camoin, moi je ne peux pas les laisser. » Et il serra autour des horloges la filoche, dont Peyre se servait pour descendre des granges la pâture des bêtes. Il s'attela au barrotin, se hâtant pour ne pas être le dernier, vers la place d'où venait la rumeur des gens.

Les mottes en fuseau des champs brillaient sous cette lumière dont on ne voyait pas la source et dont les ondes montaient toujours depuis le nord-ouest, éclaircissant un peu plus le ciel à chaque passage.

Maria Ramonce faisait sa vaisselle en chantonnant. Elle venait de coucher les gosses après avoir fermé les volets et pensait attendre Isaïe tout en travaillant. Oh, il ne tarderait pas, il avait dit : « Je l'accompagnerai un bout et je reviendrai. » Il avait dit neuf heures et il en était bientôt huit et demie. La naissance de cette nuit de printemps lui donnait envie d'aller se rouler toute nue dans l'herbe nouvelle. Mais vraiment non, il n'y avait pas moyen, elle était beaucoup trop fraîche. Elle s'en voulait quelquefois d'être demeurée aussi imperturbablement jeune. Elle sentait passer, sur son corps flexible et presque nu sous la robe de toile rugueuse, un vent matinal. Et pourtant il n'y avait pas de vent dans la pièce, et il restait toute une nuit avant que ne se levât le premier matin de printemps. Voilà que Henri, son dernier-né, se mit à pleurer dans son lit-berceau. Allons, qu'est-ce qu'il avait encore ? Elle essuya rapidement ses mains et se préparait à monter, quand simultanément elle entendit chanter le coq et frapper à sa porte. Et, regardant les volets, elle vit à travers leurs fentes les lueurs du jour.

— Maria ! appela quelqu'un.

— Oui.

Elle alla ouvrir.

— Qu'est-ce que c'est ?

C'était Gertrude Mille et derrière elle, il y avait, visible, tout le vaste plateau de Cluze, jusqu'aux bois et aux montagnes qui en limitaient l'étendue et au-dessus, auréolant la tête aux cheveux fous de Gertrude, il y avait le ciel. Maria Ramonce se frotta le visage parce qu'il lui semblait sentir sur sa peau le frôlement de cette soie rose qui formait sous l'espace une seconde voûte, ayant la forme d'un dos d'escargot.

— Oh ! dit-elle, qu'est-ce que c'est ?

— Viens vite, viens vite, habille les enfants et viens. Qu'on soit tous ensemble, tous ensemble ! C'est peut-être la fin du monde !

— Et Isaïe ?

— Il est en bas sur la place. Il t'attend. On y est tous.

Maria monta habiller les enfants. Elle n'avait pas peur, une grande confiance lui venait qui l'empêchait de se livrer à la panique et c'était la certitude qu'une chose si belle ne pouvait pas faire de mal.

À partir du moment où Barles et les autres sortirent de la maison de l'instituteur pour se rendre à l'auvent de la forge, il se passa cinq minutes. Pendant ce temps, Castel, sans prendre garde à la lueur montante, sans se demander ce qu'elle était, partit vers la rue pour avertir tous ceux qui devaient être avertis de l'arrivée des Allemands. Cependant que

Justin Barles, Isaïe Ramonce, Charles Mille, Émile Autran et Champsaur demeuraient sur place et que Michel Bernard, tout de même un peu pâle, songeait qu'il y avait quatre-vingt-dix chances sur cent pour qu'il restât dans cette histoire sans avoir eu le temps de dépenser son besoin de grandeur.

Tandis que Castel disparaissait en courant dans la rue, suivi d'Ange Cassagne, qu'il avait déjà prévenu, on vit sortir Valérie de chez son père et Mlle Cassagne de la poste-épicerie, qui leva les bras au ciel, joignit les mains et tomba à genoux. On vit sortir de sa maison Armande Pourrier, qui courait sur ses pieds plats et, du coin de la forge à Champsaur, par le chemin entre les deux places, débouchèrent simultanément Mme Raffin et Rose Fontaine.

— Qu'est-ce que c'est ? demanda le cantonnier.

— Ma foi ! dit Autran.

Champsaur et Michel Bernard regardaient sans rien dire. Barles allait répondre, mais quand il vit sortir toutes ces femmes affolées de leurs maisons, il lui vint l'idée que peut-être en bas, dans le creux du vieux village, les prières d'Henriette avaient attiré la pitié de Dieu.

— Chut, dit-il, chut les gars ! C'est une aurore boréale, mais ne le dites pas, ne dites rien. Ça va peut-être nous sauver.

— Et comment ? demanda Champsaur.

Barles ne répondit pas. Il regarda sa montre. Huit heures vingt-cinq. Il n'y avait pas de temps à perdre. Il les entraîna tous vers la forge. Et comme ils traversaient, ils virent accourir la femme de Mille, échevelée, faisant de grands gestes avec les bras.

— Charles! Charles! Elle appelait.

Elle se mit en travers de leur route.

— Ne t'affole pas comme ça! dit Mille. Ça sert à rien de plus.

— Va plutôt chercher Maria, demanda Ramonce. Dis-lui d'habiller les gosses et de venir.

Contente d'avoir quelque chose à faire, Gertrude repartit, tandis qu'autour des hommes montait du village de Cluze une rumeur panique, portes claquantes, volets ouverts, courses de pas, bruits de charrette et au-dessus de tout, l'éclatement des coqs. Ils chantaient de toutes les fermes, de toutes les maisons, se répondant de l'une à l'autre.

— Pour ce que tu dis, remarqua Champsaur, il vaut mieux prendre mon cheval que le mulet de Ramonce.

— Si tu veux, dit Barles, pardon : si vous voulez.

— Oh! tu peux me tutoyer! au point où on en est.

— Et peut-être pas si bas que ce qu'on pense! s'exclama Barles. Ne créez pas une psychose de défaite.

Ils arrivèrent sous l'auvent de la forge, juste comme Rose en sortait avec ses deux enfants et son beau-frère.

— Va à la rencontre de Maria, dit Champsaur.

— Mon Dieu, mais qu'est-ce que c'est?

Champsaur vit son visage anxieux, elle serrait ses enfants contre elle. Il lui en coûtait de ne pas lui enlever tout de suite son inquiétude, mais il vit en même temps le regard de l'instituteur.

— On ne sait pas… si on le savait…

La place s'emplissait de monde. Ils étaient tous

devant la poste-épicerie. Il y avait maintenant Mlle Cassagne, la mère Raffin, Armande Pourrier, Dol et sa femme avec leur fille. Luc Abit qui allait de temps à autre voir du côté de la rue si sa femme arrivait, Mme Castel, et tout d'un coup, au milieu de tout cela, on entendit crier une femme et le bondissement d'un cheval ; en trombe, Madeleine Samuel déboucha de la rue, debout sur sa charrette, faisant des moulinets avec son fouet et criant : « Fin du monde ! Fin du monde ! » Ils l'entourèrent tous, pensant qu'elle avait vu la source du phénomène.

— Elle est folle ! dit Champsaur.

— Non ! cria Barles à voix basse. Non, elle n'est pas folle, ou si elle l'est, c'est Dieu qui nous l'envoie ainsi. C'est juste ce qu'il faut. C'est ce mot qui me tournait dans la tête depuis tout à l'heure et qui ne voulait pas sortir, âne que je suis. C'est ça, fin du monde, fin du monde !

Autran, Mille, les deux Champsaur et même Michel Bernard le regardèrent, un peu mal à leur aise. Quant à Ramonce, il ne fit pas attention car il venait de voir arriver simultanément du bout de la place sa femme et ses enfants et, par la rue, la charrette de son beau-frère Pourcin, plus calme que celle de Madeleine Samuel qui racontait maintenant aux femmes comment son père était mort, avec des gestes incohérents. Ramonce s'avança vers eux.

— Attention ! cria Barles, ne les rassure pas, au contraire. Rappelle-toi : notre seule chance !

« Sauvage ! pensa Michel Bernard. Il est encore plus sauvage que moi. »

— Nos femmes…, commença Champsaur.

— Non, dit Barles qui devina. Je vous vois venir. Il s'agit de savoir ce que vous voulez. Si vous voulez le sauver lui (il montra le violoniste) et tout ce qu'il représente, il n'y a qu'un seul moyen. Dieu vient de me fournir l'arme, maintenant faites-moi confiance et laissez-moi faire, il n'y aura qu'à donner un tout petit coup de pouce au destin.

La rue se vidait. Le tas des gens devant la poste-épicerie grossissait.

— Et Pourrier ? s'inquiéta Barles. S'il s'en mêle, il peut faire tout rater.

— Il est descendu voir le chemin, il doit être en train de remonter.

— Bon. Attendez-moi une minute.

Il se précipita vers la place de la fontaine et quand Germain Pourrier déboucha de l'oseraie qui marque l'entrée de Cluze, il vit au bord du chemin l'instituteur qui l'attendait. Et derrière lui, calme, majestueuse, sans merci, montait vers le haut du monde l'aube inquiétante comme une annonciatrice.

Maintenant, tout Cluze était sur la place. Ramonce, Maria et leurs trois enfants faisaient bloc avec leur famille. Gertrude Mille passait d'un groupe à l'autre comme un gros bourdon, ne sachant où placer sa parole. Luc Abit allait lui aussi, haussant des épaules sceptiques, disant aux uns et aux autres :

— Ah là là, ben vous n'êtes guère courageux.

Déjà deux ou trois fois il s'était fait vertement remettre en place.

Abel Champsaur qui tenait compagnie à Rose et à ses deux enfants, tandis que Henri était sous l'auvent de la forge, occupé avec Barles à un travail mystérieux, lui avait dit :

— Puisque vous êtes si courageux, vous, allez vous recoucher tranquillement !

Il n'avait pas répondu et était allé plus loin porter sa parole, tandis que sa femme Servane et sa fille faisaient bloc avec Mme Raffin, Mlle Cassagne et Armande Pourrier qui disait :

— Et Germain ? S'il était là au moins ? Qu'est-ce qu'il fait, qu'est-ce qu'il fait ?

Surveillant le ciel et la terre, elle allait regarder vers l'oseraie, mais Pourrier était déjà là, averti par Barles, il avait garé son cheval sur l'autre place et était maintenant avec l'instituteur sous l'auvent de la forge.

Les deux Espagnols de Ramonce se promenaient souplement parmi les groupes, regardant chacun fixement et sans prononcer une parole. Il arriva le ménage du charbonnier Gino avec ses six enfants ; il arriva les deux scieurs de long de Pourrier, l'un avec sa femme et son gosse sur les bras, l'autre avec ses deux enfants de trois quatre ans, tout endormis et pleurants. Dol le fromager cherchait sa femme et sa fille ; il les trouva enfin. C'était une fille de quinze ans, grande et nerveuse, elle se jeta vers son père en pleurant.

— Papa ! j'ai peur, j'ai peur !

— C'est rien, c'est rien ! n'aie pas peur, va ! Tu veux que j'aille prendre la camionnette et que nous descendions au Rocher ?

Il avait encore un peu d'essence qu'il gardait

403

précieusement pour un cas extrêmement grave et celui-là avait l'air de l'être.

Car toujours roulait dans le sombre ciel cette lumière éclatante.

Maintenant, elle avait envahi toute la base du nord et, perdant sa forme d'escargot, montait en spirales de feu. Tous, les yeux levés, se taisaient anxieusement et l'on n'entendait plus que le joyeux chant des coqs.

— Et il n'y a même pas de curé, gémit une femme.

— Au Rocher, reprit un vieux, il y a l'église. Ici, dans la chapelle, on n'y va pas dix.

— Si on descendait ?

— Oui, oui, descendons.

Ils étaient presque tous d'accord.

— Si on doit mourir, au moins que ce soit en compagnie ! dit Mme Raffin.

— Et où voulez-vous aller vous mettre à l'abri du ciel ? demanda Luc Abit.

— À l'église, bien sûr ! À l'église du Rocher-d'Aigle.

Barles, sous l'auvent de la forge, serra le bras du maire et du violoniste.

— Juste ce qu'il nous faut, dit-il à voix basse. Dieu est avec nous.

Mais Luc Abit n'abandonnait pas. Malgré la panique qu'il sentait monter en lui de minute en minute, il gardait encore le contrôle de sa raison.

— On en a trop fait aussi ! dit-il. C'était forcé qu'un jour ou l'autre ça arrive. On n'est pas assez d'accord avec les autorités de toutes sortes, maintenant qui voulez-vous qui nous vienne en aide ?

« Le salaud ! pensa Barles, il abuse de la situation pour faire triompher ses idées désuètes. » Mais il continuait.

— Car, dit-il, ni le ciel ni la terre ne sont libres des hommes, tout ça se tient, tout ça s'entend et nous n'avons qu'à obéir ! Mais, continua-t-il en hochant la tête, le jour où le Créateur aura décidé de détruire le monde, c'est pas les églises qui vous sauveront !

Les gens de Cluze ne parlaient plus ; ils écoutaient Abit, ils étaient prêts à le croire, ils hésitaient. Il voulut profiter de son avantage et cela le perdit.

— Et puis, continua-t-il, qu'est-ce que vous vous figurez ? Ça peut pas vous faire de mal, c'est en l'air.

— Et si ça tombe ? cria une femme.

Et tous ils ployèrent l'échine comme s'ils avaient vu tout à coup le ciel se morceler ainsi qu'une vitre brisée. Abit fit un geste d'impuissance, il allait se remettre à prêcher quand il sentit sur son bras la pression d'une main. Il se retourna et vit Pourrier à côté de lui qui lui souffla dans l'oreille :

— Cesse de faire l'orateur ou alors je t'enlève la paix pour le restant de tes jours.

Et en même temps il fit un signe de tête vers la sèche Servane qui discutait avec la grasse Mme Raffin.

Les gens de Cluze virent leur maire avec soulagement. Brusquement il leur apparaissait comme un conducteur. Sa femme d'abord s'approcha de lui, puis les deux ouvriers de la scierie, puis tous enfin firent cercle, juste au moment où débouchait de la rue la voiturette de Dol le fromager, curieusement verte sous la lumière rose.

— Alors? disaient leurs yeux. Alors? disaient leurs voix.

Et il y avait les gestes instinctifs des femmes regardant le ciel avec affolement et se couvrant la tête de leurs mains en un mouvement de défense impuissante; le bourdonnement de Madeleine Samuel faisant le tour des groupes en récitant inlassablement, comme une oraison funèbre, la mort de son père. La clarté ondoyait en écharpe au-dessus de la dent de Cervières, illuminant toute chose de sa douce lueur rose pâle envahissante.

— Vous voulez descendre au Rocher-d'Aigle? dit le maire.

Les rumeurs s'apaisèrent. Même Madeleine Samuel se tut. On n'entendit plus que le chant des coqs, le frôlement de la présence sur l'épiderme de l'air et l'hymne de triomphe des grandes eaux. Au fond du bruit calme, le son de pendule d'une charrette sur le chemin rose.

Pourrier comprit qu'il les avait tous dans sa main. Il répéta:

— Vous voulez descendre au Rocher-d'Aigle? Vous avez raison, mes amis. Il n'y a plus que Dieu qui puisse quelque chose pour nous, eh bien c'est le moment d'y croire.

Deux hiboux aveuglés par le jour tombèrent aux pieds des hommes, Gino le charbonnier allait les écraser, mais Sarel le câbleur, qui venait d'arriver avec sa vieille mère et qui avait entendu les paroles de Pourrier, arrêta son geste.

— Laisse, dit-il, ils font pas plus de mal que nous.

Le mouvement de pendule sur le chemin s'accentua et de la côte, du Vieux-Cluze, déboucha Blanc de la Verneraie, à côté de son cheval, avec toute la famille sur la charrette et son valet Charles Jean fermant la marche, mains au dos. Dix personnes en tout. En même temps, on vit descendre, de la piste muletière passant à côté de la maison de Ramonce, Bavartel de la Conche avec sa femme et ses deux filles. Ils avancèrent tous vers le groupe pour savoir et ils comprirent qu'on parlait de départ. Déjà les femmes s'agitaient, serraient leur fichu, se mettaient en marche, les yeux peureusement tournés vers le ciel.

— Vite, ça monte ! cria l'une d'elles.

Pourrier à son tour leva les yeux. Maintenant, la lueur avait perdu sa forme première d'escargot, elle n'était plus striée d'or qu'à sa base et elle avait atteint, semblait-il, le centre de l'espace. Pourrier comprit que tous, ils croyaient que, si l'aurore touchait les bords du sud, le monde s'écroulerait.

— Qu'est-ce qu'on attend ? dit une femme.

Pourrier alla jusque sous l'auvent de la forge, où Barles et Ramonce en bras de chemise s'escrimaient sur la charrette déjà attelée. Autran vint à côté d'eux.

— Ils s'impatientent ! dit-il.

— Cinq minutes, dit Champsaur, c'est presque fini.

— Pourrier ! surtout n'en laissez point partir devant, il faut que ce soit tous ensemble, sinon tout est foutu, recommanda Barles.

— Attends, dit Pourrier. Je vais les amuser un peu.

Et il quitta l'abri sombre de l'auvent. Barles l'entendit qui parlait mais ne prêta pas attention à ses paroles. Michel Bernard, debout à côté d'eux, regardait se construire son destin.

— Allez, commanda Champsaur, colle-toi là-dedans pour essayer.

Alors Autran vit qu'ils avaient pratiqué une grande ouverture dans le plancher et fixé un sac par-dessous en hamac.

— Mets-toi là-dedans, dit Barles.

Le cheval piaffa et commença à hennir. On entendit la voix d'une femme dire :

— Tant pis, moi je pars !

— Oh ! cria Pourrier, un peu de discipline, attendez une minute. Il manque encore du monde, on ne peut laisser personne.

Michel Bernard se glissa dans le hamac et Champsaur remit la vieille latte sur lui.

— Voilà. Évidemment il ne sera pas très bien, mais il pourra respirer.

— Ouh ! dit Ramonce en essuyant son front, un quart d'heure pour faire ça, c'est un record.

— Allez alors, décida Pourrier, en route, je vais passer devant avec ma charrette.

Juste à ce moment (et il s'élevait sur la place un grand murmure de soulagement), Autran toucha le bras du maire.

— Encore un ! s'exclama-t-il.

C'était le vieux Jules Fontaine qui débouchait de la rue, titubant sous le poids d'une énorme malle.

— Tant mieux, dit Ramonce, plus on est, plus on rigole !

— Allons l'aider.

À trois, ils se précipitèrent à sa rencontre. Tandis que les femmes maugréaient contre ce retard.

— C'est bien le moment de porter des malles, dit Pourrier. Qu'est-ce que vous avez là-dedans ?

— Tout : mon argent, le portrait de ma pauvre femme, mon litre de genièvre que je le fais dorer au feu avec tant de soin.

Assis sur son coffre, il respirait péniblement.

— C'est ça ! Vous auriez dû emporter aussi un morceau des murs de votre maison, ça vous servira bien quand la terre aura éclaté !

— J'ai aussi mon drap de lit pour me faire un linceul.

— Linceul ? dit Autran, on vous enterrera peut-être dans l'air, peut-être que vous finirez en étoile.

Jules Fontaine qui s'épongeait le front dressa la tête.

— En étoile ? répéta-t-il.

Il se leva avec un courage nouveau et tous le suivirent vers les groupes.

— Alors c'est fini cette fois, oui ? On part ?

— Attendez ! ordonna Pourrier, il manque encore Peyre et sa famille et Respondey qui est infirme et Blanche qui est malade, on ne peut pas les laisser !

Les hommes tentaient de calmer les femmes de plus en plus nerveuses, les enfants pleuraient. Et toujours montait cette aurore stupéfiante qui, déployée comme un immense oiseau rouge, s'appesantissait maintenant sur eux et les écrasait.

Barles s'essuya les mains et prit le temps de regarder l'aube inattendue. Un immense respect lui envahit le cœur pour la sollicitude de la nature. Il pensait que la doctoresse qui, en bas, priait pour la vie de son amour (et à cette évocation Barles sentit son âme douloureuse) ne savait peut-être pas encore quel moyen immense ils avaient de le sauver. Quelle force le monde venait d'envoyer à leur secours. Les limites de la terre vers le nord se découpaient en dentelles d'arbres et de roches. Penché vers le pilier de l'auvent, Barles écoutait la rumeur des gens de Cluze surexcités par l'anormal spectacle et, derrière lui, le bruit de Champsaur, clouant la latte de la charrette sur la cache de Michel Bernard. Il était désormais seul devant son propre drame et les hommes ne pouvaient plus lui aider. Et d'ailleurs, pensa Barles, était-ce bien une aide qu'eux tous ici lui avaient apportée ? N'était-ce pas plutôt pour le triomphe de l'idée qui se faisait en eux de plus en plus tenace, qu'après l'avoir d'abord protégé ils l'envoyaient maintenant à la mort ? Barles savait que le communiste allait inévitablement vers la mort. L'issue heureuse n'était pas possible. Il n'y avait aucun moyen de se sauver individuellement, et d'ailleurs la réussite des missions que Michel Bernard allait avoir à exécuter (et dont il n'avait rien voulu lui confier) était subordonnée à sa propre mort. Il lui dit donc un adieu confiant dans le silence de son âme. Certain qu'un jour, dans un univers sans limites dont il ignorait la teneur et la forme mais dont il gardait au fond de lui l'intuition, ils se rencontreraient. Ce jour-là, bien des choses dont la terre avait fait des raisons essentielles d'existence paraîtraient alors enfantines, au même titre que lorsqu'on se penche à quarante ans sur son premier jouet : un cerceau fait d'une roue de bicyclette privée de ses rayons. Comment a-t-on pu s'amuser avec ça ? Barles regarda le ciel. Il savait que de ce côté seulement du monde il y avait espoir en l'éternité, que ni son imagination ni sa ferveur ne tireraient le salut de l'intérieur de l'homme, comme chacun dans un sens, pas tellement opposé, la doctoresse et le communiste pensaient le faire. Maintenant, il était trop tard pour avertir Michel et même la doctoresse ; le chemin qu'ils parcouraient n'était désormais plus redressable. Il n'y avait qu'à laisser courir. Et quand Champsaur dit :

— C'est prêt.

Il dit :

— Bon.

Puis il regarda vers la place, cherchant un complément indispensable à cette mise en scène. Il vit d'abord le père Camoin, ordonnateur de l'heure, tirant péniblement vers la place un charreton plein de pendules richement décorées et derrière lui, le char à bœufs de Peyre, accueilli par la foule comme le messie, puisqu'ils n'attendaient plus que lui pour s'en aller, pour fuir. Les deux bêtes tranquilles allaient comme à l'ordinaire de leur pas éternel, s'épaulant l'une l'autre contre le joug, et Peyre marchait à côté d'elles accompagné de sa femme et de son plus jeune fils. Le vieux couple Respondey suivait. Encore vivante, mais toujours devant les portes grandes ouvertes de la mort, Blanche était couchée dans le char. On l'avait installée sur un matelas, et protégée du froid par une couverture ornée de samares d'érable et de branches de chêne. La lueur rose rendait tout cela luxueux. Dès qu'il vit l'attelage, Barles dit à voix basse à Autran :

— Voilà ce qu'il faut.

Et pour la première fois depuis le commencement de l'aube, il se montra aux gens de Cluze que rien maintenant ne paraissait plus pouvoir retenir depuis que la lumière, gagnant de proche en proche, se mettait à descendre la pente du ciel vers le sud. Dès qu'ils le virent, Sauveur Dol et Luc Abit se précipitèrent vers lui, les femmes et les hommes se rapprochèrent et Barles arriva à dix mètres du char de Peyre quand, entre lui et les bœufs, il trouva tous ceux de Cluze qui l'interrogeaient des yeux et Luc Abit, à côté de Dol, lui demanda :

— Et vous, monsieur l'instituteur ? À votre idée ?

Ne sachant pas quelle entente régnait entre eux, il comptait bien sur lui pour détruire les affirmations de Pourrier. Aussi fut-il touché par la réponse qu'on lui fit et se mit à penser que, peut-être, il n'était plus tellement sage de résister à sa peur.

— Mon idée, c'est que vous faites bien de descendre.

C'était le troisième mensonge de Barles. Il avait menti la première fois quand il avait donné sa parole au maire de ne pas être en relation avec les traqués. Il avait menti à la doctoresse quand il ne lui avait pas révélé l'identité exacte de celui qu'elle soignait. C'était la troisième fois de sa vie qu'il mentait délibérément, exprès, avec la certitude absolue que nulle puissance au monde ne pouvait lui en tenir rigueur. Laissant Abit et Dol sidérés, et derrière eux les femmes serrées contre leurs maris ou leurs enfants, leurs yeux fous toujours tournés vers l'espace, il s'approcha de Sébastien Peyre.

— Si vous voulez, dit-il, nous pouvons mettre la malade sur une charrette à cheval, elle sera beaucoup plus au souple que là.

— Voyez Respondey, ce qu'il en pense? dit Peyre. Je demande pas mieux parce qu'au moins je pourrai faire monter la famille.

Barles s'approcha du cordonnier.

— On va changer Blanche de voiture. Elle sera beaucoup mieux sur une à cheval.

— Faites vite, par pitié! supplia Servane Abit presque défaillante.

— En ordre! cria Pourrier, ne vous précipitez pas comme des fous. Attendez!

— Oui, dit Respondey à Barles.

— Bien. Faites avancer votre attelage jusqu'à la forge.

Les groupes s'écartèrent devant eux, tandis que Pourrier les parcourait.

— Les femmes, ordonna-t-il, celles qui pourront marcher iront à pied. Dol, tu prendras quelques enfants dans ta camionnette?

— Bon, dit le fromager.

— On mettra les vieux dans les voitures à chevaux.

Il avisa son neveu Albert qui tenait son fils par la main.

— Tu peux prendre quelqu'un, toi?

— Deux ou trois, derrière la jardinière, oui, c'est possible.

— Alors bon.

Il regarda sa montre : « Nom de Dieu ! neuf heures moins dix ! »

— Alors bon, répéta-t-il, je crois que tous ceux qui ne vont plus guère seront casés. Les hommes, on ira à pied.

— C'est ça, dit Albert.

Sentant qu'on allait fuir, les femmes s'apaisaient, les enfants cessaient de pleurer.

— Doucement, dit Ramonce, là !

— Elle est bien rebordée ? demanda Champsaur.

— Oui, oui, ne t'inquiète, dit sa femme. Alors maintenant on peut partir ?

Déjà le maire était remonté sur son boggey, sa femme et Mme Raffin à côté de lui. Derrière, les deux femmes de ses scieurs de long avec leurs gosses.

Tout Cluze s'ébranla vers la terre hospitalière des plaines, car ici désormais la vie devenait intenable.

— Neuf heures moins dix, annonça Champsaur, les gars, allez !

Barles se pencha vers le sol de la charrette, soulevant légèrement un coin du matelas de Blanche.

— Michel ? appela-t-il doucement. Ça va ?

Il entendit une voix étouffée lui répondre « oui ». Alors il se redressa.

— Ça va, dit-il.

Sur le devant, on avait installé les deux vieux parents Respondey qui veillaient sur la vie de leur belle-fille. Rose Champsaur et ses enfants descendraient sur le grand char de Peyre. En silence, les hommes, Autran, Mille, Champsaur, Ramonce, Castel, qui n'était même pas encore sec de sa suée de tout à l'heure et tremblant d'inquiétude, entourèrent l'attelage de leur sollicitude. « Qu'est-ce qu'ils pensent ? » se demanda Barles. Il regarda leurs visages inébranlables de montagnards. Il comprit qu'on leur avait enlevé toute pitié et qu'ils étaient prêts désormais à tout risquer pour faire triompher la cause sacrée de la Révolution. Il comprit que, dans celui qui sous le plancher de la charrette allait jouer sa vie au jeu social, et qui déjà allait physiquement souffrir dans la descente vers le monde civilisé, ce n'était pas le sort de l'homme qui les préoccupait, mais la destinée de l'idéal démesuré qu'il portait en lui. Et il comprit qu'il était seul à s'en émouvoir et que Michel Bernard lui-même trouvait cela tout naturel. « J'aurai fait tout ce que j'aurai pu pour lui sauver la vie, pensat-il ; maintenant, il me reste à souhaiter que sa mort serve à quelque chose de bon. » Et il se mit en marche à côté des amis, derrière le cheval de Champsaur, dans le flot des gens de Cluze fuyant l'aube miraculeuse.

Car toujours montait l'aube. Elle avait débordé le nord-ouest et tout le nord maintenant était en pleine naissance, tandis que le sud était une belle nuit calme, avec ses étoiles printanières. Sur les forêts, sur les sols des montagnes, il n'y avait de vivant que le ruissellement inaltérable des eaux ; entre la maison de Ramonce et la ferme de la Verneraie, à gauche de la dépression Palonique, il n'y avait de vivant que le chant des coqs. L'aurore gagnait de minute en minute sur la nuit. Elle la repoussait vers le sud. Le ruissellement des eaux libres couvrait le bruit furtif des bêtes de la forêt et pourtant les bêtes vivaient sans même se rendre compte que la nuit avait été courte, elles reprenaient leur lutte journalière sous le couvert forestier. Une brise lente caressait le somptueux nouveau feuillage des mélèzes. Les abreuvoirs, les sources, les fontaines, filaient joyeusement leur quenouille d'eau rose maintenant, et chaque bassin était plus profond. Dans Cluze vide, la terre perdait la tiédeur animale des hommes.

Enfin, quand l'aurore eut atteint le centre exact de l'espace, quand il n'y eut plus entre le sud et le nord qu'une séparation qui changeait sans cesse de couleur, un effluve rouge plus profond que les autres jaillit du nord et se délaya dans le ciel de l'aube. Les arbres et les eaux et les êtres de la forêt se firent immobiles et silencieux dans l'attente du lever du soleil. Mais celui-ci n'eut pas la force de dépasser l'horizon. On le sentit rouler derrière la terre, entraînant avec lui les tourbillons d'aube qui se lovaient en écharpes. La cuvette tout entière de Cluze devint rose et or. Là où commençait la forêt caduque, sous les arbres immobiles, le rose et l'or se mêlèrent et baignèrent de leur chatoiement les plantes les plus infimes. Jamais les lierres noirs ni les troncs humides et crevassés n'avaient senti peser sur eux une si grande douceur. Des côtés de montagne à l'ubac qui n'avaient jamais vu la lumière solaire et des sources froides qu'aucun rayon n'avait jamais réchauffées se trouvèrent illuminés. Dans le vieux village, la chapelle, les maisons calcinées, le cimetière étaient redevenus neufs et vivants, chaque tombe oubliée avait pris l'éclat du grand matin que jamais, enfoncée dans ce creux, elle n'avait senti entièrement. La croix vermoulue au bras cassé se colora richement et le Christ cloué sur elle en parut moins lamentable.

Et puis il y eut dans le ciel un nouveau changement, la lisière prismatique qui limitait l'aube de la nuit passa par la couleur violette qu'elle avait déjà prise une fois et l'aurore lentement entra en régression. La nuit du sud regagna peu à peu sur le jour du nord, chaque étoile immuable reprit sa place, les choses de la terre qui un moment avaient paru s'éveiller retombèrent dans leur immobile sommeil, les sources et les fontaines ne parlèrent plus qu'en sourdine, les coqs cessèrent de chanter. L'aurore retournait lentement vers sa source.

Barles s'arrêta au bord du chemin.

— Continuez, dit-il, à demain de toute manière. Moi, j'ai encore quelque chose à régler.

Les hommes autour de la charrette le regardèrent d'un air absent, car il n'était pas le centre de leur souci. Barles se glissa dans le taillis au bord de la route. Personne ne l'avait remarqué. Il vit passer les hommes soucieux et les femmes et les enfants sur les charrettes les yeux grands ouverts regardant vers la source de l'aube. « Ça fera, pensa-t-il, une foule suffisante pour le protéger. Et d'ailleurs, cette nuit influera sur tous les hommes, même sur ceux qui sont en guerre. » Enfin, Dol, Abit et Albert

Pourrier, que le maire avait mis en queue pour surveiller si personne ne restait en route, passèrent à côté de lui. Il écouta décroître leur pas, le bruit des attelages, et sortit du couvert des arbres. Soudain, il perçut un galop derrière lui. Alors, il se plaça, face à l'aube, du côté de Cluze au milieu de la route et vit apparaître le cheval de la doctoresse et elle dessus, comme au premier jour où il l'avait vue, avec sa culotte de velours blanc et sa chemisette de soie décolletée. Il lui barrait le passage, mais quand il vit qu'elle ne modérait pas son allure et paraissait avoir l'intention de passer outre, il s'écarta. Quand la bête arriva à son niveau, il lui sauta à la bride. Elle fit dix mètres encore pourtant, mais s'arrêta. Henriette Chenoncet regarda Barles avec colère.

— Pourquoi êtes-vous toujours là ? dit-elle.

— Je suis la balance de la raison.

— Laissez-moi passer.

— Non.

— Vous voulez que je vous cravache ?

— Si vous voulez. Rien ne saurait m'être plus doux.

Elle le fixa sans aménité.

— Vous êtes raisonnable, dit-il, descendez, venez. Je savais que vous feriez un exploit de ce genre. C'est un geste de petite fille. Restez à la hauteur encore un peu. Ce sera bientôt fini.

— Je voulais le suivre, dit-elle sombrement, je voulais partager la vie terrible qu'il va avoir. Je lui aurais servi.

— Non.

— Au moins, j'aurais été sa femme.

— Les morts ne se marient pas.

— Il ne s'agit pas de cela.

Le cheval frémissait sous la main de Barles. Enfin, lassée, comprenant que, désormais, sa raison appuierait l'instituteur, elle descendit.

— Ce sera plus commode pour parler, approuva Barles.

— Dites-moi seulement où il se trouve?

— Vous ne pouvez pas le voir, mais je vais vous montrer ce qui le protège. Ce que vous avez permis par vos prières. Regardez.

À la base du deuxième lacet de la route, un long serpent d'hommes, de femmes et d'enfants montés sur les voitures rampait vers l'orée du bois de Gordes et allait y pénétrer. Déjà les premiers étaient engagés sous les futaies et l'ombre rose de la forêt avalait peu à peu le serpent d'hommes.

— Il faut qu'ils se sentent bien coupables tous, dit Henriette. Ils s'imaginent que le monde va finir ainsi?

— Et qui sait? Ne dites pas de mal de leur peur, c'est elle qui l'a sauvé.

— Et qui m'a perdue…

— Oh, perdue!

Elle allait répondre et jurer des choses éternelles, quand il lui prit le bras.

— Écoutez!

Le bois avait absorbé entièrement les hommes. On n'entendait que le tic-tac charretier, mais aussi, au loin, et c'est ce qui avait attiré l'attention de Barles, le grondement de camions grimpant une dure côte.

— Écoutez, dit-il, il va risquer sa peau une première fois.

Ils sentirent l'un et l'autre l'oppression d'un silence qui les liait. Et sur ce silence l'écrasement du ciel. Le chemin derrière eux montait vers Cluze, vers la barre d'Aramée, vers l'aurore. Henriette tomba à genoux et regarda Barles d'un air suppliant.

— Priez avec moi, demanda-t-elle.

Barles allait refuser, mais il entendit le tic-tac des charrettes, le grondement des camions ; il sentit le frôlement de soie de l'aube, le parfum de la doctoresse. Un poids énorme pesa à ses épaules qui devait être celui de la main de Dieu. Il s'agenouilla à son tour et joignit les doigts.

L'espace roulait au-dessus d'eux avec la gambade gigantesque de son enfantement rose. Le bois des Longes, les terres arables, Cluze, le chemin bordé d'une oseraie verdissante et d'un ruisseau flexible passant d'un roc à l'autre d'un tour de rein, couronné de primevères, au milieu du chemin, un cheval debout, luisant de sueur, frémissant, penchant la tête et devant lui, deux êtres priant à même le sol. Il n'y avait plus dans la tête de Justin Barles et d'Henriette Chenoncet que le bruit des attelages qui diminuait et celui des camions qui augmentait. Ils étaient suspendus à cette navette de sons, comme s'ils dirigeaient les gestes de la Providence au bout de leur prière. Et le miracle se tissait autour d'eux avec son implacable logique. Les bruits se rapprochaient l'un de l'autre, jusqu'à se confondre, comme les deux brins d'une corde qu'on tisse. Mais, rivés ensemble

420

désormais, ils ne s'arrêtèrent pourtant pas. Barles et Henriette suspendirent leur prière afin d'écouter. Tout d'un coup les deux sons se désunirent, celui des charrettes s'atténua de plus en plus, celui des camions demeura ce qu'il était sans augmenter.

— Ils ont passé ! dit-elle.

— Oui, dit Barles. Ils ont dû continuer leur chemin vers La Motte-d'Allans, alors que ceux d'ici étaient encore avant l'embranchement. Ils n'avaient pas encore pris la route.

Ils se turent. Le tic-tac des charrettes avait totalement disparu. Le grondement des camions devint fragile comme un fil, se cassa en tronçons, disparut.

Maintenant, autour d'eux, c'était le silence et c'était la nuit. Ils étaient pourtant toujours agenouillés, ne pouvant s'arracher à la douceur de leur communion, et Barles sentit contre lui un poids lourd et chaud qui était la jambe de la doctoresse. Et ils étaient ainsi tous les deux, côte à côte, corps à corps, dans l'humble poussière de la terre, dernier sanctuaire de leur ferveur, quand la nuit se mit à regagner le ciel.

Elle se releva la première et s'appuyant contre le cheval se mit à pleurer. Elle pleura longtemps sans sanglots, avec seulement le tremblement presque imperceptible de son épaule, sur laquelle Barles avait appuyé sa main. Et il sentait la douceur de la chemisette de soie et l'odeur de forêt qui enveloppait son corps. En lui, le cœur battant, montaient des paroles irréparables. Cette fois il ne pourrait plus les retenir, la même force qui avait fait plier son corps orgueilleux et sceptique vers la terre poussait maintenant sa voix hors de son âme.

— Henriette, dit-il, écoutez-moi. Vous êtes vivante. Il faut vivre.

Il osa appuyer sa tête contre l'épaule qui tremblait.

— Je suis vivant, dit-il. Je suis la paix. Quand votre folle envie d'existence dangereuse vous aura passé, vous verrez comme ce sera bon de trouver la paix, de se reposer, de n'être plus au gré des vents.

Elle s'arrêta de pleurer et se dégagea.

— Je vous demande pardon, murmura-t-il.

Il se redressa.

— Je vous donnerai, dit-il, un bonheur normal. Vous aurez besoin de ce bonheur-là, vous verrez. Le moment va venir où il faudra vraiment avoir envie de vivre pour se conserver vivant...

Elle ne répondait toujours pas. Elle le regardait sans bien comprendre. Il la regardait. La tresse brune de ses cheveux formait autour de sa tête une couronne de pureté.

Il lui dit :

— Vous êtes belle, Henriette.

— C'est ce moment, murmura-t-elle, que vous choisissez pour me dire cela ?

— Je ne vous avais jamais aussi bien vue, pardonnez-moi.

— Maintenant que j'ai perdu...

— Non ! cria-t-il avec violence, vous n'avez rien perdu ! Vous n'avez perdu que l'ombre d'une joie. Je sais que c'est maladroit de ma part de vous dire tout cela ce soir. Mais il me semble que je ne me trompe pas. Je ne crois pas que vous pourrez jamais communier avec plus de ferveur que vous ne l'avez fait ce soir avec moi.

— Avec lui…, dit-elle.

— Non. Lui c'est une ombre d'homme. Je vous l'ai dit un jour, mais vous n'avez pas eu l'air de comprendre : c'est un héros.

Le ciel et la nuit reprenaient leur vraie place. L'aube reculait et perdait sa force. Une sorte d'angoisse avait étreint le cœur de l'homme, malgré sa certitude. Mais les choses revenaient à la norme. Le jour sidéral reprenait sa course. Barles serra la jeune fille aux épaules.

— Vous ne sentez pas qu'à partir de ce soir, entre nous, il y a un miracle ?

Il la regardait avec une telle force qu'elle leva les yeux vers ses yeux étincelants. Et elle vit que le miracle était au fond de lui. Que lui seul au fond n'était pas sceptique. Il vit son regard critique et laissa retomber ses bras avec très grande lassitude.

— La vérité, c'est que je vous aime, dit-il, voilà.

L'aube tombait en pluie d'or du côté du nord-ouest. Un vent doux et frais baignait le visage des deux êtres debout au milieu de la route, perdus dans la solitude des terres désertées. Devant leurs yeux, la lumière devint une barre violette qui s'effila puis disparut.

La nuit avait pris teinte et contours uniformes. Il n'y avait plus de place en elle pour aucune fantaisie.

Henriette écoutait la course allègre de toutes les eaux du monde vers leur perte, vers leur joie. Leur mouvement se précipitait de plus en plus, à mesure que la nuit montante leur enlevait toute pudeur. L'arbre d'eau scintillait au ciel en reflets d'étoiles. Elle écouta un moment.

— Je ne sais pas…, dit-elle enfin.

Elle se retourna. Mais il se perdait dans la nuit, tout seul et malheureux sans doute, parce qu'elle n'avait pas répondu tout de suite à la confiance immense qui montait de son cœur. Elle appela doucement :

— Justin…

Noyé déjà dans l'ombre de la terre, il ne comprit pas. Elle entendait son pas lassé crissant sur les feuilles mortes. Alors le tourbillon de joie montant de l'eau allègre la souleva de désir. Elle prit son cheval par la bride et marcha pour le rejoindre.

DU MÊME AUTEUR

Aux Éditions Denoël

LA MAISON ASSASSINÉE

LES COURRIERS DE LA MORT

LA NAINE

L'AMANT DU POIVRE D'ÂNE

LE MYSTÈRE DE SÉRAPHIN MONGE

POUR SALUER GIONO

LES SECRETS DE LAVIOLETTE

PÉRIPLE D'UN CACHALOT

LA FOLIE FORCALQUIER

LES ROMANS DE MA PROVENCE (album)

L'AUBE INSOLITE

UN GRISON D'ARCADIE

Aux Éditions Gallimard

Dans les collections Folio et Folio Policier

LE SANG DES ATRIDES (Folio nº 2119)

LE SECRET DES ANDRÔNES (Folio Policier nº 107)

LE TOMBEAU D'HÉLIOS (Folio nº 2210)

LES CHARBONNIERS DE LA MORT (Folio Policier nº 74)

LA MAISON ASSASSINÉE (Folio Policier nº 87)

LES COURRIERS DE LA MORT (Folio Policier nº 79)

LE MYSTÈRE DE SÉRAPHIN MONGE (Folio Policier nº 88)

COLLECTION FOLIO

Dernières parutions

Composition Interligne.
Impression Société Nouvelle Firmin-Didot
à Mesnil-sur-l'Estrée, le 10 janvier 2000.
Dépôt légal : janvier 2000.
Numéro d'imprimeur : 49527.

ISBN 2-07-041178-8/Imprimé en France.

The Self-Isolation
Activity Book

The Self-Isolation Activity Book

Ian Doors

First published in Great Britain in 2020 by Trapeze
an imprint of The Orion Publishing Group Ltd
Carmelite House, 50 Victoria Embankment
London EC4Y 0DZ

An Hachette UK Company

1 3 5 7 9 10 8 6 4 2

A CIP catalogue record for this book is
available from the British Library.

ISBN (Mass Market Paperback) 978 1 3987 0053 6
ISBN (eBook) 978 1 3987 0054 3

Printed and bound in Great Britain by Clays Ltd, Elcograf, S.p.A.

MIX
Paper from
responsible sources
FSC
www.fsc.org   FSC® C104740

www.orionbooks.co.uk

For me.

Contents

Introduction

Dear Reader,

If you are holding this book, you, or someone you know, have decided that just because you're self-isolating, doesn't mean that you have to be bored. Congratulations. Sort of.

What follows in these pages are suggestions and strategies for ways to pass the time while staying in your house and/or home.

What qualifies you to write this book, Ian? (I am imagining you asking.)

Well, dear reader, I am a person who has spent a lot of time alone in my flat, long before everyone jumped on the bandwagon.

In fact, it's pretty ironic that so many people who previously suggested that much of the expert wisdom I am now sharing with you was 'a waste of your life, Ian' will now be benefiting from it.

To be clear, I am aware of 'the internet'. Indeed, as you'll see, some of my suggestions involve the worldwide net. But I also want to encourage you to take a bit of a break from screens and have some old-fashioned IRL fun.[*]

So without further ado, let the activity/activities commence.

Yours entertainingly,

Ian Doors

---

[*] Besides, who wants to look at their browsing history at the end of a fortnight and feel only a deep sense of abiding shame.

How to Use This Book

1. Please reach for this book whenever you're feeling bored and need inspiration. You don't need to read it in order.

2. Though I have put quite a bit of effort into the order, so you definitely could do.

3. And you'd probably really enjoy it, too.

4. Either way, I've tried to make sure there's something for everyone.

5. The only assumption I've made is that you're in a standard building, with walls, ceilings, etc., and you're on your own. In a literal sense, not in the broader, truer sense that we are all ultimately alone.

6. All my suggestions can easily be scaled up to more than one person. Just buy more copies of this book and all read it at the same time.

7. Some of the suggestions assume you have access to a smartphone or laptop, but for many of them, all you need is the book you are holding in your hands (which, to be clear, you should probably wash by the time you finish reading this sentence).*

8. If you are the sort of person who posts things on social media, please do post the results of your activity and don't forget to include the hashtag:

#ExampleOfActivityFromTheBookByIanDoorsCalledThe-SelfIsolationActivityBook

---

* Your hands. Not the book. I haven't specifically asked the publisher, but I'm assuming this won't be one of those bath books, rather a classic paper one. If it turns out I've misunderstood their frankly bafflingly worded contract, then please discount this and feel free to give this book a bloody good soaking. If you're reading this on an e-reader, however, please do not under any circumstance immerse it in water. Unless it's an insurance thing.

Inspirational Quote

'We are all sentenced to solitary confinement inside our own skins, for life' **Tennessee Williams**

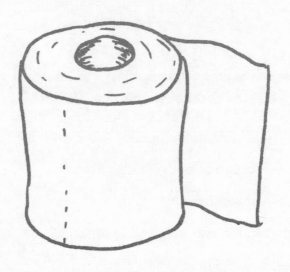

About Me

Name:

Date of birth:

Date of self-isolation:

Square footage of house/flat:

Number of rooms:

Number of toilets:

Rolls of toilet paper left:

Tonnage of pasta left:

Days of isolation so far:

Number of trained rats in army of trained rats:

Inventory of Fun Equipment

On the opposite page, please make a list of all the things
in the house that you can use to keep yourself entertained.

Try to be as definitive as possible. Anything can be
fun if you really put your mind to it. An old digestive
biscuit can make a perfect edible rat frisbee. Those spare
shoelaces are an excellent skipping rope for a rat. And that
old box full of thimbles and sewing needles – well, that's
basically an armoury for several
divisions of a rodent army, who
you can gradually train to follow
your every command using bacon
rind as a reward.

Literally anything can be fun!

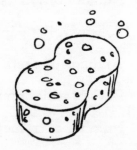

Things I have in my house that could be fun:

. . . .

. . . .

. . . .

. . . .

. . . .

. . . .

. . . .

. . . .

. . . .

. . . .

. . . .

. . . .

. . . .

. . . .

. . . .

. . . .

. . . .

. . . .

. . . .

. . . .

. . . .

. . . .

Inventory of Useful Equipment

Circle all the things you have. For every item you circle, give yourself a score of one point.

1–4 points
This is going to require resourcefulness

4–8 points
This should be totally fine

8+ points
You have too much stuff, who are you, the Queen?!

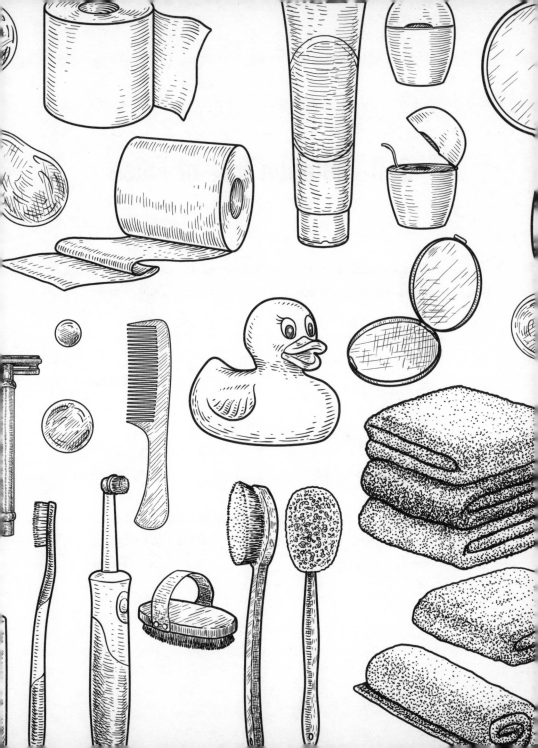

Self-Isolation True or False

- The longest any human has ever spent on their own was 312 years. **True/False**

- The average person uses 100 toilet rolls per year, and 57 sheets of toilet paper per day. **True/False**

- The most common song to get in your head while in the house on your own is 'I'm Too Sexy' by Right Said Fred. **True/False**

- Indoor air can be up to five times more polluted than outdoor air due to the accumulation of bodily gases. **True/False**

- The most common thing to do in a house is 'have a nice sit-down'.   True/False

- 90 per cent of household dust is faeces.   True/False

- You are never more than four centimetres from an urban fox. They live in your walls, eating your food when you go to bed. And lapping at the moisture from your mouth while you sleep.   True/False

Self-Isolation Wordsearch

```
S  O  C  I  E  T  Y  H
E  P  A  C  S  E  E  U
S  R  E  H  T  O  B  M
K  O  S  O  W  F  I  A
P  U  B  S  P  T  R  N
S  R  A  B  O  L  T  S
L  A  U  G  H  T  E  R
Y  N  A  P  M  O  C  J
```

Self-Isolation Bingo

Went into a room, couldn't remember why, came back out of room	Stared into fridge for ages	Ran kitchen tap till it was really cold
Turned heating up	Turned heating down	Balled socks
Unballed socks	Called family member	Texted insult to friend
Couldn't find anything to watch on streaming services	Looked at big clever book you meant to read	Stared out of window
Put inner tubes of toilet paper on cat to make him cat robot	Weighed the dry goods in house	Washed
Picked nose	Enjoyed smell of own farts	Named the squirrels in garden
Stared at self in mirror, mouthing 'evil'	Drew biro glasses on self	Made pasta

Ten Reasons Your House is Better Than the Rest of the World

Please fill in this list – I've done the first few for you to get you started.

1. You can't sit about in your pants not in your house.
2. There are people outside. They say things like, 'It's wine o'clock' and 'Gentlemen, let the quaffing of the ales begin'.
3. There are people on first dates, everywhere. The whole world has become a giant backdrop for inept proto-foreplay. At least in your house there's no one disappointed you don't look like your own photo.[*]
4. ....
   ....
   ....
   ....

---

[*] To guarantee this, don't look at photos of yourself.

5. ....

....

....

....

6. ....

....

....

....

7. ....

....

....

....

8. ....

....

....

....

9. ....

....

....

....

10. ....

....

....

....

Entry-level Fun

If you develop your imagination you can comfortably spend whole days or weeks roaming the corridors of your memory palace, or reimagining whole chunks of your life. For example, what if it had been Danny Webb whose swimming shorts had been pulled down in front of everyone when you were twelve, instead of yours by him? For example.[*]

However, to begin with, like a muscle you haven't exercised for a while, you will probably find it hard to stare out of the window for longer than two or three hours without distraction. So let's start nice and slow with some entry-level thought experiments.

---

[*] For example.

1. What if your nipples and fingers were swapped so that you had two prehensile nipples but ten stubby, immobile, yet sensitive, nubs for hands?

2. Would you prefer to drink a litre of someone you love's sweat, or a teaspoon of someone you hate's tears? What do you think that says about you?

3. Would you rather be reincarnated as a painfully shy superhero, or a brash wizard that people talk about behind their back?

4. If you could press a button and have all humans give birth out of their mouths, would you? Now what if that button also removed the flavour salted caramel from the universe. Literally as if it had never existed. Would you still push it?

5. Given a choice, would you spend the rest of your life as a robot dreaming you were a man, or a small dog with a full human consciousness but no way of communicating your thoughts and feelings with anyone beyond a single yapping bark?

Films to Watch

Alien

Mutiny on the Bounty

Papillon

A Prophet

Bronson

Scum

Escape Plan

Hunger

The Shawshank Redemption

The Green Mile

Cool Hand Luke

28 Days Later

Panic Room

Das Boot

The Hole

World War Z

Midnight Express

Escape from Alcatraz

The Great Escape

That one where the guy is just buried in the box for the whole film. Like, literally, there's just a camera really close up to his face. He's like a heart-throb, but funny. Is married to someone famous, too. Ryan. Not Gosling, the other Ryan. The guy in *Deadpool*. Deadpool is buried in a box for an hour and a half. That one.

25

Parlour Games for One

Name the fly

Odds are there's a fly buzzing around your home. Try coming up with a funny name for the fly. Sir Henry Buzzington. Or Clint Vomit-Eater. Or Fly Stallone. Or Buzz Right-Here. The winner is the person who the fly talks back to.

Sock wars

Round one: throw all of your socks from one end of the living room to the other. Round two: throw them back the other way, but this time, with the other hand. The winner is the only person playing the game. I.e., you.

Dishwasher choir

Your dishwasher will produce a rhythmic tone. Try harmonising with it using the lyrics, 'On your own now, on your own now'. Most dishwasher programmes last for about ninety minutes.

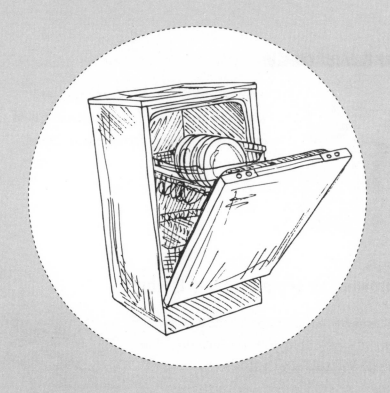

Parlour Games for One

The flavour master

Organise your condiments, first by size of container, then by strength of flavour, then by Scrabble score of letters in them, then by estimated weight, then by vibes.

Throwing an apple core into the bin

Increase the distance and add obstacles. You will quickly run out of apples. Try not to feel sad about this.

Scream Olympics

See how long you can scream into your washing machine for.

The Really Useful How-To Pages

My publisher sent me a load of popular internet search terms at the last minute and suggested I might like to answer them.

How to draw

Take a pen, pencil or fingerful of that weird gunk from under the fridge and move it against some paper. Try and make the lines on the paper look like the thing you're looking at. If within the first four or so minutes it still doesn't look right, you cannot draw and will never be able to. A life of workaday drudgery awaits.

How to make bread

Preheat oven to 180 degrees Celsius. Take bag of sliced white bread. Open bag of bread. Wad bread into a big weird ball using handfuls of milk and/or apple juice. (I find loudly singing the hymn *Bread of Heaven* while doing this works very well.) Place misshapen bread ball in oven. Bake until the house smells of milk and/ or apples.

How to use TikTok

Are we not calling them watches anymore? OK, get tik tok and put it on wrist. When you want to know time, look at tik tok with face balls.

How to cut women's hair

Lie your head back on a wooden chopping board. Using a pizza cutter, trace around the outline of your head.

How to cut men's hair

See above, but you'll have to wait until your hair is long enough to cut with a pizza cutter.

How to make pasta

Pasta is a crop that can be difficult to grow away from the rich alkaline soils of Italy. However, with enough patience a single bag of penne can yield an entire orchard of pasta trees. Even just placing a frozen lasagne in a window box will mean you have handfuls of macaroni throughout the summer.

How to teach children at home

I don't have a huge amount of experience with small, underdeveloped humans. However, I assume you can just show them Wikipedia and that's that?

How to use Zoom

Place coat on head using hood but keeping arms out of sleeves. Extend arms out to side, parallel to the floor. Run through house shouting 'zooooom'.

Disclaimer: You know the drill by now. Definitely do not do any of these things. I'm just a bloke called Ian.

Rename Your WiFi

You can have fun by renaming your WiFi.

Making WiFi Great Again

LAN of Milk and Honey

Police Surveillance Van

LAN Solo

The LAN Before Time

Wi Believe I Can Fi

Nacho WiFi

LAN Down Under

It Burns When IP

This LAN Is My LAN

Pretty Fly for a WiFi

This LAN Is Your LAN

Virus Infected WiFi

2 Girls, 1 Router

Access Denied

Bill Clinternet

Skynet Global Defence Network

Winternet is Coming

NO WIFI FOR YOU

The Wireless-G Spot

Vladimir Computin

I Now Pronounce you LAN and WiFi

The Promised LAN

Silence of the LANs

Searching...

Wu-Tang LAN

Connecting...

Drop It Like It's a Hotspot

Loading...

LANdo Calrissian

Setting up...

Self-Improvement

Two weeks is enough time to make yourself better at all sorts of things. To begin with though, make a list of the forty-seven worst things about yourself.

1. . . . .
2. . . . .
3. . . . .
4. . . . .
5. . . . .
6. . . . .
7. . . . .
8. . . . .
9. . . . .

10. . . . .
11. . . . .
12. . . . .
13. . . . .
14. . . . .
15. . . . .
16. . . . .
17. . . . .
18. . . . .

19. . . . . 37. . . . .

20. . . . . 38. . . . .

21. . . . . 39. . . . .

22. . . . . 40. . . . .

23. . . . . 41. . . . .

24. . . . . 42. . . . .

25. . . . . 43. . . . .

26. . . . . 44. . . . .

27. . . . . 45. . . . .

28. . . . . 46. . . . .

29. . . . . 47. . . . .

30. . . . .

31. . . . .

32. . . . .

33. . . . .

34. . . . .

35. . . . .

36. . . . .

Inspirational Quote

'At some rather chilly time in the early morning a bell would ring, and the warder would say, "Slops outside!"; he would rise, roll up his bedding, and dress; there was no need to shave, no hesitation about what tie he should wear, none of the fidgeting with studs and collars and links that so distracts the waking moments of civilized man'

Evelyn Waugh, *Decline and Fall*

Clothing Hacks

Though it is tempting to stay wearing a dressing gown, muumuu or classic underwear/t-shirt combo, there are some easy ways to make sure you keep up standards while at home.

Changing into formalwear at dinner time can be a nice way of making mealtimes an occasion. I try to get my dinner jacket out at least once a week.

Use the job interview rule. Would you dress as you were currently if you were going for a job interview? To really hammer it home, conduct both sides of the interview, including you regretfully informing yourself you won't progress to the next round because you're wearing a sheet covered in biscuit crumbs wrapped around you like an enormous nappy.

Ironing is your friend. If you iron your clothes, then suddenly the time when you're not ironing your clothes is automatically more fun. Because you're not ironing. It's not unlike the odd euphoria one sometimes feels after a really bad headache goes away.*

To increase this fun, try ironing things you never normally would, like tea towels, towel towels, or cushions.

---

* I'm aware some people actually like ironing. To those people I say: there were big crowds at public hangings.

Insult Generator

When boredom hits hard, use this handy insult generator to create insults that you can send to your friends and family. Just pick one word from each column and away you go. How many more can you add?

Vapid	Cheese	Dog
Flimsy	Sausage	Puppet
Lumpen	Mud	Bag
Pompous	Custard	Ranger
Thoughtless	Skin	Pump
Sneaky	Bum	Nugget
Solipsistic	Stink	Rocket
Pathetic	Plum	Trumpet
Disappointing	Badger	Fiddler
Jumped-up	Slime	Magnet
Paper-eating	Poop	Jockey

The Friend List

While you wait until you can see actual people, why not be more mindful and focused about your relationships with them? Take this opportunity to carefully tend your friendship garden. After all, it's only now you can't see them that you want to. I've made a start on the first couple below as examples.

If you're lucky enough to have more than two friends, add more lines yourself. With your big smug pencil.

Name of friend	What do you want to say to them?
Siri	Play 'All By Myself'
Alexa	I love you
. . . .	. . . .
. . . .	. . . .

Join the Dots

Terrifying night screamer

Inspirational Quote

'Some minds corrode and grow inactive under the loss of personal liberty; others grow morbid and irritable; but it is the nature of the poet to become tender and imaginative in the loneliness of confinement. He banquets upon the honey of his own thoughts, and, like the captive bird, pours forth his soul in melody'

Washington Irving, *The Sketch Book*

Write a Novel

Jack Kerouac famously wrote *On the Road* in three weeks. Why not use these prompts to write a novel while you are housebound?

A murder mystery from the perspective of a cat

A dystopian *Kids Say the Funniest Things*

An eco-thriller reboot of *Care Bears* – with actual bears

Dr Dolittle, but the guy can only speak to bacteria

CSI Butterfingers: always ruins the crime scene

A high-concept novel which is narrated by a toupee that is caught in a storm

A love story between a man who is severely allergic to peanuts and a sentient peanut

Dog School

Dog School in Space

Bacon Wars

Benjamin Button, but reversed. So that he is born young and gets old. Freaky

Back to the Future, but all from the perspective of the terrorists in the car park

The Bible: The Musical*

---

* If you actually write any of these and get a book and/or film deal, know that I will come after you for full monetary reparations.

Self-Isolation Maze

Write a Song

Why not write several hundred three-minute pop songs with your alone time? I've suggested a prompt below to get you going.

I got the self-isolation blues
Got no paper on which to wipe my poos...

....
....
....
....
....
....
....
....
....
....

Take Up Cooking

Spending time at home can be a marvellous opportunity for brushing up on your cookery skills. Below are a few tried-and-tested tips that have never failed me.

Heated-up bread, or 'toast', can make a brilliant snack. I like to have mine with strawberry yoghurt on it, but you can use butter, honey or whatever kind of mustard you have in the fridge.

Lightly boiling pasta for several minutes creates a delicious snack. Don't forget to blanch it in cold water before you eat it to stop it overcooking.

Dry crackers make an excellent substitute for

almost every other type of food. Try chewing one into a kind of paste and then spreading it onto a different dry cracker (you may want to use a third cracker as a kind of edible knife). This snack can then be mathematically rendered as Cracker^2. Or even Cracker^3. Feel free to experiment!

Cereal actually tastes better between the hours of 1am and 4am.

The liquid that gathers in the vegetable drawer of your fridge is extremely good for you and prized in many cultures, where it is known as 'fridge kombucha' and believed to bestow mystical properties upon the wise members of the tribe who drink it.[*]

Pizza never goes off. It's scientifically impossible.

You can survive indefinitely by eating your own fingernails and toenails.[†]

---

[*] I have been asked to make clear that you should definitely not drink this by my editor. Who definitely seems like the sort of person who would be a collaborator.

[†] Again, I haven't actually looked into this, but it feels instinctively true, doesn't it? And a quick internet search reveals that there is some evidence pizza goes off.

Cocktails

Unless you were very well prepared, it's unlikely you were able to properly stock the bar before you went into isolation. Here are some great cocktail recipes for using up ingredients you might have about the house.*

Bronze Haze: equal parts vodka and gravy granules, plus a dash of soda

The Big Daddy: special brew and prosecco. Don't forget to dust the rim of the glass with the dust from a packet of cheese-flavoured corn puffs

The Blues Brothers: that sparkling vodka drink that's blue, plus blue Curaçao.

---

* Apparently my publisher wants me to make it clear that you should definitely NOT drink these recipes. Squares.

Complicatedly Red: red wine, lemonade and tomato puree.

The Beast from the Yeast: warm lager and malted yeast extract spread. Garnish with wafer-thin ham.

Bread of Heaven: a can of cider tipped over stale bread.

Pea 52: Rum and frozen peas.

Granny get your Gums: Gin, a soft-cheese triangle and black pepper.

Catch of the Day: Fish sauce and whisky.

Disclaimer: please drink responsibly. I choose to interpret that as treating drinking as you would any other responsible aspect of your life, like having a family, or a full-time job.

My editor would like to make clear that you should definitely not drink for 37.5 hours a week.

Why not have fun creating your own?
Here are some ingredients to start
you off.

Pasta

Lager

Etc.

Colouring In

After a while, you will probably really want to vary your diet. Here's an image to colour in of a man at around day twelve of isolation, who has trapped and intends to eat a small, delicately boned songbird.

Your Self–Isolation Name

Simply take the first letter of your first name, the hand that you write with and the month of your date of birth.

A Grimy	**H** Dreg-face	**O** Grubby	**V** Spatter
B Messy	**I** Squalid	**P** Straggle	**W** Grungy
C Hairy	**J** Pukey	**Q** Crummy	**X** Sloppy
D Frumpy	**K** Murky	**R** Filthy	**Y** Nasty
E Dusty	**L** Yucky	**S** Scuzzy	**Z** Pigpen
F Lonely	**M** Slattern	**T** Dregsy	
G Foulsome	**N** Dungish	**U** Smutty	

Left Von   **Right** Mc

January Dirt-box	**July** Slime-time
February Crud-machine	**August** Scat-head
March Filth-pit	**September** Sludge-pie
Apri Swamp-features	**October** Spam-gasm
May Grot-chops	**November** Spume-unit
June Poop-slug	**December** Dribble-face

Self-Isolation Spot the Difference*

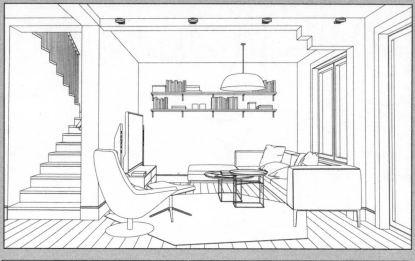

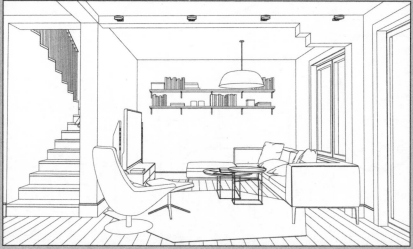

* There is no difference. One day is much like the next.

'Don't forget either,
you unhappy man,
that voluntary
     confinement is
a great deal
   harder to bear
     than compulsory.'
ANTON CHEKHOV

Keep Fit

Exercise is a myth. There, I've said it.*

---

* My publishers wish to make it clear that exercise is not a myth.

Landscape Paintings

You can't leave your house, but here are seventeen paintings you can look up on the internet to improve your view.

1. *View of Toledo*, El Greco
2. *The Fighting Temeraire*, J.M.W. Turner
3. *Irises*, Vincent van Gogh
4. *The Hay Wain*, John Constable
5. *Impression, Sunrise*, Claude Monet
6. *Wanderer above the Sea of Fog*, Caspar David Friedrich
7. *Christina's World*, Andrew Wyeth
8. *The Great Wave off Kanagawa*, Katsushika Hokusai
9. *Water Lilies*, Claude Monet
10. *The Starry Night*, Vincent van Gogh
11. *Pine Forest*, Gustav Klimt

12. *The Avenue at Middelharnis*, Meindert Hobbema
13. *Snowdon from Llyn Nantlle*, Richard Wilson
14. *Lake Wakatipu with Mount Earnslaw, Middle Island, New Zealand*, Eugene von Guérard
15. *The river Seine at La Grande Jatte*, Georges Seurat
16. *Above the Eternal Peace*, Isaac Levitan
17. *View of Laerdalsoren, on the Sognefjord*, Themistokles von Eckenbrecher

Draw the view from all of your windows.

Word Ladder

By changing one letter at a time turn these words into new words.

Room	Alone	Pasta
. . . .	. . . .	. . . .
. . . .	. . . .	. . . .
. . . .	. . . .	. . . .
. . . .	. . . .	. . . .
. . . .	. . . .	. . . .
. . . .	. . . .	. . . .
. . . .	. . . .	. . . .
. . . .	. . . .	. . . .
. . . .	. . . .	. . . .
. . . .	. . . .	. . . .
. . . .	. . . .	. . . .
. . . .	. . . .	. . . .
. . . .	. . . .	. . . .

Books to Read

The Road – Cormac McCarthy
Station Eleven – Emily St John Mandel
The Children of Men – P.D. James
The Stand – Stephen King
1984 – George Orwell
The Handmaid's Tale – Margaret Atwood
The Passage – Justin Cronin
I Am Legend – Richard Matheson
World War Z – Max Brooks
The Death of Grass – John Christopher
Day of the Triffids – John Wyndham
Earth Abides – George R. Stewart

Join the Dots

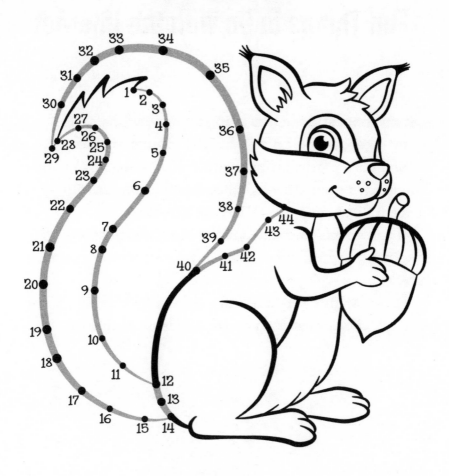

Tree rat

Fun Things to Do with the Internet

Let's be honest, as well as being the repository for all human knowledge, art, culture and connection, the internet is a pretty terrible place, full of nude pics, people shouting at each other and pictures of a sunrise with 'Dream Big, Dream Brave' written across it.

If you spend your self-isolation time inside on the internet, you're going to feel like you've been swimming in a sewer.

However, there are still a few genuinely inspiring places you can go, all of which involve webcams of animals.

Tigers
www.sdzsafaripark.org/tiger-cam

Kittens
www.explore.org/livecams/kitten-rescue/kitten-rescue-cam

Goats
www.goatslive.com

Jellyfish
www.vanaqua.org/visit/live-cams-jelly-cam

Bears
www.explore.org/livecams/brown-bears/brown-bear-salmon-cam-brooks-falls

That is literally all you need.

Cheer Yourself Up Colouring In

It's important to keep your spirits up. Here is a picture of a bear wearing a jumper who is happy he has found a dandelion.

Inspirational Quote

'After all, even in prison, a man can be quite free. His soul can be free. His personality can be untroubled. He can be at peace'

Oscar Wilde, 'The Soul of Man Under Socialism'

Mindful Visualisations

You may not be able to physically leave your house for a while, but you can escape to anywhere. Using your mind.

Inhale. Imagine you are on beach. There is not an oil slick and a beautiful whale has not been stranded. It is not the mother of a beautiful calf. Do not imagine catching its panicked eye. The sand feels soft and warm beneath you. Exhale.

Inhale. Imagine you are walking through a forest. The birds sing softly in the trees. Do not think how much one of the trees looks like the spirit of a vengeful old lady who has been

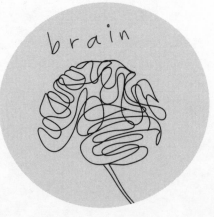

trapped in tree form, her fingers forever reaching to the sky in bewildered rage, her mouth frozen into a wooden rictus of fury, as if to say 'why, why have you done this to me?'. Exhale.

Inhale. Imagine you are staring up at the sky on a calm clear night. Notice the stars, scattered across the heavens. Try not to think of every single one of them falling to the floor and the dull roar of the boiling ocean. Exhale.

Inhale. You are lying on the bank of a river. The water gurgles gently around you. Ignore the sound of scaled feet approaching from the shallows. Exhale.

Graph Paper for Drawing a Plan of Your Room from Above

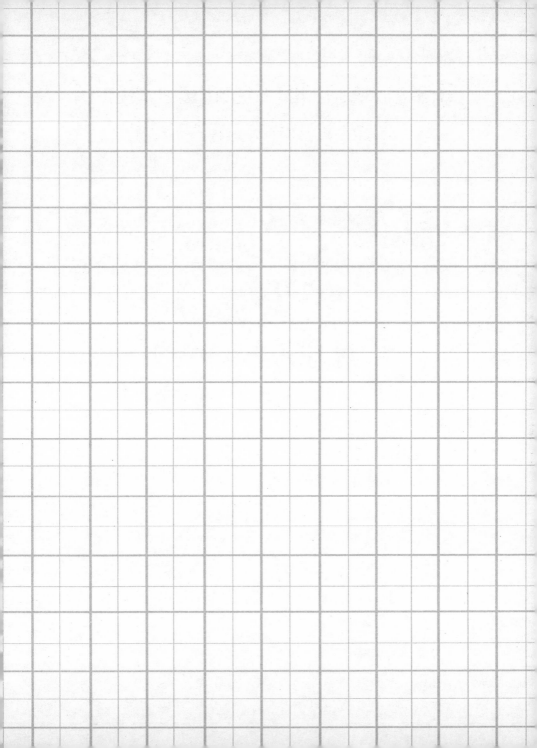

'The world is a prison in which solitary confinement is preferable.'

KARL KRAUS

Join the Dots

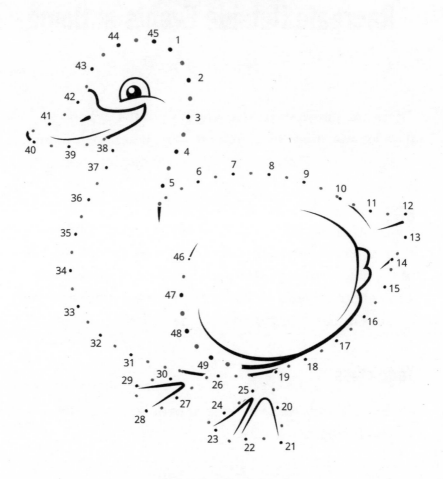

Floating bread thief

Recreate Outside Events at Home

There are many events that involve groups of people that you may miss while you are in isolation. Below are suggestions for how you can recreate them at home.

BBQ

Burn some sausages, then drink the worst booze you have in the house while poking your head out of the window. After about an hour of this, get someone to phone you up and ask if there's anything for vegans to eat.

Yoga class

Do forward rolls while looking at people who are fitter than you on Instagram.

Hot yoga

See above, but turn the heating up full.

Comedy show

Watch a comedy special on the television but instruct one of your friends to randomly text you with something about the way you look that you've always been insecure about.

The gym

Run on the spot while playing a playlist called 'Gym Songs' while looking at pictures of people who are physically fitter than you on Instagram.

The wedding reception

Go through your phone to find the numbers of people you hardly ever see. Text them questions about their job or their children that you don't care about the answers to, while drinking warm white wine.

Cinema

Watch a film with your face pressed very close to the screen. Eat some chocolate. Throw forty pounds out of the window.

The pub

Drink the second-worst booze you have in the house but, from time to time, imagine someone is having an awkward first date nearby. Every time you have a drink, internet-transfer £6 somewhere.

A gig

Play one or more albums by a band you love on shuffle but through your phone, so the sound quality isn't as good, and make sure to skip all your favourite songs. For the full experience try to encourage your next-door neighbours to have a loud, distracting conversation.

Music festival

See above for gig, but make sure to eat a disappointing frozen pizza, leave your beer to go flat and warm before drinking it out of a plastic cup, cover yourself in mud and then flush all of your money down the toilet.

The Best Songs to Dance to on Your Own

'Dancing On My Own' – Robyn

'Dancing In The Dark' – Bruce Springsteen

'Dance Me To The End Of Love' – Leonard Cohen

'I Wanna Dance With Somebody' – Whitney Houston

'All By Myself' – Celine Dion

'Lonely' – Akon

'Wake Up Alone' – Amy Winehouse

'Are You Lonesome Tonight?' – Elvis Presley

'Lonely Day' – System Of A Down

Word Association

Make a note of the first thing that pops into your head when you read these words:

House	Condo
Trapped	Cage
Home	Crib
Stuck	Intense
Flat	Digs
Incarcerated	Alone
Domicile	Habitat
Confined	Strongbox
Front room	Lodging
Small	Forever
Apartment	Residence
Claustrophobic	Infinite
Pad	Pasta
Prison	Finished

Inspirational Quote

'The whole value of solitude depends upon oneself;
it may be a sanctuary or a prison, a haven of repose
or a place of punishment, a heaven or a hell, as we
ourselves make it'

John Lubbock, *Peace and Happiness*

Games You can Play by Yourself

Below are my one-player twists on some classic games.

Strip Solitaire

Multiple Personality Monopoly

Every Limb Hungry Hippos

Every Go Ludo

Easy Poker

Forgetful Chess

Self-Isolation Wordsearch

```
S  O  C  I  E  T  Y  H
E  P  A  C  S  E  E  U
S  R  E  H  T  O  B  M
K  O  S  O  W  F  I  A
P  U  B  S  P  T  R  N
S  R  A  B  O  L  T  S
L  A  U  G  H  T  E  R
Y  N  A  P  M  O  C  J
```

Join the Dots

Giant-eyed night chicken

Alternatives to Toilet Paper

- Old receipts from fun nights out from 'before'
- Newspapers filled with news of the world unfolding outside without you
- Clothes you no longer need to wear now that you don't have to interact with other people
- A bum gun (AKA the shower head)
- A sponge on a stick
- Cut your hair yourself and weave it into a 'butt-rug'
- A bidet, if you live in a palace
- The curtains
- Leftover pasta

Inspirational Quote

'How did I escape? With difficulty. How did I plan
this moment? With pleasure'
Alexandre Dumas, *The Count of Monte Cristo*

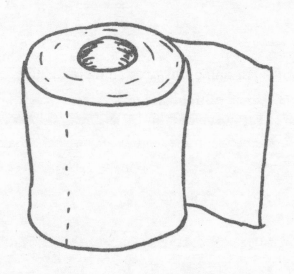

About the Author

Ian Doors spent all of his time alone in his flat long before you all started doing it. This is his first book.

He also has some quite high-concept *Game of Thrones* fanfiction if you're interested. Mostly about Khaleesi. No time-wasters.

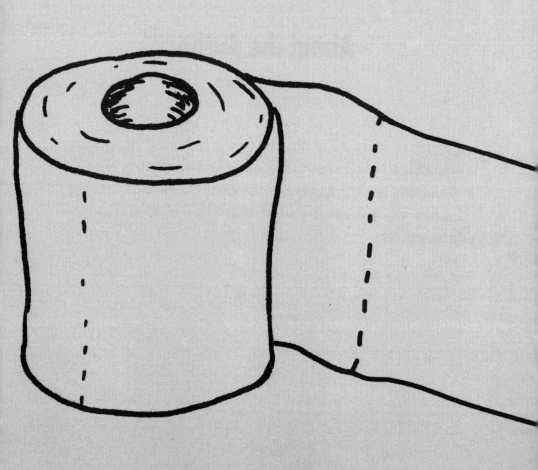

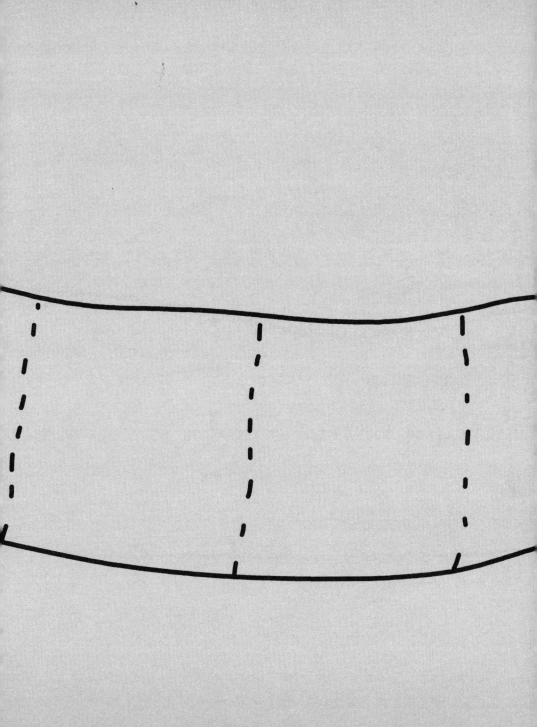

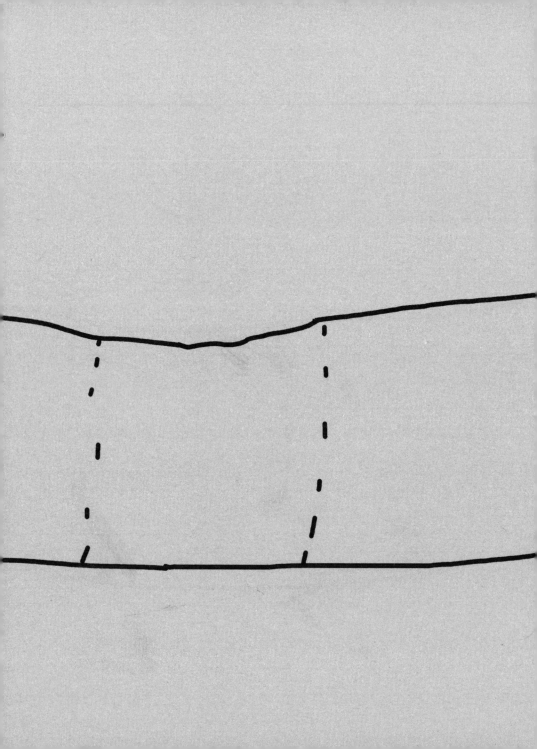